Сергей
Лукьяненко

Сергей
Лукьяненко

Три дня индиго

Издательство АСТ
Москва

УДК 821.161.1-312.9
ББК 84(2Рос=Рус)6-44
Л84

Серия «Книги Сергея Лукьяненко»

Художник *А. Андреев*

Компьютерный дизайн *В. Половцева*

Лукьяненко, Сергей Васильевич.

Л84 Три дня Индиго : [фантастический роман] / Сергей Лукьяненко. — Москва : Издательство АСТ, 2021. — 384 с. — (Книги Сергея Лукьяненко).

ISBN 978-5-17-146198-0

«Три дня Индиго». Второй роман из цикла «Изменённые», продолжение романа «Семь дней до Мегиддо».

Прошло всего две недели с того момента, как Максим Воронцов стал Призванным и защитил Гнездо Изменённых. Но события совершают новый и неожиданный поворот. На этот раз помощь Максима требуется могущественным и таинственным Продавцам... а наградой за эту помощь может стать то, чего он хочет больше всего на свете.

И этот путь уведет его далеко за пределы Москвы...

УДК 821.161.1-312.9
ББК 84(2Рос=Рус)6-44

ISBN 978-5-17-146198-0

Часть первая

Глава первая

Обычно я на ночь плотно задергиваю шторы. Не люблю, когда лунное кольцо светит в глаза.

Но эта ночь была слишком хорошей. Дождь прошел и кончился к полудню: теплый дождь в последний день марта. Воздух был в самую меру прохладным, так, чтобы можно было всю ночь лежать без одеяла и лишь под утро укрыться. Поэтому я оставил окно распахнутым и лежал, глядя на потолок, где бегали тени от фонарей. С улицы доносились голоса запоздавших прохожих, звуки шагов и проезжающих изредка машин. И разговаривал с Дариной.

— К нам сегодня привезли девочку, — рассказывала она. — Большая уже, четырнадцать лет. Спрыгнула с балкона пятого этажа, вся поломалась.

Я поморщился, спросил:

— Дурында. Из-за несчастной любви, конечно?

— Нет. Чтобы стать Измененной. Мне кажется, ее могли и люди вылечить, позвоночник цел. Но родители не выдержали, привезли к нам.

— Такую взрослую?

— Мы берем и в этом возрасте. Если иного выхода нет. А она сказала, что спрыгнет снова или выпьет отраву, если ее не возьмут.

— Взяли?

— Да.

— И... что?

— Пока жива. Дня через два будет ясно, как сработал мутаген.

— А ты уже знаешь, кем она станет?

Дарина помолчала. Эти вопросы Измененные обсуждать не любили.

— Есть потенциал хранителя, — сказала она неохотно, но с затаенной надеждой. — Либо старшая стража, либо хранитель Гнезда.

Я понимал, что это значит. Если девочка изменится и станет хранителем, то Дарина сможет остаться жницей. Мы оба этого хотели. Может быть, потому Гнездо и приняло девочку, опасно взрослую для Изменения.

— Пусть ее мечта исполнится, — сказал я.

— Глупая мечта, — вздохнула Дарина. — А знаешь, о чем я мечтаю?

Закрыв глаза, я кивнул. Потом сказал вслух:

— Да.

— Я хочу лежать с тобой, — сказала она. — В твоей кровати. Прижиматься к тебе. Закрыть глаза и уснуть. Проснуться, а ты рядом.

— Нет, меня рядом не будет, — ответил я строго. — Я буду на кухне варить кофе. И принесу его тебе в постель.

Она тихонько рассмеялась.

— Спасибо. Мне никто и никогда не приносил кофе в постель... Спокойной ночи, Максим. Тебе надо спать.

— Тебе тоже.

— Мне это не так часто нужно. Спи, Максим.

Она засопела, очень уютно, словно мы были рядом.

— Сплю, — согласился я.

Дарина отключилась. Я опустил руку с кровати, нашарил телефон и положил трубку на рычаг.

Надо все-таки завести радиотелефон. После Перемены, когда сотовые стали бесполезны, люди с перепугу принялись ставить обычные проводные телефоны. Откуда их столько оказалось-то на складах! Все боялись, а вдруг Инсеки запретят любую радиосвязь, не только мобильники? Но против радиосвязи на близком расстоянии пришельцы ничего не имели.

На самом деле пришелец возле Земли был всего один. Вот только мало кто из людей об этом знал. Я знал, ну так у меня этот месяц выдался очень познавательным...

Тряхнув рукой тумбочку, я разбудил часы. Экран высветил половину первого ночи.

Значит, познавательным был прошлый месяц.

Хорошо, что он кончился. В апреле я буду спать до обеда, гулять с Дариной, искать кристаллы, как порядочный серчер, и, наверное, готовиться поступить в институт. Вести почти обычную человеческую жизнь (гулять с жницей — это не совсем обычно, признаю).

Но спать я точно буду много. Вот прямо сейчас засну и...

В прихожей запищал домофон.

Секунд пять я лежал в слабой надежде, что это какой-нибудь припозднившийся гость ошибся номером квартиры.

Еще секунд пять надеялся, что это случайно позвонивший пьяный или хулиган.

А еще пять секунд быстрым шагом шел к двери, ругаясь себе под нос.

Был еще, конечно, вариант, что ко мне заявился монстр. Однажды ведь уже приходил.

Но монстры в дверь не звонят, нет у них такой привычки. Они ее пытаются выбить.

— Да! — зло выкрикнул я, снимая трубку. Изображение на маленьком экране домофона было довольно четким, на таком расстоянии скорость передачи данных еще позволяла видеосвязь.

На экране шмыгал носом и озирался какой-то мелкий, лет семнадцати, паренек. Он не походил ни на монстра, ни на хулигана. Так, оболтус-старшеклассник, шатающийся по ночам. В его возрасте, сразу после Перемены, я бы ночью на улицу выйти не рискнул, тогда полный бардак творился.

— Это... доброй ночи... — пробормотал парень, пялясь в глазок камеры. — Мне Максим Воронцов нужен.

— Я Максим, — нахмурившись, я разглядывал лицо. Что-то знакомое в нем было.

— Хай, Макс! — парень оживился. — Я свой, серчер. Серега! Сережка с Большой Бронной! Забыл?

Серчеров с Малой и Большой Бронной я знал. Мы с ними не ссорились. Серегу не помнил.

— Сережка с Большой Бронной? — повторил я.

— Мы год назад тусили, — Серега не то обиделся, не то расстроился, что я его не узнал. — У старшего вашего, на днюхе.

Вот теперь я вспомнил. Старший нашей тусовки, Виталий Антонович, прошлым летом отмечал «неюбилей» — ему стукнуло тридцать девять. Старший объявил, что сорок лет не отмечают, но праздника хочется, и устроил празднование под названием «неюбилей» в бильярдном клубе. Были все наши и многие из соседних компаний. Среди них болтался и мелкий дрыщ, которого приятели звали «Сережка с Большой Бронной». Он очень быстро нахлебался пива (к напиткам покрепче его не подпускали), порвал сукно на бильярдном столе и был с позором изгнан. Впрочем, празднование «неюбилея» прошло так бурно, что подвиг Сереги остался одним из самых безобидных.

За последний год Серега явно вырос и окреп, даже голос перестал петушиться.

— Чего тебе? — спросил я.

— Пусти, разговор есть. Тебе сообщение!

Последние слова были сказаны с таким восхищенным придыханием, словно Серегу отловил на улице как минимум президент России и велел сгонять по-быстрому к Максиму Воронцову.

— Ну заходи, — вздохнул я, открывая замок подъезда.

— Ты охраннику скажи, что я свой, он меня уже раз выставил! — обиженно сообщил Серега.

Пришлось позвонить нашему консьержу, Виктору Андреичу, бывшему военному, человеку крепкому, не расстающемуся с дубинкой, и после одного происшествия очень не любящему молодых ребят, идущих ко мне в гости.

Пока серчер поднимался, я натянул джинсы, подумал мгновение, но за пистолетом в сейф лезть не стал, взял со столика ключи с брелоком-куботаном и сунул в карман.

На всякий случай.

Впрочем, когда я открыл дверь и впустил Серегу, даже эта перестраховка показалась мне смешной. Серчер хоть и раздался в плечах, но был почти на голову меня ниже и такой возбужденно-радостный, что подозревать его в злодейских планах не стоило.

— Половина первого, — сказал я и зевнул. — Я рано ложусь.

— Извиняй, — Серега махнул рукой. — Да я сам уже собирался дома быть, опять мамка все мозги проест...

Он с любопытством огляделся, спросил, понизив голос:

— Твоих не разбудим?

— Серега, я не школьник. Я один живу, — ответил я.

Серчер надулся:

— Я тоже не школьник... почти. Короче, я тут кристаллик надыбал, хороший гринк... ну как хороший, неплохой, решил сразу в Комок сбросить...

— На Леонтьевском? — уточнил я.

— Ага.

— Рядом где-то нашел? — поинтересовался я.

Глаза у Сереги забегали. Нашел он кристалл, ясное дело, рядом. На нашей территории. Потому и решил сразу от него избавиться.

— Нет, у нас, на Малой Бронной...

— Забудь, — сказал я. — Ну, нашел, чего дальше?

— Продавец спросил, знаю ли я тебя, — выпалил серчер. — Я, конечно, говорю: «Знаю, бывали вместе!» А он тогда попросил: «Сходи, говорит, к Воронцову домой, передай, чтоб ко мне зашел!»

Да уж, необычно. Продавец чего-то попросил! Понятно, чего Серега такой взбудораженный.

— Что дал за это? — поинтересовался я.

Серега не стал отпираться, очень уж ему хотелось похвастаться.

— Во! — Он бережно достал из кармана джинсов узкий футляр, открыл. Там лежали поисковые очки. С виду обычные зеркалки, только в них кристаллики, за которые у Продавца можно купить что угодно (хоть мотоцикл «Харлей Дэвидсон», хоть бриллиантовое колье для подруги), сразу видны. На дужке очков был крошечный светодиодный фонарик.

Хорошие очки, дорогие. У меня самого такие.

— Подарил? — заинтересовался я.

— Продал, за гринк. А таблетки, которые я хотел купить, подарил. Они еще дороже стоят.

— Ты бы с таблетками завязывал, — сказал я, хмурясь. Что от меня надо Продавцу? Такого срочного, чтобы посылать среди ночи гонца?

— Таблетки не наркота! — оскорбился Серега. — У меня дед — диабетик. Лекарство экспериментальное, восстанавливает поджелудочную, прикинь? Говорят, никакого инсулина больше не надо.

— Молодец, — одобрил я и похлопал Серегу по плечу. — Хороший внук. Ладно, спасибо, я зайду в Комок.

— Ты это... ты сейчас иди! — занервничал Серега. — Он сказал — пусть Максим сразу идет!

Это я и так понял, но надо же было держать марку.

— Подумаю, — сказал я.

— Продавец велел передать: у него есть то, что тебе очень нужно! — выпалил Серега и довольно ухмыльнулся.

— Эй, гонец! — Я не удержался и постучал парня по лбу пальцем. — А что еще важное ты забыл передать?

Серега не обиделся, видать, понял, что перегнул.

— Нет, всё.

— Адрес мой Продавец сказал?

— Нет, я в кафешку заглянул, где ваши сидят. Спросил у Виталия Антоновича.

Я вздохнул.

Мы, конечно, теперь с нашим старшим в особых отношениях. Но плохо, что он знает о неожиданном интересе ко мне со стороны Продавца. Лишнее это.

— Ясно. Спасибо, Серега.

— Нельзя с тобой в Комок? — спросил серчер. Понятное дело, ему было до жути интересно.

— Нет, — ответил я. — У меня с Продавцом свои терки!

Серега и не рассчитывал, конечно, что я его прихвачу с собой. Он и без того был счастлив перепавшим на халяву очкам, да и что рассказывать в компании ему теперь найдется.

— Пойду, — сказал он. — Ты это, сходи сейчас. Продавец все-таки.

Я кивнул, закрыл за ним дверь.

Прислонился к косяку. Постоял. А потом сказал тихонько:

— О, да!

От Продавца мне была «очень нужна» только одна вещь. У них, конечно, можно купить всё, что есть на свете, — статую Венеры Милосской, шапку Мономаха или пригоршню изумрудов.

Но мне-то нужно другое.

Рубашку я надел яркую — сине-желтую «гавайку» чуть больше размером, чем мне нужно. Подумав, набросил подаренный когда-то Продавцом плащ. Во-первых, ему будет приятно, во-вторых — плащ хорошо спрячет кобуру.

Да, времена сейчас стали поспокойнее, но придурков ночами все-таки хватает.

Пару недель назад я на таких наткнулся у самого Комка. Но в тот момент, как я теперь понимаю, во мне проявился пришелец, Высший, разбиравшийся в происходящей на Земле заварушке. Если бы незадачливые грабители этого не почувствовали, им бы пришел конец.

Теперь Высшего не было.

Я сам по себе.

А мне нельзя умирать по-глупому. У меня очень большие планы на эту жизнь.

Ночь и впрямь стояла хорошая. Я дошел до памятника Тимирязеву, насчитав по пути десятка два одиноких прохожих и несколько больших компаний. Люди просто гуляли, шли из гостей и ресторанов. Доносился смех, взбудораженные алкоголем, но не агрессивные голоса. Прошла целая группа китайских туристов, фотографирующих ночные улицы. Гид что-то певуче им рассказывал. Центр, даже после полуночи народ гуляет...

Над головой сияло лунное кольцо. Наш бедный спутник, разваленный Инсеком на фрагменты, вращался вокруг планеты в виде пояса астероидов. Среди мелких и крупных обломков плыл угловатый осколок — Селена, самый большой кусок прежней Луны. Где-то на нем было место посадки «Аполлона-11», но американцы утверждали, что в процессе разрушения Луны историческое место было утрачено. Не знаю, как так вышло, если с Земли смотреть — так все кратеры на месте, поверхность казалась не сильно поврежденной. Селена походит на широченный конус, вырезанный в Луне поворотом исполинского лезвия и навечно обращенный к Земле основанием.

Со спутников снимали обратную сторону Селены. Там неровным багровым шаром светится остывающее ядро, расползшееся, раскинувшее застывшие каменные острия. Красиво и жутко.

А еще где-то там космический корабль Инсека.

Я на нем был.

Жаль, что ничего не видел, кроме одного-единственного коридора и полудохлого пришельца...

Шел я по Тверскому бульвару, идти тут всего ничего, и минут через десять собрался завернуть перед МХАТом в Шведский тупик.

Тут меня и окликнули с бульвара — в очень знакомой манере:

— Друг мой, друг мой юный, дорогой!

Я остановился и увидел спешащего ко мне от памятника Есенину человека, одновременно нелепого и трогательного. Андрей, литературный бомж, кочующий между памятниками поэтам, оделся по погоде и даже с некоторым шиком: почти чистые бермуды, яркая рубаха с закатанными рукавами, повязанный вокруг шеи пестрый платок. Немного портило впечатление то, что он был босиком и что ему стоило бы постричься с год назад.

Но поэтам и душевнобольным такие мелочи простительны.

— В городе вялом и старом — лица молодого лезвие! — воскликнул бомж. — Словно в дурмане пьяном слово услышать трезвое!

— Здравствуйте, Андрей, — сказал я. — Как ваши дела?

— Дела? Дела? — забормотал бомж, озираясь. — Говорить ты хочешь об этом? Какие дела могут быть у голоса мертвых поэтов?

— С лутом хорошо? — терпеливо спросил я.

Андрей потряс головой, будто выбрасывая из нее рифмы-паразиты. Сказал уже спокойнее:

— С лутом хорошо, без лута плохо. А как у вас дела, добрый друг мой?

— Всё в порядке, — ответил я. — Надо заглянуть в Комок.

— Не люблю Продавцов, — вздохнул Андрей.

— Именно Продавцов, не Инсеков? — полюбопытствовал я.

— Всё это договор, договор зверей окраски разной*, — бомж хихикнул. — Пойду я к Сереже, посижу до утра, почитаю ему... А вы приходите на новоселье! Там, дальше по бульварам! К Володе я пойду, к Высоцкому. Пил он еще больше Есенина, но надрыв у него другой, деятельный. Да, деятельный у него надрыв! А Сережу я не выдерживаю, всего-то день с ним провел — в глазах черная жуть! Но надо, надо и его навещать!

Он побрел обратно к памятнику, недовольно отмахнувшись от бибикнувшей и притормозившей машины.

А я покачал головой и двинулся дальше.

У Комка стояли две девушки, мрачновато-суровые, в джинсах и рубашках мужского кроя. На меня они глянули настороженно и оценивающе. Подергали дверь, пошептались, потом с явным недоумением отошли. Комок выглядел... ну, как Комок. Бесформенная масса размером с двухэтажный дом, упавшая когда-то с неба и застывшая. Зато

* С. Есенин. «Страна негодяев».

дверь была самая обычная — деревянная, со старомодной ручкой-скобой.

— Закрыто, — сообщила мне одна девушка.

Похоже, они были свои, серчеры, хоть и незнакомые.

— А вы с лутом? — спросил я и заслужил презрительно-насмешливый взгляд.

Без лута в Комок можно войти лишь один раз. Продавец расскажет, что именно ему нужно, покажет разноцветные кристаллики, продемонстрирует разные ништяки, которые у него есть. А в следующий раз двери откроются, лишь если ты найдешь кристаллы.

— Странно, — согласился я. Но все-таки дернул ручку.

Дверь открылась.

— Эй, мы раньше пришли! — возмутилась девушка.

Я отпустил ручку и пропустил девчонок.

Дверь захлопнулась у них перед носом. И открываться не захотела, сколько они ее ни дергали.

— Знаете, кажется, Продавец ждет меня, — сообщил я.

Та девица, что пообщительнее, рассмеялась. Потом посерьезнела и замолчала. Спросила:

— Так бывает?

Конечно, я не собирался рассказывать ей лишнее.

— Говорят, если Продавцу нужен какой-нибудь особый кристалл, — сказал я, — то он первым впускает серчера, который его принес.

— А что у тебя? — поинтересовалась девица. Вопрос был не очень приличный, но я ответил:

— У меня? Блюк в форме пирамиды.

— Редкая штука, — согласилась девица. Помялась, посмотрела на подругу. — Ну попробуй снова.

Я дернул ручку, дверь открылась.

— Без обид, — сказал я и вошел в Комок. Добавил: — Вряд ли вам стоит ждать, это может затянуться надолго.

Внутри помещение было разделено серым матерчатым занавесом, идущим от самого потолка. Потолок слабо светился, воздух стал ощутимо прохладнее — Продавцам нравилась температура около пятнадцати градусов. Большую часть Комка отделял высокий прилавок, за которым колыхался занавес и стоял Продавец — похожий на крупного человека, закутанного во множество накидок. Так мог бы выглядеть какой-нибудь пузатый арабский шейх, попавший в холодный климат, или солдат наполеоновской армии, намотавший на себя кучу тряпок при отступлении из России.

— Максим, — сказал Продавец негромко. — Снаружи холодно?

— Нет, но в вашем плаще не жарко.

— Это хороший плащ, — кивнул Продавец. — Но он не мой, он ваш. Рад вас видеть.

— Доброй ночи, — ответил я. Подошел ближе. Лицо Продавца (ну, та часть, которая выглядывала из-под ткани) выглядело совсем как человеческое.

Нет, надо добавить: как встревоженное человеческое.

— Это недобрая ночь, — не согласился со мной Продавец.

Ну началось! Понеслось дерьмо по трубам!

— Согласен, — сказал я. — Собирался уже спать, а тут явился ваш посыльный.

В конце концов, это он ко мне обратился.

— Мне нужна помощь, — сообщил Продавец. — Я не могу обратиться к человеческим властям... вы понимаете, почему?

— Потому что там полно Прежних, — зло сказал я. — О чем вы мне могли бы рассказать и раньше... избавив от кучи неприятностей. А Прежние вас не любят.

Продавец помолчал, потом терпеливо продолжил:

— Совершенно верно. От Прежних я помощи не получу. Они не пускали нас на Землю, не позволяли наладить столь полезное торговое сотрудничество с людьми... В результате мы помогли Инсекам взять контроль над Землей. Что, разумеется, испортило наши отношения еще более.

Вот этого я нс знал. Значит, Продавцы нс просто получили от Инсеков право торговать с людьми. Они еще и помогли им в схватке с Прежними!

— А что ж Инсеков не попросите? — не удержался я.

Продавцы не любят отвечать на вопросы. Но он ответил. Значит, дела у него и впрямь неважнецкие.

— Инсек недоволен нашей ролью в недавних событиях. С его точки зрения мы... развлекались. И тем самым довели ситуацию до опасного уровня.

— Могу его понять, — сказал я злорадно. — Ну, хорошо. Значит, вам нужна помощь от меня?

— Да. Ты не лучший выбор, — Продавец пожал плечами. — Но у тебя есть потенциал, и ты уже многое знаешь. Лучше ты, чем кто-то другой.

Я недоверчиво хмыкнул.

— Еще я представляю, чем тебя можно заинтересовать, — сказал Продавец.

— Удиви меня, — сказал я ехидно. — Раз я «не лучший выбор», то предложи побольше и дай выбирать мне.

Может быть, и зря, потому что Продавец насмешливо прищурился.

— Хорошо, ты сам попросил. Я предложу выбор, Максим. У меня есть два товара для оплаты твоих услуг. Первый — это информация. Я расскажу, кто такие Прежние, кто такие Инсеки, кто такие мы, что такое кристаллы и зачем они нам, для чего Инсек разрушил Луну, каким было прошлое человечества и каким может стать его будущее. Я расскажу про Измененных, куда они исчезают из Гнезд и какими бывают. Это очень хороший товар, Максим! Ни один человек на Земле не владеет таким объемом информации. Более того, одной частью информации владеют Прежние, другой владеют Инсеки, но все знания будут лишь у тебя. Это куда меньше, чем знаю я, но это всё, что нужно знать человечеству.

— Офигеть, — сказал я искренне. — В чем подвох?

— Во втором товаре, — ответил Продавец. — Это возвратный мутаген. Любой Измененный вернется к своему человеческому состоянию. На всякий случай уточню: здоровому и полноценному, даже если в момент мутации особь была повреждена.

— Ты говорил, что это запрещенный товар и вы больше никогда его не продадите!

— Да. Поэтому я считаю оба предложения равноценными.

Зря я с ним так нагло говорил. Зря!

Предложи он мне информацию или мутаген, я был бы счастлив. И не раздумывал бы ни секунды.

Теперь мне надо было выбирать.

— Информация не позволит мне получить мутаген? — спросил я.

Продавец покачал головой. Добавил:

— А мутаген не даст тебе информации. Люди не смогут его проанализировать и скопировать. Это порция мутагена на одного. И это большая драгоценность.

— Вы меня удивили, — признал я. — Всё, я понял! Извините. Я нахамил. Я готов, я сделаю всё, что угодно, за оба товара!

Продавец покачал головой:

— Нет, Максим. Это урок вежливости, ты прав. Но изначально я и не собирался предлагать тебе информацию. Я знаю, что тебе нужно, цена справедлива.

— А если я выберу информацию? — спросил я.

— Мы же оба знаем, что ты выберешь, — ответил он.

Да, мы оба знали.

— Возвратный мутаген, — сказал я. — Хорошо. Хрен с ней, с информацией, кое-что я и так уже знаю... Кого мне надо убить?

— Убивать не надо, — ответил Продавец. — Убийство уже случилось. Некоторое время назад в Комке на Шлюзовой набережной был убит Продавец.

— А... — сказал я. Помолчал. — Убит?

Продавец кивнул.

— То есть вас можно убить? — уточнил я.

— Убить можно кого угодно и что угодно, — сказал Продавец. — Можно убить Инсека, собственно говоря, он уже убит, но существо такого уровня развития умирает очень долго. Можно убить Прежнего, можно убить даже Высшего, хотя это потребует усилий, соизмеримых с уничтожением звезды. Можно убить девочку-жницу, можно убить тебя. Можно убить веру, можно убить надежду, можно убить любовь. Всё смертно. И мы тоже.

— У меня есть один знакомый поэт, — сказал я медленно. — Могу познакомить, вы чем-то похожи... И что вы хотите от меня?

— Выясни, кто и как убил Продавца. Сообщи мне. Всё.

— А казнить злодея не надо? — спросил я с подозрением.

— Я боюсь, что тот, кто смог убить Продавца, тебе не по зубам, — без всякой рисовки ответил Продавец. — Тут был бы нужен Высший. Но он покинул вашу планету, и он не стал бы вмешиваться. Так что просто узнай.

— Хорошо, — сказал я. — По рукам!

Продавец послушно протянул руку, тоже вполне человеческую на вид, но я не спешил. Сказал:

— Только обсудим детали!

Продавец вздохнул и повернулся к занавесу:

— Тогда я принесу чай. Похоже, разговор будет долгим.

— Мы же не спешим, — сказал я.

Но Продавец ошибся. Разговор оказался не просто долгим, а очень долгим. Мы спорили почти два часа. К концу разговора я уже пожалел, что пил чай, — туалета в Комке, как сообщил Продавец, не было.

Вот и доверяй после этого внешнему сходству с людьми!

Глава вторая

Гнездо, в котором жила Дарина, расположено в Гнездниковском переулке, в здании бывшего Министерства культуры. Название переулка совпало со словом «Гнездо» случайно, Дарина даже удивилась, когда я указал ей на этот факт. Просто Измененные предпочитали занимать под Гнезда большие здания, не слишком важные для людей.

Министерство культуры подошло идеально.

Его, кстати, так и не восстановили после Перемены. Я на днях узнавал, оказалось, что временный Департамент культуры вначале открыли при Министерстве сельского хозяйства, потому что там были свободные площади, потом быстренько перевели в Министерство просвещения, но вскоре учителя взбунтовались от избытка культуры, а сейчас присоединили к Министерству спорта — где департамент и по сей день замечательно работал.

Наверное, это что-то говорит о нашей культуре.

Снаружи Гнездо обросло «паутиной», из которой Измененные делают одежду и даже строят части Гнезда, а еще немного продают людям. Паутина не горит, не гниет, восстанавливается при повреждениях, самоочищается, а одежда из нее меняет размер вместе с хозяином. У меня есть трусы из паутинного шелка, я однажды в них ходил в поход на четыре дня.

Полицейских постов у Гнезда не было, Измененные этого не любят. Где-то наверняка стояла камера, но с тех пор как Инсек ужал для людей скорость передачи данных на расстоянии, все камеры стали стационарными, на флешках.

Я вошел через главный вход и оказался в фойе, с его сумрачным (как во всем Гнезде) светом и наваленной повсюду мягкой рухлядью: ковры, подушки, матрасы, одеяла, мягкие кресла. Это Гнездо выглядело именно так, и я, увы, знал, по какой причине.

У дверей стояла стража — Измененный, мутировавший в охранника. Он или она (у стражи разница стиралась) походил на человека, но не так, как куколки или жницы. Выше ростом, лицо шире человеческого и одновременно заостренное, вытянутое, как у птицы. Глаза темные, радужка сливается со зрачком. Челюсть очень крупная, тоже выдающаяся вперед, руки длиннее, кисти массивнее. Из пальцев, я знал, в случае необходимости могут выдвинуться ядовитые когти. Ну и кожа — жесткая, в каких-то пупырышках, будто рябая.

Три недели назад это Гнездо было убито. Выжили жница Дарина и куколка Наська. Потом стали появляться новые Измененные, но они пока еще оставались куколками — почти неотличимыми от человеческих детей.

Стража была здесь гостем. Измененные редко переходят из Гнезда в Гнездо, разве что в стадии куколки. Но ситуация сложилась столь необычная, что в итоге помощь все-таки оказали — две жницы и четыре стражи временно поселились в этом Гнезде. Они уйдут, когда несколько куколок пройдут трансформацию и смогут занять их место.

— Привет, Же, — сказал я.

Когда стража была человеком, его или ее звали Евгением или Евгенией. Я не интересовался.

— Привет, — сказала стража. Помолчала и добавила: — Сейчас ночь. Ночью ходить по улицам опасно.

— Я осторожно хожу, — успокоил я Измененного.

Несмотря на устрашающий внешний вид и объем знаний (учились они очень быстро), все Измененные — дети или подростки. Первая мутация возможна в возрасте до четырнадцати-пятнадцати лет, Гнезда возникли восемь лет назад, так что самым старшим Измененным — двадцать три.

Ну, допустим, двадцать четыре. В любом случае они младше меня.

А этой страже двухметрового роста могло быть и пять лет, и шесть. Не удивлюсь, если при этом она умеет решать в уме дифференциальные уравнения и знает кучу вещей, неизвестных мне. Но где-то в основе — она ребенок, мальчик или девочка дошкольного возраста. И твердо знает, что на ночных улицах страшно.

На самом деле куда страшнее то, что с ней сделали. Вот только выбора ни у нее, ни у ее родителей не было. На Изменение отдают смертельно больных детей, мутаген первой фазы исцеляет всё.

— Ты пришел к Дарине? — спросила стража с любопытством.

— Да.

— Я не могу тебя проводить, — стража беспокойно затопталась на месте. — Я дежурю у входа.

— Ничего страшного, — успокоил я. — Меня проводит Гнездо.

Обычному человеку, подошедшему к Гнезду слишком близко, становится неуютно. Это работает психологический щит, оберегающий Измененных. Но Гнездо не только создает щит, оно по сути своей разумно, в нем отпечаток сознания всех, кто был в нем изменен. С Гнездом можно общаться, оно может помочь... конечно, если ты свой.

Я был своим. Три недели назад Дарина призвала меня для защиты Гнезда. С тех пор Призыв был снят, но невидимая связь между мной и Гнездом осталась.

Полковник Лихачев, который работает в отделе «Экс», занимается пришельцами и многое о них знает, рассказывал, что некоторые призванные сходят после Призыва с ума, уходят в монастырь или ведут замкнутый образ жизни. Не могу понять, почему. Мне нравилось слышать Гнездо и общаться с ним. И уезжать на край света, чтобы молиться там Богу или жить охотой и собирательством, я не планировал.

Как по мне, Москва такой город, где тоже приходится непрерывно молиться и заниматься борьбой за пропитание.

«Здоро́во, — подумал я, обращаясь к Гнезду. — Ты как?»

Я слышал голос Гнезда как шум морских волн, иногда очень тихий, умиротворенный, иногда грозный, штормовой. И в этом шуме появлялись слова-образы, словно сотканные из шепота сотен голосов.

В общем, трудно объяснить, как это.

Гнездо ответило, что всё нормально. В нем есть жница и двенадцать куколок. И еще шесть гостей, стражи и жницы. Гости немного смущали Гнездо, но оно готово было их терпеть. Конечно, когда в Гнезде появится хранитель и мать — станет легче. Пока их работу (уж не знаю, в чем именно она заключалась) выполняло Гнездо. А еще Гнезду нравилось, что прошедший день был солнечным и сухим. Внутри Гнезда всегда влажно, но солнечный свет снаружи ему приятен.

Я внимательно выслушал Гнездо. Мне кажется, ему нравилось поговорить вот просто так, не с Измененным, а с человеком.

Потом я попросил проводить меня к Дарине и тут же понял, куда идти.

На самом деле она была в своей комнате. Большинство жниц любят уединение; у них есть какие-то комнаты, где раньше сидели люди, занимающиеся культурой.

Без остановки я, впрочем, к Дарине не дошел. На полпути на меня из коридора выскочила Наська — единственная куколка, уцелевшая при разгроме Гнезда. Молча, будто атакующий доберман, запрыгнула на меня со спины и повисла, словно рюкзак.

— А! — тихонько воскликнул я.

Наська точно так же тихо взвизгнула и от избытка чувств стукнула меня по голове. Шутя, конечно. А так куколки сильнее взрослого человека, могла бы и оглушить.

— Чего среди ночи? — требовательно спросила она.

— Дела, — сказал я, стряхивая ее и оборачиваясь. Куколки одеваются как попало, паутинные костюмы, как жницы или стражи, не носят, а одеждой, по-моему, меняются совершенно свободно. Внешний вид им, в общем-то, безразличен.

Вот на Наське сейчас были зимние ботинки (ужас, в теплом и влажном Гнезде!), шорты и толстый колючий свитер взрослого размера с горловиной (еще раз ужас).

— Знаю я ваши дела, — заявила Наська беззастенчиво.

— А ты чего не спишь?

— Мы утром поспим немного. У нас занятия.

Я вопросительно посмотрел на нее.

— Прятки на выживание. Кого найдут последним — тот молодец.

— Приз какой-нибудь получит?

Наська скорчила жалобное лицо.

— Да! Разрешат поесть немножко!

Поскольку я Наську знал, то на слезу меня не пробило.

— Ну беги тогда. Прячься.

— Ты жестокий и бессердечный! — заявила Наська, вытирая пальцем несуществующую слезинку. И унеслась по коридору.

Похоже, куколки и впрямь играли в прятки.

Я торопливо дошел до комнаты Дарины, открыл дверь и проскользнул внутрь. Стучать у Измененных было не принято.

Дарина лежала ногами к двери на матрасе, застеленном одеялом, и читала какую-то книжку. В ушах у нее были капельки наушников, рядом лежал плеер, подаренный мной неделю назад. Она очень смешно болтала в воздухе ногами в такт музыке, я невольно улыбнулся и постоял немного, глядя на нее.

Потом, как мог тихо, подкрался к ней (пол был покрыт в несколько слоев коврами и одеялами), присел и закрыл ей ладонями глаза.

Вообще-то дурацкий поступок. Жница может убить человека голыми руками.

Но я нс боялся.

— Знала, что ты придешь, — сказала Дарина. Оттолкнула книжку, перевернулась на спину.

Я осторожно убрал ладони, посмотрел в ее сиреневые глаза и поцеловал. Вынул наушники. Из них едва слышно доносилась музыка — кто-то призывал порвать тишину, проклинать тьму и проклинать свет.

Мы целовались, пока песня не кончилась.

Потом я лег рядом и спросил:

— Гнездо сказало?

— Нет, я чувствовала, что ты придешь, — ответила Дарина.

Может быть, она и впрямь почувствовала. А может быть, хотела, чтобы я пришел.

— Дарина... — Я взял ее за руку. — Случилась странная история. Меня позвал к себе Продавец. Я только что из Комка.

— Так, — ее голос сразу посерьезнел. Она коснулась плеера, отключая его.

— Кто-то убил Продавца в Комке. Не в том, что рядом. На набережной. Продавец просит меня выяснить, кто это сделал.

— Не ввязывайся! — быстро сказала Дарина. — Максим! Это либо Прежние, либо Инсеки!

— Инсек один, и он сидит в своем корабле на Селене.

— Тогда Прежние. Тем более!

— Мне не надо ни с кем драться. Только выяснить, кто это сделал.

Дарина помолчала мгновение. Спросила:

— Что он тебе пообещал?

— Возвратный мутаген.

Теперь она замолчала надолго. Я приподнялся, посмотрел на жницу.

Дарина плакала.

— Ты не хочешь снова стать человеком? — спросил я.

Она прижалась лицом к моей груди. Прошептала:

— Хочу. Очень хочу. Но лучше я буду жницей, а ты живым.

— Дарина, я не буду рисковать. Это вроде частного расследования. Приду, посмотрю, попытаюсь понять.

— И тебя убьют!

— Кто?

— Не знаю. — Она села. — Максим...

Я молчал. Дарина безнадежно заглянула мне в глаза.

— Тебя не переубедить?

— Нет.

— Тогда рассказывай.

— Да нечего еще рассказывать, — вздохнул я. — Наш Продавец никаких деталей не раскрыл. Может, и сам не знает? Сказал, что Продавец на набережной был убит вечером, между девятью и одиннадцатью часами. Об этом никто не знает, ни полиция, ни власти. Комок закрыт, откроется только для меня. Я могу привлекать к расследованию тех, кто участвовал в истории с вашим Гнездом.

— То есть меня, Наську...

— Ни тебя, ни тем более Наську я привлекать не стану!

— А зря, кстати, — сказала Дарина. — Она прочитала, по-моему, все детективы на свете.

— А я прочитал несколько кулинарных книг. Только, кроме яичницы, ничего готовить не научился.

Дарина улыбнулась.

— Согласна... Хорошо. Тогда ты можешь привлечь деда Борю, Елену, Виталия, Василия, Милану, Лихачева.

— Зачем?

— Они умные люди, они многое знают. Елена — врач, Милана — биолог. Тебе разрешено осмотреть тело?

— Мне разрешено делать с ним всё, что угодно, — сказал я. — Только нельзя его выносить из Комка.

— Ну вот! Лихачев — полицейский и много лет занимается пришельцами. Да он на тебя молиться станет, если ты позволишь осмотреть Продавца! Елена и Милана проведут вскрытие...

Я поморщился.

— Если ты хочешь добиться результата, то придется это сделать, — сказала Дарина.

— Да... но... Наверное, да, — я вздохнул.

Никакого любопытства я не испытывал. Продавец как-то сказал, что они лишь на первый взгляд человекоподобны.

Что он даже не гуманоид (хотя как это возможно, ведь гуманоид — это как раз существо, внешне напоминающее человека). Но похож он на человека или нет, красная у него кровь или зеленая, млекопитающее он или рептилия — ковыряться в мертвом теле я не хотел.

Что ж, значит, и впрямь — Елена... и Милана.

— Я не ревную, — напомнила Дарина.

— А зачем деда Борю, Василия, Виталия? — быстро сменил я тему.

— Сам решай, — сказала Дарина. — Но мне кажется, они очень обидятся, если ты их не позовешь.

— Обидятся, — признал я.

Приняв решение, Дарина больше не пыталась меня отговорить. Сев по-турецки, она уперлась руками в матрас, посмотрела в стену. Глаза ее затуманились, их сиреневый свет померк, только зрачок бился, будто она невероятно быстро считывала что-то с невидимого мне экрана.

С ней сейчас было Гнездо. Жница общалась с ним, запрашивая и получая информацию с невозможной для меня скоростью и свободой. Я сидел тихо, смотрел на нее и боялся прикоснуться, чтобы не вывести из транса.

Обычно Измененные не показывают чужим такие штуки. Но я чужим не был.

— Ничего... — выдохнула Дарина, обмякнув. — Информации по Продавцам очень мало, в основном — запросы и получение мутагенов и прочих товаров. Что-то есть для уровня хранителя и матери, но тоже немного. Информации по уязвимости, силе, происхождению, характеру отношений с Инсеками и людьми вообще нет.

Она виновато глянула на меня.

— Я ведь даже не знала, что Продавцы помогли Инсекам захватить Землю.

— Инсеку, — поправил я.

— Вот видишь. И этого я не знала! Я только жница. Учу куколок, помогаю в Гнезде. Может быть... если я пройду до хранителя...

Она не закончила.

— Нет! — сказал я. — А если я не справлюсь, и мы не получим возвратный мутаген?

— Если я стану хранителем, то могу и не захотеть вернуться, — тихо ответила Дарина. — Дело ведь не в том, что у меня глаза сделаются как у вареной рыбы. У меня в голове тоже всё переварится. Гнездо будет главным и единственным.

Я не стал спрашивать, но она ответила на незаданный вопрос:

— Сейчас главное — это ты.

Взяв ее за руку, я погладил пальцы. Кожа у жниц очень гладкая, будто тефлон. Но я привык. Мне даже нравится.

— Если бы у нас была стратег... — прошептала Дарина. — Даже идти бы никуда не понадобилось! Она бы подумала и сказала, кто убийца...

Но стратега на Земле больше не было. Высший увел ее с собой — и тем самым остановил надвигающуюся катастрофу. Мы были в шаге от нового Армагеддона, но тот не случился.

Я осторожно погладил жницу по спине, по обтягивающему комбинезону. Ткань мягко разошлась под пальцами, я коснулся кожи — такой же гладкой, но теплой.

— Максим! — строго произнесла Дарина.

Но мы оба знали, что если бы она не хотела, то комбинезон бы не раскрылся. Я осторожно начал стягивать ткань, Дарина вздохнула и легла на живот. Сказала капризно:

— Я собираюсь спать. Не знаю, что ты там надумал... но я непреклонна и уже сплю...

Я поцеловал ее между лопаток, жница вздохнула, замерла под моими губами. Несколько секунд лежала расслабленно, пока я спускался губами вдоль спины, потом перевернулась и воскликнула:

— Нечестно!

Глаза у нее смеялись и наливались сиреневым мерцанием. Я не останавливался, она задышала чаще, рывком присела и стала стаскивать с меня джинсы.

— Еще более нечестно... — прошептал я, почувствовав касание ее губ.

* * *

Конечно же, кончилось тем, что мы все-таки уснули вместе. Может быть, Дарина и не спала: когда я засыпал, она смотрела на меня и тихо-тихо гладила по щеке, когда проснулся — сразу встретил ее взгляд.

Было девять утра. У Дарины начинался ее обычный день в Гнезде. Она будет учить куколок, в чем бы эта учеба ни состояла. А мне пора приступать к своей неожиданной работе.

Я отказался от завтрака (хотя у Измененных на удивление хороший кофе). Деньги в кармане были, я собирался что-то съесть по пути. Дарина ушла куда-то в глубины Гнезда, я направился к выходу.

И обнаружил у выхода Наську, болтавшую со стражей.

Собственно говоря, мне хватило одного взгляда, чтобы всё понять. Куколка оделась как «приличный человеческий ребенок»: брючный костюмчик и школьного вида черные туфли.

А еще на голове у нее было серое кепи.

— Нет, — сказал я.

— Чего «нет»? — с вызовом спросила Наська.

— Вот это «нет»! — Я ткнул пальцем в кепи. — Трубку тоже взяла?

— Курить вредно.

— Ну и какой из тебя детектив, если без трубки? А еще ты меня очень огорчила! Подслушивать — фу!

— Я не подслушивала! — возмутилась Наська. — Мне Гнездо велело наблюдать за расследованием!

— Что?

Я мысленно потянулся к Гнезду. И получил ответ, на удивление твердый и уверенный.

Да, это Гнездо посылало со мной Наську. Не то чтобы наивно считало ее почерпнутые в детективах знания полезными. Но Гнездо хотело знать, что происходит. Дарина уйти не могла, а куколка — вполне.

Стража с любопытством смотрела на нас.

Что она вообще обо мне думает? Человек, призванный, живущий со жницей... Редкий экземпляр!

— Наська, я не могу тобой рисковать, — сказал я.

— Я не ребенок, я не человек вообще!

— Не важно!

— Меня убить труднее, чем тебя!

Это, конечно, было правдой.

— Нет, — сказал я. Мысленно обругал Гнездо, так, что оно растерянно притихло. — Ты остаешься, занимаешься учебой, получаешь свои пятерки с плюсом. Потом я непременно всё тебе расскажу и посоветуюсь. Считай, что ты детектив, а я твой помощник, который на месте всё изучает.

— Как Ниро Вулф и Арчи Гудвин?

— Кто? Да, наверное. Я твой Ниро Вулф.

Наська хихикнула.

— Вулф толстый как монах, сидит в кабинете. А бегает Гудвин.

— Прекрасно. Я Арчи Гудвин. Гудвин великий и ужасный. Иди, почитай «Волшебника Изумрудного города».

— Давно прочитала.

— Тогда в прятки поиграй!

— Ладно, — неожиданно согласилась Наська. — Так даже интереснее.

Я с подозрением посмотрел на нее, но Наська надулась и быстрым шагом ушла, уперев руки в бока.

— У нее избыток энергии, — пожаловался я страже. — Реактивная девчонка!

— Маленькая еще, — согласилась стража важно. — Ей же всего десять лет.

— А тебе? — не удержался я.

— Одиннадцать.

Вздохнув, я отсалютовал страже и вышел из Гнезда. Прикинул, как лучше добираться, и повернул к Тверской.

Ехать тут недолго, три станции. Выходя на Павелецкой, в неожиданно большой толпе, я уже выбросил Наську из головы.

И только увидев серое кепи чуть ниже на эскалаторе, понял, что зря.

Похоже, упомянуть игру в прятки было ошибкой.

Выкатившись наверх и обнаружив меня, стоящего с мрачным видом, Наська никакого раскаянья не проявила. Развела руками и спросила:

— Ну и что ты сделаешь?

Сделать я ничего не мог.

Силой потащить назад? Ну, во-первых, это вызвало бы подозрение окружающих. А во-вторых, если Наська упрется — я ее и с места не сдвину.

— Сяду и буду сидеть на скамейке, — сказал я.

Мимо шли люди, толкаясь и бормоча в мой адрес не слишком лестные эпитеты.

— Сяду рядом и буду ждать.

Я сдался.

— Только сегодня. Хорошо?

— Максим, ты самый-самый лучший! — выпалила Наська. — Не пожалеешь, зуб даю! Вот, держи!

Она полезла в карман и действительно вытащила оттуда зуб! Молочный. Видимо, зубные феи к Измененным летать боятся.

Вздохнув, я стал выбираться из метро. Наська вьюном пробиралась следом. Несколько здоровых мужиков, которых она мимолетно сдвинула с пути, растерянно смотрели вслед. Никто, конечно, и представить себе не мог, что куколка разгуливает по Москве, будто человеческий ребенок.

Глава третья

Накануне Перемены в Москве было меньше тысячи таксофонов. Стояли они в таких местах, что многие москвичи про них вообще не знали и уж тем более никогда не звонили. Зачем, если в кармане даже у ребенка или старика есть сотовый?

Но зато таксофоны были бесплатные.

Теперь сотовой связи нет, телефонные будки вернулись в города (говорят, какой-то древний завод на этом озолотился), но надо платить за звонок.

Я остановился у таксофона рядом с метро, вставил карточку в аппарат и набрал номер отдела «Экс». Хорошо помнить числа — это очень удобно, не нужно таскать с собой блокнот.

Их производители, кстати, тоже выиграли от Перемены.

Не знаю, сколько народа служит у Лихачева в подчинении, никогда там не был. Но вначале трубку взял мужчина с резким командным голосом, потом я добрался до какой-то юной девицы. И лишь потом мне позвали полковника.

Чутье у него имелось. Впрочем, после недавних событий я бы очень удивился, откажись он от встречи. Я сказал, что подожду у Комка на Шлюзовой набережной, полковник ответил: «Буду через пятнадцать минут», и в трубке запикал отбой.

— Полковнику никто не пишет, — сказала Наська, толкущаяся возле будки. — Полковнику все звонят.

У нее очень медленно шла первая фаза мутации, она несколько лет провела неподвижно. Лежала и читала книжки, их на удивление много оказалось в Министерстве культуры. Читала, похоже, всё что попало, не только детские книжки или детективы. Может, поэтому немного странная.

— Идем, — сказал я. — Подождем на месте.

На самом деле мне не хотелось дожидаться полковника. И когда мы дошагали до Комка, и я там никого не обнаружил, меня это порадовало.

В этом Комке я никогда не был. Он упал на уродливое невысокое здание, в котором размещался фитнес-клуб и какие-то государственные конторы. Кажется, даже почта, и это меня позабавило — на Мичуринской тоже «Почту России» накрыло падением Комка.

Может, Продавцам когда-то посылку не доставили?

Этот Комок был почти правильной формы, напоминал расплющенную каплю, или спелую фигу, ну или хинкали — если вы грузин... Прочие ассоциации я оставил за невоспитанной куколкой.

На моих глазах к дверям Комка подошла молодая женщина. Дернула ручку. Удивилась. Подергала еще. Пожала плечами и пошла навстречу нам, к метро.

Видимо, нечасто ей приходится продавать кристаллы, иначе удивилась бы сильнее. Серчеры знают, что Комки открыты всегда.

— А нас пустят? — шепотом спросила Наська.

— Меня пустят, — ответил я с уверенностью, которой не испытывал. Ночной разговор с Продавцом казался сейчас нереальным.

Мелькнула мысль: а не зайти ли самому, оставив Наську снаружи? Но если она уйдет и заблудится?

— Что именно тебе сказало Гнездо? — строго спросил я, когда мы подошли к дверям.

— Что свершилось ужасное злодеяние! — с готовностью ответила Наська. — Кто-то убил Продавца! И тебе надо выяснить, кто, — тогда друзья покойного дадут тебе кучу всякого добра!

— В целом верно, — признал я. — Ты не боишься увидеть мертвеца?

Наська ответила не сразу и на этот раз очень серьезно:

— Максим... Когда у нас Гнездо убили, я помогала Дарине тела носить. Только мне стражу или монаха тащить было тяжело, особенно если они остались целыми. Я носила куколок.

Она помолчала секунду.

— Своих подруг.

Черт. Меня как под дых ударили. Вот эта ее веселость и энергия — они порой заставляют забывать, что передо мной куколка. Которую родная мать отдала в детстве в Гнездо. Которая несколько лет лежала, пока мутаген боролся в ней с опухолью. Обычно на это не нужно много времени, но тут что-то пошло не так. Дарина говорила, что к ней редко заходили другие куколки — дети не очень-то умеют сочувствовать.

А потом, когда она все-таки поправилась и у нее появились друзья, их всех убили.

— Извини, — сказал я. — Глупость спросил.

— Ничего, — ответила куколка. — Это у всех бывает. Ты не бойся за меня, я не стану пищать. И ничего не буду хватать и лезть куда попало. Нас учат дисциплине.

— Вот в этом я сомневаюсь, — признался я.

Мы были уже перед дверью, а Лихачева еще не наблюдалось. Пробок в Москве нынче нет, слишком дорогой бензин, но ведь могло его что-то задержать?

— Зайдем, — решил я и взялся за ручку двери.

Дверь открылась легко. Комок действительно ждал моего появления.

Я вошел первым, огляделся.

Ну, всё как обычно. Глухая стойка прилавка из того же непонятного бугристого материала, что стены и потолок. За ней — метра два пространства, далее плотный занавес.

Прохладно.

— Эй! — позвал я. — Есть кто?

Все-таки я не был уверен, что Продавец мертв.

Тишина.

Наська попыталась высунуться вперед, я придержал ее за плечо.

— Можно войти? — снова позвал я.

Нет ответа.

— Пахнет, — сказала Наська.

— Чем? — Я насторожился. У куколок чувства развиты куда сильнее, чем у людей. — Кровь?

— Нет... химия какая-то. И озон.

Я принюхался. Да, пожалуй, слегка пахло грозой. Химических запахов я не ощущал.

— Хорошо, — решил я. — Стой пока тут.

И двинулся вперед.

Продавца я увидел, когда подошел к прилавку. Он лежал сразу за стойкой, вытянувшись в полный рост всей массивной тушей, замотанной в серые и песчано-коричневые тряпки. Из-под одежды, будто ноги, торчали толстые металлические штыри, с растопыренными, будто птичьи лапы, опорами. Под телом расплылась большая липкая лужа густо-синей жидкости.

— Что за... — сказал я и, опершись на стойку, перепрыгнул к Продавцу. Наклонился, посмотрел в проглядывающее сквозь ткань лицо. Глаза были закрыты, лицо казалось мертвым.

В общем, мертвым оно и было.

За спиной легонько стукнуло — я обернулся, обнаружил, что Наська стоит на прилавке. Похоже, запрыгнула прямо с пола.

— Мертвый, — сказала Наська. — Это он пахнет.

Да, теперь я чувствовал идущий от Продавца запах. Он не был неприятным, он вообще казался неживым, это был запах сгоревшей электроники и разлившейся химии.

— Вашу ж мать... — сказал я, глядя на торчащие из-под одеяний металлические «ноги». — Вы что, роботы?

— Это механическая жизнь! — прошептала Наська с явным восхищением. — Перед нами сломанный автопродавец!

Я осторожно приподнял подол одежды. Металлические ноги ожидаемо имели что-то вроде сустава в районе колена, а заканчивались в рифленом и явно металлическом цилиндре. Уже догадываясь, что увижу, я засучил Продавцу рукав. Кисть, на вид совершенно человеческая, в районе запястья была насажена на металлический стержень.

В общем, если бы ребенка попросили изобразить робота — он бы примерно так и нарисовал. Не хватало разве что носа-лампочки.

Наська спрыгнула ко мне, тоже наклонилась над телом (если, конечно, сломанную машину можно так называть). Протянула палец, потрогала разлитую синюю жидкость, прежде чем я успел ее остановить. Понюхала. Брезгливо поморщилась и вытерла об одежду Продавца. Сообщила:

— Это оно воняет.

Я тем временем обнаружил, что ткань на груди Продавца разрезана или прорвана. Развел края — и обнаружил тот же самый рифленый металл, только с узкой пробоиной, сантиметров десять-двенадцать длиной. Края пробоины торчали зазубринами, на них застыла синяя вязкая масса.

— Зарубили топором, — сказала Наська.

— Интересная версия, дорогой Холмс, — сказал я. — Но почему топором?

— Элементарно, Ватсон! — Наська взглядом указала в сторону. Я глянул. У края занавеса лежал топор. Деревянная ручка, клиновидное лезвие — самый обычный плотницкий топор. Даже не какое-нибудь экзотическое боевое оружие.

Как-то очень просто для всемогущих и самоуверенных Продавцов, нет?

Тюк топориком в грудь — робот-пришелец отбросил коньки и протянул грабли.

— Топор, — сказал я. — Мы же вроде не в Питере... Так, Наська. Говоришь, у вас дисциплина?

Наська быстро спрятала палец, которым собиралась потрогать пробоину, за спину.

— Ничего не трогать, — сказал я. — Иначе поедешь в Гнездо, я тебе гарантирую.

Кажется, она поняла, что я не шучу.

— У меня карточки на метро нет.

— Сюда же как-то просочилась? Пешком пойдешь в крайнем случае.

Наська огорченно кивнула. Что-то развернула в ладошке и забросила в рот.

— Ты что ешь? — воскликнул я.

— Конфетку!

— Где взяла?

Наська ткнула пальцем под стойку. Там была длинная полка, на ней одиноко стояла стеклянная вазочка с разноцветными леденцами в прозрачных фантиках.

— Тут! У всех Продавцов есть конфетки, они дают детям!

Я вспомнил, что при мне Продавцы и впрямь иногда угощали детей, притащивших лут или пришедших с родителями, леденцами. Криминала тут не было, они явно копировали земные обычаи.

— Все равно, нечего грязными руками... ты эту жижу трогала! — строго сказал я.

В дверь тихонько постучали, и нотацию пришлось прервать.

— Сиди и жди! — велел я. Перебрался через стойку, подошел к двери. Открыл.

И обнаружил мрачного Лихачева.

Полковник был в штатском, но пиджак оттопыривала кобура.

— Заходите, — сказал я.

— У меня кристаллов с собой нет, — заметил Лихачев.

— Ничего, тут и Продавца уже нет.

— Нет? — оживился полковник и быстро вошел. — А где он? И как ты узнал?

Похоже, Лихачев решил, что я обнаружил брошенный на произвол судьбы Комок. Удача, конечно, для начальника отдела «Экс». Продавцы были не меньшей загадкой, чем Инсеки или Измененные.

— Он тут, но его уже нет.

— Ясно, — Лихачев кивнул.

Быстрым шагом подошел к прилавку, глянул. Поморщился, увидев Наську, — та помахала ему рукой, опасливо улыбаясь. Похоже, к полицейскому она относилась с большим пиететом, чем ко мне. Потом Лихачев увидел металлические части и прямо-таки завопил:

— Робот! Гребаный робот!

— Сам в шоке, — согласился я.

Лихачев резко обернулся ко мне. Спросил:

— Кто-то еще знает?

— Дарина.

— Ну это понятно... Максим, что стряслось?

Я только приготовился рассказывать, как заговорила Наська:

— Мы на минуточку зашли! Это я виновата, я попросила Максима шоколадку мне купить! А Продавец себе вставлял батарейки, мы увидели, что он робот! И Продавец сказал, что теперь нас убьет! И пошел на меня, а Максим достал топор и...

Лихачев мгновенно успокоился, поднял руку, останавливая Наську:

— Ясно. То есть вы пришли, когда он был уже мертвый.

Наська, чей полет фантазии так грубо прервали, обиженно замолчала.

— Мне сказал Продавец из нашего Комка, который возле Гнезда, — пояснил я. — Что убили Продавца. И я должен расследовать.

— Должен? — удивился Лихачев.

— Он сделал предложение, от которого я не смог отказаться.

— Ясно, — Лихачев достал платок и вытер лицо. Шрам на щеке у него побагровел, видимо, от нервов. — Ладно, всё не так плохо, как я подумал. Ты имел право меня позвать?

— Да. Больше часа спорил, но договорился. Все, кто участвовал в истории с Прежними, могут мне помогать.

— Спасибо, — поблагодарил Лихачев. Настроение у него явно стремительно улучшалось. — Максим, я тебе говорил, что ты славный человек?

— Ага.

— Ну и повторить нелишне, — Лихачев крякнул, перебираясь через прилавок. Сказал Наське: — Брысь!

Куколка послушно отошла на пару шагов.

— Зачем девчонку привел?

— Гнездо настояло...

— Тоже ясно. Кого еще позвал?

— Никого.

— Телефонная будка метрах в ста от метро...

— Знаю.

Лихачев полез в карман, достал записную книжку. Полистал. Потом показал мне через прилавок.

— Вот телефон Елены. Тебе важен ее рабочий номер. Сегодня операций у нее нет, но она должна быть в отделении. Скажешь, что бумага от полиции придет, что она привлечена как эксперт. Запомнил?

Я кивнул.

Откуда он знает, что у меня хорошая память на числа?

Наверное, оттуда же, откуда рабочий график Елены Филипенко.

— Телефон Миланы знаешь?

— Зачем? — заупрямился я.

— Потому что перед нами инопланетная форма жизни. И нам нужен биолог.

— Она студентка. А это — робот!

— Надо удостовериться. Студентка тоже... лучше, чем ничего.

Он снова порылся в книжечке.

— Вот телефон деканата. Твоя... знакомая... должна быть на лекциях. В общем, пригласишь декана. Скажешь ему, что в сейфе лежит конверт от МВД. Пусть вскроет. Внутри будет еще один конверт, на нем написаны числа: тридцать два — восемь — пятьдесят четыре. После этого пусть вскроет второй и прочтет, что там сказано.

— И что?

— Там сказано, чтобы он выполнял распоряжения, отданные сотрудником по телефону. Пусть сажает Милану в машину и отправляет сюда!

— Давайте я просто скажу, что у нее заболела бабушка, — сказал я.

Лихачев подумал секунду.

— Можно и так. Но с конвертом быстрее. И... — он усмехнулся, — мне ни разу не доводилось использовать эти предписания. Хочу попробовать, как работает. Всё, иди!

— Наську забрать? — предложил я.

— Зачем? — удивился Лихачев. — Мне нужен ассистент. Нервы у нее крепкие, как я погляжу. У тебя крепкие нервы?

— Как стальные тросы! — ответила Наська. И показала мне язык.

Я вздохнул и пошел к телефону.

Робот. Ну надо же, робот!

Теперь понятно, почему в Комке нет сортира...

Вернулся я минут через двадцать. Елену я вызвонил быстро, и она сразу, ничего не спрашивая, ответила, что приедет. Декан биофака тоже не спорил после того, как вскрыл конверт, но его минут десять не хотели подзывать к телефону, даже один раз сбросили вызов. То ли он чем-то был занят, то ли секретарше мой голос показался недостаточно солидным. Поэтому, завершая разговор, я не удержался и велел декану навести порядок среди персонала.

К этому моменту Лихачев с помощью Наськи уже раздел Продавца. Думаю, что Наська выступала в качестве основной рабочей силы, пришелец явно весил килограммов сто пятьдесят, а может, и двести. Сейчас полковник и куколка сидели возле неподвижного тела, изучая результат своих трудов.

Без своих одежд Продавец выглядел нелепо и устрашающе одновременно. Тело его представляло собой металлический цилиндр с закругленными торцами, что-то вроде здоровенной капсулы. Сплав не походил на тот серо-голубой, что используют Инсеки, он был очень темный, почти черный. Никаких отверстий, кроме пробоины в груди, никаких датчиков-штекеров-индикаторов, лишь небольшие выступы и углубления, спиральным узором покрывающие весь цилиндр. Никаких признаков пола, разумеется. Снизу к капсуле крепились «ноги», в боках «руки», сверху «шея» с головой. Ладони и голова выглядели очень правдоподобно, казалось, что это обычные человеческие части тела. Но они не выглядели мертвыми, и это как раз заставляло думать об имитации. Темные волосы на голове, уши как уши, хотя обычно их не видно, в общем — тщательная работа. Я осторожно потрогал Продавцу щеку — она была теплой. Наклонился — и ощутил слабый цветочный запах. Так пахнут человеческие покойники, но я помнил, что и от живых пришельцев исходил этот запах.

— Удивительно, что Продавцы позволили узнать их сущность, — сказал Лихачев. Неодобрительно глянул на меня, порылся в кармане, протянул тонкие синие перчатки. На нем и на Наське такие уже были. — Не надо человеческой ДНК.

— Нам нельзя его выносить, — предупредил я.

Лихачев вздохнул. Негромко сказал:

— Ну... разве что чуть-чуть, а? Волосок?

— Это робот, — напомнил я.

— Но голова и руки у него похожи на органические. Даже такая мелочь... — Лихачев встал, оглядел Продавца с высоты своего роста. — Ну-ка, ассистент! Скажи, что тебя настораживает?

— Всё! — бодро выпалила куколка.

— А конкретнее?

— Что Продавцы нас сюда направили. Что кто-то смог Продавца убить, неужели у них защиты нет? Топор очень настораживает.

Топор лежал на прежнем месте, но похоже было, что его осматривали.

— Так... — подбодрил Лихачев.

— Синюха по лезвию размазана неровно, — сказала Наська. — Словно потом уже прикладывали к дырке. И дырка... — Она ткнула пальцем. — Она же изнутри! Металл выгнут наружу, а если топором бить, то должен был внутрь прогнуться!

— Вот, — сказал Лихачев довольным тоном. — Молодчина. Если вырастешь и захочешь из Гнезда уйти, то возьму на работу!

Довольная улыбка Наськи сразу увяла.

— Из Гнезда не уходят, — сказала она.

Я укоризненно глянул на Лихачева:

— У полковника явно нехватка сотрудников. Он и меня вербовал... А вы за штору заглянули?

— Нет, тебя ждали, — ответил Лихачев.

Мне потребовалось несколько секунд, чтобы понять: это не сарказм, они действительно ждали.

— Ну, так давайте посмотрим? — сказал я. — Всегда хотел заглянуть.

Лихачев, отвернувшись от Продавца, кивнул. Подошел к шторе, пошарил рукой, отводя в сторону. Занавес состоял из полос ткани шириной метра в полтора. Продавцы обычно проскальзывали сквозь штору очень быстро, за ней было темно и разглядеть ничего не удавалось.

Теперь стало понятно, почему. За первой шторой на расстоянии метра оказалась вторая.

— Простенько и со вкусом, — решил Лихачев, отдергивая вторую штору. Там уже было светло. Он прошел внутрь, резко остановился. Потом сказал: — Максим, иди ко мне. Анастасия, остаешься на месте!

Видимо, такое официальное обращение возымело действие, куколка даже не пикнула.

Я прошел за Лихачевым.

Эта часть Комка была просторнее. У стены стоял здоровенный, два на два метра, стеклянный куб. Передняя сторона была приоткрыта, словно дверь, хотя никаких петель я не видел, просто стекло изгибалось, как лист бумаги.

Еще там имелась койка: металлическое основание, голый белый матрас из гладкого поблескивающего пластика. Койка была узенькая, Продавец мог на ней поместиться, но вряд ли это было ему удобно. Хотя зачем вообще роботу место для сна?

Но главный сюрприз ждал нас на полу.

Там лежала женщина.

Молодая, может, немного старше меня, красивая, с длинными светлыми волосами. Крепкого сложения, не заморенная модель, но и не перекачанная спортсменка или бодибилдер. Есть такой тип внешности, про него еще говорят «настоящая русская красавица», а иногда со вздохом добавляют: «Исчезающий вид».

И судя по этой женщине — и впрямь исчезающий.

Она была мертва. Никакой крови, никаких повреждений, но одного взгляда на бледную кожу и слепо открытые глаза хватало, чтобы это понять. Одета она была в цветастый голубой сарафан и белые босоножки, чуть в стороне лежала крошечная сумочка в тон сарафану.

— Только этого не хватало... — горестно сказал Лихачев.

Присел возле тела, потрогал шею, оттянул веко, потом чуть приподнял женщине руку и зачем-то осмотрел с той стороны, которая была обращена к полу. Прижал к руке палец, надавил, отдернул. Медленно встал, глянул на меня:

— Умерла вчера вечером.

— Продавец тоже, — сказал я. — С девяти до одиннадцати, как мне сказали. Ее убили?

— Да уж вряд ли она умерла с горя по Продавцу... — Лихачев тихонько застонал, выругался: — Мать твою... я попал, Максим. Это не Продавец, это человек. Я должен сообщить про убийство. Его будут расследовать. А никого сюда впускать нельзя, так? И выносить ничего и никого нельзя?

— Я могу спросить!

— Даже если ее позволят вынести — требуется осмотреть место, под подозрением мертвый Продавец...

— Полковник, — сказал я. — Вы что, серьезно?

Лихачев глянул на меня искоса.

— Вот вы такой весь законопослушный, да? — поинтересовался я. — Инсеки на нашей планете растят свое пушечное мясо, а раньше это делали Прежние, а недавно они чуть Землю не угробили из-за девочки-стратега!

— То есть ты предлагаешь мне нарушить закон? — спросил Лихачев.

— Да, — мрачно сказал я.

Полковник кивнул и никак не прокомментировал мои слова. Сказал:

— Женщина была крепкая, но вряд ли она могла убить Продавца. А ты сталкивался с ситуацией, когда кого-то впускали за занавес?

Я покачал головой.

— Имеем два тела, фальшивое орудие преступления и никаких зацепок, — вздохнул Лихачев. — Еще имеем стеклянную хрень. Как думаешь, они отсюда берут товары?

Я кивнул. Мне довелось видеть, как Продавец отказался продать какую-то особенно крутую удочку, сказал, что она слишком длинная и неразборная, возникнут «транспортные проблемы». Видимо, размеры камеры ограничивали доставку или синтез товаров.

— Эх... — Лихачев нагнулся, поднял сумочку, открыл. Стал осторожно перебирать содержимое: мелькнул флакончик духов, тюбик помады, таблетки. Потом он с торжествующим «ага!» достал какое-то удостоверение, раскрыл.

И замер.

— Кто она? — спросил я.

— Некая Татьяна Воробьева, — ответил Лихачев.

— И что?

Но оказалось, что полковника Лихачева поразило не имя женщины. Он закрыл удостоверение и спросил:

— Знаешь, где она работает?

Я пожал плечами.

— В Администрации. Под руководством того, кто нам известен под именем «Иван», — пояснил Лихачев с отвращением. И посмотрел на мертвую женщину с явной неприязнью.

— Тогда, выходит, мы нашли убийцу... — прошептал я.

«Иван» был каким-то чином из правительства.

А еще — Прежним. Одним из тех, кто тысячелетиями тайно властвовал над людьми.

Но самое мерзкое, что при этом он и сам был человеком.

Глава четвертая

Милана и Елена приехали почти одновременно. Елена на машине — я удивился, но она, оказывается, имела личный автомобиль. Наверное, и впрямь была хорошим врачом, если могла себе это позволить: бензин очень дорог, да и электричество недешевое. Милану привезла университетская машина с изнывающим от любопытства водителем. Нечасто декан велит немедленно подбросить студентку до Комка.

С Еленой мы поздоровались за руку, при всей разнице в возрасте мы уже через многое вместе прошли.

А с Миланой, после секундного взаимного колебания, обнялись и даже поцеловались.

В щеки. Так, по-братски-сестрински. Что было, то было, мы этого не забывали, но и не вспоминали вслух. Милана выглядела сегодня замечательно, к тому же была не в джинсах, а в юбке. Честно говоря, мне куда больше нравится, когда девушки одеваются соответственно своему полу, а не влезают в штаны.

Но меня это уже не касается.

Не должно касаться.

Дальше было объяснение ситуации, строгий взгляд Елены на Наську, которая постаралась сделать вид, что ее тут вообще нет, и краткая речь Лихачева.

— Милые дамы, — сказал он, глядя на Елену. — Я понимаю, что это не совсем ваша сфера деятельности. Но никого более подходящего я сюда привести не могу. Тут лежат мертвый пришелец и мертвая женщина. Надо постараться понять, как они погибли. И по возможности собрать информацию о Продавце. Это первый в истории случай, когда мы можем анатомировать инопланетное существо.

— Мне кажется, слово «разобрать» подойдет лучше, — заметила Елена. — Хороший слесарь был бы полезнее.

— Не спорю, но слесаря нет, — Лихачев развел руками. — Мы с Максом постараемся помочь. Что вам нужно?

Женщины принялись совещаться.

Через пять минут мы с Лихачевым пошли к таксофону. Он отзвонился в свой отдел и продиктовал список реактивов и медицинских инструментов, которые надо привезти «хоть купив, хоть отобрав у судмедэксперта». Потом мы обошли ближайшие магазины, покупая всё остальное: в списке была и толстая полиэтиленовая пленка в рулоне, и черные пластиковые мешки, и аккумуляторная пила-болгарка, и прочие инструменты. Завершали перечень пять легких садовых стульев, чайник, вода, заварка и туристическая газовая плитка — Лихачев настраивался на долгую работу. Еще мы купили сэндвичи и печенье, причем полковник сказал, чтобы я не брал бутерброды с мясом. Причину я понял, и мне стало неприятно.

Самым нелепым было то, что всё это мы могли бы получить в Комке, причем куда лучшего качества — если бы умели пользоваться кубом-синтезатором.

Нагруженные (больше всего мешали стулья, легкие, но громоздкие), мы вернулись в Комок. Женщины сидели все вместе, включая и Наську. Судя по недовольному, но все же торжествующему лицу куколки, ее пытались прогнать, но не сумели.

— Хирургических инструментов пока нет, — сказал Лихачев. — Давайте займемся Продавцом.

Мы расстелили полиэтилен на прилавке и затащили на него нелепое металлическое тело. Елена надела темный рабочий халат, перчатки и защитные очки. Лихачев снарядился так же. Как-то не сговариваясь, они взяли основную работу на себя.

Я не был против.

— Итак... — сказал Лихачев. Достал из кармана старый смартфон. Я удивился, но оказалось, что Лихачев использует его как фотоаппарат и диктофон. — Имеем металлический цилиндр с частично вытекшей густой жидкостью синего цвета. Из контейнера торчат пять металлических штырей, два оканчиваются имитацией человеческих кистей, один — имитацией головы, еще два имеют по четыре выступа и служат для передвижения... Служили. Имитации человеческих тканей очень правдоподобны.

Он сделал несколько снимков, вздохнул. Видимо, представлял себе, как Продавца разбирают на части специалисты.

— Исследование начнем с имитации биологических тканей, — продолжил он. — Работу выполняет заслуженный врач Елена Филипенко.

— Тогда уж добавьте «доктор наук», «врач высшей категории» и прочую лабуду, — сварливо сказала Елена.

За неимением скальпеля она взяла канцелярский нож, неодобрительно на него глянула. Спросила:

— Может, дождемся скальпеля?

— Это робот, — сказал Лихачев. — Не сможете этим работать? Есть кухонный нож.

— Да я отверткой вам аппендикс вырежу, — сказала Елена. — Если понадобится. Как-то неловко...

Вздохнув, она провела лезвием по кисти.

Кожа разошлась. Выступила кровь. Красная. Милана за спиной тихонько ойкнула.

— Черт, — сказала Елена, отпрянув. — Копать-колотить...

— Очень тщательная имитация, — сказал Лихачев, делая очередной снимок. — После разреза кожного покрова выступила жидкость, имитирующая кровь...

— Я бы сказала, что это и есть кровь, — мрачно произнесла Елена. — Но у мертвеца она бы уже свернулась.

Она еще раз провела ножом, углубляя разрез.

Убрала нож, сказала:

— Полковник. Я бы сказала, что прорезала кожу тснара и рассекла короткую отводящую мышцу большого пальца — мускулюс абдуктор поллицис бревис. И это обычные человеческие мышцы, а никакая не имитация, к хренам собачьим!

Она склонилась над разрезом, осторожно развела его пальцами, чего-то коснулась кончиком ножа. Выпрямилась.

— Я бы даже сказала, полковник, что это живая человеческая кисть.

— Насаженная на штырь?

— Да, насаженная на штырь! — резко ответила Елена. — Я коснулась нерва, и мышца чуть сократилась. Словно в глубоком наркозе.

— Но этого не может быть.

— Не может, — согласилась Елена.

— А если это выращенная искусственно кисть руки? — предположила Милана.

— Кровоснабжение, иннервация? — вопросом ответила Елена.

— Через штырь. Какие-нибудь капилляры... провода...

Елена посмотрела на Лихачева.

— Может быть, вы займетесь металлической частью?

Лихачев протянул ей смартфон, молча взял напильник из принесенных нами инструментов. С усилием провел по цилиндрическому боку. Изучил это место. Сказал:

— Следов воздействия напильника не наблюдаю. Металл твердый, идентифицировать не могу. Судя по весу, это не сталь.

— У меня есть магнитик! — неожиданно сказала Милана. Достала из сумочки маленький фонарик. — Вот тут, на торце, он примагничивается...

— Молодчина, — похвалил Лихачев. Приложил фонарик к корпусу Продавца. Сказал: — Металл немагнитный. А ну-ка...

Включив фонарик, он посветил в узкую дыру. Долго всматривался. Потом сказал:

— Тут, конечно, с обзором плохо... но, по-моему, он весь заполнен этой жижей.

— Мне дайте, — попросила Елена азартно. — Вы и не представляете, через какие щели я внутрь человека заглядываю... потом напомните, расскажу анекдот... про поклейку обоев...

Она долго светила в щель, щурясь и поворачивая фонарик. Сказала:

— Согласна. На первый взгляд всё заполнено вязкой синей массой, аналогичной выплеснувшейся, но более густой. Я бы сказала, что мы имеем дело с большой банкой синей жижи, к которой на штырях приделаны человеческие руки и голова.

— Как бы человеческие, — упрямо поправил Лихачев.

— Ну можно и так сказать, — Елена вздохнула. — Будете вскрывать?

— Попробую... — сказал Лихачев.

Он попробовал. Маленькая «болгарка» визжала, пытаясь вскрыть корпус, но через несколько минут полковник признал поражение.

Вырезать в теле Продавца отверстие не получалось. И судя по тому, что пила не оставляла никаких следов, топором пробить тоже бы не вышло.

— Посмотрите место соединения штыря и кисти, — попросил Лихачев.

Елена снова стала резать. Я отошел, смотреть не хотелось. Но уже через минуту вскрытие закончилось: кисть оказалась прикрепленной к штырю через комок густой синей массы, в которую были погружены нервы и сосуды. Походило на то, будто отрезанную кисть просто надели на штырь, из которого торчал пузырь липкой синюхи. Странное вещество приросло к плоти, заполнило обрезки вен и артерий, каким-то образом насыщало кровь кислородом и питательными веществами и сохраняло ткани живыми. Края кисти при этом накрепко приросли к штырю.

— В какой-то мере эти кисти до сих пор живы, — сказала Елена. — Хотя основная часть Продавца разрушена, но синяя жидкость продолжает питать биологические части.

— То есть это киборг, — задумчиво сказал Лихачев. — А как он мыслит? Где мозг?

— Я не стану вскрывать голову! — резко ответила Елена. — Если это человеческая голова, то мозг может быть жив.

— Но Продавцы — не люди!

— А откуда мы знаем, где здесь что? — резонно возразила Елена. — Это киборг! Он может думать этой жижей, корпусом... может быть, там, в глубине, плавают какие-нибудь мыслящие схемы!

— Волновые структуры, — предположил я. — Как Гнездо... и как Высший.

Елена кивнула и добавила:

— А руки и голова — выращены искусственно или взяты у людей. Для маскировки.

— Но Продавец умер! — напомнил я.

— Умер его мозг, чем бы он ни был! А тут, в этой голове, может быть человеческий мозг. Живой.

— Жуть! — с восторгом сказала Наська. И быстренько ретировалась в сторону, убегая от взгляда Елены.

Лихачев посмотрел на меня с сочувствием:

— Максим, боюсь, ничего полезного ты от нас не получил.

Да, похоже было, что так.

Лихачев хотя бы выяснил, как именно выглядит Продавец. Казалось бы, какая нам разница, гуманоиды они, ящерицы, насекомые или киборги? Но за такую информацию он наверняка получит премии, благодарности, какие-нибудь медальки-ордена. Потом, возможно, за эту информацию и за кадры неудачного вскрытия Продавца наше государство будет выторговывать важную информацию у других стран.

А мне-то что?

«Ваш коллега — робот?»

Так и Продавец, поивший меня чаем, тоже робот.

«У него дыра в груди».

Очень ценная информация...

— Елена, осмотрим тело женщины?

Хирург вздохнула:

— Да, конечно. Вскрывать?

Лихачев заколебался. Видимо, представил, как всё это будет. Он, конечно, всякого навидался, но...

— Аккуратно, — решил он наконец. — Почему женщина могла умереть без всяких внешних повреждений?

— Яд, инфаркт, инсульт...

— Сможете аккуратно посмотреть?

— Совсем аккуратно это не получится, — сказала Елена. — Но... нервы у вас крепкие?

Лихачев пожал плечами.

— Давайте попробуем. Только дождемся нормальных инструментов.

В ожидании мы спустили тело Продавца на пол, поставили плитку и вскипятили на ней чайник. Мы сидели в Комке, который сам по себе был чудом, продуктом инопланетных технологий, но хозяева не предусмотрели ни туалета, ни умывальника, ни электричества в доступной нам форме.

Вскоре полицейская машина привезла Лихачеву две сумки, полные оборудования эксперта. Хозяин сумок тоже приехал и явно изнывал от желания лично поучаствовать в исследовании, но был отправлен обратно. Пока мы допивали чай, Елена повозилась над телом Продавца с реактивами и сообщила, что биологические части действительно живы.

Час от часу не легче. Я представил, что голова открывает глаза и начинает что-то говорить.

А как она заговорит-то? Легких нет! Или по заменяющему шею штырю и воздух подается?

Елена и Милана ушли за занавес, к ним присоединился Лихачев. Меня никто не позвал, и я был этому рад. Хотела ли понаблюдать за вскрытием Наська — не знаю. Во всяком случае, она предпочла усесться на стул и задумчиво смотреть на лежащего Продавца.

— Ты про таких что-нибудь слышала? — спросил я, беря стул и усаживаясь рядом.

— О Продавцах нам ничего не говорили.

— А о киборгах вообще? Там, в космосе, есть боевые киборги?

Наська помолчала. Потом неохотно сказала:

— Я не стража. Говорили, что это тупиковая ветвь.

— То есть?

— Биологический организм можно изменять бесконечно... — Наська ковыряла ногой пол. — В любую сторону. Добиваться нужных качеств. Живая клетка очень пластична. А механические устройства ограничены, даже если они сами себя чинят.

Я подумал. Сказал:

— Все-таки не согласен. Оружие из живого не сделаешь.

— Да? — удивилась Наська. — Правда, что ли?

Я вспомнил бойца с его роговыми конусами-излучателями.

— А если нужен рентген, какие-то исследования?

— Мы не болеем. Ну и есть же докторки! — сообщила Наська. — У нас не было, а в большом Гнезде есть. И там... где требуется.

— Ладно, допустим, — не сдавался я. — Ну а если нужен экскаватор? Или бульдозер?

Наська искоса глянула на меня.

— Что, тоже? — поразился я.

— Строитель... Мне говорили, что из меня выйдет хороший бульдозер. Если не хочу в стражи.

Она выждала несколько секунд, глядя на мое ошарашенное лицо, потом снисходительно улыбнулась:

— Шучу!

— Ну тебя... — пробормотал я.

— Строители из мальчишек хорошо получаются, — добавила Наська.

— Ты сейчас не врешь? Не фантазируешь?

— Нет. На Земле много разных Измененных не нужно. А вот там, — она указала глазами вверх, — всякие бывают. Жница для работы, стражи для войны, монахи для науки. Но дальше еще много разного.

Как по мне — это и был ужас, а не металлический цилиндр с торчащими из него на штырях руками и головой. Но Наська, снова уставившись на Продавца, сказала:

— Вот такие штуки — это кошмар и примитив. Смотреть противно.

— Почему вы ничего не рассказываете людям?

— А зачем вас пугать? — спросила Наська хмуро. — Вам лучше не знать.

— Мне-то ты рассказываешь.

— Ты почти свой.

Она вздохнула и на миг прижалась головой к моему плечу. Добавила:

— И Дарина тебя любит. Тебе можно рассказывать. А ты расскажешь кому-то?

— Нет, — признался я. — Зачем... пугать.

— Вот!

Штора качнулась, вышла Милана. Была она бледная и как-то очень натянуто улыбалась, неловко стягивая перчатки. Пальцы у нее скользили, перчатки были в чем-то липком. Мы, не сговариваясь, кинулись к ней, Наська перемахнула через прилавок в прыжке, я перебрался следом.

— Ты как? — спросил я.

— В обморок не упаду, — ответила Милана. Помедлила. — Наверное. Правильно я на врача не пошла учиться...

Она скинула перчатки в пакет, который мы отвели для мусора. Туда же отправила и халат. Я полил ей воды на руки, подождал, пока она яростно их оттирала над тазиком.

— Это... ну, неприятно... — пояснила она. — Одно дело, когда смотришь в микроскоп. Другое... ну... Елена сказала, что они справятся сами. Лихачев — кремень. Еще и подсказывает... Максим, у тебя нет сигарет?

Я покачал головой.

— Не подумай, я не курю... — виновато сказала Милана. — Ну, постоянно чтобы — не курю. Сейчас только вот.

— В моем пиджаке посмотри, — крикнул из-за занавеса Лихачев. — В правом кармане. Только учти, у меня настоящие, не электронные. И крепкие.

Милана смущенно глянула на меня, я махнул рукой и сам достал ей сигареты полковника. Как-то не время сейчас было лекции ей читать.

Она порывалась выйти, но я велел ей сесть на стул у двери и курить там. Однажды при мне в Комок вошел серчер с сигаретой, Продавец даже слова ему не сказал. И дым вытягивало мгновенно, здесь сильная вентиляция.

Я подождал, пока Милана справилась с зажигалкой и закурила. Делала она это по-прежнему неумело.

— Вы что-то... посмотрели? — спросил я, стоя рядом.

— Нет еще. Сейчас Елена смотрит... сердце... — Милана глубоко затянулась. — Давай не об этом, а? Как у тебя дела?

— Нормально. А что не звонила?

— Учеба, — неубедительно объяснила Милана. — Дел по горло, да... — И тут же, испортив даже эту отмазку, спросила: — Как у вас с Дариной, всё в порядке?

— Хорошо, — ответил я.

Повисло неловкое молчание.

— Вы на меня не обращайте внимания, — сладким голоском произнесла Наська. — Я все понимаю, это взрослые отношения.

Милана вымученно рассмеялась.

— А ты как, непоседа?

— Расту, — подумав, сообщила Наська. — Думаю о жизни. Решила начать писать стихи.

— Умница, — одобрила Милана.

И тут из-за занавеса вышел Лихачев.

Сказать, что у него был озадаченный вид, — мало. Он был растерян и, кажется, даже слегка испуган.

— Что такое? — дернулся я.

— Максим, такое дело... — Лихачев скривился. — Эта... Татьяна... не человек.

Он, крякнув, перебрался через стойку. Подошел, забрал у Миланы свои сигареты, тоже закурил.

— На вид обычная женщина, — сказала Милана осторожно. — Даже красивая женщина.

— Ну да... И документы у нее нормальные, и в сумочке ничего подозрительного. Елена говорит, что сердце нечеловеческое. Там две дополнительные камеры.

— Шестикамерное? — удивилась Милана.

— Три предсердия, три желудочка. Дополнительная вена и артерия, кажется, идут прямо к мозгу. Мы еще глянули быстро мышцы — Елена говорит, что такого вообще в природе не бывает. Какой-то особый тип мышечной ткани, надо смотреть под микроскопом, но... В общем... там у нее словно всё улучшено. Понимаете?

— Она Прежняя, — сказал я, холодея.

— Да, — кивнул Лихачев. — Я это допускал. Но не думал, что они так отличаются внутри.

— Я готова помогать, — решила Милана, покрутила головой, ища, куда бросить окурок. — Если так, то я готова. Я как-то сразу перестала ее жалеть!

— Подожди, надо понять, что делать, — сказал Лихачев. — Убитый Продавец — уже плохо. Но его соплеменники хотя бы разрешили вести следствие и проводить вскрытие! А тут — убитый Прежний. Я не знаю, что делать.

— Официально их как бы нет, — заметил я.

— Но мы как минимум одного знаем, — Лихачев вздохнул. — И пусть даже Прежним теперь запрещено убивать людей, он и в своей человеческой должности может нам жизнь превратить в ад!

— Вас с работы вытурят, — кивнул я.

— Меня с работы, Милану из института, при желании найдут и тебя за что посадить, и как близких зацепить... — Лихачев покачал головой. — Ребятки, я не хочу вас подставлять. Эта женщина — не преступник, а тоже жертва. Я велел Елене привести ее в порядок, насколько возможно. И надо... — он помедлил, — звонить Ивану. Ты помнишь его прямой номер?

Я кивнул.

— Так будет быстрее, — решил Лихачев. — Мне-то придется продираться через секретарей. Позвони. Расскажи без деталей, что случилось. Пусть забирают тело.

Я подумал, не связаться ли вначале с Продавцом.

Потом подумал, что неприятностей, связанных с Иваном, будет куда больше.

— Хорошо, — сказал я. Позвоню.

— Давай, Максим, — подбодрил Лихачев. — Влезли же мы в дерьмо по уши... Извини, Милана, что тебя вытащили.

Милана пожала плечами и ответила:

— Ничего. Если честно, мне эти недели было как-то одиноко и пусто. Наверное, подсела на адреналин.

Я глянул на Наську, взглядом велел ей оставаться (впрочем, она-то была явно в восторге от происходящего) и пошел к двери.

Открыл и замер.

Перед дверью стоял худощавый мужчина лет сорока, в дорогом костюме, в дорогих очках, интеллигентного и одновременно начальственного (а это редко бывает) вида.

Похоже, он давно уже тут стоял, терпеливо ожидая, пока кто-нибудь выйдет.

— Здравствуйте, — сказал я. — Как раз собирался вам звонить.

Иван уставился на меня, на мгновение на его лице промелькнула несвойственная Прежнему растерянность. Потом он кивнул, вновь обретая иронично-пренебрежительный вид.

— Проходите, — помедлив, продолжил я.

В конце концов, ведь Иван был во всё посвящен. Так что разрешение Продавца формально касалось и его.

— К сожалению, войти я не могу, — ответил Иван, оглядывая дверной проем. — Мне, видишь ли, достаточно сделать шаг внутрь, чтобы умереть...

Он с явным интересом заглянул в Комок, сдержанно улыбнулся Лихачеву.

— Здравствуйте, полковник! Привет, девочки! Приятно видеть знакомые лица. Но говорить придется через порог. У вас стульчика не найдется?

Глава пятая

Я принес и передал через порог стул.

Иван покачал головой, забирая его, сказал:

— Ты зря боишься.

Я лишь пожал плечами. «Бояться» — слишком сильное слово. Но я предпочел бы оставаться там, куда Иван войти не может.

Набережная была удивительно пустынной, ни одной машины, ни одного пешехода. Похоже, ее перекрыли? С другой стороны, через Водоотводный канал то и дело мелькали автомобили.

— Я попросил остановить здесь движение, — сказал Прежний, садясь перед дверью. — Чем обязан удовольствию встретить здесь вашу компанию?

Лихачев молчал, я тоже с ответами не лез. Ивана это не смущало.

— Остальные люди тоже здесь? А миленькая жница?

Я подумал, что «миленькая» он добавил специально для меня. Чтобы вывести из равновесия.

Это значило, что мое появление ошеломило и разозлило его.

Не буду я заводиться, не дождется.

— Что вам здесь нужно, Иван Андреевич? — спросил Лихачев сдержанно.

Значит, он все-таки Иван? Мне стало неприятно, что у него на самом деле такие обыденные русские имя и отчество. Я не стал расспрашивать Лихачева, но был уверен, что Прежнего на самом деле зовут совсем иначе.

Хотя, если подумать серьезно, — имен у него должно быть много.

— Куда интереснее, что нужно вам, — ответил Иван. — Да, поздравляю с награждением, полковник! Вам хотели дать «За отличие в службе» первой степени, но я настоял на «За заслуги в службе в особых условиях». Интереснее звучит, верно? А «за отличие» первой степени вы еще получите, я прослежу.

Лихачев молчал.

— Ладно, — Иван посерьезнел. — Татьяна здесь?

— Здесь, — сказал Лихачев.

Иван нахмурился. Видимо, почувствовал тон. Еще раз глянул внутрь Комка.

— Она за ширмой?

— Да.

— А где Продавец?

— За прилавком.

— Он что, там лежит? — уточнил Иван. Пожевал губами, потом сказал: — Так. Вы хотите сказать, что Продавец мертв?

— Я не думаю, что мы вправе делиться этой информацией, — быстро сказал я.

— Да? — удивился Иван. — Так... А что с Татьяной?

— Ваша соплеменница тоже мертва, — ответил Лихачев.

— Хм, — Иван подался вперед, вглядываясь в Лихачева. — Так, значит... Ага. На основании чего вы сделали вывод, что Татьяна Юрьевна Воробьева — моя соплеменница?

— На основании вскрытия, — сказал Лихачев.

— Мертва... — задумчиво сказал Иван.

Он замолчал, глядя то на Лихачева, то на меня. Ни Милана, ни Наська, стоявшие дальше, его явно сейчас не интересовали.

— Крайне любопытная ситуация, — сказал он наконец. — В какой-то мере тревожащая... Слушайте, давайте поговорим как разумные люди?

— Люди? — сказал Лихачев с иронией.

Иван глянул на меня. Я никому не передавал его слова про то, что Земля — родная планета Прежних. Сейчас он это понял... и мне показалось, что во взгляде Прежнего мелькнуло одобрение.

— Оставьте, полковник! Если я пересплю с человеческой женщиной — у нас родятся дети. Если выпью водки — то опьянею. Если порежусь — потечет красная кровь. Что из себя представляют Инсеки — вы знаете. Продавец, полагаю, тоже не столь человекообразен, как вы раньше думали?

Мы молчали.

— Поговорим как разумные люди, как гуманоиды, если угодно, — продолжал Иван. — Вам неприятно, что мы жили среди вас, не открываясь? На то были причины.

— Нам неприятно другое, — сказал Лихачев.

— Ну да, да, конечно, — Иван вздохнул. — Исчезающие дети... Ну так Инсеки забирают ваших детей легально, можно сказать. И никто не против. Или платить дань больными и калеками не так обидно? Но при нас человечество росло, умнело, прогрессировало. Интернет, космические полеты, успехи медицины... Мы развивали Землю. Инсеки ее превратили в унылый питомник. Казуистика, случайность, неожиданное вмешательство третьей силы... и вот вы всем человечеством приняли новых хозяев, а нас люто возненавидели! Космодромы зарастают бурьяном, Луну разрушили, климат с ума сошел... вы хотя бы знаете, сколько видов растений и животных вымерло?

— О чем вы хотите говорить? — спросил Лихачев. Иван, похоже, готов был часами доказывать нам, как плохи Инсеки.

— О произошедшем. Я правильно понял, что Продавец данного Комка мертв? И мертва Татьяна?

— Да.

— Это очень странно, — сказал Иван. — Татьяна не должна была сюда входить. Система безопасности Комка уничтожает и нас, и Слуг. Собственно говоря, она должна была бы уничтожить и человека, попытавшегося причинить вред Продавцу.

— Вы уверены? — спросил Лихачев.

— Мы проверяли, — обиженно сказал Иван. — Так вот, у Татьяны не было никаких оснований сюда приходить. Но она сегодня не вышла на работу, что очень нехарактерно для нее. Я решил проверить, где она, и обнаружил, что след обрывается возле этого Комка.

— Какой след? — насторожился Лихачев.

— Это наши методы, вам они не помогут. Мобильные, — Иван усмехнулся, — и у нас не работают. Но способы наблюдения бывают разные. Я приехал сюда и оп — обнаруживаю вас. А почему пришли вы?

— Меня попросил об этом Продавец, — сказал я. Похоже, все-таки придется делиться информацией. — Сегодня ночью сообщил, что Продавец этого Комка убит. Утром я приехал, Продавец действительно мертв. Деталей не скажу. А еще мы нашли мертвую женщину.

— И чего хотел уважаемый Продавец? — спросил Иван.

— Чтобы я... чтобы мы узнали, кто убийца.

— Понятное желание. Ну про Танечку-то нашу мне скажете? — Иван усмехнулся. — Как ее убили? Это не очень легко сделать, знаете ли.

— Мы пока не поняли, — неохотно сказал Лихачев. — Никаких внешних следов нет. Начали вскрытие...

— И поняли, что она не совсем человек, — кивнул Иван. — И схватились за голову — «да мы ведь режем труп Прежнего!» И перепугались, и решили сообщить мне.

Мы молчали.

— У меня нет никаких претензий, — сказал Иван. — Режьте дальше.

— Да? — не выдержала Милана.

— Вы же биолог, детка, — Прежний одобрительно кивнул. — Вам должно быть интересно. Очень удачно Максим подбирает себе девушек.

— Такое бывает только с хорошими людьми, — неожиданно сказала Милана. — На вас бы я и не глянула. Вы вроде обаятельный, но если приглядеться — гнилой человек.

Прежний расхохотался:

— Это уже оценка задним числом! Поверьте, Милана, я мог бы очаровать вас так, что вы бы за мной без трусов по улице бегали!

Он вдруг посерьезнел:

— Я даже сейчас могу это сделать. Несмотря на ваше сильное предубеждение. И мне не придется вмешиваться в вашу психику или осыпать дорогими подарками. Обычное общение, разговоры. У меня большой опыт, поверьте... минусы очень долгой жизни...

Последнюю фразу Прежний сказал как-то по-особенному. Вроде просто слова, но я вдруг представил себе человека, живущего сотни лет. Он одинок, люди проносятся мимо, словно мотыльки перед лампой, вспыхивают и умирают. Умирают враги, умирают друзья. Умирают любимые. Умирают дети и внуки. Он человек, но одновременно нечто куда большее. Одинокий, несущий груз немыслимой ответственности, неспособный позволить себе подлинные чувства — они все равно угаснут. Есть такие же, как он, но их очень мало, и они все давно опротивели друг другу. Но где-то в душе у него остается робкая надежда — встретить ту, что его поймет и примет таким, какой он есть...

Я вздрогнул. Нет, Прежний не забрался мне в голову. Не воздействовал на меня какими-то невидимыми волнами и излучениями. Но он сделал так, что я ему посочувствовал. Буквально несколькими словами, сказанными с нужной интонацией!

Милана поежилась и отступила на шаг. Я увидел, что в ее взгляде промелькнул ужас. Наверное, она почувствовала то же самое, только острее... применительно к себе.

— Больше не стану так делать, — сказал Иван нормальным тоном. — Не беспокойтесь. Я предлагаю честное сотрудничество. Временный союз.

— У нас уже есть временный союз... — ответил я.

— Понимаю. С Продавцами. И вы дружите с Гнездом, а это подопечные Инсеков. Всё завязано. Но дело в том, — Иван встал, подошел к самому порогу, не пересекая, однако, невидимой линии, — что сейчас наши интересы не противоречат друг другу.

— Поясните, — сказал Лихачев.

— Полковник, мы же раньше были на «ты»? Поясняю: я не знаю, зачем Татьяна Воробьева пришла к Продавцу. Это запрещено и смертельно опасно. При всей моей нелюбви к Продавцам, открытая война с их культурой нам не нужна. Сегодня враги, завтра друзья — так бывает. Так что работайте на своего нанимателя, выясняйте, кто пришил его соплеменника. Мне очень интересно, особенно — как это было сделано, но я не стану спрашивать. Зато я прошу выяснить, кто и как убил Татьяну Воробьеву.

— А если возникнет конфликт интересов? — спросил Лихачев.

— Допускаете, что они убили друг друга? Сомневаюсь! Но тогда это была инициатива Татьяны, и она уже понесла кару. Вы работаете на Продавца, поработайте и на меня. Поверьте, я найду чем отплатить за службу.

Мы с Лихачевым переглянулись.

— Я окажу вам поддержку, — сказал Иван. — По человеческой линии, в первую очередь. Ваше маленькое частное расследование, полковник, станет официальным, но докладывать вы будете только мне и только то, что касается Татьяны. Зато — вся возможная поддержка, ресурсы, информация. А?

— Что скажешь, Максим? — спросил Лихачев.

— Я должен поговорить со своим нанимателем, — ответил я.

— Это разумно, — кивнул Иван. — Поговорите. Потом сообщите, принял ли он мое предложение. Но еще одна война никому не нужна, поэтому уверен — примет. Да! Передайте ему мои соболезнования.

— Если Продавец согласится... — Я глянул на Лихачева. Тот едва заметно кивнул. — То мы примем ваше предложение.

— Прекрасно, — сказал Иван. — Вы, полагаю, не впустите экспертов?

— Не имею права, — ответил я. — Позвал тех, кого разрешили впустить.

— Тогда не станем посылать ученых мужей на убой, — усмехнулся Иван. — Поставьте пост, полковник, чтобы отгонять серчеров. Я вам пришлю оборудование... что вам потребуется, Милана?

— Микроскоп, — сухо сказала она. — Хороший.

— Вам привезут хороший люминесцентный микроскоп, низковольтный электронный. Протянут кабель питания, тут ведь розеток нет, я полагаю? Если потребуется конфокальный лазерный или высоковольтный электронный — дадут доступ, но образцы вам придется выносить наружу, это штуки нежные и громоздкие. Лабораторные столы, спектрометр... вы список напишите, я плоховато разбираюсь, — он улыбнулся. — Какие-нибудь раскладные кровати? Думаю, лишними не будут. Кресла... вместо этого хлама. Питание? Знаете, вам пробросят еще телефонный провод, спасибо добрым Инсекам, что оставили нам проводные телефоны... еду заказывайте из ресторанов, у вас будет открытый счет... Что еще? Ах, да! Нормальный туалет тут есть?

— Нет, — неохотно сказал Лихачев.

— Привезут, поставят рядом. Район временно оцепим, повод найдем. Ну, подумайте, что еще, я пока распоряжусь. Главное — электричество и туалет, — он улыбнулся. — О! Понял! Вода! Шланг кинут. Если нужен душ, организуем. Знаете, у вояк есть такие машины, там внутри и банька, и постирочная, и душевая. Подумаем! Всё, я побежал... Да, это всё будет у вас вне зависимости от того, примете ли вы предложение о сотрудничестве. Считайте жестом доброй воли.

Я закрыл дверь, когда Иван бодрой походкой пошел прочь от Комка. Посмотрел на Лихачева.

— Да, государственная машина может быть очень эффективной... — кивнул Лихачев и поморщился.

— Я подвоха не вижу, — признался я. — Вроде всё честно.

— На первый взгляд — да, — согласился Лихачев. Поглядел на Елену, та наконец-то вышла из-за занавеса. Похоже было, что она всё слушала, но предпочла не показываться. — Как считаешь?

— Стол для вскрытия нужен, — сказала наш доктор. — Я напишу сейчас список. Да, звучало убедительно.

— Почему же у меня ощущение, что мы в говно залезли? — спросил я.

— О, взрослеешь, — усмехнулся Лихачев. — Ну так я тебя огорчу, мы пока только залезли, а дальше придется нырять.

Я кивнул. Я тоже считал, что бесплатный сыр либо в мышеловке, либо в клюве у самоуверенной вороны.

Наська, притихшая и явно расстроенная, стояла в стороне. А Милана была вообще сама не своя. Я подошел к ней, глянул вопросительно.

— Можно, я к тебе прислонюсь? — спросила она.

— Можно, — пробормотал я.

Милана прислонилась. Буквально. Уперлась лбом в лоб, закрыла глаза и тихонько заныла.

— Ты чего? — растерялся я.

— Мне страшно! — на миг перестав ныть, сказала она. — Этот гад на меня посмотрел, что-то сказал, и я вдруг подумала, что он славный! Что его надо пожалеть! Обнять!

— Это он просто так говорит, — мрачно сказала Наська. — Убедительно. На Измененных не действует. И люди некоторые так умеют, он просто очень долго тренировался.

— Наська, можно, Максим меня обнимет? — попросила Милана. — Ну просто так, как друга?

— Мне-то что, — буркнула Наська. — Я Дарине не скажу, если ты об этом, обнимайтесь...

Она вдруг сорвалась с места, в своей реактивной манере перемахнула через прилавок и уткнулась в живот Елене. Та обняла куколку, потом укоризненно посмотрела на меня.

Я вздохнул и обнял Милану.

Очень деликатно.

Даже деликатнее, чем хотелось бы.

— А меня и обнять некому, — сказал Лихачев. Сел на стул, достал сигареты, закурил. — Придется переживать в одиночестве.

— Я сейчас приду и обниму, — пообещала Наська. — Только докурите свою гадость сначала.

Обнимая Милану, я думал, что у нас, в общем-то, славная команда. Хоть и странная, и пока не вся в сборе.

Но мы друг друга понимали.

— На твоего гостя больше рассчитывать не стоит? — спросил Лихачев. — Я о Высшем.

— Нет, — я покачал головой. — Нет. Мне кажется, он насовсем ушел. Что-то они еще с этим... Ваней... обсудили, и он ушел. Надеюсь, велел нас не трогать.

Милана осторожно высвободилась из моих рук. Подошла к Лихачеву, тот молча дал ей сигарету.

— Он ведь во мне тоже был, — сказала она. — Я потом уже поняла, когда вспоминала.

— И что делал? — заинтересовался Лихачев.

После финальной схватки в Гнезде я всё им рассказал. Ну, то, что запомнил. Как во мне вдруг пробудилась чужая, безмерная сила. Пришел бог из машины — и всё исправил.

Я каждый день это вспоминаю, если честно. Как мир застыл, а я шел к Прежнему, по пути приказав умереть чистильщику и погасив огонь, как выдернул Ивана из той странной неуязвимости, в которой он находился...

И ведь никаких эмоций не было. Так, легкое раздражение от того, что нарушаются правила.

— Он как бы ничего не делал, — сказала Милана. — Ну, почти. Только я временами словно по-другому начинала смотреть на мир. Очень спокойно, как на мультик. Он не добрый, нет.

— Высший был правильным, — кивнул я. — В компьютерных играх таких называют «законопослушные нейтральные». Это куда лучше, чем многие другие варианты... Но он не вернется. Мне показалось... — я замялся, — что он смущен. Что он вмешался чуть раньше и чуть больше, чем собирался.

— Очсловсчился? — заинтересовался Лихачев. — Ты не говорил.

Я поморщился.

— Да как очеловечился... A trancas y barrancas*. Стал чуть добрее нейтрального. Потом я еще несколько случаев припомнил, когда начинал на мир смотреть... ну, Милана верно сказала. Как на мультик. Но Высший только смотрел. Один раз вроде как разозлился немного, два ушлепка ночью встретились, и я вдруг стал размышлять, как их убить. Они почувствовали. Испугались. Но он ничего не делал. Я лишь стал резче.

— А я бы и не заметил, — мрачно сказал Лихачев. — Всегда такой.

— У меня тоже так было, — призналась Милана. — Я занималась в библиотеке. И поссорилась со своим парнем. Он начал с одной девчонкой флиртовать. Обычно я не обращала внимания, а тут поругалась и ушла. Сидела на остановке и познакомилась с Максимом.

Честно говоря, чего-то подобного ожидал...

— Но на тебя я сама посмотрела! — добавила Милана и улыбнулась. — Тут он не вмешивался, зуб даю. Ты был не мультяшный герой. Ты был такой... хаотичный добрый.

Вот уж не знал, что она любит компьютерные игры!

— Ладно, молодые люди, — резко сказала Елена. — Это очень любопытно и даже где-то трогательно. И я этому Высшему тоже признательна. Но раз надеяться на его помощь не приходится... мы принимаем предложение Ивана?

— Да уже приняли, считай, — вздохнул Лихачев. — Что ж... Елена, у вас есть уникальный шанс продолжить вскрытие. Справитесь?

Елена кивнула.

— А вы в клинике не с такими дрались? — мимоходом спросил Лихачев.

— Нет, — ответила Елена. — Те очень гибкие. Мышцы у них, наверное, тоже странные. Уверена, и эта женщина была сильнее обычного человека. Но суставы у нее совершенно человеческие, так выворачиваться не способны.

— Вы что, проверили? — поразился Лихачев.

---

* A trancas y barrancas (*исп.*) — С горем пополам.

— Долго ли вскрыть суставную сумку? Нет, так гнуться она не смогла бы.

Видимо, на моем лице что-то отразилось, потому что Елена сказала:

— Максим, ты сейчас точно тут не нужен. Оставь эту работу мне и полковнику.

— Я справлюсь, — сказала Милана.

— И Милане. А вы с Наськой идите, поговорите с Продавцом. Да-да, тебе тоже нечего тут делать.

Наська хмыкнула. Но спорить не стала, только сказала:

— Мы к вечеру придем. Я только расскажу Гнезду, что тут и как.

— Обязательно, — мягко сказала Елена. — Вернетесь, мы всё расскажем. Посмотрите на ситуацию свежим взглядом.

Я ободряюще кивнул Милане, та улыбнулась в ответ: «Справлюсь».

Мы с Наськой пошли к выходу.

И я поймал себя на мысли: а помирилась Милана со своим бывшим?

Или нет?

Как будто для меня это имеет значение.

Глава шестая

Мы пошли пешком — это предложила Наська, я не стал спорить. Может быть, ее равнодушие к вскрытию было показным. А может быть, ей просто хотелось пройтись по Москве — куколки нечасто выходят из Гнезда.

От Павелецкой до Тверской только на метро быстро. Пешком хода не меньше часа, к тому же я сразу свернул на Большой Краснохолмский мост, чтобы пройти по Котельнической набережной, мимо Зарядья и Кремля. Уж если гулять, то с пользой. Развивать ребенка.

Нормально идти Наська, конечно, не могла. То вышагивала рядом, то забегала вперед. Энергии в ней было столько, что прохожие начинали улыбаться. В какой-то момент куколка задумалась, искоса поглядывая на меня, и сказала:

— Если бы я была постарше, все бы думали, что ты мой парень!

— Да, не свезло тебе, — согласился я.

— А если бы ты был старше, все бы думали, что я твоя дочь. Это тебе не повезло!

— Вопрос спорный, но допустим, — усмехнулся я.

— Так что выбора нет, ты мой старший брат, — решила Наська.

Мы, не сговариваясь, стукнулись кулаками в знак согласия. Вышло красиво, но безрассудно. Я потряс руку.

— Ушибла? — смутилась Наська.

— Есть немного. Откуда в твоих макаронинах столько силы?

— Мышцы особенные... как у той. — Наська нахмурилась и призналась: — Правильно мы ушли. Не хочу смотреть.

— Я тоже, сестренка, — согласился я, за что заслужил ослепительную улыбку. — Пусть такими вещами занимаются специально обученные люди.

— А вот если что сломать или кого побить — это мы! — Наська с грозным рычанием понеслась вперед, размахивая руками и начисто выходя из образа хорошей девочки.

Я улыбнулся. Наверное, со стороны мы и впрямь выглядим братом и сестрой.

Интересно, а у Прежних есть родственные отношения?

Иван притворялся собственным внуком. Это значит, они стареют как люди, но умеют омолаживаться? Обязательно им стареть, или это маскировка, для окружающих? А был кто-то в промежутке? Жена, наверное, была. Дети у них с прежним Иваном были? А настоящие внуки? Чье место он занял, омолодившись? Пустое, наверное, что ему документы...

Чувства, подлинные, человеческие, он испытывает?

Или в целом равнодушен, как Высший, лишь маскируется?

Не знаю.

Но даже похожий на гигантского муравья Инсек или киборг Продавец казались мне куда более человечными, чем такой обычный с виду Прежний.

Мы уже почти дошагали до высотки на Котельнической и устья Яузы. В этом старом небоскребе жил один мой одноклассник, говорил, что ему дом не нравится, а родители считают его крутым и «с историей». Не знаю, как там внутри насчет истории, а снаружи дом выглядит внушительно.

Сегодня, в солнечный и теплый день, Москва была красивой и даже праздничной. Хотя что отмечать-то — День дурака? По Москве-реке проплывали прогулочные теплоходы, на палубе одного что-то праздновали, доносились радостные голоса, люди в яркой одежде прогуливались с бокалами, махали руками прохожим. Я помахал в ответ с привычной с детства готовностью. Вы уезжаете, мы остаемся, уедем мы — вы помашете нам вслед. Это жизнь, вся жизнь — лишь встречи и расставания...

Наська запрыгнула на низенький гранитный парапет, стала махать теплоходу обеими руками, потом выделывать какие-то балетные па и заслужила свою минуту славы. Некоторые, впрочем, кричали что-то неодобрительное — то ли в ее адрес, то ли, скорее, в мой. Я не реагировал. Наська не свалится, если сама не захочет, это уж точно.

Так что я стоял и терпеливо ждал, пока куколка угомонится.

Наконец Наська раскланялась, спрыгнула, взяла меня за руку и деловито потащила вперед.

— Концерт окончен? — спросил я.

— Ага, — ответила Наська, и я насторожился. Голос у нее был слишком серьезный. — Значит, так. Сзади идут двое, парень и девушка. Впереди тоже двое, парень и еще один парень. От моста так идут.

— Тут все идут, — пробормотал я, борясь с желанием обернуться. Перед нами, метрах в двадцати, и впрямь топали двое ребят моего возраста.

— Они останавливаются вместе с нами, — пояснила Наська. — Парень с девушкой начинают целоваться, а те двое на реку смотрят.

— Иван приставил наблюдателей? — предположил я.

— Может, да, а может, нет, — ответила Наська. — Давай свернем?

Я подумал секунду.

— Лучше идем дальше. Скоро Зарядье, там всегда много людей. И вообще, чем ближе к Кремлю, тем безопаснее.

— Ну да... — с сомнением сказала Наська. — Хорошо.

Теперь я шел, не отрывая взгляда от парней впереди. Те приближались к Большому Устьинскому мосту, нависающему над набережной. Интересно, что они станут делать, если мы остановимся? Место не то, чтобы глазеть на реку, сыро и неуютно, над тротуаром металлические фермы... Целоваться, конечно, там можно. Поставить, что ли, наблюдателей в неудобное положение?

Хотя кто их знает, вдруг они порадуются остановке...

Но парни остановились сами, пройдя под мостом половину расстояния. Один похлопал себя по карманам, как-то очень картинно, достал пачку сигарет. Что-то спросил у второго, тот покачал головой. Парень с сигаретами закрутил во все стороны головой, тоже несколько наигранно. На вид — парень как парень, в джинсах и футболке, мускулистый, черные волосы коротко стрижены, загорелый, в солярий ходит, наверное. Из богатеньких. Второй бледный, волосы каштановые, тоже короткая стрижка, одет как-то официально — в пиджаке, с галстуком. Клерк, офисный работник? Вышел на обед? Но у него не должно быть свободного времени на прогулку. И если каждый парень по отдельности выглядел нормально, то вместе они как-то... не гармонировали.

Да и кто из молодежи сейчас курит табак? Такие вот ухоженные, на хороших постах, если и станут курить, то траву.

Кажется, Наська была права.

Парень с сигаретами медленно двинулся нам навстречу.

А вот это совсем плохо!

Наблюдатели не должны приближаться к объекту слежки. А этот, судя по всему, собирался попросить огонька.

— Не курю, — громко сказал я, когда между нами оставалось еще метров пять. И замедлил шаг. Мы как раз вступали под мост.

Нормальной реакцией для парня было бы пожать плечами, улыбнуться, вернуться к товарищу.

Но он продолжал идти, медленно разводя руки.

— Твои позади, — сказала Наська негромко.

И ее ладонь выскользнула из моей.

Нет, это была не та скорость, что у меня во время Призыва. И, наверное, даже не такая, как у Дарины в бою.

Но люди так быстро двигаться не умеют.

Маленькая фигурка мгновенно оказалась у подошедшего курильщика. Я едва успел заметить серию ударов. Наська била абсолютно безжалостно: в пах, в живот, в сердце, в горло, потом отпрыгнула — и метнулась к парню в костюме. А тот уже доставал из-под полы пиджака пистолет!

Вопреки кричащим «помоги ей!» инстинктам, я развернулся, запустил руку под рубашку, выдернул свой макаров из кобуры.

Вовремя.

Парочка за нашей спиной не собиралась стоять и целоваться. Девушка бежала впереди, прижимая локти к бокам и как-то собравшись при этом. Только длинные волосы развевались от бега. Очень быстрая и неудобная цель... Увидев у меня пистолет, девушка резко вильнула, уходя с линии огня.

Парень бежал следом, в руках у него была спортивная сумка, и он то ли что-то с ней делал, то ли что-то из нее доставал.

Если вы думаете, что я колебался, стрелять ли в женщину, то вы считаете меня лучше, чем я есть.

Я сразу же начал стрелять.

Первые две пули прошли мимо, она двигалась слишком быстро.

Как Измененные.

Третий выстрел я сделал с упреждением — и пуля ударила девушку в грудь. Она была в темном джинсовом комбинезоне, тоже не самая подходящая одежда для теплого солнечного дня, зато куда удобнее для боя, чем платье. Пятно крови под правой грудью расплылось почти незаметно, но вот удар ее остановил, почти сбил с ног. Девушка взмахнула руками, восстанавливая равновесие, — и я всадил ей в живот еще две пули. Она плюхнулась на попу, стала отползать, быстро перебирая руками, — вывернувшимися совершенно неестественным образом.

Слуги!

Я держал ее под прицелом, но не стрелял. Мне очень не хотелось тратить следующие три патрона.

Парень наконец-то отбросил сумку. В руках у него осталось что-то здоровенное, странное, похожее на короткий гранатомет с широченным стволом.

Вот тут я сомневаться перестал. Очень уж мне не понравилась эта штуковина.

Я рухнул на одно колено, перехватил кисть правой руки левой ладонью — и всадил шестую пулю прямо в лицо парню, чуть ниже правого глаза.

В общем-то тут точность не требовалась, но я попал идеально.

Мне показалось, что я даже вижу в рваной ране, среди крови и белых осколков кости, багровое свечение особой пули.

От точки вхождения пошла серая волна. Лицо парня превращалось в камень и рассыпалось песком. Оружие выпало, гулко стукнув о тротуарную плитку, голова развалилась вся, а тело, словно у обезглавленной курицы, дергающимися шагами попыталось идти вперед.

Но волна превращения уже опускалась вниз, крошились плечи, с отвратительным шмяканьем упали руки — еще человеческие, но уже каменеющие.

Проезжающая мимо машина взревела двигателем, водитель дал по газам, стремясь убраться подальше.

Не осуждаю.

Раненая девушка посмотрела на своего спутника, потом на меня. В глазах у нее стоял страх. Извернувшись уже знакомым мне нечеловеческим движением, она в два прыжка достигла парапета и перемахнула через него в Москву-реку.

Я бы на ее месте подумал хорошенько, городская водичка может добить и надежнее, чем инопланетные технологии.

Оставив мертвого Слугу каменеть и рассыпаться в песок, я повернулся к Наське и ее противникам.

Тут всё было куда хуже.

Избитый ею курильщик вовсе не валялся в отключке на тротуаре (а я был уверен, что любого, даже тренированного, человека такая серия ударов надолго отвлечет от боя). Он бодро, хоть и согнувшись, ковылял, норовя зайти к Наське сзади.

А куколка боролась с парнем в костюме. Повиснув на нем, словно мелкий злобный питбуль, она одной рукой выкручивала его кисть с зажатым в ней пистолетом, второй била в корпус. Опять же, у обычного человека шансов тут никаких. Но парень тоже был Слугой, судя по тому, как ловко он выворачивался из Наськиного захвата. К тому же ей не хватало массы. Куколка была как ежик из анекдота — сильная, но легкая. Всё, что она могла, — это словно клещ цепляться за парня и колотить его. Тот, в свою очередь, удерживал Наську свободной рукой на максимальном удалении и время от времени, подлавливая момент, бил куколкой по стальной опоре моста. Сколько там она весила — килограммов тридцать? Слуге этот вес явно был нипочем.

К сожалению, он держался слишком близко к Наське, чтобы стрелять в него.

Поэтому я всадил седьмую пулю в спину курильщика. Сигареты вредят здоровью.

Пробежав мимо каменеющего и хрипящего тела, я нацелился парню в костюме в живот. Тот попытался заслониться Наськой, но сейчас это было затруднительно, куколка, игнорируя удары, выворачивалась в сторону.

Так что я приставил пистолет к животу «клерка» и сказал:

— Отпусти.

Секунду тот колебался, потом отпустил Наську. Она повисла у него на поднятой вверх руке, заламывая кисть.

— Пистолет тоже, — сказал я.

Он явно размышлял, и поводов для обдумывания у него было ровно два.

— Не успеешь, — сообщил я. — А стрелял я семь раз.

Парень разжал руку, пистолет упал, Наська отцепилась, по-кошачьи ловко рухнула на тротуар, схватила пистолет и отступила на несколько шагов. Судя по тому, как щелкнул не то взводимый курок, не то предохранитель, стрелять она умела.

— Не надо, — сказал парень, глядя на меня. Лицо у него оставалось спокойным, но в голосе слышался испуг. — Поговорим.

— Ты зачем обижал мою сестренку, скотина? — спросил я.

Мне очень хотелось выстрелить. Но делать этого было нельзя.

— Мы хотели поговорить, — сказал парень. — Только поговорить. Пистолет — чтобы напугать.

— Давай я проверю, — с ненавистью сказала Наська.

— Не надо, — ответил парень. — Мне будет больно, но я не умру.

— Это хорошо, что больно, — сказала Наська и выстрелила.

Вот я не рискнул стрелять, когда она была так близко к противнику!

Пистолет негромко чпокнул — глушитель там, что ли? Макаров бил куда громче. Парень пошатнулся. В поле пиджаке появилась дыра, ткань стала стремительно намокать.

— Не надо, — повторил парень. — Мы не враги. Это недоразумение.

— И что, попросишь отпустить? — спросил я.

— Попрошу, — он облизнул губы. — Ты убил двоих наших. Мы не знали, что у тебя есть петрификационные патроны. Это наша вина, мы лишь хотели поговорить. Сейчас уже не время, отпусти... мы свяжемся.

— Что скажешь, Наська? — спросил я.

Куколка молчала. На щеке у нее проступал здоровенный кровоподтек от заклепки на опоре моста, и это меня очень злило... Представляю, как ей было больно.

— Отпусти, — решила Наська. И кровожадно добавила: — Убить всегда успеем.

— Вас послал Иван? — спросил я.

Парень покачал головой:

— Иван? Какой именно Иван?

Поскольку я молчал, он продолжил:

— Мы сами. Это наша инициатива.

Я толкнул парня, тот отскочил на несколько шагов. Сразу же зажал рукой рану. Посмотрел на Наську, на меня. Неожиданно сказал:

— Мы действительно не хотели такого развития событий. Мы приносим свои извинения.

Развернувшись, он рванул через дорогу. Очередная проезжающая машина возмущенно загудела.

Осмотревшись, я обнаружил две кучки песка и смятую одежду. Что ж, два-ноль в нашу пользу, если девушка-Слуга выживет.

— Ты как? — спросил я Наську.

Она поморщилась, опустила руку с трофейным пистолетом. Из глаз у нее покатились слезы.

— Больно? — Я подошел, присел рядом. Осторожно потрогал щеку. — Ничего не сломала?

— Заживет... у нас быстро заживает... — Наська всхлипнула. — Я не справилась! Я должна была тебя защищать!

— Так Гнездо тебя послало как телохранителя? — сообразил я.

— Угу...

— Глупая Наська, — я обнял куколку. — Да ты прекрасно справилась. Ты отвлекла двух уродов. В одиночку я бы ничего не смог!

— Точно?

— Ну конечно. Голову-то включи!

Наська утерла слезы, оглядела поле боя. Сунула мне пистолет:

— На...

Пошла и подняла валявшееся в стороне кепи, слетевшее в самом начале схватки. Отряхнула и водрузила на голову. Потом спросила:

— У тебя последний патрон был обычным?

— Да, — признался я. — Как поняла?

— Ты на этого... так смотрел. Если бы мог убить — застрелил бы. Хорошо, что он не понял.

Я кивнул.

Да, тут мне повезло.

Несмотря ни на что, этот офисный планктон в пиджачке мог бы укатать нас обоих. Мне, наверное, хватило бы одного удара. А потом бы он справился и с моей малолетней охранницей.

— Ну почему я не стража, — грустно сказала Наська. — Я бы их на кусочки порвала... ай!

Она отдернула руку от щеки.

— Очень хорошо, что ты не стража, — сказал я. — Пойдем-ка отсюда. Хотя постой, надо выкинуть одежду в реку.

Что мы и сделали. Никаких документов или другого оружия не нашли. Непонятную здоровенную пушку я засунул обратно в сумку и повесил сумку на плечо.

А потом мы продолжили путь.

Словно ничего и не случилось.

И скажу сразу — никаких переживаний я не испытывал. Сами напросились, переговорщики...

В старые времена мы бы далеко не ушли. Даже если бы рядом не оказалось прохожих, люди звонили бы в полицию из проезжающих машин, нас заметили бы видеокамеры с системами искусственного интеллекта, которых в центре было как грязи. К месту перестрелки кинулись бы полицейские патрули, сработал бы какой-нибудь план «Перехват», наши фотографии через минуту были бы в каждом смартфоне.

А сейчас, если даже нас и сняли камеры, — информация доберется до участка не раньше дежурной машины, из которой выйдет офицер и, позевывая, сменит в камере флешку. Водители (все-таки в центре движение и сейчас активное) лишь прибавляли газа. Если кто-то из них и решит сообщить в полицию, ему придется искать ближайший таксофон. Разве что из окон высотки перестрелку мог заметить какой-нибудь скучающий жилец — и броситься звонить правоохранителям.

Ну а дальше-то что? Без мобильной связи, с одними рациями и голосовой связью это лишние минут пять-десять задержки.

А мы через десять минут уже были среди людей, гуляющих по парку Зарядье.

Когда тут в свое время неожиданно соорудили парк (говорят, таким образом президент наказал какого-то олигарха, пытавшегося оттяпать кусок земли в центре и построить там жилой комплекс с видом на Кремль), то главной заботой сотрудников было вырастить хоть что-то интересное в нашем суровом климате. Это где-нибудь в Европе, согретой Гольфстримом, даже зимой тепло и зелено.

Перемена всё изменила.

Теперь навевающий тоску газон «Северные ландшафты» сменился маленькой рощей кокосовых пальм и банановых деревьев под названием «Краснодарские сады», а на месте березок вырос «Крымский муссонный лес».

Бананы, впрочем, толком не вызревали — как ни штрафуй, а все равно посетители их обрывали еще зелеными.

Наська успокоилась, кепи лихо сдвинула набок, и кровоподтек стал почти не заметен. Я в горячке драки, выхватывая пистолет, выдрал с мясом пуговицу на рубашке, но чем хороши гавайки — они яркие и такие мелочи на них не видны. С плащом ничего не случилось, а если бы он и порвался, то через полчаса зарос бы.

Куда больше опасений у меня вызывала сумка с оружием. Рамок металлоискателей не было видно, но на такую груду металла могли сработать и какие-нибудь совсем незаметные детекторы.

Пробираясь сквозь толпу — здесь всегда было многолюдно, даже ночью тусили туристы и гуляки, — я купил Наське мороженого, а себе банку лимонада. Выпил в два глотка. Нервы никак не желали расслабляться.

Если бы не перестрелка, я бы обязательно постоял с куколкой на парящем мосту, вынесенном из парка над рекой. А потом мы бы пошли мимо Кремля и Исторического музея. Мне хотелось поболтать с Наськой и понять, что она вообще знает о современном мире. Интересна наша жизнь Измененным или так, Земля лишь временное пристанище. Наверное, мне бы удалось ее разговорить.

Но теперь времени на прогулку не осталось. Я был уверен, что на месте перестрелки уже работает полиция — и вряд ли это люди Лихачева, скорее всего, какое-нибудь спецподразделение, охраняющее центр. Чихать они хотели на заступничество полковника и на мою корочку «консультанта».

— Возьмем такси, тут рядом стоянка, — сказал я Наське. — Ты в Гнездо, а я вначале к Продавцу.

— Но ты придешь? — уточнила куколка.

— Надеюсь, — ответил я. — Я ведь призванный. Пусть и в отставке.

Глава седьмая

Я проследил, чтобы Наська вошла в бывшее министерство. Потом позвал Гнездо.

Каким бы странным ни был разум Гнезда (а может, это и не совсем разум, а какая-нибудь нематериальная нейросеть на основе личностей всех Измененных), но мой настрой он уловил. Гнездо отозвалось не сразу и с явным смущением.

«Никогда не используй Наську как моего защитника, — подумал я. — Никогда. Ясно? И не смей мне больше врать!»

Нас с Гнездом связывали странные отношения. Я был и с ним, и вне его одновременно. Я очень многое сделал, и Гнездо это понимало. И пусть призванные не спорили с Гнездом — я уже не был в Призыве.

Я стал добровольцем.

Гнездо сказало — своим странным языком образов и чувств, — что оно не врало. Ему действительно нужно было понять, что случилось у Продавцов. И Наську оно отправило наблюдать, ну а моя охрана — это так, на всякий случай... никто не ждал... и ведь она помогла!

В общем, мы друг друга поняли.

Частично.

Гнездо осталось убежденным в своей правоте. Я тоже понимал, что без Наськи меня, скорее всего, схватили бы, и неизвестно, что там случилось бы дальше — разговор по душам или быстрый путь в реку с переломанной шеей.

Но куколок в качестве охраны Гнездо пообещало больше не направлять.

Я пошел к Комку, придерживая тяжелую сумку с непонятным оружием и внимательно поглядывая на редких прохожих. Главная беда с этими Слугами в том, что они неотличимы от людей, пока не начинают действовать.

Но засады не было. Я честно выждал очередь из шести покупателей, все — незнакомые и явно случайные, а не серчеры. Выходили они быстро, с сумками, набитыми продуктовыми излишествами. Пожилые люди тащили черную икру, какие-то коньяки в немыслимо помпезных бутылках, банки фуа-гра. У стариков это обычное дело: попробовать то, что в обычных магазинах не продается или стоит немыслимых денег, то, о чем могли лишь мечтать в юности. Они словно не понимают, что кристаллики тоже деньги, лишь выглядят иначе, и покупать на них всякую ерунду глупо.

Вышедший предпоследним мужчина был возбужден и восторжен, ему явно хотелось с кем-нибудь поделиться радостью от покупки. Но стоявшая передо мной женщина уже вошла в Комок, а две девчонки-школьницы у меня за спиной для этого явно не годились.

— Альбом «Битлов» добыл, — сказал мужчина в пространство, но глядя на меня. Был он старенький, подслеповато щурящийся, но бодрый. — Редчайший!

— Найс, — ответил я из вежливости.

— Гляди, — мужчина бережно развернул плоский бумажный пакет. Внутри оказалась пластинка, древняя, виниловая. «Битлов» я, конечно, слышал, да и на ярком конверте узнал. Но вообще-то обложка выглядела гадко. Леннон, Маккартни и как там еще двоих звали, вечно забываю, радостно лыбились в объектив. Одеты они были в белые медицинские халаты, а в руках держали разобранных на куски пластиковых кукол. У одного музыканта на коленях лежала лысая целлулоидная голова, а к плечам прижимались обезглавленные тела. Дополняли картину куски кровавого мяса и кости, которыми обложились музыканты. Называлась пластинка «Вчера и сегодня».

— Какая гадость, — сказал я искренне. Может, в какой-то другой момент я бы отнесся к экстравагантной обложке спокойнее, но сейчас у меня из головы не шел труп Прежней, который сейчас вскрывали, и недавний погром в Гнезде, где на части покромсали совсем не кукол, а куколок.

— Вы не понимаете, — возмутился мужчина. — Редчайший диск! Общественность не приняла обложку, почти весь тираж переделали!

Я подумал, что общественность порой бывает умнее, чем ее передовые представители.

— Вы же понимаете, что это не оригинал? — спросил я. — Это молекулярная копия. Продавец мог вам скрипку Паганини выдать, а мог шапку Мономаха.

— Я не люблю Паганини, я люблю «Битлз»! — ответил мужчина, запаковывая свой диск. Энтузиазм у него не пропал, но дополнился раздражением.

— Бывает, — согласился я.

Мужчина всё не уходил, видимо, собирался поспорить, что-нибудь сказать о молодежи, не понимающей классическое искусство, и прочие положенные глупости. Но тут, к счастью, вышла покупательница, женщина с очень строгим, даже чопорным лицом и тяжелой сумкой, полной каких-то лекарств. Я нырнул в Комок, искренне надеясь, что мужчина попробует похвастаться своей покупкой перед ней и, скорее всего, тоже не найдет понимания.

Продавец ждал меня за стойкой. Невозмутимый и доброжелательный.

— Рад вас видеть, Максим. С нетерпением жду новостей.

Я смотрел на укутанное в слои ткани тело и не мог избавиться от мысли о том, что под одеждой — металлический цилиндр с синей жижей, а голова и руки насажены на штыри.

— Вы даже не закрыли торговлю, — сказал я.

— Осуждаете? — Продавец шумно вздохнул. — Гибель одного из нас — редкое и печальное событие. Но это не повод огорчать клиентов и терпеть убытки. Знаете такой анекдот: «Кто же в лавке остался?»

— Знаю, — кивнул я. — Не осуждаю. Ваш товарищ действительно мертв.

— Это я и так знал, — согласился Продавец. — Что с ним случилось?

— У него пробит цилиндр корпуса, — сказал я. — Вот здесь...

— На себе не показывайте, примета плохая! — Продавец никак не отреагировал на слова про «цилиндр». Конечно, он понимал, что их природа для меня уже не секрет. — Гель закрыл пробоину?

— Частично вытек.

— Плохо, — Продавец снова вздохнул. — А органические части? Голова, кисти рук?

Он ткнул себя пальцем в нос.

Издевается, что ли?

Нет, ну правда?

— Скорее живы, — сказал я. — Во всяком случае, не разлагаются.

— Если гель подтек, то это ненадолго, — Продавец покачал головой. — Что из себя представляет рана? Вы сделали фото?

Фотографировал Лихачев, я не догадался.

— Чуть позже будут, — пообещал я. — Рана... ну, широкая довольно дыра, сантиметров пятнадцать длиной, сантиметра два шириной. Рядом валяется топор.

— Топор? — Вот сейчас мне удалось его поразить.

— Ага, — сказал я. — Обычный, хозяйственный. Лезвие вымазано этим гелем. Но у дыры края выгнуты наружу.

Продавец молчал, почесывая подбородок. Потом сказал:

— Это как-то странно. Верно?

— Не то слово, — согласился я. — А внутри, за занавеской, между койкой и стеклянным кубом, лежит мертвая женщина.

— Господи! — воскликнул Продавец. — Ну это-то ему зачем? Вы же осмотрели моего товарища, зачем ему могла потребоваться женщина? У нас нет органов, которые могли бы ее заинтересовать!

Я оставил этот крик души без внимания. Продолжил:

— Мы начали вскрытие. Пытались понять, почему женщина умерла, на ней ран не было. Оказалось, что у нее шестикамерное сердце, всякие дополнительные вены и артерии, а мышцы имеют нечеловеческую структуру.

Теперь Продавец безмолвствовал. И я пересказал ему всё: и как позвал Лихачева, и как мы нашли «экспертов», и как явился Иван и предложил свою помощь. Закончил соболезнованиями, которые передал Прежний, и его предложением разбираться в случившемся вместе.

Единственное, про что я предпочел не говорить, так это про нападение Слуг.

Продавец молчал так долго, что я всерьез подумал, не завис ли его мыслительный аппарат. Киборг все-таки.

Я даже подошел ближе и помахал ладонью у него перед глазами.

— Очень странно, — сказал Продавец. — Одно никак не сходится с другим. Прежние не могут войти в Комок, защита этого не допустит. Если бы женщина лежала у дверей...

Он снова замолчал.

— Может, вошла, умерла, а ваш товарищ ее затащил за штору? — предположил я.

— Зачем? — спросил Продавец. — Ну и самое странное, как ему пробили корпус?

— Изнутри, — напомнил я.

— Гель под большим давлением, — вяло ответил Продавец. — Если пробить корпус, то гель выплеснется и выгнет металл наружу. Но топором? Невозможно. И почему не сработала защита? Знаете, что будет, если вы попытаетесь меня убить?

— Не получится? — предположил я.

— Нет, — подтвердил Продавец. — А вот с вами всё будет плохо. В Комке мы защищены.

Он опять замолчал.

— Ну так что нам делать? — спросил я. — Иван просит расследовать гибель этой женщины. Оборудование всякое готов подогнать. Но это вроде как ваша территория, если вы против...

— Я не против, — сказал Продавец. — У нас нет постоянных врагов, бывают лишь временные недопонимания. Мы очень доброжелательны. Но... но...

— Что ему сказать?

— Максим, это всё может оказаться гораздо опаснее, чем я думал, — сказал Продавец. — Вы вправе отказаться от моего задания.

— А мутаген?

— Нет задания, нет оплаты, — Продавец покачал головой.

— Ну тогда чего спрашиваете? Я не откажусь. Командуйте.

— Расследуйте дальше, — решил Продавец. — Передайте Ивану, что мы принимаем его сочувствие и готовы к временному сотрудничеству, с надеждой, что оно перерастет в постоянное.

Произнес он это так, что стало ясно — решение принято, и далось оно нелегко.

— Тогда я попрошу вас дать мне боеприпасы, — сказал я.

— Что так? — заинтересовался Продавец.

— Раз всё «может оказаться гораздо опаснее», — выкрутился я.

Продавец шумно втянул носом воздух. Сказал с укором:

— А вы недавно стреляли, да?

— Это не касается расследования.

Продавец погрозил мне пальцем. Заметил:

— Вы становитесь мудрее, Максим. Вы начали понимать, что информация — это самый дорогой товар.

Я кивнул.

— Магазины для макарова? — спросил Продавец.

— Да, разные. И дробь на всякий случай. Ту самую, петрификационную.

Продавец кивнул:

— Хорошо. Это логичная просьба, и я ее исполню. Но постарайтесь не начать новую галактическую войну, юноша... Что-нибудь еще?

— Если можете дать какой-то совет — приму с благодарностью, — ответил я.

— О, я все время даю вам советы, но вы не всегда их замечаете, — поддел Продавец. Пошел к шторе, отодвигая ее остановился, обернулся ко мне: — С вас рэдка за патроны, Максим.

— Я же веду для вас расследование! — удивился я.

— Никогда не надо путать ситуативный союз, в котором каждая сторона преследует личные интересы, и долговременную поведенческую стратегию, — ответил Продавец.

Дарина встретила меня сразу за дверью Гнезда.

Вряд ли она тут ждала, конечно. Может, о моем приближении сообщило Гнездо, а может быть, стража.

Обо всем случившемся она, конечно, знала от Наськи.

И вид жницы ничего хорошего не предвещал.

— Зачем вы пошли пешком? — выпалила она, едва я вошел в фойе. — Это опасно!

— Москва, центр, день! — парировал я. — Дарина, я не могу по родному городу ездить в броневике. У меня его и нет, кстати.

— Давай купим тебе машину? — предложила Дарина, с тревогой глядя на меня. — Бронированную!

— Чего? — поразился я. — У Гнезда так много денег?

Жница смутилась.

— Нет. У меня даже доступа к счету нет, он был у матери. Но можно что-то придумать. Что-то продать.

Она говорила на полном серьезе. Я вздохнул, обнял Дарину, она дернула плечами, словно собиралась вырваться, но осталась.

— Дарина, ну что за ерунда. Я не могу ездить в броневике, это дорого, это глупо, это все равно не спасет от нападения. Я буду осторожен, обещаю.

Дарина чуть не плакала.

— Почему ты запретил Гнезду посылать с тобой Наську?

— Потому что она ребенок, а не боец!

— Давай я с тобой пойду? Я сильнее.

— Ты нужна тут. Когда следующих куколок привозят?

— Сегодня вечером, — Дарина беспомощно оглянулась. — И эта... прыгалка... все еще в Изменении... Да, точно не смогу уйти. Максим, я боюсь за тебя!

Ох уж эти женские переживания! Всю жизнь за тебя волнуется мать, а как только появляется девушка — начинает тревожиться она.

Вообще какой-то день женских тревог сегодня! Разве что Наська лучится оптимизмом, но это в силу возраста.

— Всё будет хорошо, — упрямо сказал я. Подмигнул страже: — Верно ведь?

— У тебя хороший боевой опыт, — согласилась стража.

— Же понимает, — обрадовался я.

— Но я думаю, это случайные успехи, — продолжила стража. — Без Призыва твои боевые качества не слишком выдающиеся.

Предательница!

— Дарина, ты меня покормишь? — спросил я. — Зря утром не поел.

Сработало!

Это и с мамой всегда прекрасно работало, и с Даринкой не подвело.

— Ой, пошли! Что ты сразу не сказал...

Мы двинулись в кафе. На прощание я окинул стражу хмурым взглядом, но, похоже, она не смутилась.

— Зря я согласилась, — озабоченно говорила Дарина по пути. — Ну что нам, плохо? Я на самом деле не очень хочу становиться обратно человеком! Вдруг не смогу ходить?

— Продавец сказал, что вылеченное остается вылеченным.

— А вдруг?

— Буду тебя носить на руках, — сказал я. — В чем-то даже удобно — не убежишь и не догонишь.

— Дурак ты, Максим... — вздохнула она. И тут же, без перерыва, спросила: — А как там Милана? Наська сказала, она приехала.

— Норм, — ответил я. — Дарина...

— Ну?

— Мы с ней друзья.

— Угу, — буркнула Дарина и опять сменила тему: — Что у тебя в сумке? Наська говорила про пушку какую-то.

— Да сам не пойму...

Мы сели за первый попавшийся столик в пустом кафе. Я окинул взглядом зал. Подумал, а как тут всё было при полном Гнезде? Измененные питались по какому-то графику? Куколки, жницы, стражи... За отдельным столиком ест мать и хранитель? Толстые здоровяки монахи обедают в своей компании?

Или, как это обычно бывает у Измененных, всё с виду безалаберно, хаос и анархия, на самом деле управляемые Гнездом? Захотел есть — пришел... Странный у них все-таки социум.

— Я сейчас, — сказала Дарина. — Ты будешь рыбу или мясо?

— Все равно.

— Я быстро...

Я слышал, как она возилась на кухне. Звякала посуда. Насколько я знал, государство выделяет Измененным продуктовые наборы, ну, как безработным, пенсионерам, детям. Так еще со времен первой ковидной пандемии повелось. Наверное, это оформлено какими-то указами? А может быть, и не потребовалось специально оформлять, Измененные ведь в большинстве своем еще не вышли из детского возраста. К тому же выделяются пайки на всех, кто попадает в Гнездо... а живет их тут куда меньше.

Ну да. Наверное, именно так. С голода не умрешь, но и разносолов не наешься. Что там в наборах — макароны, крупы, сахар, растительное масло?.. Когда-то клали еще шоколад, но плантации какао-бобов сильно пострадали, так что нынче в пайках карамельки и соевые плитки.

Я подумал, что надо сходить на рынок и купить хорошего мяса. Или прямо в Комке заказать, кристаллики пока есть. Понятно, что полное Гнездо я не накормлю, но нынешний-то состав — легко. Можно сделать плов, у меня получалось — если знать главный принцип, то из любого риса и мяса получится вкусно. Плов — это ведь универсальная пища, для бедняков и богачей.

Или нажарить стейков на гриле. Надо узнать у Дарины, что тут с грилем.

И что вообще Измененные больше любят.

Кофе они хлещут как не в себя, это факт!

Дарина вернулась с подносом в руках. Поставила передо мной тарелку с супом — судя по виду и запаху рыбным, во второй была гречка с мясом. На блюдце лежали два кусочка белого хлеба и два кусочка черного. И кусок масла.

— Масло-то зачем? — удивился я.

Дарина смутилась.

— Ну... жиры в питании нужны... верно? Мы утром едим масло или сало. Раз ты утром не ел...

Она так смешно выглядела, что я взял ее за руку. Сказал:

— Спасибо. Я люблю масло. Только знаешь... можно ложку?

Дарина вспыхнула и унеслась на кухню. Вернулась со столовыми приборами, солонкой и перечницей. Призналась:

— У меня бардак в голове. Так испугалась, когда Наська рассказала про этих бандитов.

— Оставшийся в живых утверждал, что они хотели только поговорить, — сказал я.

— Ничего себе разговорчики...

Я попробовал суп. Да, это был типичный супчик из рыбных консервов: жиденький, с разваренной рыбой и макаронами. Будь там картошка, получилось бы вкуснее. Но с картошкой в мире плохо, изменение климата как-то сильно на нее повлияло. Из всей Европы ее теперь выращивают только в Белоруссии и очень неплохо на этом зарабатывают.

Наверное, Измененные понимают, что это не самая вкусная еда. Но как сказала бы Дарина: «Йод и прочие микроэлементы нужны в питании, верно?»

Так что они едят рыбу.

— Вкусно, — сказал я.

— Правда? — просияла Дарина. — Я сама готовила. Это работа жниц, но я раньше редко дежурила по кухне...

— Даринка, глянь в сумке — что это за оружие? Сильно страшная штука?

Дарина легко поставила сумку на стол, раскрыла. Извлекла ствол. Хмыкнула.

— Ничего особенного. Это сеткомет. Американский. Его иногда использует полиция, но еще чаще — зоологи. Кассета на три заряда, сеть вылетает на расстояние двадцать метров, площадь поражения — шестнадцать квадратных.

— Порвать трудно?

— Даже мне было бы трудно. Стража смогла бы. Но тут... — она легко и умело откинула от раздутого ствола казенную часть, где обнаружился барабан на три широкие цилиндрические гильзы, — тут сеть с разрядником. Опутывает и бьет током. Она, кстати, еще и липкая на воздухе становится. Вот здесь переключатель, просто стрелять или с разрядом...

— Откуда ты это знаешь?

— Я на кухне редко бываю, — Дарина улыбнулась. Со щелчком захлопнула ствольную коробку. — А вот оружие — моя ответственность. Обучаю куколок. У нас очень большой выбор земного оружия!

— А неземного? — спросил я. Отодвинул пустую тарелку (да, я героически всё съел) и взял гречку с мясом. Это, конечно, была свиная тушенка. На свиней разрушение Луны не повлияло, они плодились так же, как и раньше.

Дарина замялась.

Я ел и терпеливо ждал. Гречка с мясом — это вкусно, ее трудно испортить. Я даже намазал маслом кусок черного хлеба и подобрал подливку.

— И неземного, — решилась наконец Дарина. — Но его нельзя использовать на Земле. И доступ к оружейному сейфу есть только у матери.

— Да я вовсе не собирался просить у тебя бластер! — возразил я.

Соврал, если честно.

Я бы от какого-нибудь супероружия не отказался.

Впрочем, у меня снова есть особые патроны, а они убивают всех.

— Извини, — виновато сказала Дарина. — Но мы и так с тобой все правила нарушаем. Инсеки этого не любят.

— Инсек, — поправил я. — Он вроде ничего так оказался. Может, поговорить с ним?

— Хочешь совсем уж всё усложнить? — Дарина улыбнулась. — Продавцы, Прежние, Слуги — и еще Инсек?

Я подумал, подтирая корочкой хлеба подливку. Сказал:

— Ну, знаешь, в нашем положении чем больше неразберихи — тем может быть и лучше. Пусть они все смотрят друг на друга с подозрением, а?

Дарина задумалась. Потом встрепенулась:

— Ой, я забыла... Что тебе попить принести? Кофе, чай? Есть сок яблочный. Есть молоко.

— Можно просто воды?

Дарина нахмурилась, сказала:

— Максим, у нас много еды, ты не волнуйся. Сок неплохой, даже куколки пьют.

— Давай сок, — согласился я.

Пока она бегала на кухню, я убрал сеткомет обратно в сумку. Что ж, мечту о чудо-оружии пришлось оставить. Но, с другой стороны, веры в слова Слуги стало больше.

Получается, зря я двоих убил?

Но тут я вспомнил, как Наську колотили о стальную опору моста, и покачал головой.

Нет уж.

Так переговоры не ведут.

И вдруг я почувствовал, как Гнездо тянется ко мне — тревожно и быстро, будто набегающая волна. Я даже отстранился на миг, попытался закрыться. Это не очень приятно, когда с тобой начинают говорить внутри головы.

Но Гнездо звало меня, и я открылся.

Воспринял сумбурный поток образов.

Встал, достал из сумки один из купленных у Продавца магазинов и перезарядил пистолет.

Подбежала Дарина, ухитрившаяся принести стакан сока и, кажется, даже его не расплескать. Глянула на меня и ничего не сказала. Поняла, что я уже в курсе.

— Спасибо, — я взял стакан и выпил сок.

Он был вкусный.

— Иван пришел один, — выдохнула Дарина.

— Мне казалось, что он больше не рискнет приближаться к Гнезду, — сказал я. — Тем более к этому.

Дарина кивнула:

— Я тоже так думала. Но он не вошел, он у дверей ждет.

— Поговорим, — я пожал плечами. — Есть что обсудить в нашем неожиданном сотрудничестве.

И засунул пистолет за ремень со спины.

Глава восьмая

Прежний не входил.

Стоял в паре шагов от дверей, ждал. Когда я вошел в фойе, он поднял руку и помахал: увидел, несмотря на темноту и грязноватые стекла.

Да, в общем, я и не сомневался, что его органы чувств лучше человеческих.

— Ты останься, — сказал я Дарине. Но она упрямо пошла со мной.

Сумку с сеткометом я бросил на полу, рядом со стражей. Измененная стояла чуть пригнувшись, неотрывно глядя на Ивана. Из больших пальцев рук у нее выдвинулись кривые короткие когти.

— Же, если начнется драка — отвлеки его, — сказала Дарина.

— Попробую, — пообещала стража.

Победить Прежнего, если дело дойдет до схватки, никто не рассчитывал.

В общем-то я не рассчитывал и убежать, даже если стража ухитрится отвлечь Ивана секунд на десять.

Поэтому я резко открыл дверь, вышел из здания и спросил:

— Ну?

Иван приподнял бровь. И ответил вопросом:

— Ты что творишь, Максим?

— Я?

Вот сейчас мое удивление не было наигранным. Иван начал хмуриться. Изучающе посмотрел на Дарину, потом снова на меня. Спросил:

— На набережной ты был с куколкой, верно?

— Да.

— Зачем вы напали на... — Он запнулся.

— На кого? — спросил я.

— Как я понимаю, на Слуг, — задумчиво сказал Иван. — Да еще и с запрещенными патронами... судя по двум кучкам песка и выловленной в реке одежде.

— Вы их послали? — спросил я.

— Я не использую Слуг, — резко ответил Иван. — Это профанация и дикость!

Так, всё становилось куда интереснее, чем я ожидал.

— Они пытались нас схватить, — сказал я. — Пришлось защищаться.

Иван размышлял. Потом уточнил:

— Кто первый выстрелил?

— Я. Если бы они начали стрелять, мы бы тут не стояли.

— Чем они были вооружены?

— Этим, — неожиданно вступила в разговор Дарина. Я даже не заметил, когда она достала из сумки отобранный у Слуги пистолет и где его прятала.

Дарина протянула Ивану оружие, держа его за ствол.

Иван взял, поморщился:

— Боже, какая банальщина... «Глок»... Вот за это я и не люблю Слуг, сплошная показуха.

Он внимательно осмотрел пистолет, заглянув даже в дуло, вынул и вставил магазин, сказал:

— Тут отпечатки пальцев куколки. И твои, Максим, смазанные...

— И мои, — добавила Дарина.

— У тебя нет папиллярных линий, могла бы и знать, — проворчал Иван. — Стреляла куколка?

— Да, — признал я. — Никого не убила. Так... поучила вежливости.

Иван с равнодушным лицом направил пистолет вниз и выстрелил. Нагнулся, пальцами вытащил из раздробившейся ступеньки пулю. Сказал:

— Ну да, этим не убьешь... Без стрельбы не могли обойтись?

Я промолчал.

— Мне теперь это улаживать, — вздохнул Иван. Протянул пистолет обратно Дарине. — Держи, жница. Трофейное.

Она забрала оружие.

— Пошли, поговорим, — кивнул мне Иван.

Мы с Дариной остались стоять.

— Жница, не трону я твоего парня, — устало сказал Прежний. — Времена меняются, сейчас мы союзники. Хочешь, поставлю охрану вокруг Гнезда?

Дарина покачала головой.

— Так иди, занимайся своими делами, — велел Иван. — Мы поболтаем минут десять, вот и всё.

— Можете зайти внутрь, — неохотно сказала Дарина.

— Нет уж, — Иван покачал головой. — Лучше я не буду дразнить высшие силы. Пошли, Максим, погода хорошая, посидим на улице.

Я успокаивающе кивнул Дарине и пошел за Прежним. В стороне, под паутинным туннелем, перекинутым на уровне второго этажа из бывшего министерства в бывший жилищный кооператив «Гнездо» (смешно, да, сам каждый раз улыбаюсь), стояла садовая скамейка. Что-то я тут ее раньше не замечал... Иван уселся, закинул ногу за ногу, жестом предложил сесть рядом. Сказал:

— Пистолет можешь вынуть, сидеть будет неудобно.

Спорить было глупо, я вернул пистолет в кобуру.

— Собирался драться? — спросил Иван.

Я пожал плечами. Прежний смотрел на меня с иронией, но в целом дружелюбно.

— Значит, так, — начал он. — Во-первых, у меня нет к тебе каких-либо претензий. Лелеять обиды вообще не в моем стиле. К тому же ты меня и не обидел, ты был куклой, в которую вошел Высший.

— А на Высшего обижены? — спросил я.

Иван усмехнулся:

— На Высшего? Можно ли быть обиженным на закон всемирного тяготения или на постоянную Планка? Ты понимаешь, что такое — Высший?

— Нет.

— Это постсингулярная форма разума первого порядка. Он вышел за пределы физического тела и теоретически всемогущ. Но для перехода к подлинному всемогуществу, постсингулярности второго порядка, Высший должен полностью отказаться от своей индивидуальности. А этот Высший по какой-то причине не хочет.

Я задумался. Иван с любопытством наблюдал за мной.

— Так он кто? Человек, инопланетянин?

— Не знаю, не сообщал, — Иван усмехнулся. — Может быть, когда-то он был человеком. Или Инсеком. Или Продавцом... Продавцы ведь киборги, узнал?

Я промолчал.

— Киборги, — сказал Иван с удовольствием. — Извини, но твое молчание для меня прозрачно. Это всегда «да», «нет» или «не знаю». Да, Высший может быть кем угодно. А скорее целой группой разумов, слившихся воедино, но еще не сделавших следующего шага.

— А следующий шаг?

— Второй порядок? Не знаю. Может быть, это единое сознание Вселенной. Может быть, что-то вообще непонятное, даже для нас. Уже и не сознание. В любом случае постсингулярные цивилизации... или цивилизация... скажем просто: разум второго порядка нашей реальностью не интересуется. Мы даже не тараканы, даже не микробы для них. Элементарные частицы. На их уровне нет разницы между человеком, планетой или звездой.

— Откуда знаете? — спросил я. И, кажется, задел Ивана за живое.

— Мы так полагаем, — сухо ответил он. — Ладно, я отвлекся. Приятно иногда пофилософствовать. Итак, во-первых, я не имею к тебе претензий, не собираюсь мстить, уничтожать, портить твою маленькую короткую жизнь. К тому же и Высший это запретил, скрывать не стану. Во-вторых, я на Земле не в одиночестве. Нас... ну, не так уж много, но и не слишком мало. И, несмотря на общие цели, в частностях мы различаемся. Я не самый плохой Прежний, поверь.

— Докажите, — сказал я.

— Доказать? — Иван развеселился. — Я хорошо отношусь к людям. Мы ведь одного вида. Наши отношения — это симбиоз, а не паразитизм.

— Только внутри вы другие.

— Внутри? Да такие же мы! Такое же сердце, такие же мышцы, такие же гормоны. Это всё и вызывает определенные эксцессы... Что смотришь так, Максим? Вспоминаешь Танечку с ее шестикамерным сердцем? Так она — не Прежняя.

— Слуга?

— И не Слуга, — Иван вздохнул. — Я не люблю Слуг. Это простейшая, примитивная форма усовершенствования людей. Сила, подвижность, скорость реакции, выносливость, мышление — всё немножко лучше, всё вызывает дикий восторг, и люди готовы родную матушку продать, чтобы стать Слугой. Ах да, долголетие еще, куда же без него. И метаболизм яростный, всё доставляет массу удовольствий: еда, секс, занятия спортом. Если нужны послушные и умелые исполнители, так это Слуги. У некоторых из нас их десятки и сотни. Многие уже вольноотпущенники, живут среди людей, наслаждаются благами этого мира. Все ваши сказки о зловещих рептилоидах, которые правят человечеством, большей частью основываются на поведении Слуг.

Я не знал, что на него нашло, почему он так беззаботно делится со мной информацией. Я слушал.

— А мы биологически — люди, — продолжал Иван. — Если бы ты меня разрезал на кусочки, — он снисходительно улыбнулся, — то отличий бы не нашел. Совсем крошечные на уровне мозга, но тоже ничего сами по себе не значащие.

— Вы... не совсем биологические, — сказал я. — Так?

— Молодец. Мы больше, чем органическое тело. Помнишь свои ощущения в Призыве?

Я кивнул.

— Представь, что Призыв — всегда с тобой. Что ты можешь в любой момент потянуться к силе Гнезда. Что Гнездо — часть тебя, в нем информация, сила, защита и оружие.

— Это круто, — признал я.

— Вот! — Иван кивнул. — Ты живешь, старишься, но в любой момент можешь омолодиться. А можешь полностью изменить тело. Внешность, возраст, пол — всё, что пожелаешь. Я как-то довольно долго был женщиной. Даже родил несколько детей.

Может быть, он хотел меня шокировать, но я лишь сказал:

— Иван родил девчонку, велел тащить пеленку.

— Жжешь! — радостно сказал Иван. — Нет, ты молодец, Максим. Весь в отца, а я очень хорошо отношусь к твоему папе... Так вот, Татьяна Воробьева не была Слугой, но не была и Прежней. А кем она была?

Я смотрел на здание Минкульта, закутанное в белесые полотнища паутины. Интересно, Дарина ждет в фойе? Наверняка.

— Личинкой она была, — сказал я. — Кандидатом в Прежние. Так?

Иван хлопнул меня по плечу.

— Верно. Именно Кандидатом. Мы не размножаемся, как обычные люди, Максим. Наши способности не наследуются. Если мы считаем, что кто-то достоин быть среди нас, то помогаем ему измениться. Это цикл мутаций, среди которых есть и стимуляция мозга, и легкая перестройка тела, но основную работу выполняет сам Кандидат. Не все справляются, кстати. У Татьяны бы получилось, уверен. Поэтому очень раздосадован ее смертью... И у тебя выйдет, кстати.

— Это что, предложение? — спросил я.

— Почему бы и нет? Ты на удивление легко перенес Призыв. Значит, и Кандидатом станешь хорошим. Когда-то мы называли таких, как ты, имеющих потенциал, «детьми индиго». Потом термин просочился к людям, они его опошлили, как всегда. Но суть-то осталась, дорогой Максим! Огромные знания, сила, вечная жизнь, что плохого? А где-то в будущем — переход через сингулярность и стадия Высшего.

— Как-то даже не знаю, — ответил я. — Я в институт собираюсь поступать, там знаете какая нагрузка? Ни на что времени не остается!

Иван хохотал так долго и заразительно, что я не выдержал — тоже стал улыбаться.

— Молодец, парень, — сказал он наконец. — Но я все-таки не поверю, что ты, как в нравоучительной детской фантастике, готов отказаться от всемогущества. Я полагаю, тебя волнует судьба твоей маленькой жницы, а также все те гадости, которых ты про нас наслушался. И вот что я тебе скажу — Измененные вне нашей компетенции. Пока Инсек жив и торчит на Селене, мы обязаны следовать правилам Высшего. А вот когда всё вернется в норму, когда мы из Прежних станем Настоящими — подумаем и о Дарине. Вернуть Измененного в обычное состояние несложно. Далее всё зависит от нее и от тебя. Захочешь — будет она с тобой. Окажется достойна — обещаю сделать ее Кандидатом. А что? Это славная пощечина Инсекам! Успокоил я тебя?

— А как насчет гадостей? — спросил я. — Все-таки кто вы, когда появились, что делаете с людьми?

— Всё это я готов буду рассказать, если ты примешь решение, — сказал Иван, посерьезнев. — Но ты сможешь отказаться.

— Да?

— Да. Только если откажешься, то память обо всем рассказанном я тебе сотру.

Разговаривать с Прежним оказалось на удивление легко. Еще и день был хороший — ни облачка на небе, лунное кольцо сверкает в лучах заходящего Солнца. Есть такой момент близко к закату, когда солнечные лучи падают на кольцо под углом и оно начинает блистать всеми цветами радуги. Словно над Землей плыли кристаллики, которые мы продаем в Комки...

— Сложный вопрос, — сказал я. — Может, я уже принял решение, выслушал вас, отказался, и вы мне стерли память.

Иван даже захрюкал от восторга, прижимая ладонь ко рту.

— Славно! Ну давай тогда я не буду от тебя требовать каких-то скоропалительных решений. Тем более ты пока еще не заслужил статус Кандидата.

— А! — сказал я понимающе. — Надо заслужить?

— Всё в этой жизни нужно заслужить. Но я от тебя ничего особенного не потребую. Ты и так работаешь на Продавца, поработай попутно и на нас. Он ведь согласился на союз?

— Да. Они принимают ваши соболезнования. И готовы на временное сотрудничество.

— Насчет постоянного ничего не сказал?

— Допустил, что оно возможно.

— Прекрасно, — кивнул Иван. — Может быть, зря мы когда-то им отказали. Но люди в ту пору были совсем дикие, появление Продавцов и сбор кристаллов вызвали бы кризис всех мировых религий, а они такие удобные... Кто ж знал, что эти засранцы войдут в альянс с Инсеками?

— Чего вы с ними-то не поделили?

— Все ответы потом, — Иван покачал головой. — Если узнаешь, кто убил Татьяну. Тогда ты кандидат в Кандидаты, задашь вопросы, получишь ответы и решишь — двигаться ли дальше. По рукам?

Я протянул ему руку, и мы обменялись рукопожатием.

— Так чьи Слуги на меня нападали? — спросил я.

— Буду выяснять, — Иван нахмурился. — Говорю же, нас достаточно много. Кто-то мог захотеть тебя убить, допросить, перевербовать. У нас нет такой жесткой структуры общества, как у людей. Но я достаточно авторитетен, в силу ряда причин, чтобы начать свое расследование. Поддержка нужна? Охрана?

— Оружие. Такое, чтобы даже Прежних могло убить.

Иван погрозил мне пальцем:

— Нет такого. И было бы — не дал. А со Слугами ты справляешься, как мы убедились. Работай, Максим. Труд сделал из обезьяны человека, а из того — суперчеловека.

Я глянул на часы. Кивнул:

— Хорошо. Загляну сейчас в Гнездо, потом вернусь к нашим.

— Всё обещанное я им уже предоставил, — сказал Иван. — Тебе точно ничего не нужно?

— Такси вызовите? — попросил я. — Вы ведь сможете списать расходы на какие-нибудь особые государственные нужды.

— Сегодня точно день смеха, — сказал Иван, отсмеявшись, похлопал меня по плечу и встал. — Вызову. Через пять минут будет ждать здесь. Эконом-класс устроит?

— Да уж хоть комфорт хотелось бы, — ответил я.

Иван ушел куда-то в сторону бульвара, по пути, как мне показалось, временами начиная смеяться.

Ну ладно, пусть день смеха. Главное, чтобы не день дурака.

Я встал и вернулся в Гнездо.

Когда через четверть часа, поговорив и пообнимавшись с Дариной (мы лишь отошли чуть в сторону от стражи, которая явно была в восторге от мирного окончания переговоров), я вышел — такси уже ждало. Старенькая японская малолитражка, так называемый «комфорт-класс», то есть чуть лучше табуретки на колесах.

Иван явно пошутил в ответ. Что ему мешало вызвать огромный бронированный мерседес? Да ничего.

Скамейки, кстати, на этом месте больше не было. Как принесли перед разговором, так и убрали.

* * *

Участок набережной был перекрыт наглухо. Стояли металлические барьеры, прохаживались полицейские (кажется, городские, не из отдела Лихачева). Но такси со мной пропустили без вопросов, после чего я заслужил уважительный взгляд таксиста.

Возле Комка появился серо-зеленый армейский фургон. Иван и впрямь решил не мелочиться, пригнал к нам машину санобработки, где, вероятно, были и туалет, и душ.

Внутри Комка тоже стало не так просторно. Внутрь шли два шланга и толстый кабель в резиновой оплетке. Появилось несколько лабораторных столов, какие-то серьезные микроскопы, приборы, устройства медицинского вида. Милана сидела за одним из микроскопов, что-то внимательно изучала.

— Ну ничего себе, — только и сказал я.

Привезли и два металлических стола. Один был чисто вымыт, на нем лежал наглухо закрытый черный полиэтиленовый пакет. Я понял, что в нем и покоятся останки несостоявшейся Прежней.

На другом столе лежал окончательно освобожденный от одежд Продавец: пробитый цилиндр, металлические стержни, части человеческого тела...

Лихачев кивнул мне. Выглядел он утомленным, как и Елена. Они сидели за еще одним столиком, в дальнем углу. Пили чай. На столе теснились судки с едой и тарелки — настоящие, фарфоровые, по виду дорогие. Иван не поскупился, еду привезли из какого-то хорошего ресторана. Между ними возвышались ополовиненная бутылка вина и опустевшая на треть бутылка коньяка.

— Это было достаточно неприятно, — пояснил Лихачев. — Решили снять стресс. Ты девочку оставил в Гнезде? Правильно, нечего ей тут делать...

Пьяным ни он, ни Елена не выглядели. Полагаю, у них был долгий опыт общения с алкоголем.

— Да мне-то что, — сказал я. — Вы закончили?

Елена кивнула:

— Очень странное тело. Я бы сказала, что это усиленный человеческий организм. Отдельное кровоснабжение гиппокампа и таламуса, они аномально развиты. В чем смысл? Печень, сердце — тоже отличаются. Эндокринная система странная, тимус не по возрасту велик. Я не понимаю, для чего всё это.

— Мне кажется, это не Прежняя, — сказал Лихачев мрачно.

— И мы не поняли причину смерти, — призналась Елена.

— Кто она такая, я узнал, — сообщил я. — Была неожиданная беседа с Иваном.

Подошла Милана, по пути сняв перчатки и одноразовый халат. Коротко сказала Елене:

— Нет, там всё обычно.

Я не стал интересоваться, что именно она изучала под микроскопом. Сел за стол и рассказал всё — начиная с неожиданного нападения Слуг и заканчивая разговором с Иваном.

Только о его предложении стать Кандидатом умолчал.

— Прекрасно, — едко сказал Лихачев. — Теперь мы не только работаем на Продавцов, которых я не люблю, но и выполняем задание Прежних, которых я ненавижу. Знаешь, что меня утешает? Вряд ли мы сможем понять хоть что-либо! Мертвая женщина, кандидат в сверхчеловеки, просто умерла! У нее организм до сих пор в таком состоянии, что хоть органы на пересадку забирай, но она умерла! Киборг находился в помещении, которое его должно защищать, но кто-то пробил в нем дырку обычным топором! Как это можно связать воедино?

— Ну только третьей силой, — признался я. — И вряд ли Высшим, для него это грубая работа.

Мы замолчали.

— И мы возвращаемся к мысли об Инсеке, — произнесла вслух Елена.

— Что я-то? — возмутился я, когда понял, что все смотрят на меня.

— Ну, из нас только ты у него был, — усмехнулся Лихачев.

Я понимал, что всё к этому идет. Но все же попытался оттянуть неизбежное.

— Давайте еще раз осмотрим Продавца?

Лихачев крякнул и плеснул себе в рюмку коньяка.

— Хорошо. На вскрытии я сегодня побывал, моя очередь браться за слесарный инструмент.

Я чувствовал, что это ничем хорошим не кончится.

Но разве у нас был выход?

Глава девятая

Милана считала меня мастером на все руки. Честно говоря, незаслуженно — я всего-то однажды при ней зашпатурил трещины в стене, а еще один раз поджал пассатижами разогнувшийся крючок на ее... ну, скажем, одежде. Иногда совсем немногое нужно, чтобы произвести впечатление.

Руки у меня, впрочем, растут из правильного места. Но глядя, как Лихачев управляется с «болгаркой», я понял, что полковник не только бумажки перебирает и пистолет чистит.

— Любите работать с инструментом? — спросил я.

Лихачев посмотрел на меня с недоумением.

— Я? Ненавижу!

— Вы так тщательно готовитесь...

Полковник ткнул пальцем в шрам на щеке:

— Доставал одного типа из машины после аварии... кусок железа отскочил. С тех пор не спешу.

А я-то думал, что это след от пули!

Я торопливо поправил защитные очки и на всякий случай отступил на шаг.

Примерившись, Лихачев включил «болгарку» и коснулся диском цилиндрического корпуса Продавца. «Болгарка» визжала, диск скользил по корпусу. Наконец Лихачев выключил пилу, отложил в сторону. Сказал:

— Что и следовало ожидать.

На металле не осталось даже царапины.

— Даже если мы его распилим, вряд ли нам это поможет, — сказал я.

— Конечно, не поможет. Но я бы хотел знать, насколько они прочные, — свирепо сказал Лихачев. — Мало ли...

— Лучше жидкость изучить.

— Я уже, — тихо сказала Милана. — Это кремнийорганический гель.

— Круто, — согласился я.

— Да ничего крутого! — Лихачев до обидного насмешливо глянул на меня. — Совершенно обычная штука. В гидравлических приводах и муфтах используется. У меня в боевом костюме тоже есть.

— А этот гель может поддерживать жизнь? — Я ткнул пальцем в голову Продавца.

— Наш не может. У Продавцов — кто ж их знает?

Лихачев взял со стола сверло, ткнул в пробоину. Подцепил комок геля, потянул — тот растянулся длинной синей соплей. Полковник посмотрел на нее с отвращением. Сказал:

— Я всю жизнь мечтал, что нам попадется какой-нибудь инопланетный артефакт. Мы его изучим и... — Он не стал заканчивать, но всем было понятно и так: «Сможем выгнать пришельцев к черту». — И вот лежит артефакт. Артефактище! Дохлый инопланетный киборг. Ну и что с того?

— Не любите вы их, — сказала Елена.

— Все они одним дерьмом мазаны, — скривился Лихачев. — Я себя чувствую полинезийским дикарем, к которому на остров упал военный самолет. И вот он пытается его изучать, детальки отрывает, обшивку царапает, керосин пробует на вкус, патрон случайно открыл и тупо смотрит на порох... А от него всё племя ждет, что он сумеет понять, как эта железная птица летала.

— Никто от вас ничего не ждет, полковник, — отчего-то я разозлился.

— Как это «не ждет»? — возмутился Лихачев.

— Вы только извините, пожалуйста, — сказал я. — Но вы человек старшего поколения. Вы привыкли к тому, что везде и всегда есть какая-то сверхзадача. Общая цель. Идеология. Глобальные планы.

— А их нет? — ледяным голосом спросил полковник.

— Извините, — повторил я. — Но их нет. Может, у коммунистов были когда-то, они верили в дружбу народов и пролетариат. И у капиталистов, когда люди верили в конкуренцию и инициативу. Но потом мы всё просрали. И коммунизм, и капитализм. В России коммунизм превратился в пародию на капитализм, а в других странах капитализм — в пародию на социализм. Вот никаких идеологий и не осталось, только жить от рождения до смерти, желательно получше.

— Что за чушь ты несешь, Максим! — обиделся Лихачев. — Всегда есть идеалы и цели!

Он даже очки снял и очень неодобрительно на меня глянул.

— Какие? — спросил я. — Религия? Их много, после Перемены стало еще больше, все верят в свое и ненавидят чужое. И вообще, религию придумали Прежние, чтобы людей держать в узде. Неужели вы этого не понимаете? Ну, еще космос был. Маск, помните, такой? Всё обещал на Марс людей отправить, только даты переносил. А где он сейчас? Космоса нет. Даже спутниковая связь накрылась. Спутники-разведчики остались, да? Которые капсулы с фотографиями на парашютах сбрасывают. Лунное кольцо сфоткали с внешней стороны, вот и все научные успехи. Пилотируемую космонавтику Инсеки запретили... Остались только маленькие идеалы, игрушечные. Для личного употребления.

— Лена, ты слышишь? — спросил Лихачев. — И это ведь из лучших представителей молодежи!

— Слышу, — Елена вздохнула. — А ты можешь ему предложить идеалы?

— Могу, — Лихачев кивнул на мертвого Продавца. — Разобраться в этой дряни. Узнать, как Земле освободиться!

— Да разве я против, — согласился я. — Только про дикаря и самолет вы сами сказали.

Лицо полковника побагровело.

— Сам-то ты ради чего живешь, Максим?

— Не ради чего, — поправил я. Даже не знаю, почему так завелся полковник и почему стал заводиться я. — Ради кого! Я живу ради мамы с папой, чтобы они могли делать вид, будто всё в мире нормально. Ради Дарины, у нее никого больше нет на свете. Ради Наськи, ей хочется быть обычной девочкой. Ради Миланы тоже... ну и пусть у нас не сложилось, но мы друзья и даже больше! Ради всех своих друзей-приятелей! Ради Виталия Антоновича, ради Василия, ради Елены, и ради вас, полковник, тоже! Что, мало? Ну так чем могу!

Наступила тишина.

— Мальчики, не ругайтесь, — попросила Елена. — И тебя, Игорь, это касается в первую очередь.

Блин, а я даже не удосужился узнать, как зовут Лихачева! Он для меня все время был либо по званию, либо по фамилии. Слишком уж старый и суровый.

— Мы не ругаемся, — сказал я. Подумал и добавил: — Извините, полковник. Нервы. Но я правда такой, какой я есть.

— Тоже извини, — ответил Лихачев. Крякнул. — Да, я старый упрямый пень. И верю в идеалы. Таким, наверное, и помру.

Мы виновато улыбнулись друг другу.

Милана внезапно обняла меня за плечи и сказала:

— А вы всерьез его слова не принимайте. Да, Максим такой. Мы все такие. Мы не верим ни во что. Но это не значит, что не хотим поверить.

— За себя говори, — мрачно сказал я.

Милана рассмеялась и растрепала мне волосы.

— Вот, такая бука...

Получилось как-то слишком интимно. Милана быстро и виновато убрала руку.

— Тебе повезло, что Наськи нет, — я аккуратно отодвинулся. — Она бдит!

Полковник вздохнул. Спросил:

— Ну что, будем ковырять дальше? Может, засунуть в него эндоскоп?

Мы уставились на корпус Продавца.

— Хорошая мысль, — без энтузиазма заметила Елена. — У нас нет эндоскопа? Заказать?

Лихачев посмотрел на Продавца. Спросил:

— Ну что, больной, обследоваться будем?

И похлопал по щеке.

Веки Продавца дрогнули и открылись.

— Мать твою! — рявкнул Лихачев, отшатываясь.

Я тоже отступил на шаг, запустил руку за пазуху, нащупывая пистолет.

— Кто здесь? — спросил Продавец.

Это было так нелепо, что даже жуть происходящего рассеялась.

— Мы друзья, — сказал Лихачев, мучительно скривившись. — Не волнуйтесь. Нас вызвал ваш коллега.

— Какой коллега? — Голова дернулась, повернулась влево-вправо. Я увидел расширенные зрачки, слепо мечущийся взгляд. — Какой еще коллега? Димка Артюхов, ты?

Милана зажала ладонью рот, явно давя крик.

— Успокойтесь, — сказал Лихачев. — Всё в порядке, я полицейский, рядом врач.

— Какой еще полицейский? — Голова дернулась, пытаясь приподняться, но стержень оставался неподвижным. — Милиционер, что ли? Где я? Меня жена убьет...

Елена подошла к Милане, обняла ее, женщины немо застыли.

— Давайте по порядку, — сказал Лихачев. — Да, я милиционер. Вы... попали в аварию.

— Ослеп, что ли? А спина целая? Ног не чувствую! — забеспокоился Продавец.

Хотя какой, к черту, Продавец...

— Как вас зовут? — спросил Лихачев.

— Гена я. Геннадий Трофимов, Геннадий Климович. Почему не вижу ничего?

— Я же говорю, авария, у вас повязка на глазах, — произнес Лихачев. Нервы у него были железные. — Что вы помните последнее?

Геннадий Трофимов облизнул губы. Сказал:

— Ехали мы, запаздывали. Водила ругался, что сумок натащили полный салон, челноки жадные...

Какие «челноки»? О чем он? Он что, астронавт с шаттла? Тогда почему русский, почему «водила»?

— Челноки, — задумчиво сказал Лихачев. — Какой сейчас год, помните?

— Девяносто шестой, — ответил Трофимов. И подозрительно спросил: — Чего, в коме я валялся, что ли?

— Челнок, значит, — продолжил Лихачев. — Откуда ехали?

— От поляков... Мы «рояля» выпили немного, с Димоном... за проезд... чтоб быстрей домой-то доехать, чтоб на таможне не пограбили...

Рояля выпили? Как можно выпить рояль? Да он бредит! Но меня передернуло, словно морозом.

Трофимов вдруг замолчал. Сказал:

— Ночь была. Водитель заорал... мы врезались, да? Фары помню...

— Да, была авария, — мягко сказал Лихачев. — Дальше что-то помните?

— Бред какой-то... — Геннадий помолчал. — Вроде как... говорили мне... думал, на том свете уже... Что я умер. Но могу еще пожить. Только по-другому. Всё будет как сон. Буду как сон смотреть... волшебный... фантастика научная.

— Какой сон?

— Я согласился. У меня отрезали руки и голову, — сказал Трофимов неожиданно четко. — Но больно не было. Мне обещали, что не будет. И я стал железный, я где-то в магазине работал. Там было синее солнце, под него нельзя выходить. Приходили какие-то твари вроде ящериц, лупоглазые, я им продавал всякое... за кристаллики. Некоторые больше на людей похожи, только уродливых. Совсем дети, странные, но дети, они все старались за руку потрогать... Я разговаривал... но только это не я, это мной говорили... а я смотрел... как сон... Это был не сон?

— Это был не сон, Геннадий, — сказал Лихачев после короткой паузы.

— Вот, значит, как.

Он замолчал.

— Мне очень жаль, — произнес Лихачев.

— Потом я на Землю вернулся, — сказал Трофимов медленно. — Тоже... продавал. И покупал. Так странно. Тут другой товар, но тоже за кристаллики разноцветные... У нас кристалликов больше, все время их несут... Этот, который мной говорил... он иногда начинал мной говорить, вроде сам с собой, но для меня. Я слушал... Это когда он ел кристаллы. Клал под язык, они рассасываются, как валидолки... От них дуреешь. Иногда хочется плакать, иногда смеяться, то весь мир хочешь обнять, то каждому завидуешь... Тут есть женщины, товарищ милиционер?

— Нет, — соврал Лихачев.

— А иногда бабу хочется, сил нет... Этот потом ругал себя. И меня. И вообще всех. Говорил, что наркоманом становится. Потом долго не принимал, потом снова брал кристаллик, на койку ложился, аж трясся... под язык... и говорил, говорил...

— Что случилось дальше? — спросил Лихачев. — Что последнее вы помните?

— Он мертвый? — спросил Трофимов.

— Да, кажется, мертвый.

— Значит, и я, скоро... Но это же ничего, верно? Я должен был давно умереть. Я теперь понимаю. Я на Земле?

Из слепых глаз медленно покатились слезы.

— Вы на Земле, — сказал Лихачев.

— Похороните меня, ладно? Чтобы в земле? По-человечески.

— Хорошо.

— Я, кажется, засыпаю, — сказал Трофимов озабоченно. — Вы не подумайте, я нормальный человек был. Инженер. Говорили, небесталанный. НИИ закрыли к чертям... стал шмотье возить, бухал... Вам надо что-то с этим всем делать, товарищ милиционер!

— Мы сделаем.

— Вы спрашивали, что было последнее... Последнее — женщина пришла. Не за покупками. Они обсуждали что-то... не помню. Что-то важное. Она не в первый раз приходила. Женщина дала мне кристаллик. Он аж затрясся... я кристаллик под язык... сразу. Трехцветный. Красно-оранжево-желтый, переливчатый... Потом она закричала и умерла. Я так понял, что это значит, она хотела меня убить. Собирался выплюнуть кристаллик. Но поздно. Он тогда пошел к стекляшке, откуда всё достает. Говорил, что ему стыдно. И страшно. И он должен это сделать, иначе никак. Взял из стекляшки топор. Ударил себя в грудь. И я умер.

— Вы себя убили? — переспросил Лихачев.

— Я... он... Я путаюсь. Где я, где он. Да. Я его убил. А он меня. Товарищ милиционер... потрогайте меня снова...

Лихачев молча снял перчатку и приложил руку к щеке Трофимова.

— Я чувствую, — сказал Геннадий тихо. — Я понял, дети там тоже хотели... почувствовать тепло...

Он замолчал.

Лихачев некоторое время стоял, глядя на останки Геннадия Трофимова, прикрепленные к телу мертвого Продавца. Потом сказал:

— Он умер. Совсем. Жилка на виске не бьется.

Осторожно прикрыл Трофимову веки. Глянул на меня:

— Вот ты и нашел убийцу.

Милана зарыдала, прижавшись к Елене. Та молчала, глядя на тело. Потом сказала:

— У меня муж, покойный, в девяностые челночил. Возил из Польши тряпки всякие, спирт «Роял»... Он музыкант был, но не великий. На частных уроках тогда не заработать было.

— Без идеологии, конечно, жить можно, — сказал Лихачев скрипучим голосом. — Можно без всего. Видишь, Максим, можно даже без тела жить. Покупать кристаллики. Но некоторые сами на них подсаживаются...

Он отошел в сторону, вернулся с топором. Осмотрел, пожал плечами.

— Топор как топор...

Легонько тюкнул по корпусу Продавца. Металл, который даже не оцарапала дисковая пила, промялся, из едва заметной дырочки начал сочиться синий гель.

— Зря мы эту версию с порога отвергли, — сказал Лихачев. — Что за хренов криптонит в топоре, интересно?

— Тогда уж адамантиум, — вяло ответил я. Отвел взгляд от мертвого человека.

Да, Продавцы его не убивали.

Они предложили умирающему «пожить» в другой форме. Тот согласился. И стал фрагментом Продавца... где? На планете синей звезды? Значит, Продавцы как-то тихонько посещали Землю и при Прежних. Подторговывали... с кем? С обитателями Гнезд? Нет, их еще не было. Значит, с теми измененными людьми, которых отправляли к звездам Прежние. Видимо, тогда Продавцы на Земле торговать не могли. А вот когда пришли Инсеки, то сразу к нам кинулись.

Наркота.

То есть мы все собираем наркоту для каких-то инопланетных тварей. Вряд ли для самих Продавцов, этот вел себя так, словно его пристрастие постыдно.

— Что будешь делать, Максим? — спросил Лихачев. — Мы, я полагаю, расследование закончили. Ты можешь сказать Продавцу, что его товарищ пришел в себя и рассказал, что... лучше без деталей, верно?

— Сожрал кристаллик, испытал ужас и стыд, сделал супертопор и сам себя убил, — предложил я.

— Сойдет ему такой ответ?

Я пожал плечами.

Наверное, сойдет.

Не стоит, действительно, поднимать тот неловкий момент, что я знаю источник, где Продавцы берут головы и руки. Не стоит думать о том, что человеческий мозг в его голове жив, сознание сохранилось — и как во сне воспринимает всё происходящее.

И Продавец выдаст мне возвратный мутаген. Куда он денется.

Дарина станет обычной девушкой.

Нет, не обычной, конечно. Настоящей. Может, мы будем после этого вместе. А может быть, и нет. Это сейчас я для нее — всё на свете. Вернувшись в мир людей, она станет знаменитой, станет звездой. Напишет книгу «Моя жизнь в Гнезде». Будет выступать во всяких телешоу. Да ее Голливуд на любую роль возьмет! Бывшая Измененная, чудом вернувшаяся к людям! От плейбоев до олигархов, все будут вокруг виться.

Не важно.

Дарина станет настоящей, а она хочет этого больше всего на свете.

— Сойдет, — сказал я.

Лихачев кивнул, глядя на меня. Какая-то неловкость была у него во взгляде. Словно разочарование.

Он обвел взглядом захламленный Комок. Невесело рассмеялся:

— А я уж собрался тут пару дней провести. Жене позвонил, чтобы белье и чистые рубашки собрала.

Я подумал, что и про это ничего не знал. Что у Лихачева, которого зовут Игорь, есть жена. Что у Елены был муж-музыкант, который «челночил» лет сорок назад.

— Только я сделаю одну вещь, — сказал Лихачев.

— Мы сделаем, — кивнула Елена.

Я понял.

— Думаю, Продавец не будет против.

— Официально я это проводить не стану, — продолжил Лихачев. — Но это человеческий прах, и он будет лежать в родной земле. Я думаю, вам лучше уйти, ребята.

Милана кивнула, я тоже спорить не стал.

Мы собрались быстро и с тем ощущением неловкости, которая появилась сразу после окончательной смерти Трофимова. Вроде бы он и умер, и задача, поставленная Продавцом, неожиданно разрешилась, а вот неловкость не исчезла.

— Можно вызвать такси, — сказала Милана, кивнув на телефонный аппарат. Иван действительно обеспечил нас связью.

— Как хочешь, — ответил я, косясь на Елену. Доктор рылась в своих медицинских инструментах. Выглядели те зловеще. Лихачев взвешивал в руке топор из «адамантиума». Он что же, отрубать штыри будет? — Или прогуляемся.

— Прогуляемся, — решила Милана.

— Мы пойдем, — сказал я.

— Давайте, ребята, — кивнул Лихачев. — Мы справимся сами, не волнуйтесь.

Вид у него с топором в руках был совершенно маньяческий. Точно, будет рубить штыри.

Мы торопливо вышли.

А снаружи уже стемнело. Вдоль набережной загорелись редкие фонари, в небе переливалось миллионами огней лунное кольцо.

У санитарного фургончика стояли трое в штатском, в костюмах, и двое полицейских в форме. Явно присланная Иваном охрана.

— Чем можем помочь? — спросил один из штатских, подходя к нам. Человек как человек. Средних лет, крепкий, с выправкой. Очень может быть, что ничего не знающий про Прежних.

— Да нет, спасибо, мы домой, — сказал я. — Наши товарищи пока останутся.

Штатский кивнул:

— Может, машину?

— Нет, спасибо. Пройдемся.

— Как угодно, — вежливо ответил он.

— Максим... я на минутку... — Милана коснулась моей руки.

— Чего? А... — Я торопливо кивнул. — Конечно.

— Загляну к вам в машину, — сказала Милана.

— Направо, сразу после входа, — деловито сказал штатский. Милана пошла к машине. Мужчина с любопытством посмотрел на меня. Спросил небрежно:

— Какие-то проблемы? С Продавцом?

— Всё бывает, — туманно ответил я, чем, похоже, заслужил его одобрение.

— Да уж, прилетели на нашу голову... — вздохнул штатский.

Эх... не надо про головы...

— Без них было лучше, — согласился я. — Правда, я еще пацан совсем был.

— А я в Сирии тогда работал, — кивнул мужчина. — По контракту. Такая паника началась, только держись... Все ломанулись в Хмеймим, никто ничего не знает, слухи самые разные. И тут... — Он сделал театральную паузу, явно рассказывая эту историю в сотый раз.

Но я ее не услышал.

Что-то чпокнуло, и на горле мужчины появилась дырка, из которой фонтанчиком выплеснулась кровь. Штатский прижал к горлу ладонь, посмотрел на кровь, потом сунул руку в карман. Чпокнуло еще раз. Я даже не понял, куда ему попали, но он сразу упал.

А возле фургончика падали еще четыре тела.

Я бросился к машине и даже успел вытащить из кобуры пистолет. Наверное, если бы я бросился в Комок, то мог бы и спастись. Но в фургончике была Милана, и я не мог ее оставить.

У меня, конечно, нет никаких высоких идеалов, но я друзей не бросаю, а женщин уж тем более.

Меня ударили по голове сзади, и я мгновенно отрубился.

Глава десятая

В прошлом месяце мне доставалось и посильнее. Скажем прямо, по всем медицинским нормам два раза я должен был умереть.

Но первый раз меня исцелило Гнездо, ведь я был в Призыве. А второй раз вылечил концентрат мутагена. Он, конечно, должен был после этого меня прикончить, но Дарина ввела возвратный мутаген.

Так что ощущения были мерзкие, но знакомые. Голова раскалывалась, подташнивало, в ушах стоял гул.

Раньше мне доводилось драться всего несколько раз, ничего серьезного, обычные детские потасовки с кровью из носа и синяками.

В этот раз, похоже, я получил полноценное сотрясение мозга.

Меня покачивало, потряхивало, потом я почувствовал ладонь на лице. И невольно вспомнил, как Трофимов просил его потрогать, чтобы ощутить напоследок прикосновение человека.

Это было так страшно, что я сделал усилие и открыл глаза.

Я лежал в кузове грузового фургончика, который, похоже, куда-то ехал. В потолке светили два круглых плафона, окон вроде как не было. Милана держала мою голову на коленях. Всё остальное, к счастью, у меня тоже имелось. Сделав усилие, я пошевелил рукой, потрогал лоб. На ладони осталась кровь.

— Так плохо? — спросил я.

— Тебя по голове ударили, — пояснила она. — Нет, ничего. Череп цел.

— А тебя по лицу, — сказал я. У Миланы был здоровенный кровоподтек на щеке. Ну что за день такой, при мне били то девчонку, то девушку!

— Я упала, — ответила Милана. — Честно. Меня сбили, я упала. Специально не били.

С трудом, но мне удалось присесть, опираясь на Милану. В фургончике никого не было. Нас куда-то везли.

— Слуги? — спросил я.

Милана кивнула:

— Наверное. Похожи, как ты рассказывал.

— Много их было?

— Четверо или пятеро, — сказала она, поколебавшись. — Запихнули в фургон и поехали. Ты недолго был в отключке.

— Они своеобразно приглашают к разговору, — заметил я.

Пошарил в кобуре. Конечно же, она была пустая. Из кармана пропали ключи с брелоком-куботаном. И часы с руки сняли. Плащ остался, ну так он не оружие.

— У меня сумочку отобрали, — сказала Милана. — Я услышала шум, выскочила, увидела, как тебя волокут. Ну и...

— Надо было не выходить.

Милана подумала и сказала:

— Да, наверное. Помочь я не смогла. Глупо вышло. Но в Комок они не входили.

Я подумал о том, услышал Лихачев перестрелку или нет. Мог и не услышать. А если даже и услышал, то что? Слуги проехали через оцепление, поубивали охрану, кинули нас в машину и умчались. Наверняка у них есть план отступления. Через полчаса мы можем быть уже за пределами Москвы. Не старые времена, пробок на дорогах нет...

Машина дернулась, чуть накренилась и съехала куда-то. Остановилась. Шум мотора стих.

— Приехали, — сказал я.

Попытался встать, к горлу подкатила тошнота. Милана помогла удержаться на ногах, с тревогой глядя на меня. Увы, я не увидел ничего, что могло бы послужить оружием. Это был какой-то крупный пикап или грузовой микроавтобус, ни скамеек, ни поручней, ничего, что можно выломать и взять в руки. — Милана, из меня боец сейчас никакой.

— Угу, — она кивнула. — Максим, ты, главное, держись. Им что-то надо, иначе бы убили на месте.

— Это меня и пугает, — признался я.

Дверь фургона клацнула, створки открылись. Машина стояла в ярко освещенном гараже, небольшом, на две-три машины. Рядом был еще джип с распахнутыми дверцами. Я сощурился от яркого света, глядя на темные силуэты у дверей.

— Выходите, — скомандовал нам кто-то.

Голос был знакомый.

С помощью Миланы я выбрался из фургона. Посмотрел на бледного юношу в деловом костюме, новом, но такого же строгого кроя. Спросил:

— Как бок, не болит?

— У нас быстро заживает, — ответил он без иронии. — Если хотите поострить, Максим, то выговоритесь. А потом будем говорить.

Их было пятеро. Девушка... да, та самая, в которую я стрелял. Теперь на ней было легкое светлое платье по колено, выглядела она совершенно здоровой. Действительно, быстро всё у них заживает. Еще трое незнакомых мужчин. Все молодые, ухоженные, моих лет или немного старше.

Во всяком случае, на вид.

— Давайте уж сразу говорить, — предложил я. — А острить будем позже.

Мой собеседник кивнул:

— Хорошо. Зовите меня Алекс.

Я все-таки попытался придумать что-нибудь остроумное в ответ. Но не смог, и решил, что вести себя как герой боевика — глупо.

— Чего вы хотите, Алекс?

— Маленькую услугу. Но вначале...

Он запустил руку в карман пиджака, вытащил прозрачную пластиковую ампулу. Протянул мне.

— Выпейте.

— Что это?

— Тоник. В моих интересах, чтобы вы были в сознании и не страдали от головной боли.

Я подумал. Остальные Слуги молчали, но девушка, в которую я стрелял, наблюдала за мной со злорадством.

— А с чего мне вам верить?

— Можете не пить, — Алекс пожал плечами. — Это знак доброй воли с моей стороны, а не попытка вас отравить.

Я взял ампулу. У нее был отламывающийся «хвостик», я оторвал его и выпил безвкусную жидкость.

Чего я только не пил за последнее время.

Нельзя сказать, что головная боль совсем отпустила. Но стало легче, и тошнота прошла.

— Услугу я окажу, — согласился я. — Но вначале отпустите девушку. Она здесь ни при чем и никому ничего не расскажет.

— Нет, — Алекс покачал головой. — Девушка нужна. Мы знаем, что у вас был краткий, но бурный роман, она вам небезразлична. Если вы не захотите исполнить нашу просьбу, мы станем ее пытать на ваших глазах. До тех пор, пока вы не согласитесь. Это понятный аргумент?

Он был совершенно спокоен, добродушен и рассудителен. До Ивана, конечно, не дотягивал. Но я встречал таких в банках и госучреждениях, только они обычно не высказывались столь откровенно.

Хотя, не сомневаюсь, в случае необходимости легко принялись бы пытать и убивать.

— Аргумент понятный, — сказал я. — Чего вы хотите?

— Вначале информацию. Что случилось с Продавцом и Татьяной Воробьевой?

— Они умерли, — ответил я.

— Почему?

Не знаю, почувствовал бы он ложь в моих словах или нет. Но я не стал врать.

— Татьяна принесла Продавцу какой-то кристалл. Редкий, разноцветный. Я про такие только слышал. Он его сожрал, он был наркоманом. Ел кристаллы и тащился от нахлынувших эмоций. Тут его и вштырило. Система безопасности Комка убила женщину, а Продавец сделал себе топор из какого-то сплава и убил себя.

Вроде как я даже ухитрился не открыть природу Продавца и ни словом не соврал.

Слуги переглянулись.

— Спасибо за исчерпывающий ответ, — сказал Алекс. — Крайне интересно. Тогда вам нужно выполнить одну нашу просьбу, и мы предоставим вам свободу.

Вот не нравятся мне такие формулировки!

«Предоставим вам свободу» — это прекрасно подходит под определение «пули в грудь». Полная свобода, пользуйся! Что ему стоило сказать: «Отпустим вас живыми и невредимыми»?

А с другой стороны, ну сказал бы он по-другому. Можно ли ему верить? Они только что перестреляли как минимум пятерых охранников. Им на людей плевать, и в честности они тоже не замечены. В клинике эстетической медицины Слуга врала нам так, что мы едва не поверили!

— И в чем состоит просьба? — спросил я.

— Нам надо поговорить с Инсеком.

Я ожидал чего угодно, только не этого.

— Так говорите. Я-то при чем?

— У нас нет канала коммуникации, — объяснил Алекс.

— У Прежних нет связи с Инсеком?

— Мы не Прежние, — все так же терпеливо сказал Алекс. — У нас свои интересы и свои планы. Связь с Инсеком есть у Продавцов, но...

Он развел руками.

— Так вы с Татьяной были заодно? — сообразил я. — Она хотела купить канал связи?

Алекс молчал. Нет, вряд ли всё так просто...

— У меня нет с ним связи!

— Есть. Вы общались через экран в Представительстве.

— А вам кто мешает? — спросил я зло. — Вход в Представительство всегда открыт. Вы люди... ну, с точки зрения охраны. Пришли, сели, поговорили...

— Пробовали. Он не отвечает, — Алекс был само терпение. — Нас он не считает заслуживающими внимания. С вами у него наладился контакт. Мы уверены, что следящие системы корабля отреагируют на ваше появление в Представительстве.

— Ну... — Я заколебался. — Наверное. Я могу передать ему, что вы хотите поговорить.

— Мы пойдем вместе, — сказал Алекс.

Я посмотрел на Милану. Та пожала плечами.

— Я схожу с вами. Никаких проблем, — сказал я. — Только Милану отпустите. И к чему было убивать людей? Просто подошли бы и объяснили свою просьбу! Я бы сходил с вами!

Слуги переглянулись.

— Давай я что-нибудь сделаю его подруге? — предложила девушка.

Алекс размышлял. Покачал головой:

— Нет, не надо. Если она будет повреждена при входе в Представительство, охрана может вмешаться.

Милана взяла меня за руку. Ладонь у нее была холодная и влажная.

— Алекс, я действительно готов выполнить вашу просьбу! — воскликнул я. — Нет никакой необходимости никого убивать или пытать!

— То есть мы сейчас поедем в Представительство, вы спокойно пройдете с нами, вызовете Инсека и начнем разговор? — уточнил Алекс.

— Да!

Алекс обернулся к девушке и сказал:

— Вот видишь, Ника. Всё в порядке, он достаточно мотивирован.

В полной растерянности я смотрел на Алекса, пытаясь понять логику его слов. Ощущение было, словно общаешься с психом. Я ему про то, что готов организовать переговоры, а он рассуждает, достаточно ли мы напуганы!

— Хорошо, — согласилась Ника. — Максим, если ты попытаешься нас обмануть, я накажу твою подругу. Это будет незаметно внешне, но причинит ей серьезную боль и оставит калечащие повреждения на всю жизнь. Она не сможет размножаться и получать удовольствие от секса. Предупреждение понятно?

Мне показалось, что даже Алекс слегка смутился.

— Предупреждение понятно, — сказал я.

Я и раньше-то не слишком переживал, что стрелял в нее, а теперь пожалел лишь о том, что у меня было мало особых патронов.

— Прекрасно, — сказал Алекс. — Тогда садитесь обратно в машину.

Мы вернулись в фургон, двери захлопнулись. Заурчал мотор.

— Максим, что это было? — спросила Милана.

— Они чокнутые, — сказал я убежденно.

Милана помолчала, размышляя. Машина начала выезжать, накренилась, мы сели на пол.

— Знаешь, они не чокнутые, — вдруг сказала Милана. — И в охранников стреляли, и нас запугивают, потому что иначе не умеют. И вас с Наськой пытались схватить вместо того, чтобы подойти и заговорить...

— Ну? — не понял я.

— У них нулевая эмпатия. Ко всем! Ты же двоих убил? Они даже не вспомнили об этом. А любой человек стал бы давить: «Ты наших убил, сволочь, а мы всего-то поговорить...» Им всё поровну. Если кто-то умер, то он уже не играет роли. Если надо чего-то добиться, то проще заставить.

— Роботы, — согласился я.

— Нет, хуже. Продавец был робот, но пытался испытывать человеческие эмоции. Высший чувств не имел, но он ко всем так подходил, логично. А у этих есть чувства, но только к себе. Другие их совершенно не волнуют.

— Это плохо, — сказал я.

— Да, — Милана кивнула, глядя мне в глаза. — Они нас не отпустят. В этом нет никакой необходимости. Они врут... нет, даже не врут. Говорят то, что должно нас успокоить. Так мясник гладит корову, чтобы она не боялась.

Я кивнул.

Головная боль усилилась. Дрянью оказался их тоник.

— У нас мало времени, — сказал я. — Но мы должны что-то придумать.

Обе машины — и фургон, и джип — Слуги бросили на Воздвиженке, завернув с Моховой, прямо на выделенной полосе.

Мне это не понравилось. Не потому, что я так беспокоюсь за соблюдение правил дорожного движения. Но это же центр, рядом Кремль! Через минуту у этих машин будет полиция. Хорошо, если просто погрузят на эвакуатор, могут и взрывотехника вызвать.

Так машины бросают, лишь если не собираются возвращаться.

Алекс шел впереди, девушка с красивым именем Ника взяла меня под руку, один из мужчин так же придерживал Милану. Еще двое шли сзади. Уже совсем стемнело, но здесь прохожих было немало. Алекс, однако, двигался с таким видом, что все расступались.

Правильно делали, чего уж тут говорить.

Вырваться я не пытался. Слуги сильнее и быстрее, чем люди, оружия у меня нет, к тому же головная боль вернулась в полной мере, даже в глазах всё стало мутиться. Вокруг фонарей расплывались цветные кольца, словно я смотрю сквозь поисковые очки.

Ну и где же Лихачев, где, в конце концов, Иван?

Где вся наша полиция, Росгвардия, спецслужбы? Совсем недалеко отсюда убили как минимум пятерых сотрудников и похитили двух человек. Неужели никто не зафиксировал номера машин? Не включил все эти «перехваты», не объявил «усиление»?

— Не надо пытаться звать на помощь, — сказала мне Ника. — Это кончится болью и новыми жертвами.

Видимо, чтобы закрепить свои слова, она на миг сжала мне бицепс двумя пальцами. Боль была такая, словно ущипнули пассатижами! Я даже глянул на нее, ожидая увидеть на лице садистское удовольствие.

Да ничего подобного. Она и садисткой тоже не была. Доводила аргументы до сознания, вот и всё.

— Ай... — негромко сказала Милана.

Видимо, ее конвоир сделал что-то подобное.

Но зато боль в руке прочистила мозги, словно бы заставив расступиться туман в голове.

— Я всё понял, — сказал я. — Никого звать на помощь не буду.

Ника кивнула, вполне удовлетворенная ответом.

Перед Представительством, конечно же, была очередь. Алекс все так же целеустремленно двинулся в голову очереди. Кто-то попытался что-то ему сказать, Алекс негромко ответил. Я не услышал, что именно, но человек шарахнулся в сторону.

Какой бы странной ни была их тактика ведения переговоров, но она работала.

Один из полицейских, стоящих возле Манежа, заинтересовался, двинулся в нашу сторону, но мы уже входили внутрь.

Магнитная рамка на Алекса никак не отреагировала. Следом Ника пихнула меня и щебечущим голосом произнесла:

— Максимка, как тут здорово! А мы увидим Инсеков, да?

Я даже вздрогнул, обернулся, глянул на нее.

Ника мило улыбалась. Обычная девушка, восторженная, заинтригованная. Скорее всего из провинции, визит в «избу-исповедальню» такая же часть туристической программы, как Кремль или Поклонная гора. Таких сюда сотня в день приходит.

Ничего необычного.

Когда было надо, они прекрасно умели имитировать обычных людей.

— Непременно увидим, — я постарался широко улыбнуться. — Не испугаешься?

Ника прошла сквозь рамку, сказала:

— Постараюсь. С тобой не страшно!

— Да, ты у меня храбрая, — глядя на полицейского, сказал я.

Тот кисло улыбнулся. Ему давно было скучно и караулить это здание, и смотреть на придурков, мечтающих пообщаться с Инсеками.

Следом прошли остальные. Парень, который вел Милану, тоже что-то ей негромко сказал на ушко. Милана не стала отвечать или улыбаться. Просто прошла.

— Откуда? — поинтересовался полицейский за столиком. Тон был не особо заинтересованным. Они даже документы обычно не проверяли, Инсеки когда-то заявили, что доступ должен быть абсолютно свободным.

— Из Питера, — сказал Алекс добродушно. — А девчонки — с северов.

— У вас Представительство возле Русского музея? — спросил полицейский.

Неужели он что-то почувствовал? Даже я знал, что в Питере для разговоров с Инсеками выделили (по их рекомендации) другое место.

— Да не совсем, — ответил Алекс. — За Фонтанкой, возле Литейного.

Полицейский утратил к нам интерес.

— Заходите в кабинки в индивидуальном порядке, — сказал он. — Не задерживайтесь, как экран погаснет — сеанс закончен.

— А вместе нельзя? — очень естественно удивился Алекс.

— Не рекомендуется, — строго сказал полицейский. И пояснил: — А то заходят парочки и... позорят нас на всю Галактику.

— Я уверен, что в Галактике людей знают и уважают, — сказал Алекс серьезным тоном.

Кивнул и пошел внутрь. Мы — за ним.

Полицейский все-таки смотрел ему вслед с сомнением.

На мгновение, превозмогая гудящую в голове боль, я подумал — не попросить ли помощи? Их тут было шесть человек на входе. И снаружи еще...

Ну, допустим, позову. Добавится десяток трупов.

Слуг даже обычные пули не берут.

— Вот и правильно, — сказала Ника, когда я побрел за Алексом.

Видимо, заметила мои колебания.

Разумеется, мы все вошли в одну кабинку.

Разумеется, это была та самая кабинка, из которой я однажды связался с Инсеком... а потом даже попал на его корабль.

Я скосил глаза в угол — и невольно улыбнулся, обнаружив там конфетную бумажку. В другом углу ожидаемо нашлась крошечная бутылочка из-под чего-то алкогольного. Тихий алкоголик, выпивающий перед Инсеком, ходил сюда как на работу и тоже не менял кабинку.

Экран, через который я когда-то вывалился в кабинку, снова висел ровно. Едва Ника захлопнула дверь, он засветился.

Мы стояли тесной группой, глядя в серую ждущую муть. Алекс легонько толкнул меня в спину. На лицах Слуг больше не было фальшивых эмоций, они ждали.

— Это Максим Воронцов, — сказал я. — Я с вами уже говорил, дважды. Особенно во второй раз интересно получилось. Сейчас я не один, я...

Да к черту, нет времени объяснять! Я рванулся, цепляя за руку Милану. И закричал:

— Я со своей девушкой! Эти пятеро — враги! Помоги нам!

Экран полыхнул серым светом, и ударил ветер. Жестко, мне показалось, что по лицу хлестнуло горячим шершавым полотенцем.

А в следующий миг всех разметало по кабинке. Невидимая сила прижала нас к похрустывающим и прогибающимся стенам, помещение заполнил теплый, пахнущий озоном воздух. Я не мог пошевелить ни рукой, ни ногой, каким-то чудом удерживая за руку Милану.

Потом из экрана выметнулась-выстрелила здоровенная хитиновая лапа. Схватила меня за пояс, потащила. Рука Миланы выскользнула из моей ладони.

— Милану! Милану тоже! — закричал я.

Лапа на миг остановила движение, когти задергались, будто пальцы, ловко переворачивая меня спиной к экрану. Сознание плыло от раскалывающей голову боли. Словно в тумане я видел пятерых Слуг, прижатых к стене, — и Милану, которая вдруг соскользнула на пол — держащая ее сила исчезла. Долю мгновения она колебалась, потом бросилась ко мне, прыгнула: цепляясь, обнимая, вжимаясь в меня.

Лапа Инсека потащила меня в экран.

Мы обманули Слуг!

Мы их провели, тупых безжалостных идиотов!

Вот только...

Почему же они смеются?

Почему все пятеро Слуг улыбаются, глядя, как Инсек втягивает нас на свою лунную базу?

И только когда меня обдало влажным жаром, когда Земля и Представительство превратились в картинку на экране, я понял. Закричал:

— Нет! Нет, не надо!

Но было уже поздно.

Мы оказались на осколке Луны.

Вдвоем с последним Инсеком.

Часть вторая

Глава первая

Свет был неярким, но сейчас казался мне ослепительным. Я щурился, прикрывая глаза ладонью, изо всех сил сдерживаясь, чтобы не застонать. Меня пошатывало, хоть я и сидел, такой низкой была сила тяжести. Сладкий и одновременно грибной запах вызывал рвотные позывы.

Милана обнимала меня, то ли желая помочь, то ли от страха — рядом с нами стоял Инсек.

Помещение оказалось огромным, в этот раз мой выход на связь застал Инсека не в туннеле. Я даже не мог сосредоточиться на деталях, видел лишь, что это огромный зал с плавно закругляющимися стенами и причудливыми многочисленными... приборами? Агрегатами? С тем же успехом это всё могло быть просто мебелью или произведениями искусства — ровные формы, ни одного прямого угла.

— Почему ты стал отказываться от спасения? — спросил Инсек. Приблизился к нам — маленькие ходильные ноги быстро переступали по полу, две длинные передние конечности потянулись ко мне.

— Не тронь его! — крикнула Милана, рванулась вперед. Разумеется, ее унесло в сторону, здесь она весила от силы десяток кило. Инсек ловко перехватил Милану, вернул на место.

— Беспокоиться не надо. Я не несу угрозы.

— Я несу... — прошептал я. — Они хотели, чтобы я попал сюда... я поздно понял... Я — опасность...

— Что с тобой происходит? — спокойно спросил Инсек.

— Голова... боль...

— Его ударили! — сказала Милана. Она собралась и говорила почти спокойно: — Его ударили по голове, это сотрясение мозга!

— Нет... Или не только... — Я сжал ладонями виски. Ощущение было таким, словно череп сейчас лопнет. — Мне что-то дали выпить... я отравлен или заражен... или взорвусь...

— Последнее маловероятно, — решил Инсек.

Он опустил лапу на пол, металл разошелся, образуя воронку. Инсек подержал свою конечность в воронке, потом извлек — на когтях повисли тягучие фиолетовые сгустки.

— Прими...

Я даже не колебался. Я сейчас и стрихнина бы выпил. Открыл рот — и длинный черный коготь стряхнул в него фиолетовую жижу.

— Глотай, — продолжил Инсек терпеливо.

Я проглотил. Вещество напоминало по консистенции подтаявшее желе, было чуть горьковатым и словно бы содержало спирт. Нёбо и горло онемели.

— Сейчас тебе станет легче, — пообещал Инсек. И обратился к Милане: — Ты в лучшей форме, объясни, что произошло.

При всем пугающем облике, при всей нереальности произошедшего и необычности обстановки, что-то в его манере общаться успокаивало. Инсек походил на старого доктора — спокойного, всё повидавшего, не пытающегося упрекнуть, напугать или наобещать чудес.

— На Земле убили Продавца. Это сделала женщина, Кандидат в Прежние, она тоже погибла. Кажется, она была связана со Слугами. Нас захватили Слуги, сказали, что им надо поговорить с вами. Максима чем-то напоили.

— Очень кратко и четко, — похвалил ее Инсек. — Интересный метод диверсии. Он может сработать.

Не разворачиваясь, Инсек попятился от нас. Остановился у вырастающей из пола металлической арки. Помедлил, пока проем не стал достаточно большим. Потом медленно прошел сквозь нее, не отрывая от нас взгляда.

— Максим? — спросила Милана. — Ты как?

Мне было лучше. Я с удивлением понял, что боль отступила, растворилась почти бесследно. Тошнота тоже почти прошла.

— Уже лучше, — сказал я, осторожно садясь. И почему-то засмеялся.

— Неизвестный вирусный агент, — сказал Инсек. — Любопытно. Он не должен действовать на людей. Агент предназначен для уничтожения моего вида.

Он двинулся вперед, снова проходя через арку. Но теперь поверхность арки засветилась ярко-белым светом, Инсек проходил сквозь него, словно сквозь занавес.

— Вы лечитесь? — спросила Милана.

— Отчасти, — сообщил Инсек. — Это очень интересный конструкт. Прежние всегда хорошо работали с вирусным геномом. Лучше, чем мы.

Из пола выросла, вытянувшись к потолку, тонкая и прозрачная пленка, разделила отсек на две части, изолировав нас от Инсека. Как ни странно, но казалось, что пленка из того же металла, что и всё вокруг — только очень, очень тонкая.

Я вдруг почувствовал легкое прикосновение к рукам. Опустил взгляд и вздрогнул — из пола выросли и впились в запястья гибкие металлические трубочки.

— Не обрывай, — сказал Инсек. — Я пытаюсь очистить твой организм и определить механизм поражения.

— Да? — удивился я.

Происходящее вызывало все большее удивление. Всё казалось странным и необычным, даже Милана.

Даже я сам.

Что-то со мной происходит.

— Я проверю и тебя, женщина, — сказал Инсек. — И себя.

Он лег на пол, из которого серой травой выросли тонкие иглы, вонзившиеся в его панцирь. Я посмотрел на Милану — ее тоже пронзили, притянули к полу металлические нити.

— Вы не пострадали, — успокаивающе сказал Инсек. — Вирус не действует на людей. А в организме Максима есть дополнительный повреждающий фактор, привязанный к его геному. Можно назвать его упрощенным мутагеном, разрушающим базовые структуры мозга.

— Ты меня вылечишь? — спросил я.

— Мутаген нейтрализован, однако обычным путем исправить последствия невозможно, — сообщил Инсек. — Но вы не должны расстраиваться. Мы используем обратимую контролируемую инволюцию. Максим, лежи спокойно и доверься мне.

— Это больно? — спросил я с тревогой. Вопрос был детский, даже непонятно, как я мог такой задать! Но меня вдруг стало всерьез тревожить, больно это или нет. То, что я умираю, — не волновало, а вот при мысли о боли становилось страшно.

— Нет, не больно. Лежи.

Я лег. Просто расслабился и медленно опустился на пол. При такой низкой силе тяжести металлический пол казался мягким, словно перина.

Больно не было, нет. Было хорошо и легко.

— Это нормально? — спросила Милана, глядя на меня. В ее глазах вспыхнул испуг, и это тревожило. Она ведь смелая, почему она испугалась?

— Да, — сказал Инсек. — Подожди.

Нет, никакой боли, мне становилось все легче и легче, я ни о чем не переживал... я ведь верю Инсеку...

— Это еще долго?

— Уже почти, — ответил Инсек.

Мне показалось, что его голос очень утомлен. Я повернул голову. Странное ощущение, тело стало неестественно мягким и расслабленным. Милана смотрела на меня... нет, кажется, без страха, но растерянно. Потом улыбнулась и погладила по голове.

— Всё хорошо? — поинтересовался я на всякий случай.

— Да, — сказала она. — Только это странно.

— Что? — спросил я с жадным любопытством. Мой голос оказался неожиданно тонким.

— Пожалуй, ему лучше поспать, — донесся откуда-то голос Инсека.

И я уснул.

Как рассказала потом Милана, выглядело лечение действительно пугающе. Менялось мое лицо, менялись пропорции тела. Я словно превращался в ребенка, вот только ребенок этот был ростом со взрослого человека. Голова слишком большая, руки и ноги короткие, лицо совершенно детское.

— Это как в мультике или кино, когда ребенок неожиданно увеличивается, — нашла пример Милана. — Ну, от каких-нибудь увеличивающих лучей или зелий... Я бы сказала, что тебе лет семь-восемь, если бы не размер.

— Я хоть был хорошим ребенком? — спросил я с надеждой.

Милану аж передернуло.

— Будь ты ростом в метр с кепкой — да. А твои метр восемьдесят...

— Восемьдесят пять! — поправил я.

— Метр восемьдесят пять — это чересчур. Только в мультике умилительно.

— Зато теперь можешь говорить, что знаешь меня с детства, — сказал я.

— Возможно. Но хорошо, что ты изменился обратно.

Мы стояли в отсеке, который для нас создал Инсек. Этот отсек был душевой камерой — с огромной прямоугольной «лейкой» над решетчатым стоком, несколькими флаконами разноцветных жидкостей, которыми Инсек велел вымыться в строгой последовательности.

И мы оба ощущали неловкость, заставляющую нас стоять и разговаривать, а не раздеваться и мыться.

Нет, ну глупо, с одной стороны, у нас было три дня, когда мы не только мылись вместе. Но...

— Взрослым ты мне нравишься больше, — сказала Милана. — Но лет через десять я бы не отказалась от лайт-версии такого лечения. Лет до семнадцати-восемнадцати.

Она решительно начала расстегивать блузку.

Я скинул плащ, снял рубашку и стал стягивать джинсы.

— Это исключительно медицинская процедура, — сказала Милана, снимая юбку. Поискала глазами, куда ее положить, но никакой мебелью Инсек не озаботился. Аккуратно сложила и положила на пол у дверей, блузку пристроила сверху. Ей потребовался всего один шаг, чтобы дойти до двери, шаг легкий и огромный, будто полет.

Приблизившись, таким же плавным «лунным» шагом, я положил рядом джинсы и сверху рубашку. Одежда падала на пол медленно, как во сне.

— Расстегнешь? — Милана повернулась спиной.

Я помог ей снять лифчик. Не удержался, провел ладонью по спине.

— Но-но, большой мальчик, — усмехнулась Милана, увернувшись. Не оборачиваясь, стала снимать трусики.

Я тоже разделся догола. Сказал:

— Мы просто друзья... и проходим вместе санобработку.

Милана повернулась. Вздохнула:

— Увы, не верю.

Мы молчали.

— И я тебе не верю, — сказал я, касаясь ее груди.

Милана облизнула губы. Сказала:

— Максим... я знаю, что ты любишь Дарину. Она хорошая, я рада за нее... за вас... но я тоже тебя люблю, вот в чем дело. А ты?

Я молчал.

— Будь здесь другая молодая девчонка?

— Мы бы просто стали мыться... — ответил я.

Милана на миг закрыла глаза, словно пытаясь не смотреть на меня. Потом сделала шаг, прижалась всем телом — не рассчитав притяжения, Милана влетела в меня, словно с разбега. Она была выше Дарины, мы смотрели друг другу в глаза. Она была совсем другая, она иначе пахла, у нее были другие прикосновения, она была почти моя ровесница, мы даже сексом иначе занимались, у нее был опыт, как и у меня.

— Всё, что происходит на Луне, остается на Луне... — прошептала она.

Я опустил руку, подцепляя ее за бедро, приподнял. При слабом тяготении Селены это было даже слишком легко. Медленно опустил на себя — ее глаза расширились, она выдохнула, обняла обеими руками, забросила вторую ногу, мягко качнулась на мне. Мы целовались, Милана двигалась, вцепившись в меня, я одной рукой придерживал ее за плечи, другой прижимал под упругое напряженное бедро.

— Не могу, не могу, не могу без тебя! — вдруг выпалила Милана. Ее глаза расширились, она застонала, мучительно и сладостно, отдаваясь безраздельно и до конца.

И я слился с ней, кусая ее губы и ни о чем уже не думая.

Слабое притяжение имеет свои плюсы.

Мы еще минут пять стояли, лаская друг друга, я держал Милану на руках, целуя в лицо, а она то улыбалась, то заглядывала мне в глаза.

А потом тихо сказала:

— Так, Максим. Сейчас я тебе кое-что скажу, и не спорь, ладно?

Я кивнул, насторожившись.

— Когда мы вернемся, а мы ведь вернемся, да?

— Надеюсь, — сказал я.

— Ты начнешь мучиться. Я знаю, ты такой. Тебе захочется покаяться перед Дариной. Извиниться. Сказать что-нибудь... что ты был не в себе, что это нервный шок, адреналин... что я тебя соблазнила...

— Ты меня не...

— Я тебя соблазнила, Максим. Поверь, если бы я не захотела, мы бы вымылись, и всё.

Я молчал.

Наверное, она была права.

— Так вот, не говори. Дарина не может читать твои мысли?

— Нет.

— Вот и хорошо. Тебе будет казаться, что признаться надо — для ваших отношений, чтобы между вами не было никакой недосказанности, никакой фальши, никакого вранья... И она, конечно, тебя простит. Может, даже на меня не обидится. Может, всё поймет совершенно правильно. Но все равно у нее останется обида. Маленькая, крошечная, которая будет разъедать всё. Ты себе сделаешь легче, ты с себя снимешь тяжесть, а на нее взвалишь. Понимаешь?

Я неуверенно кивнул.

— Ни одной женщине такой правды на самом деле не надо, — сказала Милана спокойно. — Особенно совсем юной девчонке... Мой бывший ко мне подошел неделю назад. Покаялся. Сказал, что я была права, что он и впрямь изменял налево и направо, даже сказал, с кем... а еще подруги называются! Что больше никогда, ни с кем, что только я ему нужна. Он думал, что я обрадуюсь его откровенности и всё прощу. А я с таким облегчением на душе его выгнала! И сказала, что люблю другого. Сказала и поняла, что это правда.

— Но как же ты? — пробормотал я.

— Не повезло, — Милана улыбнулась. — Так бывает. И я не стану с тобой заигрывать на Земле. И буду вести себя совершенно нормально. Там, на Земле, ты только ее. А здесь — только мой. Можно? Потому что мы на куске взорванной Луны. Как во сне. И пусть это остается сном, хорошо? Я постараюсь в кого-то другого влюбиться. Рано или поздно получится, хоть я и не хочу.

— Так тоже неправильно, — сказал я. — Для тебя неправильно.

— Да. Но что поделать. Зато есть наш лунный сон. А еще... ты знаешь...

Она замолчала, потом лукаво улыбнулась.

— Видела на одной картинке, думала, такое разве что Супермен может сделать. Но здесь, мне кажется, получится.

— Дух перевести дашь?

— По моим ощущениям, — Милана слегка качнулась на мне, — ты уже отдохнул.

Я не стал спорить.

Это был наш лунный сон, а то, что происходит на Луне, — остается на Луне.

Не знаю, удивился ли Инсек тому, как долго мы занимались санобработкой.

Может быть, он думал, что мы к этому очень ответственно подошли.

Может быть, он был занят своими проблемами.

А может быть, он за нами внимательно и с интересом наблюдал.

Вот совершенно все равно, если честно.

Корабль Инсека вывел нас к нему, сформировав коридор. Тут, похоже, не было никаких «твердых» помещений, всё менялось и создавалось под конкретные нужды. Наверное, это и есть единственно правильный принцип для межзвездных кораблей, а не гигантские «крейсера» и «звезды смерти», как в кино.

Инсек по-прежнему лежал на полу, опутанный металлическими нитями. Мне показалось, что их даже стало гораздо больше. Некоторые пульсировали, некоторые раздулись, превратившись в трубки. По одной такой трубке медленно передвигалось утолщение, будто по кишке, вытягивающей какой-то комок из Инсека в пол.

Еще мне показалось, что в помещении стало жарче, хоть нас и разделял по-прежнему прозрачный барьер.

На наше появление Инсек никак не отреагировал, и я с невольным страхом представил себе, что будет, если он умрет.

Во-первых, это прекратит действие договора между Инсеками и Прежними, верно? А я хочу этого? Нет, Инсеки не ангелы. Но Прежние теперь мне нравились еще меньше!

Во-вторых, что будет с нами? Корабль будет поддерживать нашу жизнь? Или выключится? Или улетит?

— Мы вернулись, — сказала Милана. По напряжению в голосе я понял, что и ее посещают те же мысли.

— Я рад, что Максим хорошо себя чувствует, — сказал Инсек. — Его отравление было побочной целью, и его провели без должного старания.

Голос Инсека был по-прежнему мягким, спокойным, обманчиво бодрым. Но мне казалось, что это никак не отражает его состояние.

— Как вы? — спросил я.

— Плохо, — ответил Инсек. — Во время прорыва к Земле корабль был атакован, погибли все остальные члены экипажа, а я получил смертельные повреждения. Я всего лишь стажер и не в полной мере контролирую возможности корабля. Мне даже пришлось частично уничтожить ваш спутник, чтобы сформировать отражающую поверхность для нужд Продавцов. Это доставило людям серьезные неудобства.

Мы переглянулись. Ощущение было такое, словно спросил прохожего, который час, а тот в ответ рассказал про свои семейные дела и назвал пин-код от карточки.

— Вы умираете? — спросила Милана.

— Да. Но это длится долго. Я рассчитывал дотянуть до прибытия второй волны прорыва, это должно занять двадцать земных лет. С вирусом, который вы занесли, оставшийся срок моей жизни сократился до одного-двух лет.

— Мне очень жаль, — сказал я.

— Это неразумно. Наша цивилизация враждует с вашей, мы используем вас точно так же, как использовали Прежние.

— Вы же воюете с Прежними!

— Вы одно и то же, — терпеливо сказал Инсек. — Эта планета — родина вашего вида. Она была заповедником, источником рабочей силы и солдат, искусственно поддерживаемой в отсталом состоянии.

— Так это правда? — спросила Милана. — Прежние — люди?

— Люди.

— Земляне?

— Да.

— Я не понимаю, — Милана глянула на меня. — То есть люди когда-то расселились с Земли по иным мирам? А саму Землю держат в отсталости? Но зачем?

Инсек помолчал. Потом сказал:

— Это долгая история. Но если вам нужны какие-то объяснения, я их дам. У меня нет неприязни к вам как к личностям. Вы заслуживаете уважения и определенной информации. Возможно даже, что мы сможем прийти к соглашениям. Да... — Инсек вдруг шевельнулся. — Есть тонкая тропа возможностей, которая в итоге послужит к облегчению общей ситуации. Но...

Он замолчал.

— Почему всегда «но»? — не выдержал я.

— Потому что жизнь состоит из бесчисленных уступок и компромиссов. Ни один разумный вид, не придерживающийся соглашений, не способен развиться полноценно. Я много думал за последние годы. У меня было время... я готов обсудить это с вами. Но вы должны пройти свою часть пути.

— «Вы» — это люди?

— Вы — это вы. Две человеческие особи, находящиеся сейчас рядом со мной.

Я обнял Милану. Сказал:

— Хорошо, мы готовы. Но что мы должны сделать?

— Защитить меня.

Я рассмеялся.

— От кого?

— От тех, кто отправил вас ко мне. От Слуг. Я не знаю, действуют ли они по собственной инициативе или выполняют приказ кого-то из Прежних. Но в любом случае они не остановятся. Для того чтобы минимизировать поражение, я буду вынужден пройти глубокую инволюцию. Это куда дольше и неприятнее той процедуры, которую пережил ты. Несколько ближайших часов я не буду способен думать и отдавать команды.

— А ваш корабль?

— Он не сможет меня защитить. У Слуг есть средства подавления интеллектуальных машин, пассивная защита не выдержит. Вы должны принять решение, и времени почти не осталось. Либо вы остаетесь здесь и обороняете меня...

— Либо?

— Либо я отправлю вас назад. В московское Представительство либо в любое другое по вашему выбору. Но это с большой вероятностью приведет к тому, что я погибну, мой договор, скрепленный Высшим, перестанет действовать, и Прежние вернут полный контроль над Землей.

— Вы даете нам выбор? — спросила Милана недоверчиво.

— Я не могу заставить вас меня защищать, — ответил Инсек с ноткой удивления. — Охранник по принуждению — это бессмыслица. Механизмов давления на вас у меня тоже нет.

Я молчал, глядя на Инсека.

Ну да, он не друг.

Жизнь — сплошные уступки и компромиссы.

— Что скажешь? — спросил я Милану.

— Скажите, а вы мужчина или женщина? — спросила Милана.

— Если проводить аналогию, то скорее женщина, — ответил Инсек. — Во всяком случае, я могу производить потомство.

— Даму в беде бросать нехорошо, — сказал я.

— То есть вы приняли решение остаться и попробовать защитить меня? — уточнил Инсек.

— Блин, ну конечно, да! Слуги нам не нравятся еще больше! Скоро они прибудут на Селену?

— Они уже около часа находятся здесь, — ответил Инсек. Как мне показалось — с удивлением.

Глава вторая

Я ожидал, что скафандр будет из того же металла (это ведь металл?), что и весь корабль Инсека. Серо-голубой сплав мог двигаться, гнуться, принимать любые формы и даже становиться прозрачным.

Но в скафандре все же использовался и какой-то другой материал. Металлическими на вид были лишь штанины и рукава, действительно гибкие и податливые, прозрачный шлем выглядел так, будто дети мастерили карнавальный костюм космонавта и использовали в качестве шлема круглый аквариум. А вот корпус скафандра был из серой шершавой ткани. Да, именно ткани, слегка пупырчатой, будто костюмы стражи.

Странно, конечно. По логике казалось, что должно быть наоборот: металлический корпус и рукава-штанины из ткани.

— Он издевается? — спросила Милана. — Не скафандр, а трико какое-то! И где эти... — она пошевелила пальцами, — баллоны! С воздухом?

Мы стояли в помещении, куда нас отправил Инсек, перед тем как погрузиться в свои лечебные процедуры. Как он сказал: «Вы всё поймете на месте».

Понять не получалось.

Два скафандра, напоминающие детские карнавальные костюмы. Никаких баллонов, да.

— Сейчас глупость скажу, — произнесла Милана. — На Селене ведь нет воздуха?

— Абсолютно, — подтвердил я. — А ты знаешь, что еще должно быть в скафандре?

Милана на миг задумалась.

— Нагреватель? Чтобы не замерзнуть?

С кем-нибудь другим я бы сострил про физику, которая явно была нелюбимым предметом. Но не с Миланой, конечно.

Да и вообще, девушкам простительно не разбираться в науке!

— Вакуум — это теплоизолятор. Человек в скафандре, словно в термосе. А люди теплые. И теплу надо уходить, а в вакууме это сложно. В скафандре не нагреватель должен быть, а система отвода лишнего тепла.

— А я видела в кино, там наоборот, люди чуть не замерзли, — смущенно сказала Милана.

— Кино, — вздохнул я. — Слушай, наверное, Инсек понимал, что нам предлагает. Наверное, это как-то работает... как-то. Меня смущает оружие.

Милана не сдержалась, хихикнула. Потом посерьезнела.

— Ну, это красиво...

— Да уж... — неохотно признал я.

Рядом со скафандрами на полу лежали шпаги.

Или рапиры.

Или узкие мечи.

Я не настолько разбираюсь в холодном оружии, тем более в таком, спортивном. В детстве один приятель выносил во двор пластиковые игрушечные мечи, фехтовали на них. Потом кто-то из родителей разорался, что пластиком тоже можно выбить глаз, — и все игры в мушкетеров закончились.

— Может, Инсек исторического кино насмотрелся? — спросила Милана. Подняла одну из железяк. Вот они, кстати, были как раз из сине-серого корабельного металла. — Классическая французская боевая рапира, половинная гарда...

— Ты разбираешься? — поразился я.

Почему-то я совсем не ждал от Миланы такого.

— Я занималась фехтованием.

Она широко взмахнула оружием, засмеялась.

— Как странно! Руки помнят, но... словно пушинкой... Наверное, лучше бы я не умела.

— Так это рапира? — уточнил я. — Я думал, шпага.

Милана с улыбкой глянула на меня, и я порадовался, что не стал отпускать шуточки по поводу физики и теплопроводности вакуума.

— Шпага, рапира, если угодно — меч. Рапира — облегченная версия шпаги. «Меч для одежды». Ею обычно не рубят, только колют... но это старая, классическая боевая версия. Видишь — на клинке есть лезвия, теоретически можно и рубить, только веса мало. Впрочем, тут и у палаша, и у двуручного меча было бы мало веса.

— Обалдеть, — сказал я. — А чем еще необычным ты занималась?

Милана подумала секунду.

— Я в детстве однажды спаяла радиоприемник. Мне подарили конструктор, там были такие маленькие смешные детали и печатная плата. Взяла у папы паяльник и сама спаяла. Даже поймала две радиостанции...

Я тоже поднял рапиру. Помахал в воздухе.

Да, слишком легко. Сколько она сейчас весит? Тут сила тяжести раз в десять-двенадцать ниже земной...

Грамм сто, наверное.

— Значит, у Инсека были основания предложить нам именно это, — сказал я с напускной уверенностью, опуская шпагу. — Давай залезем в скафандры. Тут должны быть застежки, наверное...

Застежек на виду не оказалось, но костюмы разошлись на спине, когда мы взяли их в руки. Я вспомнил, что, когда люди еще летали в космос, космонавтам как-то похоже приходилось забираться в российские скафандры — через лючок сзади.

— Наверное, лучше раздеться, — деловито сказала Милана. — До трусов.

Мы разделись, увы, не для чего-то более приятного. Я засунул ноги в штанины — если это и был металл, то мягкий и теплый. На ступнях костюм утолщался, превращаясь в литые ботинки. Потом засунул руки в рукава, заканчивающиеся тонкими мягкими перчатками. Помедлил — и, согнувшись, просунул голову в накрепко присоединенный к воротнику шлем. Выпрямился.

На спине что-то зашуршало, и я почувствовал, что ткань сошлась.

Мной овладела легкая паника.

Тут же нет кислородных баллонов, верно?

Сейчас стеклянный шлем запотеет, я выдышу весь воздух и задохнусь!

Шлем не запотевал. Внутри было в меру прохладно.

Я смотрел на Милану, которая тоже влезла в свой скафандр.

Пробормотал:

— А как мы будем общаться?

— Голосом, — ответила Милана и хихикнула. Звук шел словно бы от нее, хотя я догадывался, что это не так, — слишком четкий и ясный. Похоже, весь прозрачный шлем работал как динамик и микрофон.

Блин, по звуку даже можно в направлении ориентироваться!

— Мы дикари, — сказал я. — Слушай, мы просто дикари, мы ждем чего-то своего технологического уровня... а он совершенно другой. Может, и шпаги не совсем шпаги?

— Они лазерные! — предположила Милана.

— Не знаю. Но точно не просто шпаги.

Я сделал шаг. И отметил, что подошва крепко фиксируется на полу.

— Это магниты? — спросила Милана, тоже шагнув ко мне.

— Я не чувствую притяжения. Скорее, нога прилипает.

— Значит, адгезивные волоски, — решила Милана. — Как у геккона.

— У него не присоски разве? — удивился я.

Милана засмеялась.

— Присоски? Ну что ты, там такие тонюсенькие волоски, геккон ходит по стенам и потолку за счет ван-дер-ваальсовых сил притяжения между молекулами и атомами.

Я решил, что мне очень, очень повезло, что я не стал шутить про девушек и физику.

— Все путают, — утешила меня Милана. — Присоска — первое, что в голову приходит.

— Значит, эта штука может работать и снаружи, — сказал я. — Хорошо. Кажется, это трико куда лучше, чем земные скафандры.

И тут откуда-то, словно бы сверху, прозвучал мягкий голос Инсека:

— Поскольку вы находитесь в защитных костюмах, то я начинаю краткую инструкцию. Отвечать не надо, это заранее записанная речь. Костюмы обеспечивают вашу жизнедеятельность в вакууме до трех земных суток. Подошвы и ладони обладают способностью к фиксации. Данные выводятся на лицевую часть шлема. Вы имеете связь и возможность перехвата чужих сообщений. Частичное управление производится голосовыми командами. Поступление жидкости и питательных продуктов в тело осуществляется через кожу. Вывод продуктов жизнедеятельности осуществляется костюмом.

Я понял, что, если прижмет — Инсек предлагает делать свои дела прямо в скафандр. Конечно, это звучало довольно противно. С другой стороны, яхтсмены в гидрокостюмах поступают точно так же. Причем у них ничего никуда из костюма не выводится.

— После приближения врага к кораблю заработает защитный протокол, исключающий использование энергетического оружия. Поэтому вы экипированы холодным оружием, удобным для человека.

Мы с Миланой переглянулись. Она понимающе кивнула, подняла шпагу. Я взял свою.

— Я желаю вам удачи, — сказал Инсек. — Мое выживание всецело зависит от вас.

Он замолчал.

— Вообще-то из-за нас он и умирает, — сказал я. — Из-за меня.

— Ты не знал, — заметила Милана.

— Не важно, — я замялся. Взмахнул шпагой. — Милана, один вопрос... ты сможешь?

— Я-то хоть раньше занималась фехтованием, — обиделась Милана.

— Ты сможешь убивать? — спросил я в лоб. — Они ведь похожи на людей.

— Похожи, — презрительно сказала Милана. — Я помню, что мне обещала та стерва. Не беспокойся, Максим.

Я кивнул.

Были такие времена, когда порядочная девушка при слове «убить» должна была бы взвизгнуть и упасть в обморок.

Но сейчас всё иначе.

— Хорошо. Попробуем голосовое управление? — спросил я. Милана кивнула, и я продолжил: — Где находятся враги?

Если бы скафандр ответил голосом, я бы не удивился.

Но на прозрачном шлеме перед глазами загорелась карта.

Кусок поверхности Селены — довольно ровный, с несколькими кратерами разных размеров. Серо-коричневый фон, то ли рисунок, то ли фотография — не понять...

Черный кружок в центре. Видимо, корабль Инсека?

Маленькая белая точка слева под кружком. Что это?

И четыре пульсирующих красных точки внизу карты.

— Вот и гости, — сказала Милана. Видимо, и у нее на шлеме появилась карта. — Будем ждать или выйдем навстречу?

— Выходим, — решил я.

Видимо, это было воспринято как команда.

Я услышал легкий шум, а костюм слегка раздался на теле. Из помещения, где мы находились, исчезал воздух. При этом никаких открытых люков или щелей не было, скорее всего, воздух выкачивали сами стены.

Вообще-то скафандры в вакууме «раздувает», я читал. Поэтому и астронавты двигаются медленно, и на месте суставов устроены специальные шарниры, и даже давление воздуха в скафандрах делают ниже земного — всё, чтобы свести к минимуму «раздутие».

Этим скафандрам на разницу давления было наплевать. Если они чуть-чуть и раздались на нас, то руки и ноги сохраняли прежнюю подвижность.

Вот как это могло быть сделано? Снаружи давления нет, внутри есть...

Я подвигал руками, ногами, присел. Всё получалось абсолютно легко и свободно, будто занимаешься спортом в зале.

Может быть, этот костюм — одновременно и что-то вроде силовой брони? Этот металл и «ткань» — двигаются сами вместе с моим телом?

Звук выходящего воздуха тем временем исчез. А в стене напротив нас начал открываться люк, в знакомой по Гнезду манере раскручиваясь от центра, как диафрагма.

За люком лежала Селена.

Я ждал ослепительного солнечного света, не смягченного атмосферой. Ну или непроглядной тьмы, если тут ночь.

А здесь всё было иначе.

Во-первых, света хватало, но не солнечного. В черном звездном небе, высоко над горизонтом, сияла Земля — огромная, бело-голубая. Снизу и сверху над ней сверкало, прячась за планету, лунное кольцо. Один фрагмент, совсем рядом с Землей, был крупнее и ярче других — привет, Диана, наша младшая соседка...

Ни в старое полнолуние, ни сейчас, под светом лунного кольца, таких ярких ночей на Земле не бывало.

Сразу за люком, который открылся вровень с поверхностью Селены, начиналась каменистая равнина.

Во-вторых, каждый валун отбрасывал черную, непроглядную тень, словно в пространстве вырубили окно во тьму.

Нет, если приглядеться, то в тени что-то угадывалось, освещенное дважды отраженным светом, но все-таки таких непроглядных теней на Земле не случается.

В-третьих, потрясали звезды. Земля сияла ярко, но звездам это не мешало. Я почему-то думал, что они будут разноцветными, но они сверкали чистым белым светом, словно раскрошенные бриллианты. Зато кольцо светилось мягкими пастельными оттенками, всем спектром — от фиалкового и до красного.

— Красота... — выдохнула Милана.

Пошла к люку, как-то странно переступая по полу.

Я двинулся за ней и понял, в чем дело. Пока одна нога была поднята, вторая намертво прилипала к поверхности. Костюм сам контролировал наше движение, не позволяя случайно прыгнуть и улететь на десяток метров, что при жалком притяжении Селены несомненно бы случилось. Вначале это было непривычно и раздражало, но скафандр настолько аккуратно подстроился к движениям, что вскоре это перестало мешать.

— Обалдеть, — сказал я. — Милана, мы на Луне!

— На Селене, — поправила она.

— Не важно... — Я остановился у порога. Вот край металлического пола, а сразу за ним, с перепадом в сантиметр, — серовато-коричневый камень.

Лунный камень.

Милана встала рядом.

— Давай, — сказал я. — Леди фест!

— Иди уж, — она засмеялась. — Заслужил! Сколько лет люди не ходили по Луне?

— Ну, если американцы не обманули весь мир... — Я задумался. — Лет шестьдесят, да? Что-то вроде того... Нет, Милана. Давай ты. Первая женщина на Луне!

— Точно! — Она не стала дальше спорить. — Ну... надо что-то сказать, да?

У меня кружилась голова — от волнения и восторга.

— Да что хочешь!

Милана шагнула вперед. Помедлила, видимо, убеждаясь, что нога «приклеилась» к камню так же, как и к металлу корабля.

— Мы все-таки снова сюда добрались, — сказала она. И вышла. Она выглядела удивительно в этом легком, обтягивающем тело скафандре, в прозрачном шлеме, со шпагой — настоящей шпагой в опущенной руке, в просвете люка, на фоне огромной яркой Земли.

Милана повернула голову, посмотрела на меня. Улыбнулась.

И побежала вперед.

Это был странный бег, в котором одна нога все время касалась поверхности. Наверное, технически это даже нельзя было назвать бегом, скорее — большие быстрые шаги, при которых ее постоянно тянуло вверх. Если бы не липкие ботинки, Милану унесло бы метров на пять в небо, не меньше.

Я засмеялся и выбежал следом.

И сразу почувствовал еще одну странность происходящего.

Мир будто накренился!

Поверхность Селены, которая только что казалась совершенно ровной, вздыбилась ощутимым наклоном. Все мои чувства, кроме зрения, которое, впрочем, тут же предало, твердили: «Ты стоишь на склоне!» Словно мир внезапно превратился в снимок широкоугольником.

Причина была мне понятна — Селена не шар, это широченный конус, ну или если совсем точно — шаровой сектор. Центр масс Селены лежит ближе к прежней поверхности Луны, к основанию конуса. Вестибулярный аппарат воспринимает это как наклон.

Странное ощущение.

Словно сон.

Продолжающийся лунный сон: скафандр, который не скафандр, чужая ночь, которая не походила на ночь, равнина, которая кажется склоном, шар Земли в небе, бриллианты звезд и цветная полоса кольца...

Дыхание Миланы, которое я отчетливо слышу.

Невесомая шпага в руке.

Милана остановилась, сделав несколько маленьких шагов. Повернулась, удерживая равновесие, ее болтало во все стороны. Отсалютовала мне шпагой:

— Приветствую, господин Сирано!

— Фантастика... — тормозя рядом с ней, сказал я. Меня почти завалило на поверхность, когда обе ноги оказались зафиксированы на камне. Но штанины костюма затвердели и мягко толкнули меня обратно.

— Без этих скафандров мы бы так не резвились, — сказала Милана.

— Ага. Всё делают за нас, — согласился я.

Мы обернулись и посмотрели на корабль, из которого вышли.

Честно говоря, ничего примечательного — кроме размера.

Совершенно правильной формы купол, диаметром метров сто. Серо-голубая поверхность прекрасно выделялась среди камней.

— Его должно быть видно с Земли, — сказала Милана. — В любой бинокль.

— Значит, маскировка, — решил я, разглядывая корабль. — Полусфера. Без затей.

— Или шар, — поправила Милана. — Или вообще не пойми чего, а наружу высунут купол.

Я кивнул.

Да, верно. Правило Миланы «смотри на то, чего не видно» работало и здесь.

— Мы даже не узнаем, где находились на Селене, — вздохнул я. — Жаль. Нельзя будет ткнуть с Земли пальцем в небо...

— Тебе не кажется, что всё это удивительно нелепо? — спросила Милана. — Рядом с нами межзвездный корабль, а мы должны оборонять его двумя шпагами!

— Мне кажется, это в первую очередь красиво, — ответил я. — А всё, что красиво, — правильно.

Милана обняла меня, прижалась шлемом к шлему. Сказала:

— Вот за это ты мне и нравишься.

Мы на миг замолчали. Наша лунная ночь еще длилась, но скоро она закончится.

— Где враги? — спросила Милана.

На стекле вновь появилась карта. Теперь на ней были и мы — две зеленые точки.

— Приближаются, — глядя на четыре красных отметки, сказал я. — Пошли к белому значку? Он же здесь не зря отмечен.

— Место для схватки? — предположила Милана. — Пошли.

Я уже начал ориентироваться в масштабе карты, хотя никакой шкалы там не видел. До белой точки было метров сто пятьдесят, до движущихся к нам врагов — не меньше километра. И перемещались они явно медленнее, чем мы.

— Жаль, что здесь всё так плоско, — сказал я, когда мы зашагали к белой точке. — Было бы хорошо спрятаться.

— Спрячемся, — сказала Милана, махнув рукой. — Смотри!

Я остановился, глядя вперед. Там стояло что-то, явно не имеющее отношения к Луне. Какая-то нелепая конструкция из металла, метра три высотой, на раскоряченных опорах... настолько чужеродная, что взгляд не сразу ее фиксировал.

— Какая-то техника Инсека? — предположил я.

— Максим... Это же американский корабль. «Аполлон»!

— «Орел», — машинально поправил я. — «Аполлон» — это ракета-носитель.

Да, это был древний лунный модуль. Тот самый, на котором люди впервые прилетели на Луну. Точнее, его посадочная часть, навсегда оставшаяся на Луне. Как же американцы обижались на Инсеков, разрушивших Луну, что они не сохранили это уникальное место, памятник истории и науки, что его больше не видно ни в какие телескопы...

Оказывается, памятник истории в целости и сохранности.

Просто точка посадки попала под маскировку корабля.

— Значит, они все-таки тут были, — сказала Милана. — А то всякие слухи ходили...

— Теперь мы знаем, где находимся, — заметил я. — Это Море Спокойствия. Мы на самом краю конуса Селены, до обрыва всего-то километров тридцать...

— А еще мы знаем, где будем ждать гостей, — сказала Милана. — Пошли, тут далеко видно.

И мы рванулись к посадочному модулю «Орла».

Чем ближе, тем понятнее становилась его конструкция. Господи, как на нем вообще люди летали! Металлические трубки, баки, обмотанная вокруг всех этих деталей рваная фольга — когда-то серебристая и золотистая, но сейчас почти везде выгоревшая до ровного серого цвета.

И тут был не только посадочный модуль. Валялась какая-то тонкая длинная палка с ленточками-лохмотьями на конце... упавший флаг? Какие-то небольшие контейнеры...

— Они тут аппаратуру оставили, — предположил я. — Может, заберем потом?

«Потом» было очень самонадеянным словом. Да и что нам делать со старыми американскими приборами?

Но мне хотелось загадать что-то «на потом».

— Знаешь, я вспомнила, — сказала Милана. — Они еще оставили свои подгузники на Луне. Так что не будем рыться, ладно?

— И о подгузниках говорить не станем, — попросил я. — Надо было спросить Инсека о туалете...

Мы остановились у хрупкой конструкции. Я потрогал металл рукой — и даже сквозь странный материал костюма ощутил короткое дыхание холода. Потом перчатка потеплела.

— Главное, чтобы у нас было «потом», — добавила Милана.

Мы переглянулись и, не сговариваясь, кивнули друг другу.

— Будет, — сказал я.

Глава третья

Посадочный модуль был достаточно тяжелым, чтобы даже при слабом тяготении Селены оставаться устойчивым.

Мы запрыгнули на опоры и встали так, чтобы корпус прикрывал нас от приближающихся врагов. Модуль представлял из себя решетчатую конструкцию высотой метра в три и диаметром метра четыре, внутри которой располагались баки и какие-то приборы. Он стоял на четырех металлических опорах, довольно хрупких с виду. Всё это было замотано в фольгу, почти рассыпавшуюся от времени и свисающую лентами и лоскутами. Мы оказались в тени, и увидеть нас со стороны, наверное, было бы крайне трудно.

А еще тут имелась видеокамера на штанге с помутневшим стеклом объектива, причудливый манипулятор с ковшом на конце, застывший в выкопанной в грунте ямке, какие-то антенны, торчащие вверх кабели с разъемами на концах...

Странно, я почему-то думал, что вся земная техника, когда-то долетевшая до Луны, находится здесь в неприкосновенности, будто законсервированная. Тут ведь нет воздуха, нет ветра, дождя или снега...

Но тут было солнце. Нет, не так. Солнце! Сейчас на Селене царила ночь, но днем, наверное, металл раскалялся. Потом резко начинал остывать. И так — семьдесят лет подряд...

Я всмотрелся в проглядывающую сквозь рваную фольгу теплозащиты поверхность бака. По нему тянулась тонкая, змеящаяся трещина.

Ничто не вечно.

Я смотрел на Милану и думал, что в этом изначально есть какая-то жуткая несправедливость. Мы мыслим, мы понимаем, что живем в невероятно огромной, по нашим масштабам — вечной Вселенной. Пытаемся ее понять. Пытаемся дотянуться до соседних планет... ну ладно, пытались. Строим какие-то планы, уходящие вперед далеко за пределы нашего срока жизни. Наша планета, пылинка по космическим меркам, и та существует миллиарды лет.

А мы и сотни не проживаем.

И то, что мы строим, рассыпается в пыль — даже на Луне.

Нечестно!

Может быть, эта нечестность когда-то и превратила Прежних в безжалостных правителей, держащих человечество на положении скота. Как они победили свою человеческую природу? Экспериментировали на людях? Раз за разом пересаживали себе молодые и здоровые органы, как, по слухам, поступают некоторые миллиардеры? Делали вытяжки из юных тел, как хрестоматийный злодей Жиль де Ре? Принимали ванны из крови девственниц, как графиня Батори?

Что ж, в какой-то момент они научились жить долго. Научились превращать людей в Слуг, научились делать из них солдат и отправились к звездам.

А человечество оставили на Земле?

Что же правда, а что ложь в нашей истории? Когда она началась и когда изменилась? Прежние ушли и вернулись — или все время оставались с нами?

— О чем ты думаешь? — тихо спросила Милана.

Я посмотрел на нее сквозь шлем, по стеклу которого ползли четыре красные точки.

— О Прежних. О Слугах. Почему они такие. Не станем ли такими мы.

— Клянусь оставаться человеком, — сказала Милана дурашливо. И отсалютовала шпагой. — Клянусь этим клинком, и... э...

— Землей над нашими головами, — подсказал я.

Она улыбнулась.

— И Землей... Тебе страшно?

— Немного, — сказал я. — Они сильные и быстрые. Их четверо. Будет трудно.

— Мы предложим им сдаться? — спросила Милана деловито. — Вступим в переговоры?

— Нет, — ответил я. — Мы попробуем напасть со спины. Подло и бесчестно.

— Идет, — сказала Милана. — Правила для людей, а они не люди. Почему они молчат?

Точки были уже совсем рядом. Метрах в пятидесяти. Если выглянуть — мы их увидим.

А они увидят нас...

— Наверное, скафандры не способны перехватить их переговоры, — сказал я.

Но я был не прав.

Они просто молчали.

Ровно до тех пор, пока не подошли к посадочному модулю.

— Какая нелепая конструкция, — услышал я женский голос.

Ника.

— Для их уровня развития — прыжок выше головы.

Алекс.

Значит, пришли четверо из пяти, сопровождавших нас в Представительство?

Почему не впятером?

Впрочем, хорошо, что их не пятеро.

— Люди построили это сами?

— Насколько мне известно, да. Хозяева им много позволяли... Все готовы?

— Да, — ответила Ника.

Еще два голоса повторили «да».

— Если всё прошло правильно, то тварь сдохла, — сказал Алекс. — Максим мертв или в коме.

— А женщина носится по кораблю и орет, — даже эту фразу Ника ухитрилась сказать без всяких эмоций. — Отдашь ее мне.

— Зачем?

— Очень самоуверенная. Я люблю с такими работать.

— Заберешь, — согласился Алекс. — Но если мы не сможем запустить экраны, то развлекаться придется здесь.

— Я запущу, — сказал незнакомый голос. — Я подготовлен к трофейной технике.

Посадочный модуль вздрогнул, слегка наклонился.

Ну ничего себе, он даже здесь весит не меньше тонны, да и масса никуда не делась!

Мы с Миланой замерли, глядя друг на друга.

— Зачем? — спросил Алекс ровным голосом.

Модуль замер.

— Идем быстро, — продолжал Алекс. — Я активировал глушитель, у нас ровно тридцать одна минута.

— Если Инсек мертв, — уточнила Ника.

— Даже если жив, он заперт в мертвом корабле. Время пошло.

И они замолчали. Просто замолчали и двинулись дальше, проведя свой брифинг. Пустые разговоры им были несвойственны, они в этом отошли куда дальше от людей, чем даже Прежние.

Что ж, я им признателен хотя бы за то, что они наговорили. Никаких сомнений, как поступать, больше не было и быть не могло.

Через мгновение они просто вышли справа от посадочного модуля, все вчетвером.

И я обалдел.

В мыслях я представлял их одетыми в какие-то скафандры. Похожие на земные или на эти странные, карнавальные, как на нас с Миланой. Или в какой-нибудь грозной броне, вроде силовой брони полицейских, ну, только в миллион раз современнее.

А они были вообще без скафандров!

Они были в штанах и рубашках!

В кроссовках!

Ну, кроме Алекса — тот остался в костюме и с галстуком, и Ники — та была в платье.

Они были в той самой одежде, в которой пришли в Представительство.

Просто так — на осколке Луны!

Им что, вакуум нипочем?

Лишь через мгновение я понял, что всё не так просто.

Вокруг них был воздух — тонкая голубоватая пленка, сантиметра два-три атмосферы, обволакивающей тела.

Если наши скафандры имели хотя бы какую-то материальную основу, пусть и выглядящую совершенно несерьезно, то их защищало силовое поле, удерживающее вокруг атмосферу.

Я сжал невесомый эфес, глядя на четырех «туристов», бредущих по ледяным лунным камням. На шее у каждого висели на ремнях какие-то предметы... оружие? Но вроде бы не наизготовку...

А потом идущий позади Слуга остановился и начал оборачиваться.

Может быть, он заметил какое-то движение.

Может быть, просто решил посмотреть на посадочный модуль «Орла» с другой стороны.

Может быть, он даже не увидел бы нас, накрытых тенью «Орла».

Но я подозревал, что его зрение куда совершеннее человеческого.

Я оттолкнулся — ботинки послушно отлипли от металла — и прыгнул к Слугам.

Прыжок вышел слишком высоким, я не мог полноценно приспособиться к силе тяжести. Я хотел опуститься рядом с ними, а вместо этого летел над головами Слуг.

Но в руках моих была длинная шпага — и я ударил, изогнувшись и потянувшись вниз. Ударил прямо в лицо повернувшемуся Слуге, одному из тех, что и на Земле шел, замыкая процессию.

Шпага казалась совсем невесомой.

Я увидел, как расширяются его глаза, как открывается рот...

А нам удалось их удивить!

Клинок прошел сквозь воздушный пузырь (я до последнего ждал, что какая-то сила отразит удар) и рассек голову Слуги.

Будто арбуз...

Брызнуло красным и серым — мгновенно выцветающим, превращающимся в клочья, похожие на серую вату, едва кровь и мозги выносило за пределы воздушного пузыря. Голова Слуги развалилась на две части. Меня будто потянуло вниз, вслед за движением вмиг потяжелевшей шпаги.

Я пролетел над головами Слуг, кувыркнулся в воздухе и опустился метрах в пяти перед ними, словно так и было задумано. Едва коснувшись камня, подошва ботинка прилипла к нему, костюм затвердел на миг, гася движение.

Всё это заняло какие-то неуловимые секунды.

Я стоял с одной стороны от Слуг, с другой замерла Милана, спрыгнувшая куда более осторожно.

Алекс и второй парень смотрели на меня, Ника развернулась к Милане. Та стояла с поднятой шпагой, но нанести удар не спешила.

Тот, кого я убил, медленно, будто в воде, опускался на лунный грунт. Окружавший его воздух улетучивался: странно, пузырями, похожими на мыльные, которые уплывали в сторону и лопались, рассеиваясь. Лишенное скафандра тело Слуги выцветало буквально на глазах. Синяя рубашка становилась белесой, темно-серые джинсы, напротив, чернели. А тело обретало серо-коричневый оттенок, почти неотличимый от лунной породы, топорщилось проступающей сквозь кожу изморозью.

Вакуум творит странные вещи.

— Ты меня поразил, Максим! — воскликнул Алекс. Голос у него был спокойным и даже дружелюбным. — Ну ты силен, бродяга! Браво! Переговоры?

Если бы я не помнил, как у моста он убеждал меня, что они хотят лишь поговорить...

Если бы нас не похитили.

Если бы меня не заразили.

Если бы я не слышал их разговора.

Я покачал головой.

— Тварь жива? — спросил Алекс.

То ли он тянул время, то ли все же рассчитывал меня переубедить. На своего мертвого товарища они даже не смотрели.

И впрямь нулевая эмпатия! Даже тот несчастный Измененный, монстр, с которым я когда-то дрался в Гнезде, был человечнее!

— Инсек жив, — сказал я и покачал головой. — Вы обделались.

— Ясно, — сказал Алекс. То ли услышал меня, то ли среагировал на жест. Поднял агрегат, который висел у него на груди и, несмотря на причудливый вид, ничем, кроме оружия, быть не мог. Две рукояти, широкий ствол... — Я понимаю, почему вы вооружены так архаично. Корабль включил энергетическое подавление. Но видишь ли... — Он улыбнулся. — Архаика бывает разной.

Он надавил спуск.

Мне показалось, что вначале я ощутил удар в грудь, а уже потом увидел вырвавшееся из ствола облако быстро оседающего дыма.

Я опустил взгляд.

На груди, чуть вдавленная в ткань костюма, повисла круглая капля. Свинцовый, слегка смятый шарик, вроде пуль у старинных мушкетов.

Он не пробил скафандр. И тот поглотил энергию выстрела!

Алекс снова нажал на спуск, и «мушкет» в его руках выпалил целую очередь. Он явно целился выше, и несколько пуль со звоном ударили в «стеклянный» шлем.

Шлем не разбился. Меня слегка толкало при каждом попадании, но скафандр как-то меня зафиксировал на месте.

А ведь Слугу тоже что-то держало на поверхности Селены! Он и шел обычными шагами, будто на Земле, и от выстрелов даже не пошатнулся!

— Тупиковая ситуация, — сказал Алекс совершенно спокойно. — Уверен, что мы должны убивать друг друга?

Он выпустил свой странный автомат, опустил руку к поясу. Снял с него цилиндр, похожий на маленький фонарик. Встряхнул. Из цилиндра выскользнул и мгновенно затвердел тонкий черный шнур, длиной чуть больше метра.

Его товарищ и Ника сделали то же самое.

Похоже, они готовились к ситуации вроде той, что сложилась.

— Холодное оружие непредсказуемо, — продолжал Алекс. — Лотерея.

Если бы он еще знал, что я не умею владеть шпагой!

— Уходите, мы не станем преследовать, — предложил я.

Алекс не отреагировал. Я запоздало подумал, что для него мои слова могут значить лишь одно — мы боимся схватки.

А может быть, он вообще меня не слышит? Скафандр транслирует его слова, но не мои ответы?

— Максим, — Алекс сделал шаг в мою сторону. Развел руки. — Ты не любишь Прежних, я тебя понимаю. Мы тоже от них не в восторге. Но бросаться к Инсекам в объятья?

Я ждал.

— Прежние — прошлое, но Инсеки — тоже прошлое, — продолжал Алекс. — Их мало, понимаешь? Думаешь, мы собираемся занять место Прежних? Править, как они? Нет, это глупо.

Он сделал еще шаг.

А я сделал выпад, пытаясь дотянуться до него острием шпаги.

Я вовсе не шутил, говоря Милане, что нам придется драться бесчестно.

Если бы мой удар был неожиданным, я мог бы его и задеть.

Но он ждал и уклонился. Рассмеялся. Взмахнул своим оружием — шнур был твердым, словно превратился в жесткую острую спицу. Шпага и шнур столкнулись, отскочили друг от друга, мы тоже отступили на шаг каждый.

Что-то показалось мне странным.

Ну ладно, шнур стал твердым, превратился в клинок... Но почему моя шпага так легко от него отскочила, а он сдвинулся лишь на несколько сантиметров? Словно я по стене ударил...

Алекс сделал еще один легкий выпад. Я не отреагировал.

Я уже понял, что он прощупывает меня. Пытается понять, насколько я владею оружием.

Но было что-то еще... что-то...

Я уставился на автомат, тяжело качнувшийся на груди Алекса.

Черт!

Да у него своя собственная сила тяжести! Он идет по Селене, словно по Земле!

Вот почему меня потянуло вниз, когда я ударил повернувшегося Слугу. Шпага попала в зону повышенной гравитации.

Алексу проще, он двигается как обычно.

Но если в равных условиях он сильнее, то сейчас у меня есть шанс.

Наверное.

Я быстро шагнул к нему — он легкой, пританцовывающей походкой отступил на несколько шагов. Но моей целью был не Алекс.

Я прыгнул вправо, оттолкнувшись от поверхности Селены. Прямо на второго Слугу.

Тот ударил навстречу своим оружием, направив спицу куда-то в горло, в стык стеклянного шлема и скафандра.

Но я двигался слишком быстро, это был полет, а не прыжок — спица скользнула по скафандру, вспарывая ткань, ключица отозвалась болью, левая рука ослабела.

А правая стегнула шпагой по ребрам Слуги. Окружающее его поле удерживало воздух, но металл не отражало — я распорол рубашку, и брызнула кровь. Мы сцепились и упали — я почувствовал нормальную земную силу тяжести, выпустил шпагу и придавил его сверху, уткнув лицом в камни. Секунду мы боролись — он выворачивал руку, чтобы ударить меня в спину, это было совершенно невозможно для обычного человека, но его суставы уже начали гнуться вопреки человеческой анатомии. Шнур с явственным шипением уменьшался, втягивался в рукоять, превращаясь в длинный тонкий стилет, а сжимавшая его рука удлинилась и вывернулась под немыслимым углом.

Но в этот миг мои пальцы нащупали рукоять автомата, я дернул его на себя, упирая ствол в бок Слуги. И нажал тугую скобу спуска.

Автомат задергался, выплевывая свинец прямо в тело хозяина.

Я почувствовал легкость, будто поверхность Селены стала проваливаться под нами. Что бы ни создавало повышенную гравитацию, но она исчезала, когда Слуга умирал.

Стилет слабо ткнулся мне в спину, сжимавшая его рука ослабла. Я по-прежнему давил на спуск, вывернув локоть и водя стволом по телу слуги. Отдача ощущалась на удивление слабо. Во все стороны летели кровавые брызги, вскипая и выцветая за пределами воздушного пузыря. Он все еще был жив, его организм продолжал сопротивляться.

Краем глаза я скорее почувствовал, чем увидел, движение и перевернулся набок, закидывая Слугу на себя. Шнур в руках Алекса описал дугу и вместо моей шеи разрубил затылок его товарища. На шлем густо плеснуло красным — и притяжение вернулось к десятой доле земной нормы.

В то же мгновение я отшвырнул тело Слуги на Алекса и вскочил сам.

Плохо было то, что мне не удалось удержать в руках автомат, он остался на шее убитого.

Но зато Алекс, уворачиваясь от летящего в него тела, отступил назад.

Моя шпага все еще опускалась вниз, я поймал ее у самой поверхности Селены. Глянул на Милану.

У нее всё было сложно. Она сражалась с Никой, и похоже, что женщина-Слуга холодным оружием владеть умела. Быстрые, четкие движения, она дралась так, словно в руках у нее была спортивная рапира. Только колющие удары, но стремительные и обдуманные. Милана отражала натиск, но ее сковывала слабая гравитация и необходимость все время удерживать одну ногу на поверхности: она могла отступить, но не могла отпрыгнуть. Ника вела себя словно на Земле — двигалась, отпрыгивала, плела длинной спицей затейливый узор.

А я не мог вмешаться. Алекс наступал, похоже, он уже вполне понял, что я умею, а где только импровизирую. Сраженный нами Слуга медленно перекатывался по поверхности, словно невесомая кукла. Бок и живот были разворочены, оттуда выплескивалась кровь и вываливались какие-то куски, затылок рассечен, воздушный пузырь улетучился... но мне показалось, что парень еще жив и даже пытается зацепиться за ледяные камни.

Вот фокус будет, если он оживет, встанет, вновь покроется воздушной оболочкой и присоединится к схватке!

Впрочем, с меня хватит и Алекса.

Мой костюм мгновенно зарос там, где его разрезало оружие врага. И рука вроде как более-менее действовала. Но я все же чувствовал легкую боль и скованность движений.

А мой враг еще ничуть не пострадал.

Алекс больше не пытался вести диалог. Всё сказанное раньше тоже было лишь словесной шелухой — никаких серьезных переговоров Слуги не планировали.

Неужели Инсек всерьез рассчитывал, что мы справимся со шпагами в руках?

Хоть бы автоматы какие-то дал, раз уж они работают у Слуг!

А он вручил две шпаги! Два куска острого металла, который сотворил корабль из самого себя. Точно так же, как он строит стены и проходы из своей податливой металлической плоти...

Ну да.

Это же не просто килограмм металла.

Это килограмм субстанции, похожей на металл и принимающей любые формы.

Какая-нибудь смесьààночастиц. Точно так же в Гнезде этот «металл» превращался в двери. А в Представительстве, наверное, именно он формировал экраны, через которые можно было перенестись к Инсеку.

Если бы шпага была хотя бы длиннее...

Я взмахнул клинком.

Мне показалось, или шпага и впрямь вытянулась сантиметров на двадцать?

Алекс остановился. Значит, не показалось!

— Милана, клинок подстраивается! — выкрикнул я.

И тут Алекс кинулся ко мне. «Шнур» в его руке зазмеился, тоже удлиняясь и вытягиваясь в мою сторону.

Но главным было то, что он начал спешить. Значит, боялся, что я разберусь с возможностями своего оружия!

Я взмахнул шпагой, представляя, как клинок вытягивается, перехватывает шнур... утончается, рассекая его.

Клинок дернулся, направляемый уже не движениями моей руки, а посланной мыслью. И перерубил шнур посередине.

Остаток мгновенно втянулся в рукоять, будто почувствовавший боль червяк.

Впрочем, я бы ничуть не удивился тому, что этот шнур — живой.

Алекс не пытался больше стрелять и цилиндр тоже отбросил. Он подскочил ко мне, уклоняясь от клинка, стиснул железной хваткой. Лицо его было совсем рядом, за стеклом шлема, все такое же спокойное и собранное, обтянутое тонкой воздушной пленкой. Только в глазах читалась ярость.

— Не выйдет... — сказал он.

И меня рвануло вверх вместе с ним. Рвануло так сильно, что скафандр утратил сцепление с почвой.

Глава четвертая

Мы взлетали над поверхностью Селены, вцепившись друг в друга, скрючившись, как шестьдесят лет назад взмывали над Луной Нил Армстронг и Эдвин Олдрин в своей хлипкой палатке из фольги и дюралевых палок. Под нами темнел потрепанный посадочный модуль «Орла», около которого лежали два трупа и дрались на шпагах две женщины. Чуть в стороне исполинским волдырем выпирал из грунта корабль Инсека.

Потом в одно мгновение всё исчезло — и ступень «Орла», и чужой корабль. Мы вышли за пределы маскировочного поля и видели теперь не больше, чем земные наблюдатели.

Мы взлетали все выше и выше, в черное звездное небо, где на фоне лунного кольца застыл у горизонта бело-голубой шар Земли. Наша траектория начала изгибаться, мы мчались к горизонту на высоте нескольких сотен метров... если меня не подводил глазомер.

Алекс каким-то образом управлял гравитацией.

Я отчаянно боролся, пытаясь вырваться из его рук. Потом перестал. Мы были уже слишком высоко, если я и не разобьюсь при падении, то добираться к кораблю придется очень долго.

Так он же, наверное, этого и хочет!

Пробить скафандр ему не удалось, его странная «шпага» была повреждена. Но если сбросить меня подальше от корабля, я уже не доставлю проблем. Алекс крепко обхватил меня, и шпага в свободной руке не могла помочь, мне не изогнуть руки так, как умеют Слуги.

Я повернул голову. Не хотелось смотреть в это спокойное ледяное лицо. Я хотел лишь оценить высоту, но то, что увидел, заставило меня испугаться по-настоящему.

Мы приближались к краю Селены.

Мы неслись над вздыбленным «склоном», бывшей лунной поверхностью, по-прежнему обращенной к Земле.

Алекс не собирался бросать меня на поверхность, куда я мог упасть более-менее плавно.

Он собирался выкинуть меня в «пропасть», в открытый космос. Возможно даже, придав достаточное ускорение, чтобы навсегда превратить в спутник Селены.

Представьте себе исполинский, широченный каменный конус.

Он так огромен, что любая планета была бы счастлива иметь подобный спутник. Высота конуса около двух тысяч километров. Точно посчитать трудно, ибо вершина конуса — раскаленное ядро бывшей Луны. Оно расплылось, будто просочившийся из кондитерского кулька крем, застыло многолучевой звездой, местами уже окаменевшей, покрывшейся серой коркой, местами все еще кипящей и светящейся.

Но основание конуса, навечно обращенное к Земле, выглядит вполне обыденно. Мертвая серая равнина с горами, кратерами, скалами. Всё меняется лишь у боковой границы конуса, где немыслимая сила когда-то вспорола Луну. Полоса шириной более ста метров (астрономы называют ее «линией вскрытия») выглажена, будто хорошее шоссе. Там нет ни скал, ни кратеров, всё перемолото и сплавлено в ровную поверхность.

А за линией вскрытия начинается пропасть, уходящая во Вселенную. Боковая поверхность Селены уже далеко не такая ровная. Вначале, конечно, она тоже была гладкой, но несчастный огрызок Луны продолжает жить, его сотрясают селенотрясения, сдвигаются пласты пород, вываливаются глыбы — порой многокилометрового размера, вскрываются подземные полости, которыми Луна буквально напичкана...

И к этому краю сейчас летели два человека. Без всяких видимых движителей. И если один из них, я, был хотя бы в подобии скафандра, при всем его мультяшно-несерьезном виде, то второй выглядел словно Супермен, парящий в космосе без всяких защитных приспособлений: молодой, красивый, в деловом костюме.

Если такие технологии доступны Слугам, то что же есть у Прежних?

Алекс молчал, глядя мне в глаза.

Лучше бы он что-то говорил!

Ругался, угрожал, проклинал, издевался, высмеивал. Что угодно! Это была бы понятная реакция.

Хоть бы злобно оскалился, усмехнулся, рожу состроил!

А он спокойно смотрел на меня, держал мертвой хваткой, не давая пошевелиться.

И явно ждал, когда мы перелетим через «линию вскрытия».

Почему Прежние лишали своих Слуг эмоций? Я не сомневался, что это осознанное действие. Нет, конечно, у них остались какие-то чувства, адресованные самим себе, — желание жить, властвовать, заниматься сексом, жрать, в конце концов. Но всё, что проецировалось на окружающих, и позитивное, и негативное, было отсечено, словно шестьдесят процентов Луны от Селены.

Наверное, это то, что Прежние считали опасным. И любовь, и ненависть одинаково могут привести к неповиновению. Слуга, который может влюбиться, способен не выполнить приказ. Слуга, который может возненавидеть, тоже способен не подчиняться.

Но все-таки они чего-то не учли. Если уж эти Слуги затеяли бунт против Прежних, значит, и оставшихся эмоций им хватило.

Жаль, что Алекс, уверенный в победе, не начинает упоенно рассказывать мне, чего они добиваются, как поступает любой злодей в кинофильме.

Впрочем, для того чтобы этой информацией воспользоваться, мне придется как-то его убить.

Я еще раз попытался вырваться. Нет, не получалось. Он был немногим меня сильнее, я чувствовал, что в ответ на мои движения Алекс тоже напрягается. Но все-таки вырваться я не мог. Даже рука, по-прежнему сжимавшая шпагу, была зажата. Нет, если я смогу заставить шпагу сократиться... превратить в кинжал, как делал Слуга, с которым я боролся...

Нет, все равно ничего не выйдет. Замаха не будет. Я смогу беспомощно потыкать Алекса в спину, работая одной лишь кистью. Что ему легкие порезы, если они выживают после огнестрельных ран?

Край Селены всё приближался.

Я сильно мотнул головой. Раз, другой, ударяя Алекса стеклом шлема по лицу. Кажется, мне удалось сломать ему нос, потекла кровь, срываясь крупными каплями на лацканы костюма. Но он даже не моргнул.

Что я делаю не так?

Пытаюсь победить силой — не получается.

Пытаюсь сделать оружие удобнее — тоже не получается.

Но ведь это не просто клинок переменного размера! Это не шпага, которая может стать длиннее или превратиться в кинжал!

Это нечто движущееся, принимающее любую форму... если только отдать правильный приказ...

А у меня это получалось. Тут что-то похожее на общение с Гнездом, только гораздо проще...

Алекс насторожился, видимо, заметил что-то в моем лице. И мы изменили направление полета, стали стремительно снижаться, приближаясь к краю Селены.

Но в этот момент зажатая в моей руке шпага вздрогнула, потекла к эфесу, сминаясь в металлический ком.

«Убей его», — попросил я.

Металлическая масса, маскировавшаяся под шпагу, словно ждала этого приказа. Я почувствовал, как она вздрогнула, изменяясь. За спиной Алекса возникли два кривых металлических лезвия, похожие на челюсти исполинского жука.

Мне даже не пришлось шевелить пальцами — лезвия сами сошлись, захватывая шею Слуги и мягко, будто секатор — сухую ветку, разрубая шею.

— Мать твою! — завопил я, когда наш полет прервался.

Мы падали вниз, мертвое тело Алекса по-прежнему сжимало меня, конвульсивно вздрагивая. Отсеченная голова отставала, летела следом, в голубом воздушном пузыре, мигая и шевеля губами.

Да что ж такое, не многовато ли отсеченных частей тела я навидался за последние сутки?

Отцепившись от обезглавленного Слуги, я повернулся лицом вниз.

Серая безжизненная равнина приближалась.

Я когда-то видел передачу, где рассказывали о силе тяжести на поверхности Селены и Дианы. На Диане вообще был какой-то мизер, а вот на Селене около одной десятой земного притяжения. Неравномерно, ибо Селена, увы, не была шаром. Но пусть даже одна десятая... Сейчас я падал с высоты около сотни метров. Падало и тело Слуги, переставшее управлять гравитацией.

Воздуха здесь нет, меня ничто не тормозит. Так что упаду я быстро, секунд за пятнадцать... и это будет все равно что спрыгнуть с третьего или четвертого этажа на Земле.

Нет, конечно, некоторые после этого встают, отряхиваются и уходят на своих ногах...

Но в основном их увозят.

Почему я не занимался парашютным спортом? Хоть сгруппировался бы как-то...

Я попытался повернуться, выкрутиться боком к приближающейся поверхности. Говорят, что падать лучше боком...

У меня ничего не получилось. Теперь я падал головой вниз. Впрочем, сошедшая с ума вестибулярка уже ни в чем не была уверена. На несколько мгновений мне почудилось, что я завис в пустоте, а на меня сверху неумолимо надвигается поверхность Селены.

Небо падало на меня, чтобы раздавить.

Я не то чтобы боюсь высоты.

Я просто ее недолюбливаю.

Она рациональная и безжалостная, будто Слуги.

Чистая физика.

Физику я тоже недолюбливаю, хоть и учился на пятерки...

Я закричал, вытягивая руки к стремительно приближающейся серой равнине. И увидел, как сжатый в ладони эфес шпаги с двумя кривыми лезвиями начинает трансформироваться. Превращается в длинный шест, устремляющийся вниз... или вверх... в общем — к поверхности Селены.

Впрочем, у меня были все шансы не упасть на поверхность, а пролететь мимо — в пустоту!

Я как-то очень четко представил, что произойдет при этом. Я, конечно, все равно упаду, Селена меня притянет. Но упаду на боковую поверхность конуса.

И сила притяжения потащит меня вниз.

Может быть, я зацеплюсь, а не буду кувыркаться тысячи километров, ломая кости, до самого огнедышащего ядра. Тогда мне предстоит безумное восхождение по скале. Под отрицательным углом, скорее всего. Даже слабое притяжение не поможет.

Сделать ничего я уже не мог. Падал на край и смотрел вниз.

Потом вытянувшийся металлический шест ударил в камень и начал не то сминаться, не то втягиваться, гася удар.

Когда я коснулся камней, движение было почти погашено. Я все-таки ударился, довольно болезненно, шлем сильно стукнуло о камни, а мою голову — о «стекло».

Но шлем не разбился. Он явно был куда прочнее, чем выглядел.

Несколько секунд я лежал, глядя на край Селены, обрывающийся в пустоту парой метров выше меня. Потом посмотрел назад.

Каменистая равнина уходила вниз кажущимся бесконечным склоном.

Камни подо мной слабо вздрогнули — это упало рядом обезглавленное тело Алекса. Ему повезло меньше, ногами оно оказалось на поверхности, туловищем перевалилось через край.

И медленно, неотвратимо начало сползать.

Я хлюпнул носом. Нос болел, но крови, к счастью, не было. Не хватало еще залить скафандр кровью.

Кстати, о «залить» — в туалет мне больше не хотелось. Видимо, я сильно испугался.

Но скафандр, похоже, собрал всю лишнюю жидкость очень быстро и эффективно.

— А про это мы никому не расскажем, — пробормотал я, глядя на сползающее тело Слуги. — Никому-никому. Я был бесстрашным героем.

Моя бывшая рапира превратилась в широкий крестообразный крюк, крепко вбитый в камень. Я потянул руку — крюк словно бы утончился и вылез.

Очень медленно и осторожно я пополз к телу Алекса. Даже не знаю, почему я хотел удержать его останки от падения в бездну.

Но не успел.

Мелькнули подошвы туфель — ровные, в аккуратный мелкий рубчик на носках. И тело исчезло.

А потом сверху пронеслась голова, будто стремясь догнать тело, — и вдруг вспыхнула, стала на миг ослепительно ярким шаром и исчезла...

Что это?

Я подполз к краю, высунул голову и посмотрел вниз.

Жуть.

Черная бездна с иглами звезд.

Неровная, изломанная боковая поверхность Селены.

Кувыркающее, катящееся по ней тело Слуги.

И бьющий снизу свет Солнца, чей выступающий край полыхал, будто исполинский прожектор. Стекло скафандра мгновенно потемнело, защищая глаза, но Солнце все равно пылало невозможно ярко — и летящая вниз отсеченная голова Алекса казалась раскаленным болидом...

Я отполз от края.

Сглотнул вставший в горле комок. Вот уж не хочется проверять, сумеет ли скафандр утилизировать рвотные массы.

Как далеко меня утащил Алекс?

Вроде как точка посадки «Аполлона-11» находилась в тридцати с небольшим километрах от края. Можно дошагать, можно добежать... знать бы, куда...

— Милана! — крикнул я без всякой надежды услышать ответ.

— Максим!

Связь была устроена потрясающе. Я слышал голос Миланы очень отчетливо, но словно бы издалека.

— Милана, ты в порядке? — спросил я, чуть расслабившись.

— Да!

— Что с этой... стервой?

Короткая пауза.

— Максим, я ее убила... Максим, я сама не пойму, как смогла. Максим, ты где?

— Далеко, — ответил я. — Подожди, хорошо? Жди возле американского корабля. Ты можешь подождать или пойдешь к Инсеку?

— Я подожду, — ответила Милана. — Ты долго?

— Часа три добираться, — сказал я. — Он меня утащил.

— Алекс жив?

— Уже нет, — сказал я после секундной заминки. — Жди, я буду спешить. Инсек еще десять часов будет восстанавливаться.

Возражений не последовало, и у меня болезненно сжалось сердце.

Значит, так...

Я не знал, понимает ли скафандр мысленные приказы. Может быть, и понимает, в конце концов шпага превратилась в амортизатор без всякой команды.

А может быть, и нет.

— Всё, пока, — сказал я. — Конец связи.

Осторожно поднявшись, я посмотрел вниз «по склону».

Мне не понравился последний вопрос Миланы.

«Алекс жив?» — так можно спросить о друге. Или хотя бы о ком-то нейтральном.

Милана должна была спросить, убил ли я «этого козла». Или «прикончил ли гада».

И уж, конечно, она помнила, что Инсек говорил о нескольких часах, а не называл точные цифры.

— Скафандр, отключи передачу звука, — сказал я. — Покажи карту.

Ответа не было, но карта на стекле возникла.

Корабль Инсека. Белая точка «Орла». Край Селены и зеленая точка — это я.

Возле «Орла» были две точки. Зеленая и красная.

Милана не справилась.

— Скафандр, — сказал я. — Если есть какая-то возможность маскировки, то включи ее. Не передавай точные данные о моем местонахождении.

Вот тут я совершенно не знал, есть ли хоть какой-то эффект от моих слов. К сожалению, Инсек не обеспокоился обратной связью скафандров.

Но в любом случае я должен был спешить.

Я сделал шаг вниз по «склону».

Остановился.

Нет, не годится.

Даже на Луне астронавты передвигались медленнее, чем на Земле. И как раз по причине меньшей силы тяжести. Каким бы это ни казалось странным, но для бега нужно нормальное, привычное притяжение.

На Селене все еще хуже. Каждый шаг будет сопровождаться прилипанием ботинок к камням. Если же я сумею отключить это прилипание, то буду медленно парить в воздухе при каждом шаге.

Не устанешь, но и не разгонишься.

Хорошо, что я могу сделать?

Прыгать, конечно же.

Скакать, словно кенгуру.

Разогнаться — меня ведь не тормозит воздух. Да и притяжение Селены играет мне на руку, я словно бегу под гору.

— Я иду, — прошептал я.

Сделал несколько шагов, убедившись, что нормально бежать тут и впрямь не получится.

Оттолкнулся двумя ногами и прыгнул.

Меня подбросило метра на три вверх и метров на десять вперед. Я опускался томительно медленно, но, кажется, набирал скорость в полете, гравитация помогала. Вот сейчас будет самый сложный момент...

Я попытался вновь оттолкнуться, но эти слишком умные ботинки намертво прилипли к камням! Меня качнуло вперед, я почти коснулся шлемом камней, выпрямился.

— Не надо прилипать, — умоляюще попросил я скафандр. — Когда приземляюсь, прилипать к камням не надо. Я оттолкнусь и снова прыгну. Прыжок за прыжком. Понимаешь?

Скафандр понял, но далеко не сразу.

Я прыгнул раз пять или шесть, и каждый раз скафандр упрямо гасил движение, фиксируясь на камнях. Я ругался с ним, словно с живым и очень тупым человеком. Скафандр, вероятно, считал тупым меня.

Наконец он смирился. В очередной раз коснувшись поверхности после прыжка, я не «прилип» к камням, а оттолкнулся и прыгнул снова.

Выше, дальше, быстрее — как в олимпийском лозунге.

Это было как при работе на компьютере, где старательный текстовый редактор пытается выправить незнакомое слово, превратить «паяц» в «паять», к примеру. Если программа совсем тупая, то воевать с ней можно до бесконечности. Но хорошая программа после третьего или пятого повторения начинает подозревать, что такое слово существует, и больше не пытается его выправить.

Вот и у меня со скафандром случилось что-то подобное. Мы словно притерлись друг к другу.

К сожалению, к Селене так притереться не получалось.

Мне удалось разогнаться, не знаю уж, до какой скорости, может быть, до тридцати, а может, и до сорока километров в час. Я взмывал в черную пустоту, несся над опускающимся вниз «склоном», а опустившись — отталкивался. Наверное, скафандр как-то гасил удар, иначе я поломал бы ноги. Низкий вес мало что значит, дело в массе, а она всегда неизменна.

Главная проблема заключалась в том, что я не знал, куда занесет меня прыжок. Управлять собой в движении без атмосферы я уже никак не мог. Оставалось лишь прыгнуть и ждать — что окажется под тобой.

Вначале мне везло, склон был ровным.

Потом я опустился на россыпь мелких и острых камней, чудом не вывихнул ноги и, оттолкнувшись, ушел в сторону с маршрута.

Потом я перелетел через трещину шириной метров десять и неизвестной глубины — сплошная тьма, дна не видно. Может быть, край Селены готовился отвалиться по этой линии...

Потом был кратер со скользким дном. Не знаю, на чем повело мои ноги — на лунной пыли, припорошенном песком льду или металлической жиле. Но я упал, долго катился по поверхности, разбил лоб и выпачкал шлем кровью. В то, что «стекло» не разобьется, я уже твердо верил, но это все равно было неприятно. К тому же пришлось вновь разгоняться...

Но вот за что скафандр можно было благодарить бесконечно — он обо мне заботился.

Я уж не говорю про то, что он впитывал все физиологические жидкости — кровь со шлема тоже как-то незаметно исчезла. И даже про то, что температура оставалась комфортной, не было ни жарко, ни холодно.

Он, похоже, еще и поил меня. В какой-то миг в горле совсем пересохло, я мимолетно пожалел о том, что никаких поильников тут не предусмотрено... и вдруг жажда исчезла.

Может быть, чешуйчатая ткань прилипла к моей коже, вросла в нее, дотянулась до сосудов? Или тут действовали какие-то устройства, о которых я и не догадывался, направлявшие жидкость прямо в кровь или желудок?

Я не думал об этом.

Я прыгал, глядя на карту, где мерцали два огонька, красный и зеленый.

Видит ли мое приближение девушка Ника?

Жива ли Милана?

Глава пятая

Я словно отключился от всего, кроме движения. Запретил себе думать о чем-то другом. Моя спасительная шпага превратилась в короткую дубинку с гардой, «склон» вел все ниже и ниже, Земля висела за спиной, и где-то там, в центре Москвы, ждала меня Дарина... которой я вновь изменил.

Мерзкая, трусливая мысль вдруг мелькнула в сознании: если Милана погибла, то этот безумный любовный треугольник, в котором я мечусь, исчез.

Нет, только не подумайте, что я этого хотел!

Но — мысль проскочила.

Если бы я верил в Бога, то подумал бы, что человек изначально склонен ко злу. Грехопадение, козни дьявола и всякое такое.

Но Бог и космические пришельцы как-то слабо совместимы, мне кажется.

Люди и без дьявола умеют быть мерзкими. Просто нам удобно перекладывать на других свои грязные мыслишки и делишки.

Я вдруг представил, как отреагировала бы Дарина, услышь она мою мысль о Милане. Да она бы отшатнулась с омерзением, не сомневаюсь!

Так что же, Измененные лучше, чем мы?

Да. Наверное, лучше.

Может быть, потому, что связаны Гнездом. Если Слуги — это эгоизм в абсолюте, безразличие к чужим мыслям и чувствам, то Измененные — их полная противоположность. Нет, они не коллективный разум, не скованные единой волей разумные насекомые, но они чувствуют друг друга. И я это ощутил, когда был призван.

Только бы Милана осталась жива!

Я не пытался засечь время, да и не знал, способен ли на это скафандр. Может быть, он и кофе мне мог сварить, да только как это понять, инструкция не прилагалась.

Но мне кажется, что прошло около часа, прежде чем пространство перед глазами неуловимо изменилось. Словно мигнул кадр на экране: вот я в очередной раз взмываю вверх, передо мной плоская унылая равнина; в следующий миг на ней появляется неуклюжая посадочная ступень «Орла», а за ней — вырастает из грунта темный купол чужого корабля.

Я вернулся в зону маскировки Инсека.

Каждый следующий прыжок я делал все короче и короче, и то ли успел научиться такому передвижению, то ли мне просто повезло, но я даже ни разу не упал, остановившись метрах в пятидесяти от «Орла».

Привалившись спиной к трубчатой опоре, сидела Милана.

Выглядела она так, словно устала и присела отдохнуть. И задремала. Ну да, конечно...

Больше никого рядом не было.

Но красный огонек на карте горел.

— Убери карту, — велел я скафандру. — И включи связь!

Огонек погас. Наверное, это значило, что и связь возобновилась?

Я стоял и смотрел на девушку. Стекло ее шлема было равномерно-темным, непроницаемым.

Потом сказал:

— Не будем притворяться. Милана жива?

Из-за ступени вышла Ника. Как я ее не видел раньше?

У Слуг есть какая-то маскировка?

А почему бы и нет? У монстров, нападавших на Гнездо, была.

— Хорошо прыгаешь, — сказала Ника. — Да, она жива, только неподвижна.

Как же это жутко выглядело! Молодая, красивая девушка, стоящая в безвоздушном пространстве на ледяных камнях. Летнее платьице... и тонкая пленка воздуха вокруг.

А почему я ее слышу?

И, кстати, как она слышит меня?

— Это хорошо, что ты меня слышишь, — сказал я. — Алекс не мог.

— Я подключилась к ее скафандру, — ответила Ника, кивнув на неподвижную Милану. — Сильная технология, но любая технология уязвима... Алекс мертв?

— Да, я его убил.

— Тогда я была совершенно права, сохранив ей жизнь, — сказала Ника с ноткой гордости. — Алекс был склонен недооценивать людей.

Она медленно пошла мне навстречу.

— Приближаться не надо, — сказал я. Встряхнул рукой — комок металла на эфесе вытянулся, вновь превращаясь в шпагу.

— Разобрался, — понимающе кивнула Ника. — Ясно. Максим, никакой взаимной симпатии мы не испытываем, притворяться не стану. Ты бы с удовольствием уничтожил меня. А я — вас обоих. Но у нас патовая ситуация. Учти, твою девушку я могу убить в любую секунду. Это — твоя уязвимость.

Я молчал.

— Моя уязвимость, — продолжала Ника, — твои возможности. Очевидно, Призыв дал тебе больше, чем мы думали. Я решила оставить девушку живой, пока не станет ясно, убил ли тебя Алекс. И это было правильным решением. Теперь у нас есть предмет для торга.

— Да ну? — удивился я.

— Как ни странно, наши интересы могут и совпадать, — Ника улыбнулась. — Немного времени у нас еще есть. Десять минут для разговора, хорошо? И примешь решение.

— Что с Миланой? — спросил я.

Ника снова улыбнулась. И в тот же миг Милана дернулась, попыталась подняться на ноги. Ее отнесло от опоры «Орла», она упала на четвереньки, неловко поднялась, взмахнула руками, удерживая равновесие.

— Да всё с ней в порядке, — сказала Ника. — Я контролирую ее скафандр, понимаешь? Он и не давал ей двигаться. Можешь подойти.

Стараясь не приближаться к Слуге, я сделал несколько шагов к Милане. Я уже видел, что она жива, видел ее лицо за посветлевшим стеклом шлема. Я даже успел кивнуть ей и поймать ответный взгляд, беспомощный и яростный — Милана вновь застыла, теперь стоя, а стекло шлема вновь стало непроницаемо-черным.

— Поговорим? — спросила Ника.

— Давай, — согласился я.

Нике я не верил ни на грош. И во взаимные интересы не верил тем более.

Но выбора у меня не было.

Странный это был разговор — в самой знаменитой точке бывшей Луны, рядом с кораблем Инсека и посадочной ступенью «Орла».

Мы с Миланой, в своих опереточных скафандрах, и девушка Ника, стоящая в вакууме в тоненьком летнем платье.

— Чтобы внести ясность, — сказала Ника. — Вы мне не нравитесь не по личным мотивам. То, что вы мутили с Инсеком и Прежними, защищая Гнездо, меня не касается. Мы в той заварушке не участвовали.

— Тогда откуда ненависть? — спросил я.

Ника тихо рассмеялась.

— И впрямь, откуда? За что можно ненавидеть ухоженного мальчика-мажора, у которого всё в жизни схвачено? За что можно ненавидеть смазливую и умную телку, отбоя не знающую от парней?

Я смотрел на нее, ничего не понимая.

Она что, завидует?

Кому? Мне, Милане? Деньгам, внешности, уму?

Она и сама симпатичная, что уж притворяться, взгляды притягивает...

— Ты тоже красивая, — сказал я. Пытаясь не подольститься, а понять. — И по Луне чуть ли не босиком ходишь...

Ника снова рассмеялась.

— О да. Теперь — да... Не важно, Максим. Повторю — ничего личного, а значит, мы можем договориться.

— Вы служите Прежним.

— Ну так и ты договорился с Иваном, верно?

Я пожал плечами.

— Слушай внимательно, — Ника подошла на несколько шагов. Как же дико это выглядело! У нее даже платье при движении развевалось. — Да, Прежние создают нас как своих подручных. Дают большую силу, ловкость, долголетие. Но мы ничего не решаем. Свободу у нас забирают, мы не можем причинить зла Прежним!

— И эмоции, — добавил я.

Ника покачала головой:

— Эмоции у нас на месте. Ты имеешь в виду эмпатию? Обычно ее сами отдают. Те, кто поумнее. Дураки оставляют себе сопереживание людям, но они долго не живут.

Я нахмурился:

— Не понимаю. Зачем?

— Я родилась в одна тысяча девятьсот сорок третьем году. Слугой стала в шестьдесят четвертом. О ком мне переживать? О матери? Она была тупым быдлом, работала на стройке, там и померла. О подругах? Они меня презирали. Я была глупой. Неразвитой. Наивной. С такими не дружат! О парнях? Я была некрасивой. Даже трахали лишь по пьяни! Когда выпал шанс стать лучше, мне, как и всем, предложили выбор — сохранить чувства к людям или избавиться от них. Я долго смеялась! Какие чувства, к кому?

У меня даже похолодело всё внутри. Я вдруг понял, как это бывает — у Прежних и их Слуг.

Им ведь не нужны красивые или умные. Таких, наверное, они использовали иначе. А вот глупые, уродливые, затравленные, живущие без любви, без дружбы, в беспросветной череде нелюбимой работы, без перспектив, с одной лишь глухой, безнадежной завистью ко всем, кто красив и любим, кто умен и талантлив... О, какие из них должны получаться замечательные Слуги! Недалеко, в общем-то, ушедшие от людей, но жадно схватившиеся за обретенную красоту, ум, силу, молодость. Ненавидящие и презирающие людей. Преданные своим благодетелям...

— Почему тогда вы пошли против Прежних? — спросил я.

Ника нахмурилась.

— Мы бы не пошли. Если бы не Инсеки... они разрушили всё. Они сломали наш мир. Украли нашу мечту.

— Стать Прежними? — уточнил я.

— Да. Это случается редко, но иногда, за особые заслуги, нам дается шанс. Но... всё изменилось. Прав стало меньше, возможности исчезли. Служить и ждать... надеяться, что Инсек сдохнет и всё вернется на круги своя. Прежним легко ждать. Нам — нет.

— Решили убить его и выслужиться?

— Нет, теперь мы хотим большего, — Ника усмехнулась. — Земля изолирована, колонии сами по себе. Бесконечные войны — тупиковый путь. Мы хотим получить свое. Свой мир, свое стадо, свое развитие. Мы — гибче Прежних. Мы учтем их ошибки. Сотня-другая лет...

Как легко она это произнесла!

Произнесла и замолчала, словно решила, что информации достаточно.

— Мы уничтожаем Инсека, забираем корабль, создаем канал и улетаем с Земли, — продолжила Ника. — Остальное нас не волнует. Разбирайтесь с Прежними, мы подскажем их слабые места. Пусть Земля станет планетой людей. Мы заберем немного, лишь на первое время. Два-три миллиона голов нас устроит.

— Так просто? — спросил я.

Она не поняла иронии.

— Конечно. Прежних мало, у вас будет шанс справиться. Вселенная огромна. Разойдемся с миром.

— Как-то очень легко отдаете нам планету, — заметил я.

— Все равно не удержите, — сказала Ника беспечно. — Убьете Прежних, дорветесь до их технологий. И что? Ваши правители займут их место. Понимаешь, жизнь человеческая так устроена, что есть стадо баранов и пастухи. Если пастухов не станет, бараны выберут новых, из своих рядов. Читал книжку «Скотный двор»? Это про вас, людей.

— А вы не бараны.

— Мы псы. Которые хотят стать волками. Как тебе такое предложение, Максим?

Я посмотрел на Милану, застывшую в нелепой позе. Потом снова на Нику — та стояла расслабленно, свободно. Но я знал ловкость Слуг.

— В книжке правили не волки, а свиньи... — сказал я. — Беда в том, что я не могу тебе доверять. Ну к чему вам с кем-то договариваться? Не вижу смысла.

— Твой единственный шанс — довериться, — ответила Ника.

— Не могу.

— Тогда ты и твоя подружка умрете.

— Или ты, — сказал я.

Ника размышляла.

— На какой мирный вариант ты согласен?

Наверное, это значило, что мои шансы победить непозволительно высоки. А значит, надо было сражаться.

Но я устал. Я не знал, что именно Ника способна сделать со скафандром Миланы — вдруг может разгерметизировать в доли секунды?

И самое главное — я не хотел рисковать ради Инсека.

— Ты уходишь, — сказал я. — Мы с Миланой возвращаемся на корабль. Нулевой вариант.

— И три трупа около нуля.

— Вы же друг друга не жалеете.

— Нет, но это обидно... Инсек тебе что-то обещал?

— Поговорить, — признался я. — Возможно, прийти к соглашениям.

Ника облизнула губы.

— Хорошо. Тогда я принимаю твое предложение. Я уйду и сниму контроль над скафандром девушки. Вы меня не преследуете, возвращаетесь на корабль.

— А Инсек? — спросил я. — И его предложения?

Ника ослепительно улыбнулась.

— Да, конечно, поговори с Инсеком. Я только за. У тебя есть некая договоренность с Иваном, так? Продавцы тоже тебя наняли, верно? И что-то тебе предложит Инсек. Почему бы нашему предложению не оказаться четвертым? Выслушай все и выбирай.

— Что ты задумала? — спросил я с подозрением.

Ника продолжала улыбаться.

— Я не знаю, что тебе обещали и что будут обещать. И я не люблю таких, как ты. Но уверена, Максим, — выслушав все стороны, ты удивишься тому, что наше предложение самое честное. Помогите нам захватить корабль — и владейте планетой. Я подумаю, чем мы можем скрепить временный союз.

— После разговора мы вернемся на Землю. Я уже ничем не смогу помочь.

— Сможешь. Инсек тебе доверяет и идет на контакт. Наш с тобой разговор он не услышит, я отключила запись. Да, и в качестве доказательства добрых намерений...

Она уверенно пошла ко мне, шагая твердо, будто на Земле. Тоже искусственная гравитация.

Я попытался поднять руку — и не смог!

Мой скафандр превратился в твердую, неподвижную скорлупу.

Ника подошла вплотную, приблизила лицо к шлему. Сказала:

— Тебе стоило сообразить, что твой скафандр ничем не отличается от скафандра подруги. И не позволять мне тянуть время.

Я дернулся изо всех сил.

Это было все равно что биться об стену. Скафандр превратился в застывшую кольчугу, в пустотелую статую, где я был замурован.

— Вначале я хотела убить тебя, когда сумею подчинить скафандр, — пояснила Ника. — Мучительно, но довольно быстро, времени для игр мало. Потом прикончить твою подругу и пойти к кораблю. Но...

Она положила ладонь на шлем, побарабанила пальцами по стеклу.

— В одиночку у меня мало шансов добраться до Инсека. А ваша смерть мало что значит. Поэтому я меняю планы и ухожу. Подумай над моим предложением.

Повернувшись, Ника зашагала прочь, в ту сторону, откуда они пришли. Что там у них, корабль? Портал?

Я беспомощно смотрел на нее, не веря до конца, что мы остались живы. Со Слуг станется играть, будто кошка с мышью...

— Не правда ли, это неплохое доказательство честной игры? — спросила Ника, не оборачиваясь.

Она удалялась все дальше и дальше, а я смотрел вслед, пока ее фигура не затерялась среди непроглядных теней. И только тогда поверил, что мы и впрямь живы.

Скафандр вдруг утратил свою твердость, и я мягко повалился вперед. Одновременно я услышал голос Миланы:

— ...сразу бить! Сразу надо было, балбес!

— Я тебя слышу, — сказал я, выпрямляясь. Милана тоже начала двигаться, с недоумением обернулась, выискивая глазами Нику.

— Где эта ведьма?

— Она ушла, — ответил я. — Действительно ушла.

Мы медленно сошлись. Неловко посмотрели друг на друга.

— Извини, что ругалась, — сказала Милана.

— Ничего. Она предложила нам временный союз.

— Я всё слышала. Думаешь, не врет?

Я пожал плечами. Сказал:

— Не вру я и не врешь ты. Еще Дарина не врет. А эти... все... только и делают, что врут.

— Мы расскажем Инсеку про ее предложение?

Я подумал.

— Вернемся и выслушаем его. Мне кажется, мы заслужили право кое-что узнать из истории человечества, верно? А там посмотрим, кто из них хороший парень.

— Ты извини, — еще раз сказала Милана.

— Да я и впрямь балбес, — признался я.

— А... ты только про балбеса слышал?

— А что еще мог услышать? — насторожился я.

— Ничего, — быстро ответила Милана. — Я так, вслух рассуждала все время вашего разговора: «Дорогой Максим, ты умный и хороший, зачем же ты ведешь с ней разговоры, если знаешь, что она может делать со скафандрами? Это неосмотрительно, и только не самый сообразительный и очень наивный юноша не поймет подвоха!»

— Вот-вот... — Я взял ее за руку. — Пошли в корабль. У нас было задание защитить Инсека, а не уничтожить всех нападавших. Мы справились.

Милана кивнула, и мы двинулись прочь от «Орла». На секунду мной овладело сильное желание оторвать кусок фольги или отвернуть какую-нибудь гайку — на память. Потом я решил не искушать судьбу.

В конце концов, Ника могла передумать и вернуться.

— Она психопатка, — жаловалась Милана, пока мы шли. — Я бы справилась с ней, уверена, но она сломала скафандр. Потом стояла рядом и говорила гадости... в основном о том, что мне отрежет и что я почувствую. Ей и впрямь почти сто лет? Ведьма...

— Представь себе бедную, некрасивую и глупую девчонку, — сказал я. — И вдруг ей дали красивое тело, сделали умнее, дали маленькую, но власть.

— В кино после этого люди меняются к лучшему.

— А в жизни не всегда.

Милана некоторое время молчала. Мы шли, точнее, перемещались большими неспешными прыжками. Воздух в моем скафандре слабо, но неприятно пах по́том, мочой и кровью, Инсек, при всей его мудрости, не задумался о такой мелочи, как обоняние.

Может быть, сам он вообще не чувствует запахов?

— Все думают, что власть и благополучие развращают, — сказала Милана. — А на самом деле нищета и бесправие ничуть не лучше... Ты готов с ней сотрудничать?

— Я готов с дьяволом сотрудничать, — ответил я. — Если удастся убрать с Земли всю эту компанию.

Корабль ждал нас — открыл дверь и впустил. Мы стащили скафандры — в атмосфере они легко раскрылись по спинному шву.

И, ничего не говоря, отправились мыться. Наверное, нас могли бы понять только космонавты, совершавшие многочасовые выходы в космос. Ну или астронавты, летавшие на Луну.

Если Инсеки и впрямь лишены обоняния — в этом есть свои плюсы.

Мы стояли под струями воды, разбивающейся о наши тела в теплые влажные облака. Яростно намыливались.

Потом просто постояли в водяной пыли, глядя друг на друга.

Мы были на Луне, а всё, что происходит на Луне, там и остается.

Глава шестая

Инсек отвел нам не так много места для ожидания. Душевая комната и шлюзовая, вот и всё. Никакой мебели не было, но при слабом притяжении она не особо и нужна. Пищи и воды нам тоже не предложили. Я невольно подумал, что, если Инсек не перенесет курса лечения или оно затянется, нам придется туго.

К счастью, через час в стене открылся проход.

Помещение, в котором нас ждал Инсек, было совсем небольшим. Он сидел на круглом подиуме, в своей странной манере — подогнув под себя брюшко и вытянувшись вверх. Глаза, похожие на человеческие, внимательно смотрели на нас.

— Я в достаточной мере восстановился, чтобы говорить, — сообщил он.

— Мы рады, — сказала Милана.

— Часть произошедшего я наблюдал. Потом запись прервалась, логика скафандров была изменена, в код внедрены чужеродные фрагменты. Я уничтожил скафандры как потенциально опасные объекты.

Я даже не удивился. Слуги, похоже, просто не умели действовать без двойного дна. Запустить вирус в мое тело, заразить вирусом скафандры...

— Мы не заражены? — спросил я.

— Нет. Ваши тела проверены. Что произошло после того, как ты предложил нулевой вариант? Что говорила Слуга?

Я подумал секунду.

— Она предложила выслушать вас. Сравнить все предложения. И выбрать наилучшее. Сказала, что все равно не сможет в одиночку вас уничтожить. Потом захватила контроль над моим скафандром, но отпустила нас. Вроде как в доказательство мирных намерений.

— Это похоже на их логику, — согласился Инсек. — Почему ты отверг ее предложение убить меня?

— Я ей не верю, — я пожал плечами. — Она бы разделалась и с нами. И я не знаю, что предложите вы. А еще — они хотят не просто уйти, а забрать с собой несколько миллионов людей в качестве рабов. Мне это не нравится.

— То есть причина не в том, что я тебе более симпатичен?

Я покачал головой:

— Нет, извините. Вы мне все одинаково не нравитесь.

— Хороший ответ, — согласился Инсек. — Нам не за что любить друг друга. Но уважать можно и врага.

Мы молчали. Инсек размышлял.

— Я объясню тебе ситуацию, — сказал он. — Учитывая то, что доверия между нами нет и мои слова могут казаться тебе ложью, я постараюсь говорить лишь о том, что ты способен проверить.

Да, это было разумно. Я кивнул.

— Ваша цивилизация ведет звездную экспансию около шести тысяч лет. С тех самых пор мы противостоим друг другу.

— Почему? — спросил я. — Космос же огромен, чего вы не поделили?

— Смыслы, — сказал Инсек, помолчав.

— Что? — Я не понял.

— Энергия, материя, пространство — всё это не является предметом конкуренции. Во Вселенной этого много, а имея любую из трех составляющих, можно сотворить недостающее. Материю из энергии, пространство из материи, энергию из пространства — всё взаимозаменяемо. Есть лишь одна составляющая, которую порождает только живой разум, — смыслы.

Он замолчал, потом дернул длинной передней лапой.

— Проблемы перевода. Смыслы, суть, концепт... ваши слова не передают истинного значения. Это не важно. Мы, Человечество, Продавцы, иные разумные виды, о которых вы не знаете, — воюем за смыслы. Смыслы порождает живой разум. Количество разумных видов конечно, допускать их развитие означает создавать себе конкурентов, уничтожать разумные виды означает терять смыслы. Значит — их надо подчинить. Сила любой развитой цивилизации — в объеме контролируемых смыслов. Смыслы позволяют продвинуться к всемогуществу.

— Стать Высшими? — спросил я.

Инсек шевельнулся, заерзал, будто ему стало неудобно сидеть.

— Да. Высшие поглотили достаточно смыслов для возвышения и перехода в совершенную форму. Возможно, путь есть и дальше, но мы его не знаем. Мы лишь развиваемся к Высшим. Мы бы давно завершили это развитие, но Человечество стало у нас на пути. Вы захватывали планеты, которые принадлежали нам, и те, которые могли бы принадлежать.

— Так вы такие же захватчики и агрессоры, как и Прежние? — резко спросила Милана.

— Конечно. Все развитые цивилизации таковы.

— А что, нельзя как-то самим... вырабатывать эти смыслы? — спросил я.

Какой безумный разговор! Мы стоим в инопланетном корабле, на осколке Луны, во влажной горячей атмосфере и разговариваем с межзвездным захватчиком о том, что даже толком понять не способны!

— Можно, — сказал Инсек терпеливо. — Но это очень долго. На этом пути неизбежно встретятся более нетерпеливые разумные виды, которые поглотят вас и ваши смыслы, начнут паразитировать на вас. Это тупиковый путь. Надо иметь искалеченный интеллект Слуг, чтобы всерьез надеяться на успех такого варианта. Мне показалось, что именно этого они хотят, верно?

— Вроде бы да, — я замялся. — Так вы уничтожаете иные цивилизации? Так?

— Не уничтожаем, — Инсек потряс головой. — Не считай нас злодеями, никому не нужна беспричинная жестокость. Мы лишь забираем их смыслы. Когда мы уйдем по пути Высших, у них будет шанс попытаться повторить наш путь. Но пока они — наша база, наш ресурс, который стало отбирать Человечество. Вы такие же, как мы. Вам нечем гордиться.

— Не человечество, а Прежние!

— Прежние и есть Человечество. Шесть тысяч лет назад война дошла до того, что мы нанесли удар по вашей планете. По Земле. Цивилизация была разрушена и отброшена назад, но колонии людей в других мирах уцелели. И люди применили против нас коварный метод...

— Не люди, а Прежние! — вновь воскликнул я.

— Хорошо, — согласился Инсек. — Прежние. Они не стали восстанавливать цивилизацию на Земле, а оставили уцелевших людей в дикости и стали использовать как рекрутов. Как материал для биологически измененных солдат и рабочих, гораздо более совершенных, чем мы или созданные нами кибернетические организмы. Мы стали терпеть поражение за поражением. Это продолжается уже тысячи лет — мы отступаем, Прежние захватывают подконтрольные нам миры и лишают нас доступа к смыслам.

— Что же вы не уничтожили Землю? — спросила Милана недоверчиво. — Если наша Земля — база Прежних...

— Она уже не была базой. Она осталась родиной Человечества, но одновременно и оккупированной территорией, источником ресурсов и смыслов. Уничтожение контролируемых территорий жестоко пресекается Высшими.

— Ага! — сказал я злорадно.

— Ага, — повторил Инсек мрачно. — В этом есть ирония, она мне доступна. У Прежних был огромный источник для создания Измененных, который мы не смели уничтожить.

— А вы не делали Измененных? Если уж они такие хорошие бойцы?

— Другие разумные виды не столь пластичны, — сказал Инсек с грустью. — Мы пробовали, результаты не радуют. Мы захватывали людей в количестве, достаточном для разведения, но это не решало проблемы по целому ряду причин, объяснять которые слишком долго.

— Вы... разводили людей? — спросила Милана с отвращением.

— Да.

— И думаете, мы после этого захотим сотрудничать?

— Мы все одинаковы, — сказал Инсек равнодушно. — На мой взгляд, использование собственного биологического вида в качестве материала для Измененных — куда более отвратительно.

Милана промолчала.

К сожалению, Инсек был прав.

— Давайте смотреть не в прошлое, а в будущее, — продолжил Инсек. — Нам, Прежним, Продавцам — всем нужны смыслы для перехода в Высшие. Продавцы идут своим путем. Это киборгизированный вид, не заводящий собственных колоний и собирающий смыслы путем торговли, дипломатии и интриг. Нам и Прежним нужны подчиненные разумные существа. Есть множество иных цивилизаций, но они не должны вас тревожить — одновременно с войной между собой мы противостоим и им. И для нас, и для Прежних Земля — в первую очередь источник людей для Изменения. Вам это не нравится, и я вас понимаю.

— Ну, — сказал я. — И что же вы предложите?

Инсек помолчал.

— Я должен сразу предупредить, что не имею права говорить от имени всей цивилизации. Но я долго думал над ситуацией и верю, что мой вариант будет одобрен. Наш корабль единственный, прорвавшийся к Земле и захвативший ее. Высшие передали мне, как уцелевшему члену экипажа, протекторат над планетой. Врата в Гнездах работают лишь в одну сторону, от Земли, обратный переход закрыт Высшими. Если не придут другие корабли, то после моей смерти Гнезда будут уничтожены, Прежние восстановят власть и вновь будут использовать людей в своих целях. Полагаю, что история будет искажена и через несколько поколений все забудут о Перемене, Продавцах, Измененных. Вас это устраивает?

Я покачал головой.

— Есть и другой путь. Если вы поможете мне уничтожить Прежних и дождаться прилета кораблей — мы установим над Землей иную форму протектората, гораздо более мягкую. Изменение станет доступным всем желающим и обратимым. Выполнение миссий по защите наших интересов будет щедро вознаграждаться, в том числе и технологиями.

— То есть люди станут из рабов — наемниками? — спросил я.

Инсек помолчал.

— Да. И вы будете развивать собственную цивилизацию. Когда мы отбросим Прежних, то необходимость в Измененных практически отпадет. Мы обещаем Земле защиту и развитие под нашим покровительством. Через несколько тысяч, а возможно — и несколько сотен лет наша цивилизация перейдет в форму Высших. А вы — унаследуете зоны космоса, которые мы контролируем. И сможете начать собственный путь к возвышению.

Милана нервно рассмеялась.

— Вы даже можете этого дождаться, — сказал Инсек небрежно. — Технологии, позволяющие Прежним жить почти неограниченно долго, нам известны. Мы передадим их Земле. Понимаете? Ваш мир станет свободным. Вы избавитесь от жестоких правителей, использующих вас в своих интересах. Вы станете бессмертны и со временем сможете перейти в ту форму существования, которая представляется вам божественной. Вы — лично вы. Не только ваш вид.

Я вытер лицо, мокрое от влаги в воздухе и выступившего пота.

— Наши отношения не будут равными, — продолжал Инсек. — Но это будут отношения сотрудничества и взаимных услуг.

— Капитализм гораздо прогрессивнее феодализма, — пробормотал я, не думая, что Инсек меня поймет. Но он понял.

— Разумеется. Быть бесправной вещью, которой распоряжаются, — и быть свободным рабочим, который может выбирать свой путь и получать достойное вознаграждение... мне кажется, что выбор очевиден. Нынешний путь Прежних — тупик для обычных людей. Прежние давно считают себя высшей ступенью эволюции, лишь отдельные счастливчики принимаются в их ряды.

— А Слуги? — спросила Милана.

— Вы же с ними общались, — Инсек махнул лапой. — Это предельно мерзкая искалеченная форма людей, не обладающая большинством возможностей Прежних, а вас презирающая. Меня крайне удивила их попытка найти собственный путь и столь неожиданная изобретательность. Но принимать их в расчет не стоит. Итак?

Я посмотрел на Милану. Она растерянно пожала плечами.

— Не надо отвечать немедленно, — сказал Инсек. — Я понимаю, что вы нуждаетесь во времени для размышлений. Предложение озвучено, и оно делается лишь один раз. Отправить вас на Землю?

Сглотнув вставший в горле комок, я кивнул:

— Да. Отправьте. И... мы подумаем.

— Я буду ждать ответа, — сказал Инсек. — Благодарю за отвагу, проявленную в бою.

— Ваш корабль действительно не смог бы вас защитить? — неожиданно спросила Милана.

Инсек протянул лапу к стене, и в той начал формироваться, выступая из поверхности, зеркально-матовый экран.

— Вас отправить в Москву?

* * *

Человек привыкает ко всему.

Я вошел в экран без колебаний, даже не всматриваясь, что там, за ним. Я не стал задумываться, что именно со мной происходит в миг перехода между Селеной и Землей. Может быть, соприкоснулись две точки пространства, может быть, между ними возник туннель в подпространстве.

А может быть, экран в корабле Инсека расщепил мое тело на атомы, уничтожил их, а из экрана на Земле выбирается всего лишь копия?

Да плевать!

Я выпрыгнул из экрана, обернулся, подхватил за руку Милану — будто помогая ей выйти из автобуса. И лишь потом огляделся.

Опаньки!

Наше путешествие Земля — Селена — Земля не осталось незамеченным!

Мебели в каморке больше не было. Открытая дверь была крест-накрест заклеена яркими красными лентами с надписью «STOP». В углу стояла видеокамера на штативе, еще какая-то аппаратура, от которой тянулись провода в дверной проем. На гипсокартонной стене в паре мест виднелись вмятины.

Еще на ковровом покрытии расплылось большое и подозрительно темное пятно.

— Ничего себе... — пробормотала Милана.

После корабля Инсека московский воздух казался сухим и прохладным. Влажные пряди волос налипли Милане на лоб, я протянул руку, поправил ей волосы... и замер. Мы неловко улыбнулись, потом синхронно отдернули руки друг от друга.

То, что было на Луне, осталось на Луне.

За открытой дверью послышался топот.

Ну всё, нас обнаружили, сейчас начнется...

Но, к моему удивлению и радости, в дверях появился Лихачев. В расстегнутой у ворота рубашке, с красными сонными глазами, с рукой на кобуре... Несколько мгновений он смотрел на нас, потом расплылся в улыбке.

— Живы. Живы!

Он двинулся вперед, с треском оборвав телом стоп-ленты, вроде как и не быстро, но неудержимо. На мгновение облапил меня, оторвав от пола, потом проделал то же самое с Миланой. Отстранился, испытующе оглядел. Спросил:

— На Луне?

— На Селене, — уточнил я. — Слушайте, можно мы сядем?

— Там же почти невесомость, вы отвыкли... — Лихачев кивнул. — Пошли, пошли...

Эта часть Представительства была отгорожена, не только лентами, но и легкими пластиковыми барьерами. В конце коридора стоял полицейский в силовой броне, которому Лихачев на ходу махнул рукой. Мы прошли десяток метров по коридору (я с тревогой заметил в стене ровные круглые дырочки — пулевые пробоины), Лихачев завел нас в еще одну комнатку для разговора. Там стоял стол, несколько стульев, кулер, на столе валялись пакетики чая, разорванная бумажная пачка рафинада, распотрошенные упаковки печенья и вафель, стояла банка с кофе и стопка одноразовых картонных стаканов. У стола молоденькая девушка в полицейской форме как раз наливала себе кипяток. При нашем появлении она пискнула, именно пискнула, словно мышонок в мультике, глянула на Лихачева и, уловив что-то в его лице, метнулась прочь, расплескивая не успевший завариться чай.

— Вода, — сказала Милана с восторгом. — Вода и чай. И печеньки!

— Переходите на темную сторону, — буркнул Лихачев. Мне показалось, что после первого выплеска эмоций он начал смотреть на нас с легким подозрением.

Я не обижался. За последние сутки слишком многое свалилось нам на головы. Мы с Миланой, не сговариваясь, насыпали в стаканчики по три ложки кофейных гранул, щедро накидали сахара и залили горячей водой.

— Вы хоть что-то ели там? — спросил Лихачев.

— Не-а, — ответила Милана, дуя на кипяток.

— Не хотелось, — уточнил я. — Это скафандры, наверное. Мне кажется, они нам что-то вводили. Жидкость уж точно... наверное, питательные растворы...

— Где в этих трико могли храниться питательные растворы? — удивилась Милана.

— Чужие технологии, — отхлебывая раскаленный кофе, ответил я. — Понимать надо!

Мы нервно засмеялись.

Мы были на Земле. И мы были живы.

— Рассказывайте, — велел Лихачев.

— Нас взяли в плен, — сказала Милана. — Слуги.

— Это мы знаем. И до момента, когда вас утащили в экран, — тоже знаем. Тут была перестрелка... — Лихачев помедлил. — Они убили двух полицейских, охранявших Представительство. И ранили несколько человек на улице. Но одного наши ребята ухитрились подстрелить!

— Обычными пулями? — поразился я.

Вот почему в Представительство нас привели пятеро, а на Селене их оказалось четверо.

— Не совсем обычными, — Лихачев поморщился. — Будем считать, что повезло. Мозги у них все-таки в голове... Вас спас Инсек?

— Да, — сказала Милана. — Максим, ты расскажешь?

Я с сожалением отставил стакан и принялся рассказывать. Как мог коротко, передавая лишь суть разговоров, не вдаваясь в странные истории про «возвышение» и «контроль смыслов», но, разумеется, когда закончил, кофе безнадежно остыл.

Милана развела мне новый.

— Значит, они пытались уничтожить Инсека... — Лихачев помолчал. — Месяц назад я сказал бы: «И хрен бы с ним». Извини, Милана. А сейчас — даже и не знаю... Отмороженные совершенно! Убивают, не раздумывая.

— У них нет эмпатии, — пояснил я. — Эта девушка, Ника, сказала, что они сами от нее избавляются. Чтобы было проще жить.

— Удобно, — согласился Лихачев. — Они перестреляли охрану, хорошо хоть посетителей не тронули, позволили разбежаться. Подключили к одному из экранов какое-то устройство и, как я понимаю, через него прошли на Селену.

— Значит, Ника должна была и вернуться через него? — насторожился я.

— Вернулась, — мрачно ответил Лихачев. — Через питерское Представительство. Вылезла из экрана, напугала до полусмерти какую-то бабку. И ушла. Никто же этого не ожидал... Но вы молодцы. Убили троих!

— Это всё Максим, — сказала Милана.

— Да ты прям Терминатор на полставки... — Лихачев вздохнул, потер лоб. — Тут уже Иван появлялся, собрал всю информацию, поорал, ушел... Я-то подумал, его работа, а выходит, его тоже провели... Черт. Селена. Вы были на поверхности Луны!

Я пожал плечами.

— В детстве мечтал быть космонавтом, — сообщил Лихачев. — Но не сложилось. А вы вот побывали...

— Ничего там интересного, — сказал я, немного покривив душой. — Камни и пустота. Ну, Земля и кольцо в небе красивые...

— Ничего интересного! — с горечью произнес Лихачев. — Подумаешь... камни, пустота и Земля в небе... Вы как, с ног не валитесь? Вы там спали?

— Я не спала, — сказала Милана. — Честно говоря, хочется.

— А я бодрый и свежий, поспал немного, — похвастался я, не уточняя, что это было в процессе «контролируемой инволюции». Может, потому и не хочется спать? Мой организм перебрали заново, словно двигатель на капремонте...

Я поднял руку и уставился на часы.

Без четверти пять.

Некоторое время я осмысливал числа.

Из Комка с убитым Продавцом мы вышли после семи часов.

Нас взяли в плен.

Не было еще и девяти вечера, когда мы попали в Представительство.

И через несколько минут мы с Миланой оказались на Селене.

Где-то около полуночи окончился курс лечения, и мы вышли наружу.

Около часа ночи мы сошлись в поединке со Слугами.

Часам к трем вернулись на корабль.

В четыре утра снова встретились с Инсеком.

И вернулись на Землю.

— Девять с небольшим часов... — сказал я зачарованно. — Мне казалось, несколько дней прошло.

Лихачев понимающе кивнул. Спросил:

— Что с вами делать-то? Будете здесь сидеть — примчится Иван. Начнет допытываться, что и как. Отправить вас домой... — Он осекся. — По домам?

— Лучше в Гнездо, — сказал я. — Туда Иван не сунется. Я понимаю, все равно придется ему кое-что рассказать. Но пусть хоть в голове уложится.

— Мы пешком дойдем, тут же рядом, — сказала Милана.

— Нет! — Лихачев покачал головой. — Никаких прогулок. Мне будет спокойнее, если вас довезут до дверей.

— А у вас что было? — запоздало спросил я. — Елена цела?

— Цела. Когда вас увезли... — Он махнул рукой. — В общем, ее я отправил домой. Потом носился со своими по городу... не понял сразу, где вы объявитесь. Да и кто бы понял? Потом здесь работал.

— А Комок?

— Дверь закрылась. Наверное, тебе надо спросить у заказчика, что теперь делать. Удовлетворен ли он результатами расследования.

Он испытующе посмотрсл на мсня и добавил:

— Надеюсь, ты получишь от Продавцов что-то ценное. Тебе изрядно досталось.

— Да я уже почти привык, — признался я. — Спасибо большое. Отправьте нас в Гнездо, полковник.

— Брось ты этот официоз, — поморщился Лихачев. — Не хочешь Игорем, так зови по имени-отчеству.

— А я не знаю вашего отчества, — ответил я. — Вы же не назывались. А по имени как-то фамильярно.

Лихачев растерянно уставился на меня. Я неловко улыбнулся.

Милана тихо рассмеялась:

— Максим, он Игорь Григорьевич. Даже я знаю.

— Убил на месте, Максим, — сказал Лихачев. — Ладно. Зови меня полковником. Так только внук меня звал, когда маленький был.

— У вас есть внук? — почему-то удивился я.

— Жена, двое детей и два внука, — Лихачев вздохнул. — Тебе все-таки стоит поспать. Милана, ты уж присмотри за ним!

— Присмотрю, — деловито ответила она, беря со стола еще пару печенюшек. — Знаете, я уже научилась.

Глава седьмая

Снаружи Представительство тоже было огорожено барьерами и лентами. За ними толпились сонные репортеры и зеваки — Москва никогда не спит. В нашу сторону засверкали вспышки фотокамер, Лихачев что-то гаркнул, и мрачные полицейские оттеснили прессу... ну как оттеснили — на метр-другой. Лихачев посадил нас в полицейскую машину, чистенькую внутри, но старую и с продавленными сиденьями. Бросил водителю:

— Доставь ребят в минкультовское Гнездо. Головой отвечаешь.

Водитель молча кивнул. Машина вывернула на дорогу (мне показалось, что одного из самых настырных журналистов водитель нарочно толкнул крылом), противно закрякала сирена, и мы рванули по Моховой, чтоб тут же завернуть на Большую Никитскую.

— Спасибо, Максим, — неожиданно сказал водитель.

— За что?

— Что выбрался. Что этих мразей прикончил, отомстил за ребят.

— Откуда вы знаете? — насторожился я.

Где-то в голове вдруг родилась и плеснула негромкая долгая нота. Меня будто обдало теплом.

Мы с Гнездом почувствовали друг друга.

— По Лихачеву видно, — ответил водитель. — Всю ночь сам не свой был. А сейчас вижу — его отпустило. Прав?

— Прав, — признался я.

— Ты приходи к нам, — подъезжая к Гнезду, сказал водитель. — Нам бы такие ребята пригодились. — Он помедлил секунду и вежливо добавил, посмотрев на Милану: — Это и к вам относится, разумеется. У нас служат девушки. Даже в оперативной группе.

— Спасибо, — ответила Милана.

Мы выбрались из машины. Начинался ветер, и паутину, которой обросло Гнездо, полоскало в рассветном полумраке. Машина стояла на месте до тех пор, пока мы шли к Гнезду.

— Ничего, если я тоже буду в Гнезде? — спросила Милана.

Я понимал, о чем она. Но ответил как можно небрежнее:

— Ты была призванной, ты защищала Гнездо. Конечно!

— Ну да... — с сомнением сказала Милана. — Все-таки я...

— Была на Луне, — сказал я.

Мы едва успели войти. Я лишь кивнул страже — не Же, другой.

И увидел Дарину — она бежала через фойе мне навстречу, быстро, словно в бою, не произнося ни слова. Прыгнула — метров с трех; повисла на мне, обняв, обхватив ногами и уткнувшись лицом в грудь. Зашептала безостановочно, без всякой интонации, словно на нее не оставалось ни сил, ни времени:

— Жив, жив, жив, жив, жив...

Я обнял ее, опустил голову, вдохнул ее запах — терпкий, неземной, до боли знакомый. Она была легкая, теплая, ее била мелкая дрожь, словно она сдерживала движения, даже показалось, что она рыдает.

И тут меня накрыло. Да еще как.

Это было слишком похоже на душевую в корабле Инсека. Тот же горячий влажный воздух, те же странные запахи.

И повисшая на мне девушка.

Другая.

Что же я натворил?

Как я мог изменить Дарине?

Как теперь я посмотрю ей в глаза?

Все слова Миланы, такие разумные и мудрые, про Луну, на которой «всё остается», про то, что никогда не надо рассказывать любимой об измене... все они вдруг стали пустыми и бессмысленными.

Никакой шок, никакой стресс меня не оправдывает.

Какой же я балбес...

Дарина всё висела на мне — так порой виснут на родителях дети в кинофильмах, в жизни подобного никогда не видел. Я, скосив глаза, смотрел на Милану. И читал в ее глазах, что ей сейчас... нет, наверное, не стыдно. Но нехорошо, это уж точно.

— Я пойду, наверное, — сказала Милана.

Дарина отцепилась, соскользнула с меня и столь же молниеносно метнулась к Милане. Та даже вздрогнула и отшатнулась.

Жница обняла ее, прижалась. Она была на полголовы ниже Миланы и казалась сейчас младшей сестрой, обнимающей старшую.

— Нет! Тут вы в безопасности! Милана, спасибо тебе, спасибо! Я только на то и надеялась, что ты с ним!

— Почему? — Милана неловко улыбнулась. — Я толком ничего и не сделала... хорошего... это всё Максим.

Дарина энергично замотала головой.

— Ну ты же знаешь, какой он? Ему обязательно нужно кого-то защищать, о ком-то заботиться. Будь он один, он бы не справился. А когда ты была рядом — собрался.

— Эй... — Я покосился на стражу. Та улыбалась, и выглядело это жутковато. — Девчонки... а ничего, что я тут стою?

— Ничего! — хором ответили девушки. Даже стража кивнула. И я понял, что лучше помалкивать.

— Я знаю, вы попали на Селену, — продолжала Дарина. — Там был бой, так? Они пытались убить Инсека?

Она замолчала и покачала головой.

— Что я несу, зачем? Потом расскажете... Вы хотите есть? Пить? Спать?

— Спать, — призналась Милана. — Если честно, я как в тумане.

— А я ничего, — сказал я. Но прозвучало это так фальшиво, что я и сам понял — вру.

— Идемте, — Дарина потащила Милану за собой, другой рукой схватила мою ладонь. — Идемте, вам надо отдохнуть. Разговоры подождут!

Я понял, что спорить не стану. Из меня словно выкачали все силы.

Проснулся я в девять часов. Словно по сигналу будильника, вот только чувствовал себя выспавшимся и отдохнувшим. Даже сам удивился, что мне хватило трех часов сна, чтобы так восстановиться: голова была ясная, долгий вчерашний день помнился отчетливо, хоть и оставил ощущение нереальности произошедшего.

Я нашел мертвого Продавца. Мы произвели вскрытие и узнали, что имеем дело с киборгами. Нас с Миланой похитили и отправили на Селену, как живые биологические бомбы. Я сражался за Инсека и победил.

Ничего так выдалось первое апреля.

Обхохочешься!

Остаток ночи (хотя правильнее будет сказать, утра) я проспал. Конечно же, на полу, в комнате Дарины.

Как и девушки.

Дарина спала слева, уткнувшись в мое плечо.

Милана справа, закинув на меня руку.

Сказать, что я чувствовал себя негодяем, будет не совсем верно.

Я чувствовал себя счастливым негодяем. Ну, по крайней мере, пока девушки спали.

Мне никогда не доводилось изменять. Однажды я встречался сразу с двумя девчонками, но, во-первых, они друг про друга не знали и знакомы не были, а во-вторых, все мы ничего серьезного в отношения не вкладывали.

Только секс.

Так что это не измена.

А когда отношения были серьезнее, хоть на немножко, даже мысли не возникало изменять. По-моему, странно ухлестывать за другой, когда тебе девушка серьезно нравится и ты о ней думаешь. Ну... разве что в мыслях. Фантазировать никто не запрещает.

И когда я слышал фразы вроде «разрываюсь между двумя» или в кино видел душевные терзания, не важно, у мужчин или у женщин, мне это казалось выдумкой. Всегда знаешь, в кого влюблен, а кто просто физически привлекает.

Ведь верно?

Сейчас было иначе. Нет, если бы меня разбудили среди ночи и спросили: «Кого ты любишь?» — я бы ответил: «Дарину».

Но и Милану я тоже любил. Вот ведь в чем беда, теперь я это понимал ясно, и дело было не в случившемся «на Луне».

Значит, так можно? На полном серьезе? Не так, когда мужчина женат на одной женщине, с ней семья, дети, дача, собака, ипотека в банке и секс по расписанию, а любит другую — с ней романтика, страсть, любовь?

А всерьез любить двоих, хоть и по-разному?

Я посмотрел на Дарину. Потом на Милану.

Потом уставился в потолок.

Да. Наверное, можно.

И не поймешь, повезло или нет.

Вот мусульмане как-то справляются, у них это нормально. Может, спросить повара в «Рэдке»? Он то ли узбек, то ли киргиз. Вдруг у него две или три жены, пусть расскажет, как это...

Я мысленно залепил себе оплеуху.

Ну и чем мне поможет его рассказ? Даже если у повара целый гарем?

Можно подумать, Дарина с Миланой мне предлагают взять их обеих в жены, а я размышляю, согласиться ли!

Размечтался, Казанова...

Губы Дарины мягко коснулись моего уха. Я повернул голову. Она молча смотрела на меня своими сиреневыми мерцающими глазами. Я потянулся к ней, поцеловал.

— Как здорово, что ты рядом, — сказала Дарина.

— Я тебя люблю, — прошептал я виновато.

Дарина едва заметно улыбнулась.

— Ты знаешь, что первый раз мне это сказал?

— Правда? — растерялся я.

— Правда. Ничего, я знаю, что любишь. Ты это каждый раз взглядом говоришь.

Она слегка приподнялась на локте. Сказала:

— Милана просыпается. Поцелуй ее.

— Что...

— Она ведь тоже тебя любит, — сказала Дарина таким тоном, каким, наверное, объясняет куколкам всякие банальные истины. — И она тебе нравится. Милана хорошая, я рада, что мы вместе.

— Я сплю? — спросил я, помолчав мгновение.

— Нет. Максим, ты был призван Гнездом. И она была призвана. Мы не чужие. Я не ревную, если ты об этом.

Я повернулся и посмотрел на Милану.

Ее глаза были открыты, она смотрела на меня — так же растерянно и испуганно, как, наверное, я только что смотрел на Дарину.

Потом она зажмурилась, подалась ко мне, чмокнула — в щеку. И сказала виновато:

— Дарина, а можно его клонировать? Он мне вправду нравится, но любит-то тебя.

— Нет, — сказала Дарина. Кажется, с сожалением. — Нельзя.

— А мое мнение не в счет? — спросил я.

— Не в счет! — ответили они синхронно.

Еще и с вызовом!

В общем, если вам интересно, то я сбежал.

Хотя по всему выходило, что это утро может начаться очень неожиданно.

Об этом интересно фантазировать. Ну, или если ты с двумя девчонками, которые тебя просто привлекают. А когда у тебя с ними всерьез...

Я попытался перевести всё в шутку. Сказал, что надо узнать про клонирование у Инсека. Но только каждому моему клону потребуется и Дарина, и Милана. Повел себя так, будто девчонки дурачились, а я их веселье поддерживаю.

Милана подыграла. По-моему, с облегчением. А вот Дарина хоть и улыбалась, но смотрела слишком серьезно.

Так что я посмотрел на часы, ужаснулся времени и сказал, что мне надо быстренько умыться и бежать с отчетом к Продавцу. Что я совсем не хочу завтракать (вранье) и пока не поговорю со своим нанимателем, ни о чем другом и думать не в состоянии (почти правда).

И выбежал из комнаты Дарины — ошарашенный, в мятой одежде, со свернутым плащом под мышкой и кроссовками в руках (не могу спать в обуви), чувствуя себя слабаком и трусом.

Но зато не сказав ни да ни нет. И даже не клонированный.

...Интересно, а у Инсека точно нет таких технологий, чтобы клонировать человека? Наверное, нет, иначе бы они поставили на поток производство стражей и стратегов. Ну а даже если есть, то мне-то оно чем поможет? Каждый «я» будет жадно смотреть и на Дарину, и на Милану...

Блин!

У отца спрашивать совета как-то стремно.

Суровый полковник Лихачев, небось, жене если и изменял, то раз в три года, по уставу и без лишних эмоций.

Виталий Антонович вообще подруг меняет часто, но серьезно, мне кажется, ни к кому не относится.

Не с кем посоветоваться по такому вопросу.

Я действительно отправился в душевые. Они оборудованы в подвале, и это, мне кажется, единственное помещение, которые Измененные всерьез переделали в здании Минкульта, а не просто завалили мягкой рухлядью. Уж не знаю, сами они всё мастерили или наняли бригаду строителей (с них станется), но получилось, как в каком-нибудь старом студенческом общежитии с «удобствами на этаже». Коридор, налево дверь в душевые и туалеты «для мальчиков», направо — «для девочек». Туалеты выглядели прилично: чистенькие, ничем от человеческих не отличающиеся (а ведь когда-то мне втирали, и я всерьез поверил, что Измененные писают и какают раз в полгода). Душевая была просторная, с двумя десятками душевых леек, никак не разгороженная. Пол и стены выложены темно-серой керамической плиткой, в матовых плафонах — неяркие лампы. Под потолком в стенах были оконца с матовым стеклом, у входа — старый, распухший от влажности деревянный шкаф со стопками чистых полотенец и мелкими, «отельными», флакончиками шампуня и геля, рядом — пластиковый бак для грязного белья. Единственное отличие от человеческого душа — кран у каждой лейки был один, температура воды никак не регулировалась и не поддавалась никакому разумному прогнозу. Я уже несколько раз тут бывал, иногда из лейки шла приятная тепленькая водичка, один раз хлестала горячая, почти кипяток, а один раз тепленькая неожиданно сменилась обжигающе-ледяной.

Когда я, посетив туалет, вошел в душевую, там как раз заканчивала мыться куколка. Ну или, может, правильнее сказать — мальчишка лет восьми, из тех двоих, что пришли в Гнездо вместе со стратегом. Я не помнил, как его зовут, он еще на спор учился играть что-то сложное на рояле, но у него не очень-то выходило.

Дня через три, кстати, получилось. Куколки очень быстро учатся.

— Привет, — сказал я.

— Здравствуйте, Максим! — выпалил мальчишка с неожиданным восторгом и выключил воду. — А правда, что вы на Селене сражались с врагами?

Откуда они все всё знают?

Гнездо сообщило?

— Правда, — сказал я.

Пацан подошел к шкафу и взял полотенце, не отрывая от меня восхищенного взгляда.

— А вы расскажете?

— Как-нибудь потом, — сказал я, чувствуя себя довольно нелепо. — Помылся? Ну так иди, уроки сами себя не сделают.

— Вы стесняетесь? — удивился мальчишка. — А то вы могли бы мыться и рассказывать мне, пока я вытираюсь.

— Кыш! — сказал я.

Пацан обиженно посмотрел на меня, перекинул полотенце через плечо, сунул ноги в сланцы и вышел из душевой.

Не одеваясь. У куколок меняется отношение к наготе.

Да он ведь и пришел сюда голышом, одежды-то у него с собой нет! Или те тряпки в углу — это то, в чем он был? Сейчас подберет что-нибудь с пола и оденется...

Я вздохнул, разделся и пошел мыться.

Конечно же, душ решил надо мной поиздеваться. Из лейки текла то холодная, то горячая вода. С непредсказуемым чередованием.

Может, это у них часть тренировок? Чтобы были готовы к любым перепадам температуры?

Или всё проще, и монтировавшие душевую систему жницы что-то напутали в подключении?

Как бы там ни было, я вымылся, вытерся (полотенца, увы, были влажные), натянул джинсы (тоже влажные) и рубашку (пора бы сменить, факт). Вышел из душевой. И обнаружил Наську, стоящую в коридоре и явно меня поджидающую. Судя по мокрым волосам — тоже только что из душевой.

Куколка, слава Богу, оделась — в длинную черную юбку и голубую рубашку. Юбка была слишком велика, рубашка тоже. Еще Наська явно экспериментировала с косметикой: щеки были неестественно румяные, губы алые, а под глазами — синие тени.

— Максим! — выпалила Наська и обхватила меня за пояс. — Ты мой герой! Ты победил злодеев!

— Всё ради вас, прекрасная дама, — сказал я. — Меня ждешь?

— Ага! Андрей сказал, что ты моешься. Я решила не заглядывать, тут подождать.

— Большое тебе человеческое спасибо! — выдохнул я. — Вот просто огромное!

— Ну я же понимаю, что ты человек, — снисходительно пояснила она, отлипнув. — Это мальчишки дураки. А где Дарина с Миланой?

Да уж, приватности в Гнезде — ни на грош. Тут и впрямь станешь без штанов разгуливать.

— Ты же знаешь, где, — ответил я.

— Не знаю.

— Ну так Гнездо спроси.

— Гнездо ответит, если Дарина разрешит.

— Девчонки в ее в комнате.

Мы двинулись по коридору.

— Так и думала... — вздохнула Наська. — Вам как, поспать получилось?

Был у нее в словах второй смысл? Или мне уже мерещится?

— Получилось.

— Трудно тебе, да? — Наська, скосив глаза, с любопытством смотрела на меня.

— Слушай, — не выдержал я. — Давай я тебе про сражение на Селене расскажу?

— Да ну его! — Куколка махнула рукой. — Я не люблю про сражения. «Пятого июня две тысячи четвертого года по времени Земли гарнизон Мердри-два обнаружил открытие портала над поверхностью планеты. В распоряжении гарнизона было две тактические группы стражей...» И полчаса про сражения и героизм! Надоело! Про отношения куда интереснее.

— Какие отношения? — спросил я, медленно закипая.

— Всякие! Вот твои, с Дариной и Миланой...

— У нас... — Я запнулся. — Мои отношения — это мои отношения. И я не собираюсь их рассказывать всякой... всякой...

— Ну? — подбодрила меня Наська.

По ее спокойному тону стало ясно, что мы опасно близки к ссоре.

— Всякой вредной любопытной малявке!

Наська подумала миг и улыбнулась.

— Да, я такая! А я вот рассказала бы тебе про отношения, если бы они у меня были. Но мне пока мальчишки не нравятся. Мне только один человек нравится, он очень крутой, но... куда старше меня, и он не свободен...

Она громко, театрально вздохнула.

— Наська! — выпалил я.

— Да не боись, не ты! — Она махнула рукой. — Мне нравится полковник Лихачев, потому что он настоящий полковник. Это мой идеал!

— Слушай, хватит издеваться, а? — попросил я.

Куколка потупилась.

— Ну Максим... Я хотела тебя развеселить...

— Спасибо, не получилось!

— И вообще мне полезно изучать отношения...

— Тебе полезно учиться, или чем вы там еще заняты... в прятки играть...

— Это тоже учеба.

— И уж точно не размалевываться косметикой! — добавил я. — Так, что после душа выглядишь как... как кукла!

Я демонстративно послюнил палец и потер ее щеку.

Румяна не стерлись.

— Дурак, — сказала Наська. — Я не крашусь! Это финальный цикл первой фазы заканчивается!

Я, оторопев, смотрел на нее. Ну да. Это не тенями намазано под глазами, это синяки. И румянец на щеках — нездоровый.

— Наська, извини... — Я присел, взял ее за руку. — Сам не свой. Это всё эти, отношения... Ты как себя чувствуешь? Всё нормально?

— Всё замечательно! — выпалила она.

Вырвала руку и умчалась по коридору.

Ну вот. Все-таки я ухитрился поссориться с мелкой.

Что мне стоило сказать ей две-три уклончивые фразы? Все равно она чувствует тот клинч отношений, в который я попал.

Может, даже посоветовала бы что-то. Устами младенца глаголет истина и все такое...

Я вздохнул.

Нет, разбираться в отношениях придется самому. Никто мне ничего не подскажет. Ни «настоящий полковник», ни родной папа, ни маленькая умная куколка.

Догонять Наську смысла не было. Если она не захочет, я ее в этих лабиринтах никогда не найду.

Лучше сходить к Продавцу и закончить наши с ним дела. А уж потом вернусь и поговорю с девчонкой. Пусть пока отойдет.

Глава восьмая

Я был почти уверен, что Иван ждет меня у выхода из Гнезда. Сидит на невесть откуда взявшемся стуле, заложив ногу за ногу.

Но у Гнезда никого не было. Ни охраны от Лихачева, ни зевак (иногда даже организованные группы туристов подъезжают на автобусе), ни Прежнего.

Пожав плечами, я пошел к Комку. Вспомнил почему-то бездомного любителя поэзии, ошивавшегося раньше возле памятника Низами. Ага, я запомнил имя поэта. Даже почитал немного. Ну, ничего так... наверное, на его родном арабском, или каком там еще, звучит лучше.

Надо будет заглянуть к памятнику Высоцкого, куда собирался отправиться поэтический бомж.

У Комка ждал знакомый серчер с соседнего района, парень помладше меня, ушлый и активный, день и ночь шатается по центру. То ли очень деньги нужны, то ли копит на что-то. Мы поздоровались, обменялись ничего не значащими вопросами. «Ты как?» — «А сам?» — «Лут какой-то мелкий идет». — «И не говори». — «Где промышляешь?»

Интересно, если бы я сказал, что вчера «промышлял» на Селене и убил троих Слуг — он бы счел меня психом или ушел от греха подальше? Впрочем, скорее всего и то и другое сразу.

Когда серчер закончил свою торговлю, я зашел в Комок. Продавец возвышался за стойкой, но я больше не мог воспринимать его как человека. Под одеждами, похожими на арабский бурнус, скрывался всего лишь металлический бак с синей жижей — и фрагменты человеческого тела.

— Максим, — сказал Продавец. — Ждал вас раньше!

— Извините, задержался, — сухо ответил я. — Был на Селене. Сражался. Чуть не погиб.

— Знаю, — ответил Продавец. — Рад, что вы справились.

— Я закончил расследование, — сказал я. — Вашего коллегу никто не убивал, он сам покончил с собой. У него были какие-то странные отношения с Татьяной Воробьевой, Кандидатом в Прежние. В свою очередь Татьяна была связана с группой Слуг, которые хотят вырваться из-под власти Прежних и создать свою цивилизацию вне Земли.

— Любопытно, — сказал Продавец. — Бунтующие Слуги? Помогающий им Кандидат? Невероятные отношения.

— Но это так. Татьяна приносила вашему коллеге какие-то странные кристаллы.

— Разноцветные? — быстро спросил Продавец.

— Да. В последний раз она принесла красно-оранжево-желтый кристалл... если вам это важно.

— Важно.

— Ваш коллега клал кристаллы под язык, рассасывал, это вызывало у него какие-то глюки. Наркоман он был.

— Красно-оранжево-желтый, — сказал Продавец задумчиво. — Боюсь, я бы тоже не удержался.

— И умерли бы, — сообщил я с удовольствием. — Когда он стал рассасывать этот кристалл, ему поплохело, и Воробьева умерла. Я думаю, что ее убила ваша система безопасности, она сработала, но с запозданием.

Продавец молчал.

— Ну а ваш коллега подсел на измену. Стал вопить, что ему стыдно. Пошел, сделал в синтезаторе топор из какого-то странного металла. И убил себя.

Я помедлил секунду и добавил:

— Расплескался на несколько метров...

— Это был символический акт, — тихо ответил Продавец. — Повреждение корпуса не способно вызвать смерть, как и потеря части сущности. Ему требовалось обозначить свой поступок, прежде чем прекратить жизнь. Он выбрал топор.

— Я выполнил ваше поручение, — сказал я.

— Остаются открытыми вопросы отношений моего коллеги и госпожи Воробьевой, происхождения и характеристик разноцветного кристалла, движущих мотивов Кандидата и Слуг.

— Это не входило в задание. Вы велели узнать, кто и как убил Продавца. Вы даже добавили: «И всё». Я дал вам ответ, верно?

Продавец помолчал. Сказал:

— Да. Верно. Информация дала больше вопросов, чем ответов, но вы выполнили условия сделки.

— Вы ведь всегда соблюдаете условия? — спросил я. — Без всяких уловок и хитростей?

Продавец хрипло засмеялся.

— О, да. Это интересное замечание. Вы имеете в виду, что я обещал вам возвратный мутаген, но не уточнил сроков?

— Да, — кивнул я. — Буквально сейчас пришло в голову.

— Мы соблюдаем не только букву, но и дух условий сделки, — обиделся Продавец. — Я не могу выдать мутаген прямо сейчас, поскольку занят выполнением очень важного и сложного заказа. Но вы получите его завтра утром, как только я завершу другой синтез. Приходите в это же время, Максим. Никакого обмана, обещаю.

— А поговорить? — спросил я.

— Что? — Продавец подался вперед, всматриваясь в меня.

— Вы же понимаете, как я получил информацию? — спросил я. — Я знаю, как вы выглядите. Снимите свой капюшон, налейте чая и поговорим? Просто так. Без всякой сделки.

— Зачем это мне? — спросил Продавец удивленно. — Какой в этом смысл?

— А смысл иногда появляется совершенно неожиданно, в процессе разговора.

Продавец некоторое время стоял, глядя на меня. Потом поднял руку и стянул с головы капюшон.

Тот, чью голову он носил, был пожилым, лет пятидесяти, мужчиной. Лицо скорее худое, острый нос, цепкий внимательный взгляд, вообще он выглядел очень умным и собранным. Интересно, это качества... донора? Или самого Продавца?

— И кто это был? — спросил я небрежно.

— Был и есть, — ответил Продавец. — Он жив, он мыслит, он в сознании. Для него происходящее — долгое захватывающее шоу. Это лучше, чем смерть. Верно?

— А отчего он умер? — спросил я.

— Технически он не умер, — терпеливо повторил Продавец. — Существование как человек он прекратил по причине отделения головы от тела. Но к этому моменту ему оставалось жить несколько минут. Если вы предполагаете, что мы каким-то образом вредим людям, то не правы. Зачем? Мы делаем предложение умирающим.

— Рак? — предположил я.

— Нет, мы предпочитаем делать предложения жертвам катастроф и преступлений. Его расстреляли из автомата. Он был, как это у вас называется, криминальным авторитетом. На его совести трое людей, убитых им лично, и более десяти, приказ на устранение которых он отдал. Не самая приятная личность по вашим меркам.

Я кивнул. Поинтересовался:

— И он согласился?

— О да. Всё понял, четко проанализировал и принял решение. Глупым он не был. Несколько самонадеянным... он надеялся перехватить контроль и подчинить мою личность себе. Смешно, правда?

— Это ведь невозможно?

— Даже теоретически. Тут вопрос не в силе воли и не в развитости интеллекта. Он это понимал, но в его картине мира существовал Бог, загробная жизнь, рай и ад. В ад он не хотел, а на рай рассчитывать не приходилось.

— В каком-то смысле он все-таки попал в ад, — сказал я, глядя в лицо бывшего бандита.

Продавец кивнул и едва заметно улыбнулся:

— Возможно. Он привык командовать... Я сделаю нам чай. Как вы помните, я его не пью. Но есть сорта, которые мне приятно нюхать.

Он исчез за шторой.

Ждать пришлось недолго. Минуты через три Продавец вернулся с небольшим подносом, черным и лакированным. На подносе стоял чайничек и две маленькие чашки из сине-золотого фарфора.

— Это чаочжоу, — сказал Продавец. — Надеюсь, вам понравится. Говорят, он бодрит.

Я кивнул. Взял из рук Продавца (или из рук криминального авторитета?) чашечку. Понюхал.

Пахло костром, дымом, смолой. И немножко чаем.

Запах был хоть и странный, но приятный.

— Давайте говорить, Максим, — предложил Продавец. — Вы мне интересны по целому ряду причин, которые, впрочем, я не стану обсуждать.

— У вас есть своя планета? — спросил я. — Родной мир?

Продавец замер с поднесенной к носу чашкой. Помолчал и ответил:

— Она — как эта голова. Она и есть, и нет. Мы ее покинули.

Я кивнул, не ожидая продолжения. Но Продавец неожиданно заговорил снова:

— Мы рано или поздно были бы оккупированы. Скорее всего — силами Инсеков. Наша культура хорошо продуцировала смыслы, мы были желанной добычей. Мы выбрали иной путь — рассредоточились. Стали народом бродячих торговцев, странствующих в космосе... Ты знаешь, что такое смыслы?

— Инсек говорил. Все эти войны в космосе — они за смыслы... так?

— Так. А что такое смысл?

Я пожал плечами. Предположил:

— Знание?

Глотнул чай. Да... необычно, но скорее вкусно, чем нет.

— И знание тоже. Вы попробовали чай, что скажете?

— Интересный вкус. Может, буду иногда такой пить. Если достану.

— Я подарю вам немножко, — торжественно пообещал Продавец, шумно нюхая свою чашку. У него даже крылья носа шевелились от удовольствия. — Смыслы, Максим, — больше, чем знание. Смысл — это информация, отношение к ней, ее использование, совокупность отношений части и целого. Вы попробовали чай и получили знание. Само по себе оно малоценно даже для вас. Смысл незнакомого вкуса в том, как он изменяет тебя и как ты изменяешь мир. Но, как правило, одна личность не продуцирует значимое количество смыслов, на это способна лишь целая культура.

— И это важно?

— Конечно. Это позволяет возвыситься и стать Высшим. У вас это называют технологической сингулярностью, но плохо представляют, что это такое. Неправильная сингулярность убивает цивилизацию, правильная ее возвышает.

— Вы тоже собираете смыслы, как и все остальные. Скажите, а кристаллики...

— О, нет... — Продавец покачал головой. — Не всегда. Кристаллики — как соль в блюде. Могут помочь проявиться смыслам, а могут отравить. Они всего лишь концентрат эмоций.

— И если я засуну кристаллик себе в рот...

— Ничего не почувствуешь. Неужели ты думаешь, никто такого не делал? Люди их продуцируют, а использовать не способны. Но есть много, очень много культур, ценящих человеческие эмоции. И как способ производства смыслов, и как простое развлечение. Мы, Инсеки, Прежние, Измененные, Слуги — все они способны потреблять кристаллы. Но не производить. Это утрачено.

Я кивнул.

Продавец смотрел на меня с улыбкой. Очень странно было видеть его таким... слегка человеком.

Была не была!

— Может, скажете, что мне делать? — спросил я.

— Запутались в личных отношениях?

— Сдались вам всем!.. — взорвался я. Замолчал. — Нет. Я говорил с Прежним, с Инсеком, со Слугой. Они все чего-то от меня хотят.

— Как мило! — восхитился Продавец. — И чего же?

— Чтобы я помог осуществить их планы. Прежний уверяет, что систему не изменить. Что всегда будут сильные, держащие слабых как скот. Предлагает присоединиться к ним. Говорит, что относится к людям хорошо, что я это пойму... Но он мерзкий, токсичный до дрожи, и людей-то он в грош не ставит.

— Так, — подбодрил меня Продавец.

— Слуги хотят захватить корабль Инсека, удрать, утащить с собой миллион людей... как рабов, видимо. Ну и попутно свергнуть Прежних, те их просто так не отпустят. А мы останемся сами по себе. Вроде красиво, но они лживые ублюдки. И веры им нет, и выживем ли мы сами — или нас тут же захватят?

Продавец покивал.

— Ну и еще Инсек... Предлагает людям стать наемниками, проходить Изменение добровольно. Прежних на Земле уничтожить, колонии их зачистить... ну а потом Инсеки станут Высшими, а свою территорию передадут нам. Как бы в наследство, из благодарности. И это вроде лучше всего звучит, да? Мне кажется, Инсеки не слишком любят врать.

— Они это крайне плохо умеют делать, — согласился Продавец. — Хотя стараются выиграть за счет казуистики в заключении договоров, особенно устных. С ними надо аккуратно!

Он погрозил мне пальцем и хихикнул. Еще раз понюхал свою чашечку с чаем. Спросил:

— Так о чем речь, юноша?

— Что мне делать, что выбрать?

Продавец пожал плечами.

— Судя по вашим словам, выбор-то уже сделан. Хотите, чтобы я подтвердил его правильность?

Я молчал.

— Да легко, — сказал Продавец. — Мы работаем с Инсеками, с Прежними у нас свои счеты. Нашли, у кого спрашивать...

— А у кого мне еще спросить... — пробормотал я.

— Вы не тем озабочены, — Продавец аккуратно забрал пустую чашку из моих рук, поставил на поднос. — Совсем не тем! Верите — даже разум злобного хищника в этой голове... — он постучал пальцем себя по лбу, — сейчас веселится и удивляется вашей наивности и близорукости.

Он набросил капюшон на голову и сказал совсем другим, тихим и скучным голосом:

— Приходите за наградой завтра к девяти утра. Спасибо за чаепитие.

Я понял, что смысл своих слов он пояснять не станет. Кивнул:

— Хорошо. Мне продуктов надо купить. Для родителей. Картошка, мясо...

— Кристаллы у вас с собой? — спросил торговец, который только что пил со мной дорогущий чай, а завтра обещал дать бесценный мутаген.

Я посмотрел Продавцу в глаза и кивнул:

— Да. Я помню, что вы не торгуете в кредит.

Иногда долго не бываешь дома, а вернешься — и словно только что вышел. Года два назад я неожиданно для себя сорвался с друзьями в Питер, тусил там почти две недели, а когда приехал домой, то показалось, что и не уезжал. Вроде и всяких забавностей хватало в городе на Неве, но поездка сразу стерлась из памяти.

А бывает наоборот, когда утром закрыл дверь, а вечером квартира кажется чужой. И не понять, почему.

Отпирая свою дверь, я подумал, что это напоминает те самые «смыслы», о которых говорили Инсек и Продавец. Если этот «смысл» был, то весь мир для тебя изменился.

И на всё смотришь, будто на чужое. Словно перешагнул какую-то грань и оказался в другом, незнакомом мире.

Интересно, есть параллельные миры или они только в фантастике? Спросить бы пришельцев, да разве они скажут прямо... да и знают ли. Высший, наверное, мог бы на такой вопрос ответить.

Может быть, есть мир, в котором Инсеки не прорвались к Земле. Их корабль — или корабли, — уничтожили где-нибудь на окраине Солнечной системы, и только несколько ученых ломают голову, что за вспышки засекли их телескопы...

И мы по-прежнему живем, не зная, что Земля — заповедник, где Прежние набирают своих солдат. В этом мире мой отец все еще работает крупным чиновником, может быть, и до министра дослужился. Или сидит в Госдуме сенатором. А я заканчиваю престижный вуз или уже закончил. У меня сменилось несколько подруг, и я даже подумываю, что еще несколько лет и стоит жениться — для карьеры полезно. Скорее всего, я совсем другой. Не знаю, лучше или хуже, но другой.

Может быть, я однажды зашел к Ростику — на день рождения или без повода. И познакомился с его выросшей младшей сестрой Дариной? Ох нет, вряд ли я всерьез на нее обратил бы внимание, да и она на меня. Семь лет разницы! Мы бы слушали разную музыку, чилили в разных местах, у нее был бы парень немного постарше. Она даже могла бы мне совсем не понравиться, а я — ей.

И я жил бы той самой жизнью, которая казалась мне правильной и единственно возможной.

...А в другой реальности Прежние успели бы развязать ядерную войну, чтобы подпортить Инсекам трофей. Инсек бы не остановил ракеты... или это сделал Высший? Мир бы сгорел в огне, я, скорее всего, тоже. И родители, и Дарина, и Милана, и совсем уж мелкая Наська, и догадывающийся о пришельцах Лихачев... Или мы каким-то чудом выжили бы? И теперь скитались бы по лесам и полям подальше от городов, сбившись в банды, огораживая частоколом поселки и сражаясь за канистру бензина и пачку патронов.

Да не, это совсем уж кино. Сгорели бы в прах, и точка...

Я бросил пакет из Комка у дверей, разделся, покидал одежду в стиралку и запустил ее на долгий цикл. Нашел в холодильнике кусок вареной колбасы, паршивой, из госпайка, сплошная соя и «ароматизаторы, идентичные натуральным». Сжевал ее холодной, намазав сверху горчицей. Горчица из Комка — вот она и впрямь была абсолютно идентичная натуральной.

Потом пошел в душ и второй раз за утро ополоснулся.

Что мне делать-то, а?

С Дариной и Миланой?

Согласиться на практически озвученное предложение Дарины? Жить с двумя девчонками сразу?

Но, во-первых, у Миланы это особого восторга не вызвало.

А во-вторых, я не верю, что такое возможно.

Я плеснул на руку шампунь, намылил голову, включил напор воды посильнее и убавил температуру. В контрастном душе Измененных все-таки была какая-то привлекательность...

— Что вам всем от меня надо... — пробормотал я. — Еще и чужие... Инсеки, Прежние, Слуги, Продавцы...

Ну да.

Все тащат на свою сторону! Все предлагают стать спасителем человечества и получить полный мешок вкусняшек для себя персонально...

Я застыл, не замечая, что вода стала совсем уж ледяной и барабанит по голове, будто холодный зимний дождь.

Все.

Тащат.

На свою сторону.

Меня.

С какой стати?

А с какой стати Высший болтался в моем теле целую неделю?

А почему я так легко перенес Призыв и запросто болтаю с Гнездом?

Нет, ну правда! Я же не президент, не ученый, не какая-нибудь знаменитость. Я Максим Воронцов, мне двадцать пять лет, я даже в институт не поступил, хожу по Москве и кристаллики собираю.

Чего они от меня хотят?

Чем я могу помочь Инсеку, Ивану или Нике добиться их целей?

Да ничем!

Допустим, я хорошая боевая единица, сам не ожидал, но похоже, что сражаться у меня получается. Но даже старый, но бодрый Лихачев скрутит меня в бараний рог. Да что там Лихачев, мне мелкая Наська наваляет, если захочет...

И зачем тогда тянуть на свою сторону обычного парня Максима?

Вот почему хихикал Продавец, говоря, что я не тем озабочен. Всё то же правило, месяц назад подсказанное мне Миланой: думай не о том, что есть, думай о том, чего нет!

Я очень легко принял все эти призывы: «Переходи на нашу сторону, у нас печеньки». Ну а как иначе? Каждый ведь в глубине души уверен, что он очень важная персона, что от него всё на свете зависит.

А надо было сразу сообразить — почему я?

Мне вдруг стало не по себе. Меня даже затрясло. Вот странно, если считаешь себя обычным человеком, то это не страшно. А если понимаешь, что от тебя ждут чего-то особенного, то непонятно почему становится жутко. Это как в детстве, когда родители вбили себе в голову, что из меня получится хороший теннисист, и отдали меня в крутую теннисную секцию. Там работал знаменитый тренер, мне купили какую-то немыслимо дорогую ракетку, я каждый день бегал по корту, играл... вначале было интересно и даже получалось. Потом стало скучно. Я хотел заниматься хоккеем. И почему-то прыжками с шестом. А мне объясняли, что у меня все данные теннисиста, и я старался, пока тренер не покачал головой и не объяснил родителям, что «потенциал был, но исчерпан».

Ракетку я с тех пор в руки не брал. Но дурацкое ощущение, что от тебя ждут то, чего в тебе нет, запомнил.

И сейчас это чувство вернулось.

— Ну вас всех, — сказал я.

В конце концов, я уже объяснял Лихачеву, что не собираюсь спасать мир и ввязываться в большие игры могущественных сил. Всё, что я делал, я делал только ради одного — спасти Дарину. Весь мир не вылечишь. Завтра утром я возьму у Продавца возвратный мутаген, и она станет обычной девушкой. Я уведу ее из Гнезда, мы поселимся у меня.

И я даже пойду с ней в ЗАГС, чтобы родители и все остальные поняли: приключений мне хватило по уши!

Я выключил воду. Постоял, медленно согреваясь. И подумал, что всё решил. Все вопросы и все проблемы.

С кем я хочу быть и на чьей я стороне.

Инсек останется на Селене, и то, что у нас было с Миланой, тоже.

И мне совсем, совсем неинтересно, почему все дергают меня на свою сторону.

Оставьте меня в покое!

Глава девятая

Родители ничего не заказывали, но я знал, что они будут рады продуктам. Когда я вошел, мама сидела перед телевизором и шумно комментировала ток-шоу.

Точно так же демонстративно, как она раньше игнорировала всё, случившееся после Перемены, она теперь включилась в новости.

— Максим! — позвала она. — Ты слышал, «Гринпис» заявили, что на Земле резко упала популяция голых землекопов!

— Кого? — поразился я. — Привет, мама.

— Привет! Голых землекопов! Это такие... — Мама задумалась. — Вроде лысых крыс. Ученые говорят, что перемена климата уничтожила половину популяции!

— Очень грустно, — согласился я, глянув на отца. Тот пожал плечами. Я чмокнул маму в щеку. Алкоголем от нее не пахло, и это меня сильно радовало. Такое ощущение, что, признав существование пришельцев, она избавилась от своего порока.

Отец, впрочем, потихоньку продолжал выпивать. Как он сказал, в его возрасте отказ от алкоголя так же опасен, как и злоупотребление.

— Ты спроси, пожалуйста, Дарину, — сказала мама. — Сколько это еще будет продолжаться?

— Что? Падение популяции землекопов?

— Климатические изменения!

— А мне нравится, — заспорил я. — В этом году снег шел всего два дня. И то не лежал, сразу таял.

— Это неправильно, — сказала мама. — Мы северная холодная страна. У нас должны быть снега и мороз.

— В Сибири зима осталась...

— Да разве это зима? — Мама вздохнула. — Вот раньше были зимы! Птицы на лету замерзали! Вот какие были морозы!

Видимо, сообразив, что заботиться о судьбе голых землекопов и скучать по замерзающим на лету птицам непоследовательно, мама быстро свернула тему.

— Ты пообедать зашел? Я еще не начинала готовить... ох, а уже одиннадцать...

— Да нет, я сыт. Продуктов вот принес, — я показал пакет. — Настоящих. Мясо, картошка, сыр...

— Не бери картошку! — возмутилась мама. — Ее, оказывается, продают за дикие деньги!

Но пакет она приняла и понесла на кухню, добавив:

— Я сварю суп. Молодежь вечно забывает, что надо есть суп!

Мы с отцом переглянулись.

— Мама деликатно дает нам поговорить, — сказал папа. — Что стряслось?

— Неужели видно? — удивился я.

— Я тебя четверть века знаю, — усмехнулся отец.

Мы сели на диване. Мама действительно осталась на кухне, включила там то ли телевизор, то ли радио и принялась греметь посудой.

Я подумал, что она всегда так поступала, когда к отцу приходил кто-то поговорить «по делам». И была на кухне ровно столько времени, сколько шли «серьезные разговоры». Однажды папа ей сказал: «Ты идеальная жена чиновника, знаешь, когда появляться и когда исчезать...»

— Да так, разное... — пробормотал я.

— В новостях говорили про стрельбу в Представительстве, — сказал отец небрежно.

— Ага... Не беспокойся. Меня там уже не было к этому моменту.

Отец молча смотрел на меня.

— Я был далеко, — сказал я, чувствуя себя очень неловко.

— Насколько далеко?

— Ну... триста восемьдесят тысяч километров примерно. Я не знаю, вчера Селена была в апогее или в перигее.

— Ясно, — сказал отец. — Помочь могу?

— Всё уже нормально, — ответил я.

Вот за что я папу очень люблю — он не лезет с ненужными расспросами.

— Тогда спрашивай.

Я помолчал.

Вот как тут спросить?

— Пап, я нормальный?

— Что-что? — поразился отец.

— Ну, странностей со мной каких-то не было в детстве?

— Когда тебе было три года, ты ел лимоны, — сказал папа. — Брал лимон и сгрызал, словно яблоко или мандарин.

— Фу, — меня аж перекосило. — А еще что-нибудь?

Отец прищурился.

— Если ты хочешь спросить, родной ли ты нам, — да, родной.

— Папа, я вовсе не это хотел спросить! — выпалил я с облегчением. — Но все-таки, какие-то особенности у меня были? Почему на меня всё это сыплется?

— С Дариной поссорился? — спросил отец.

Я промолчал. Покачал головой.

— Та девушка, что у тебя жила несколько дней... Милана, верно? — продолжал отец.

— Теперь хоть понимаю, в кого я такой умный, — пробормотал я и заговорил тише: — Слушай, вот как в такой ситуации поступать? Мне они обе нравятся и... ну, понятно. Я им тоже. И я про обеих думаю. Засыпаю — думаю, просыпаюсь — думаю. Значит, они мне обе важны. Но так нельзя... наверное.

— Долго — нельзя, — вздохнул отец так же негромко. — Скажи, когда ты с Миланой, — ты думаешь о Дарине?

— Да.

— А когда с Дариной? Думаешь о Милане?

Я молчал.

— Останешься обедать? — спросил отец как ни в чем не бывало.

— Нет, наверное, — ответил я. — Спасибо, пап.

Да, этот прием и здесь работает. Важно не то, что есть. Важно то, чего нет.

— Обращайся, — улыбнулся отец.

Не знаю, почему я пошел в «Рэдку». Есть я и впрямь не хотел, а то поел бы маминого супа. Наших там днем немного, больше случайных посетителей.

Но меня будто потащило туда.

Я прошел по Столовому переулку мимо своей старой школы — она по-прежнему работала, даже осталась «испанской», свернул на Малый Ржевский. У мелких как раз кончились уроки, меня чуть не смело потоком галдящей детворы, затеявшей шутливую потасовку у памятника героям-учителям и героям-ученикам. Ну, памятник — это слишком громко, наверное, пять маленьких фигур на выступе, над бронзовой доской с перечислением имен... Имен было много. В давней войне, которой скоро сотня лет исполнится, погибли десятки миллионов.

Я вдруг подумал, что для Прежних эта война могла быть ничего не значащим пустяком, который они же сами и затеяли. Например, на каких-то галактических фронтах дела шли плохо. Им потребовались не миллионы Измененных в год, а десятки миллионов. Ну а что может быть лучшим прикрытием для изъятия из человеческого общества огромного количества здоровых детей, чем мировая война, непрерывные бомбардировки, движущиеся туда-сюда обратно по Европе и Азии армии?

Или не надо приписывать Прежним наши собственные, человеческие зверства?

...Но все-таки, зачем я решил зайти в «Рэдку»?

Надо было мне догадаться, наверное.

Но я как-то расслабился после разговора с отцом.

И только увидев за столиком Ивана и Виталия Антоновича, понял, что пришел сюда не по своей воле.

Больше никого из серчеров в кафе не было. И персонал, несмотря на теплый солнечный день, весь попрятался внутри. Уверен, если их спросить, никто не ответит, почему на столиках стоят таблички «Зарезервировано», а они толкутся в помещении. Вот захотелось им так сделать — и всё тут...

Виталий Антонович сидел мрачный, напряженный, начисто лишившийся всей своей ироничности и лоска. Немудрено — в присутствии Ивана он выглядел как бледная копия рядом с оригиналом.

Я молча подошел к ним. В этот момент на церкви Большого Вознесения напротив зазвонили колокола.

— Как эффектно, — сказал Иван, дождавшись, когда звон стихнет. — Умеешь ты появляться, Максим! Прямо с Божьим благословением!

— Можно подумать, вы в Бога верите, — ответил я и сел рядом с Виталием Антоновичем.

— Можно подумать, ты веришь! — обиделся Иван. — Будешь кушать? Заказать тебе?

Перед ним на тарелке лежали остатки люля-кебабов.

Я смолчал.

— Как угодно, — сказал Иван. — А церковь симпатичная, зря ты так, и перезвон красивый. Я люблю и уважаю все традиционные религии.

— Еще скажите, что были тут на венчании Пушкина с Гончаровой, — буркнул я.

— Нет, я не в России тогда жил, — ответил Иван. — Ну, чего дуешься?

— Как вы меня сюда притащили? — спросил я.

— А, вот ты чего напрягся... — Иван кивнул. — Считай, что это вроде Призыва. Заставить тебя сплясать на столе я бы так не смог. А вот сделать то, что ты и сам не против, — зайти в «Рэдку», к примеру...

Я кивнул. Сказал:

— Думал, вы меня с утра расспрашивать станете.

— Зачем? — удивился Иван. — Я приехал в Представительство минут через пять после того, как ты удрал. Поговорил с Лихачевым, он всё рассказал. Думаю, каких-то деталей не знает, но мне хватило. Так что ситуацию я представляю.

— Ну и... что тогда вам нужно от меня... от нас, — я глянул на Виталия, тот кивнул.

— Хочу вас нанять, — улыбнулся Иван. — Вас двоих, но вы же дружный коллектив... привлечете товарищей.

Очень хотелось сказать какую-нибудь гадость. Но я молчал.

— Давайте так, — Иван развел руками. — Вначале я чуть-чуть расскажу про нас. Про то, что вообще происходит. А то я уверен, тебе уже каждая сторона конфликта наплела всякого-разного, да еще и наград посулила. Я начну с правды, потом коснемся и наград. Готовы выслушать?

Виталий Антонович кивнул, как-то болезненно улыбнувшись. Да чего это с ним?

— Он уже в курсе своей награды, — небрежно сообщил Иван. — И хочет ее заслужить, от чего страдает. Итак... мои дорогие юные подопечные. Человечество гораздо старше, чем учат в ваших школах. И в космос мы вышли не в двадцатом веке. Иные миры покорять стали еще семь тысяч лет назад. Врать не стану, сам в ту пору не жил, мало таких старожилов... Очень быстро люди наткнулись на Инсеков. И если ваш многоногий приятель ответит правдиво, то признает — мы предлагали мирное сосуществование. Окучивать свои зоны космоса, получать требуемое, даже держать союз против иных культур.

— Всё ради смыслов? — спросил я.

— Да, Инсеки любят этот термин. Мы чаще говорим «суть», но пусть будут «смыслы». Что нужно любому разумному существу, любой цивилизации?

— Всё, что нам нужно, — это любовь, — мрачно сказал Виталий Антонович.

— Ответ неверный, — усмехнулся Иван. — Всем нужно только одно — вечность. Бессмертие. Ваши чудесные религии, ваши научные мечтания — всё это об одном: как бы прожить подольше, а в идеале вообще жизнь вечную поиметь. Потому что умирать, дорогие мои, никто не хочет. А выход только один — переход в постсингулярную стадию. Но для этого надо создать много, много смыслов. Никакое обычное долголетие, никакие исследования пространства и времени, никакие эксперименты с материей этого не дают. Сознание невозможно перенести в электронную форму, как мечтают ваши трансгуманисты. Живой организм не может обновляться вечно, да и кардинально это ничего не меняет, что бы ни придумывали биологи. Все разумные формы жизни, нажравшись от пуза и удовлетворив свое первичное любопытство об устройстве Вселенной, стремятся перейти в высшую форму существования.

— Допустим, — сказал я. — И что, самим мирно жить и плодить смыслы нельзя?

— Можно, но сожрут по дороге. Все жрут всех, потому что боятся, что сожрут их. Замкнутый круг. Инсекам не понравилась наша экспансия, нам не понравилась их заносчивость... Несколько сотен лет мы конфликтовали, несколько сотен лет мы воевали активно. Они делали ставку на киборгизацию и псевдоразумные машины, мы — на биологическую изменчивость и создание специализированных форм людей. У обоих подходов были свои плюсы и минусы.

— Что за цивилизация у вас была? — спросил Виталий Антонович. — Просто интересно.

— Самая обычная цивилизация, — усмехнулся Прежний. — Население, мечтающее продвинуться повыше; элита, стремящаяся сохранить власть. Военные, ученые, рабочие. Миры были разные, попади вы в некоторые — решили бы, что это коммунистическая утопия, попади в другие — приняли бы за мрачный мир тоталитарной диктатуры. Земля и тогда оставалась на особом положении, все-таки прародина. Самый населенный, зеленый, обитаемый мир. Не слишком загаженный производством, для этого была Венера. Не слишком военизированный, для этого был Фаэтон.

— Да ладно... — сказал Виталий с негодованием.

— Мне совершенно безразлично, верите вы или нет, — ответил Иван. — Итак, шла война. Достаточно жестокая. Если будете общаться с Инсеком, Максим, спросите его про Фрадар и Леле.

— Это имена? — уточнил я.

— Названия миров-колоний. Пусть расскажет, что там было, ваше отношение к Инсекам может резко измениться... А потом они нанесли удар по Солнечной системе. Мы прошляпили прорыв, никто не ожидал столь архаичной атаки, как налет кораблей на релятивистских скоростях. Венера превратилась в раскаленный ад, Фаэтон распался на фрагменты...

— Фаэтон если и был, то развалился не шесть тысяч лет назад! — громко сказал Виталий. — Научные данные...

Иван с улыбкой посмотрел на него, и Виталий замолчал.

— Земля тоже пострадала. Потопы, извержения, катаклизмы... цивилизация была разрушена, люди впали в дикость. И мы были вынуждены сделать неожиданный ход. Превратить родную планету в собственную колонию. Стать для одичавших соплеменников богами. И — черпать с Земли все новых и новых Измененных. Мы снова начали побеждать, мы очень аккуратно и бережно развивали Землю... и вновь получили сюрприз от Инсеков. Астероид Оумуамуа. Он пролетел сквозь систему в две тысячи семнадцатом году, мы понимали, что это рукотворный объект... но он летел так медленно...

Иван замолчал. Потом сказал:

— Если что — я сразу предлагал активные действия. Вплоть до создания флота космических кораблей. Мне отказали. Понимаете, никто уже не воюет такими методами. А оказалось, что Инсеки запустили кластер боевых кораблей на медленной скорости... и вот он добрался до Земли.

Он вдруг повернулся, уставился на дверь кафе. Оттуда мгновенно выскочила официантка, подбежала к столику. Лицо у нее было взволнованное и испуганное, будто в кафешку заглянул президент и попросил пожарить ему быстренько шашлыка.

— Принеси нам коньячку, милая, — попросил Иван. — Ты будешь, Максим? Нет? А ты будешь, Виталий. Я не хочу пить один.

Официантка убежала обратно.

— Вот такой расклад, — сказал Иван. — Инсеки нас перехитрили. Вновь напали. У наших сдали нервы, решили Землю обнулить, чтобы не дать преимущества Инсекам. А они только того и ждали. У них был канал связи с Высшим... у них или у Продавцов... Высший войну и остановил. Свой мир мы имели бы право уничтожить. Но мы-то его объявили колонией, чтобы защитить от Инсеков. Вот и вышло, что мы виновны в попытке геноцида. Людей отдали под контроль Инсеков, те присосались к Измененным. И теперь одни люди воюют по всей Галактике против других людей. Ну что, как вам расклад? Хороши Инсеки?

— Все вы плохи, — сказал я.

— Правильный вывод, — кивнул Иван. — Ну что ж, я вам краткий курс истории прочитал. Теперь к тому, зачем вы мне нужны...

— Слуги, — сказал я.

— Ага, — Иван оскалился. — Я вчера весь день разматывал клубок. И вот что выходит, дорогие друзья...

Официантка принесла два фужера и бутылку коньяка — настоящего, французского. Наверняка из Комка. Бутылка была холодная, запотевшая.

— Коньяк из холодильника, — сказал Иван. Кажется, он оторопел. — Спасибо, милая.

Он сегодня был очень любезным.

Официантка убежала, а Иван взял бутылку за горлышко, подержал несколько секунд. От бутылки пошел пар.

— Так лучше, — решил Иван. Налил алкоголь себе и Виталию. Тот не протестовал.

Я демонстративно посмотрел на часы.

— Куда-то торопишься? — спросил Иван. Глотнул коньяка. — Таня Воробьева была моей креатурой и протеже. Умная женщина. Сама пришла к выводу о нашем существовании, сама вышла на контакт, проявила себя с лучшей стороны... получила предложение стать Кандидатом. К сожалению, я ее недооценил. И не совсем понял мотивацию. Она не собиралась становиться Высшей, она хотела нас уничтожить.

Даже не знаю, почему, но, когда я это услышал, мне стало легче. Может, в лице этой женщины было что-то симпатичное. Может, просто приятно было узнать, что не все готовы продать человечество ради личного благополучия.

— Она сознательно задерживала свой переход из Кандидата, — продолжал Иван. — Я это считал милой сентиментальной блажью. А она понимала, что, став одной из нас, выбросит глупости из головы. Изучала баланс сил. Искала союзников. Как-то ухитрилась заинтересовать одного из Продавцов. Похоже, получила доступ к его аналитическим и производственным мощностям. И поняла, что единственный путь, дающий хоть какой-то шанс, — альянс со Слугами. Понимаете, в норме они ведь не могут пойти против нас. У них стоят психические блоки против неповиновения. Госпожа Воробьева их сняла. Видимо, Продавец снабдил Танечку какой-то биохимической гадостью, они в этом большие мастера. Если бы у нее всё вышло, если бы она получила от Продавца искомое... — Иван осекся. — В общем, нам повезло, что ее последняя доза наркоты довела Продавца до самоубийства, а система безопасности уничтожила опасность. Но Слуги, как видите, пытаются продолжить. Хотят захватить корабль Инсека и нас уничтожить.

— Как? — спросил я.

— Да скорее всего вместе с Землей, — небрежно ответил Иван. — Смоются толпой к звездам, а по Земле нанесут удар. Будет в Солнечной системе два пояса астероидов. Их Высшие не тронут, они вроде как и сами пострадавшие... В общем, спасибо, Максим, что остановил этих говнюков.

— Спасибом не отделаешься, — пробормотал я напряженно.

Я поверил Ивану. Какой бы сволочью он ни был, но Слуги по подлости и легкости вранья его крыли.

— Я знаю, где они соберутся этим вечером, — продолжил Иван. — Их еще немало осталось. И я хочу, чтобы вы их уничтожили.

— Что? — поразился я. — Почему мы?

— Потому что у вас это уже получалось, — ответил Иван. — И объяснять вам ничего не надо. И мотивировать легко.

— Мне кажется, Иван, для вас в этом вообще проблем нет, — сказал я.

— Я же говорю, Воробьева — моя ошибка, — ответил Иван. — Если вмешаюсь, то остальным станет понятно, что я ошибся с Кандидатом. Это очень, очень большая оплошность! А вот если Слуг перебьете вы — никто и пальцем не шевельнет. У вас уже есть репутация безумных борцов со Слугами, после клиники и Гнезда. Да, мстить вам никто не станет. На Слуг всем плевать.

— Догадываюсь, почему они захотели вас уничтожить, — заметил я. — Нет, всё понятно. Один вопрос — а нам какая выгода?

— Тебе лично никакой, — сказал Иван. — Как я понимаю, ты свой приз у Продавца заработал. А вот Виталию я кое-что обещал.

Я посмотрел на Виталия Антоновича. Наш старший отвел взгляд.

Я умный, я сам всё понял.

— Награда хорошая, — продолжал Иван. — У Инсеков порталы переносят лишь из системы. У нас они вообще блокированы. А вот у Продавцов всё работает исправно. Я хочу подчеркнуть, это и мне будет нелегко организовать. Сын Виталия воюет за Инсеков. Но варианты есть всегда. Его выкупят или захватят живым. Через Продавцов вернут на Землю. И обратят Изменение вспять. Хорошая награда, а?

— Наверное, это и впрямь трудно... — прошептал я. — И вы обещаете провернуть такую операцию всего лишь за то, что мы убьем несколько Слуг?

Иван улыбнулся и погрозил мне пальцем.

— Умный! Нет, Максим, не только. Считай это жестом доброй воли, залогом сотрудничества в дальнейшем...

Я ждал.

— И еще по одной, но самой важной причине, — лицо Ивана стало серьезным. — Которую я изложу тебе после выполнения задания. Поверь, это будет интересно.

— Ясно, — сказал я. — А мне что пообещаете?

— Тебе? — удивился Иван. — Зачем? Твой друг и товарищ, пришедший на помощь в тяжелую минуту, может искупить свой проступок, спасти сына и обрести счастье. Неужели ты не поможешь ему без всякой награды? Поможешь! И мы оба это знаем.

Я кивнул.

Мы действительно оба это знали.

— Макс... — сказал Виталий.

— Не надо, — остановил я его. — Прежний прав.

— Их много, — помрачнел Виталий. — Слуг.

— Сколько? — спросил я.

Он ответил.

Глава десятая

Иван ушел. Как только он встал из-за стола, за ним подъехала машина.

А мы остались.

Виталий Антонович сидел и крутил в пальцах бокал. Потом поставил его, снял очки, протер. Сказал:

— Макс, я тебе благодарен за предложение. Но у нас мало шансов.

— В одиночку у тебя вообще их нет, — ответил я.

— Макс, — старший поморщился. — Нет, мне приятно, что ты готов полезть в бой против полусотни Слуг. Значит, я не самый плохой человек, верно? Но у тебя есть родители. Дарина. Да и Милана, полагаю, расстроится.

— Че ты меня хоронишь, а? — разозлился я. — Мы зачистили клинику!

— Нас сколько было? Шестеро. Слуг сколько было? Двое. Юра погиб. Мы разменялись один на двое.

— Юрия убил монстр, — сказал я упрямо. — Слуг мы уничтожили без потерь. И мы еще осторожничали, жалели их... Теперь я не жалею. Они не люди, совсем. Они хуже даже Прежних.

— Они быстрые, ловкие, безжалостные. Обычные пули их толком не берут.

— У меня есть необычные, — признался я. — Я тут коечто делал для Продавца, ты не в курсе...

— В курсе! Мы час с Иваном сидели. Он рассказал, — Виталий залпом допил остатки коньяка и отодвинул бокал.

С сожалением пробормотал: — Хватит, вечер намечается сложный... Ты и впрямь был на Селене?

— Мы с Миланой были.

— Обалдеть, — вздохнул Виталий. — Ты мой первый знакомый космонавт... Макс, сколько у тебя патронов?

Я молчал. Пистолет с одним магазином забрали Слуги. Одна обойма и десяток патронов с дробью остались в Гнезде, в сумке вместе с сеткометом.

— Меньше двух десятков...

— Вот!

— А что «вот»? — завелся я. — Возьмем обычные, будем стрелять в головы.

— Макс, самому-то не смешно такое говорить? — огрызнулся Виталий. — Я пойду. Пойду умирать, я это понимаю, но я должен попробовать. Обвешусь магазинами, взрывчаткой... у меня есть. Ну не могу я не пойти, понимаешь? Не пойду — потом повешусь! Это шанс спасти моего сына!

— Он тебя и не помнит!

— Я его помню!

Вот что тут сказать?

Я понимал старшего. И что он не прав — тоже понимал. Но это ничего не меняло.

— Попробуем взять еще боеприпасов, — предложил я. — И позовем наших.

— Двух дедов и старуху?

— Елена еще сто очков тебе вперед даст, — мрачно сказал я. — Деда Боря отвязный, мне кажется, ему и умирать не страшно. А Василий не такой уж и дед.

— Из него хреновый боец, — возразил Виталий. — Да и в городе его нет. Наших пацанов я не позову, даже не надейся. И в нашей тусовке нет других людей, кому я могу довериться.

— Лихачев?

Виталий покачал головой:

— Первым делом подумал. Своих он не потащит, а если бы потащил — то не убивать, а арестовывать. В одиночку не пойдет, скорее уж нас арестует. С самыми лучшими намерениями.

Я кивнул. Всё так. Сказал:

— Но... Елене я позвоню.

Старший кивнул. Я понял, что он смирился с моим участием.

— А деда Боря?

— Свяжусь...

Мы знали, где сегодня вечером соберутся Слуги. Мы знали, сколько их будет. Мы знали, когда начнется их встреча.

И никаких колебаний, правильно ли будет уничтожить полсотни разумных гуманоидов, у нас не было. Людьми мы их не считали, а они человеческие жизни не жалели.

Мы только не знали, как их убить.

— Встретимся здесь, — предложил я. — Ровно в шесть. Нормально?

Виталий кивнул. К нам подошла официантка, как-то боязливо оглядываясь, словно опасалась, что появится Иван.

Чем он ее так напугал-то?

Ведь милейший человек. С виду.

— Закусочку к коньяку? — спросила она.

— Айгуль, забери бутылку, — ответил Виталий. — В холодильник только не надо ставить, не употребляют коньяк холодным. Мы поздно вечером вернемся допивать. Надеюсь... На мой счет запиши... нет, лучше сейчас рассчитаюсь.

— Заплачено уже, — смущенно сообщила официантка.

— Да? — поразился Виталий.

Айгуль задумалась.

— Заплачено. Да.

Виталий пожал плечами.

— Хорошо. Тогда кофе мне сделай. Двойной эспрессо.

Кафе потихоньку начало оживать. Выглянул, кивнул нам и исчез внутри повар. За крайний столик села случайная парочка, любуясь церковью.

— Я попробую добыть нормальные боеприпасы, — повторил я. — У тебя макаров найдется? Мой... того.

— Найду, — ответил Виталий, не уточняя. — Ты патронов добудь, главное.

Я кивнул. Спросил:

— Слушай, ты когда-нибудь слышал про разноцветные кристаллики? Двух или трех цветов?

— Все слышали, — хмыкнул Виталий. — Только я не видел. Думаешь, за такой Продавцы расщедрятся?

— Угу. Они с них балдеют, — уклончиво ответил я. — Ты все-таки поспрашивай, старший. Вдруг есть у кого?

Виталий Антонович кивнул, и я встал из-за стола.

На церкви внезапно вновь зазвонили колокола, и я подумал, что счел бы это хорошим знаком — если бы верил в Бога или хотя бы в приметы.

В Гнездо я вошел без четверти два, после короткого и неутешительного визита в Комок.

Еще метров за полста я почувствовал тихий рокот. Остановился, позвал. И, ощутив ответ, попросил: «Не сообщай обо мне». Гнездо согласилось. Право на уединение, хотя бы ментальное, Измененные имели. Ну и я тоже.

Я вошел — уже привычно, словно в свой подъезд.

Поискал взглядом стражу — у дверей никого не было.

Это еще что такое!

Если бы я не слышал ровный голос Гнезда, точно бы испугался. Но и сейчас я принялся озираться, пытаясь понять, почему стража покинула пост.

— Же пошла руки помыть, — донеслось до меня.

Даже услышав голос, я не сразу заметил Наську. Она сидела в стороне, в горе подушек, соорудив из них подобие кресла, и что-то разглядывала. Я подошел, глянул — она выбирала из двух книжек. Рядом с ней стояла моя сумка — ура!

— Руки помыть? — удивился я.

— Максим, ты прям такой наивный? — спросила Наська. — В туалет она пошла. Я подменяю.

— А, — я кивнул, сел рядом на пол. — Наська, извини. Ты на меня обиделась.

— Ничего, я просто стала нервная и обидчивая не по делу, — ответила куколка. — Это, наверное, подкрадывается мерзкий подростковый возраст. Б-р-р!

Я засмеялся.

— Да ладно, я сам не прав. Ты как себя чувствуешь?

— Норм...

На самом деле выглядела она больной: румянец на щеках, мешки под глазами, зрачки расширились и быстро пульсировали. Это всё их мутагены...

— Чего почитать посоветуешь? — Наська подняла книжки.

— Во-первых, посоветую не здесь читать, — сказал я, щурясь. — Темно, глаза испортишь...

— У нас другое зрение.

— Во-вторых... «Женщина французского лейтенанта» и «Нетерпение сердца»? Уверена, что...

— Что по возрасту?

— Что интересно будет!

— Всё интересно. С чего начать?

Я пожал плечами.

— Слушай, я не читал. В школьной программе их не было... Знаю, что обе про любовь...

Наська перевернула книжки, посмотрела на обложки. Сказала:

— Надо же. А я и не догадалась!

На обеих обложках, разумеется, были изображены дамы и джентльмены с лицами, исполненными любви и страдания.

— Думаю, стоит прочесть обе, — сказал я примирительно.

— Так и сделаю, — решила Наська. — Милана ушла, кстати. Они там щебетали с Дариной, потом Милана ушла.

— Ага, — сказал я. — Ну...

— Она тебе записку оставила.

Я взял из рук куколки мятую бумажку, сложенную раза в четыре. Спросил:

— Читала?

— Ты с ума сошел, да? — возмутилась Наська. — Такое спрашивать?

— Значит, читала, — кивнул я.

— Ну, читала, — Наська отвела глаза. — Она же не запечатана...

— Ясно, — сказал я, не разворачивая записку. — Наська, у меня к тебе просьба есть. Серьезная.

— Ну? — Она заинтересовалась и даже отложила книжки.

— Я заходил сейчас в соседний Комок. Хотел кое-что купить, но... в общем, не продали.

— Кристаллов нет?

— Кристаллы есть, но не продали, — я помолчал. — Но у меня там еще один заказ подвис. Это... ну, подарок Дарине. Продавец велел зайти утром, в девять. А я не уверен, что смогу. Заберешь? Тебе разрешают одной в Комок ходить?

Наська фыркнула.

— Разрешают. Теперь кто запретит? Тем более завтра Дарина как раз в Комок идет. Может, и я с ней...

— Ну и здорово, — обрадовался я. — Я предупредил, Продавец отдаст тебе заказ.

— Оки, — согласилась Наська. — Ты записку хочешь прочитать?

— Я прочитаю, — успокоил я ее. — Обязательно. В темноте не хочу, у меня же глаза обычные.

Протянув руку, я потрепал куколку по голове.

— Ладно, пойду, дел по горло. Не буду мешать чтению.

— Эй, Максим... — Голос Наськи стал чуть тревожным. — А у тебя всё в порядке?

Я подмигнул ей:

— У меня всё в порядке. Честно.

— Я могу чем-то помочь?

— Да ты и так мне помогла вчера, — сказал я. — Как мы со Слугами-то, а?

Но Наська продолжала смотреть требовательно и настороженно. Я вздохнул и сказал:

— Можешь, если у тебя есть двухцветный кристаллик. Или трехцветный.

— Этих нет, — Наська покачала головой. — У меня вот такой есть...

Она запустила под себя руку и вытащила шкатулку — дешевую пластиковую шкатулку для детской косметики и бижутерии, которую я когда-то ей подарил. Открыла — затренькала простенькую мелодию кружащаяся фигурка балерины. Шкатулка больше не была пустой — там лежали какие-то мелкие куколки, фигурки из «Лего», блескучие кольца с огромными «драгоценными камнями». Наська открыла крошечный отсек и достала кристалл — граненую пирамидку в сантиметр длиной. Какую-то мутную, непонятную...

— Держи. Утром нашла один.

Я осторожно взял кристалл и поднес к глазу. Прищурился и посмотрел сквозь него на тусклый свет люстры.

Кристалл был радужный.

Он переливался всеми цветами — от красного до фиолетового, удивительным образом соединившимися, но не смешавшимися. Как там говорил Джеймс Бонд: «Взболтать, но не смешивать»? Вот и здесь: горела рубиново-красная грань, апельсиновой коркой шла оранжевая полоса, сиял лимонно-солнечный желтый цвет, проступала сочная травяная зелень, небесно-голубая линия переходила в синее, будто морская вода, пятно — и везде проступали фиолетовые точки.

Все цвета спектра в одном крошечном кристалле.

— Наська... — выдохнул я.

— Сгодится такой?

— Не знаю, — ответил я. — Что я говорю? Сгодится. Продавцы от двухцветных трястись начинают... Наська, я не могу его взять. Знаешь, сколько это шоколада?

— Сколько? — заинтересовалась она.

— Целая фабрика. Наверное.

— Много сладкого вредно, — куколка улыбнулась. — Бери, Максим. Он твой.

— Почему мой?

— Мне он не нужен, — серьезно сказала Наська. — А тебе очень, я вижу. Значит, твой.

— Спасибо, — сказал я. — Правда, спасибо. Ты очень помогла.

— Иди, занимайся делами, — Наська улыбнулась. — Я книжку хочу почитать.

Я кивнул, встал. Глянул на возвращающуюся Же.

Может быть, я только что получил шанс сам забрать подарок для Дарины.

— Сумку возьмешь? — спросила Наська.

Я взял.

К «своему» Продавцу я решил не возвращаться. Во-первых, я был обижен — он очень резко отверг все мои просьбы продать еще боеприпасов, не говоря уж о каком-нибудь «особенном» оружии. Во-вторых, если его синтезатор и впрямь был занят сложным заказом, он мог просто не выдать мне оружие сразу.

Да ладно, чего врать. Я решил его наказать.

Комков в Москве много.

Быстрым шагом я дошел до метро «Тверская». Но вместо того чтобы нырнуть вниз по ступенькам, присел на гранитное ограждение лестницы напротив одёжного магазина. Посидел немного, потом достал и развернул записку от Миланы.

В общем-то я знал, что там написано.

Почерк у Миланы был аккуратный, почерк девочки-отличницы, его даже студенческая жизнь не испортила.

«Максим! Ты уже всё понял, да? Я была не права. Так нельзя. Я делаю больно тебе и Дарине. И себе тоже. Глупо всё получилось. Если будет нужна помощь — я всё для вас сделаю. Но просто так нам лучше не видеться. Поцелуй от меня Дарину. У вас всё будет хорошо, я знаю. Спасибо за прогулку по Луне. М.»

И всё.

Я достаточно ее знал, чтобы понимать — она не делает ничего, в чем не уверена. А когда уверена, то не тратит лишних слов.

Я посидел, глядя на вывеску магазина «Армения» через дорогу.

Потом порвал записку на мелкие клочки. И аккуратно выбросил в оказавшуюся рядом урну.

Что я чувствовал?

Печаль? Облегчение? Стыд?

Наверное, всё сразу.

А потом пошел по Страстному. Время у меня еще было.

Наверное, я все-таки не совсем уверен, что Продавец выдаст мне волшебную чудо-пушку, которая позволит уложить полсотни Слуг.

К родителям я зайти не рискну. Либо они что-то почувствуют, либо я сломаюсь — и Виталий Антонович будет зря дожидаться меня вечером в «Рэдке».

Нет, ну правда, а я действительно собираюсь ему помогать?

Ради призрачной надежды, что Иван спасет его сына?

Чушь ведь, самоубийство. Когда я шел в Гнездо сражаться с монстром, я хотя бы понимал, ради чего готов умереть. А сейчас?

Ну не такие уж мы друзья. Помочь мне было его инициативой...

Но я повел себя, будто глупый герой романа, который сейчас читает Наська. Совершал поступки романтические и безрассудные (положим, я этих книг не читал, но догадывался, что разумных вещей герои любовных романов не делают).

Бомж Андрей действительно нашелся у памятника Высоцкому. Он стоял перед ним в точно такой же позе, раскинув руки и запрокинув голову. И декламировал:

Средь оплывших свечей и вечерних молитв,
Средь военных трофеев и мирных костров
Жили книжные дети, не знавшие битв,
Изнывая от мелких своих катастроф.
Детям вечно досаден
Их возраст и быт —
И дрались мы до ссадин,
До смертных обид,
Но одежды латали
Нам матери в срок —
Мы же книги глотали,
Пьянея от строк.

У него даже была аудитория: на каменных ступеньках-скамейках вокруг памятника сидели несколько пожилых дам, длинноволосый мужчина с гитарой, молодая некрасивая девушка, как ни странно, поглядывающая на Андрея с интересом и едва ли не с обожанием.

Я тоже присел на ступеньку. Поискал глазами и нашел несколько сумок, в которых любитель поэзии таскал свой скарб.

Только в грезы нельзя насовсем убежать:
Краткий век у забав — столько боли вокруг!
Попытайся ладони у мертвых разжать
И оружье принять из натруженных рук.*

Он на миг запнулся, откашлялся, полез в задний карман своих широченных бермуд, опасливо оглянулся и достал металлическую фляжку. Сообщил публике:

— Горло сжимает от этих стихов! Володя простил бы, он сам был таков!

Сделав несколько глотков, он наткнулся на меня взглядом, радостно улыбнулся и протянул фляжку. Я покачал головой. Андрей продолжил читать — с выражением, эмоционально, будто это он сейчас готовился взять из ладони убитого друга окровавленный меч.

---

* В. Высоцкий. «Баллада о борьбе».

Ему поаплодировали. Андрей раскланялся и подошел ко мне, сел рядом. Бесцеремонно обнял. Я не сопротивлялся — то ли он попал под дождь, то ли все же где-то помылся: пахло от него только алкоголем, каким-то пряным, может быть, ромом?

— Хорошее место! — сияя, сказал бомж. — Много читателей, много поклонников. Живой, живой поэт. Уходить буду куда-нибудь.

— Почему?

— Володе и так хорошо, — пояснил Андрей. — Видишь, сколько людей? А вечером даже молодежь приходит! Поют!

Одна из пожилых дам вышла и принялась читать стихи. Не знаю, наверное, тоже Высоцкого. Ее вежливо слушали, но мне кажется, ей не хватало эмоций.

— Выберу кого-нибудь подзабытого, — рассуждал Андрей вслух. — Думал, может, к Твардовскому, он тут рядом, у метро. Но там цветочки лежат, значит, приходят. Поищу кого-нибудь из старых времен, кого только в юбилей вспоминают... Как дела твои?

— Нормально, — ответил я. — День хороший.

— Ага, — бомж закивал. — И кольцо сегодня хорошее, греет...

Я покосился на лунное кольцо в небе. Неужели он и впрямь чувствует то слабое излучение, которое оно отражает на Землю?

— Андрей, скажите, а кто вы по жизни... — Я осекся, едва удержавшись от неуместного «были».

Но мне показалось, что оно все равно прозвучало.

— Я, друг мой юный, когда-то был плохим поэтом и известным литературным критиком. А ныне — профессиональный алкоголик и бомж! — сказал Андрей с гордостью. — Запомни накрепко: алкоголиками и бомжами люди порой становятся от несчастий, которые судьба обрушила на их плечи. Бывает, что слабость душевная или болезнь телесная приводят к такому печальному итогу. Но я настоящий алкоголик и бомж, выбравший свою цель осознанно, шедший к ней долго и трудно. В иные годы я бы примкнул на этом пути к какой-либо субкультуре или основал свою. Однако Перемена дала мне знак — в эпоху бессмысленности всего не нужны лишние смыслы для существования.

— Вот и вы про смыслы, — сказал я озадаченно. — И почему же не нужны?

— Суета сует и всяческая суета, — вздохнул Андрей. — Люди верили в Бога, но оказалось, что Бог в нас не верит. Мечтали о чудесах науки, но все наши чудеса оказались детскими забавами. Патриотизм не нужен, детей рожаем по привычке, книжки новые не пишем, даже стихами баловаться перестали. Вот я и решил, раз уж мир катится под откос, провести остаток дней с удовольствием. Погоды нынче теплые, мокро только... — Он вздохнул. — Спиться-то получилось легко, это я всегда любил. А вот к грязи привыкать пришлось... Но — всё удалось! Вреда никому не несу, пользы не причиняю.

— Мне кажется, польза от вас есть, — сказал я. — Стихи вот всякие...

— Это теперь! — воскликнул Андрей. — Это новый мой этап! Хожу по Москве, читаю стихи мертвым поэтам. Достойная судьба. А кто тому причиной?

— Кто?

— Ты, мой друг! Выслушал, поговорил, кристалликом поделился. Но главное — с таким удивлением на памятник Низами смотрел. Я и подумал, вот достойный юноша, но даже слышать не слыхивал о поэте! Столько памятников по Москве стоит... к кому-то приходят, к Сереже Есенину, к Володе Высоцкому... а другие позабыты. А я же все их стихи помню! Дай, думаю, почитаю стихи памятникам. Мне несложно, им приятно.

Андрей помолчал и добавил вполголоса:

— Людям нравится. Остановятся, послушают. Иногда поговорят. Некоторые тоже стихи читают. Нельзя забывать поэтов!

— Главное, что вас не обижают, — сказал я.

— Кто? — удивился бомж.

— Ну... полиция.

— Бумага у них есть, нельзя меня трогать! Сын у меня... большой начальник.

Я кивнул. Да, Лихачев про это говорил.

— Может, тебе помочь чем? — спросил Андрей неожиданно. — Ты же друг мой лучший, юный, закадычный, нежданный! Вот как мы встретились с тобой, так жизнь моя смысл новый обрела!

— Мне сегодня все предлагают помочь, — улыбнулся я. — Да ничего не надо, спасибо. Сегодня моя очередь помогать.

— Точно? — не унимался Андрей.

— Без бэ, — уверил я его. — Да вы и так помогли сейчас. Только не заметили. Пойду, дела!

Оставив Андрея у памятника, я двинулся назад, к метро.

Некоторые вещи мы делаем не потому, что должны.

Некоторые вещи мы просто не можем не делать.

Часть третья

Глава первая

Комок у метро «Мичуринский проспект» запомнился мне как нелепым названием «Баклажан», которое упрямо употребляли местные, так и хитрым Продавцом, снабдившим меня патронами, обращавшими врагов в камень.

Создалось тогда у меня ощущение, что этот Продавец не просто жадный (все они жадные), но еще и склонен к конкуренции больше других. Даже к недобросовестной.

Так что тут было самое место обналичить радужный кристалл.

У Комка в этот раз не толкались, как обычно, серчеры и обыватели. Немудрено — у входа стояла стража. Две обычные стражи и одна старшая — двухметрового роста, широченная, с глазами под прозрачными веками. Выглядели Измененные достаточно устрашающе и неприятно, чтобы даже зеваки держались на изрядном расстоянии.

У старшей стражи, между прочим, на поясе крепилось нечто вроде большой кобуры из черного пластика. Она была закрыта, но явно не пуста.

Это кого они так сопровождают-то?

— Привет, — сказал я, подходя. — Входить нельзя?

Стражи молча смотрели на меня.

Потом старшая стража заговорила:

— Привет, Макс. Можешь зайти.

— Ты меня знаешь? — растерялся я.

— Все Измененные тебя знают. — Мне показалось, что чешуйчатые плечи чуть шевельнулись, будто стража удивилась. — Ты был призван, ты спас Гнездо, ты...

Она запнулась. Потом закончила:

— Ты друг. Ты можешь войти. Там монах, но она скоро выйдет.

Почему они так легко смешивают мужской и женский род? «Монах», но при этом «она».

— Я зайду, — сказал я. — Спасибо. Я всего два раза видел монахов.

Стражи посторонились, и я вошел в Комок.

Там действительно был монах.

Это не самая главная и не самая малочисленная форма Измененных. Но Гнездо они покидают совсем уж редко. Как я понимаю, они вроде учителей и ученых, учат жниц и стражей, ведут какие-то исследования.

Монахи толстые. И это скорее преуменьшение, они напоминают формой грушу — огромная задница, толстое пузо, короткие ноги... Плечи узкие, ручки короткие и тонкие.

А голова почти человеческая, только больше, и кажется от этого раздутой, но черты лица сохраняются. Кожа вроде как обычная, на голове венчик волос, как у католических монахов.

Продавец глянул на меня с удивлением. Потом заулыбался. Узнал и понял, почему стража кого-то впустила.

— О! Мой нечастый клиент. Сейчас-сейчас, я заканчиваю...

Он принял из рук монаха тонкую твердую пластину из серебристого материала и скрылся за шторой. Интересно, что это — ведь явно не кристаллы... Какой-нибудь чек? Обязательство выплаты?

Монах разглядывал меня.

У него было совсем мальчишеское лицо. Добродушное, улыбчивое. Было трудно думать о нем в женском роде.

Я тоже улыбнулся в ответ, хотя мне было невесело на него смотреть. Или все-таки на нее?

— Максим, — сказала монах. — Я про вас знаю.

Неожиданно она протянула мне руку. Это было так странно, что я пожал ее в ответ. Ладонь была совсем человеческая, и кожа не гладкая, как у жниц и стражей.

— Меня тоже звали Максим, — сказала монах. — Представляете? Мы тезки.

В ней (все-таки в ней, не в нем) была какая-то удивительная наивность. Чуточку детская, а чуточку от ученых чудаков из старых книжек. И, несмотря на нелепую внешность, монах мне нравилась.

— Здорово, — ответил я. — У вас всё хорошо?

— Да, — она кивнула. — Я сейчас уйду. Сложный заказ, очень редкий мутаген. Семь часов уходит на изготовление. Мутаген составной, много элементов, трудно сделать и трудно применить.

— Ого, — сказал я, будто знал сроки приготовления мутагенов. — Вы меняете хранителя?

— Нет-нет! — Она замотала головой. — У нас хороший хранитель. Она рассказывала про вас... Мутаген хранителя делается девять часов. А это мутаген монаха. У нас будет новый друг!

У меня что-то екнуло в груди. Где-то в огромном Раменском Гнезде ждет мутагена мальчик или девочка. Скоро он или она превратятся в такое вот... существо.

Но ведь альтернативой была бы смерть?

Это лучше, чем изменяться насильно, как делают Прежние?

Верно?

— Странно, — продолжала монах. — Я даже не сразу поверила, но печать Гнезда сошла с тебя... — она помедлила, — оставив активный след. Ты можешь говорить со своим Гнездом?

— Да.

— Удивительно, — сказала монах. — Может быть, ты напишешь завещание? Чтобы после твоей смерти тело отдали на изучение в наше Гнездо? Я буду изучать твой мозг с почтением и благодарностью.

— Спасибо, подумаю, — ответил я, борясь с подступающим приступом тошноты. Монах смотрела на меня так, словно искренне сожалела, что я еще живой. — Скажи, а почему нельзя войти в Призыв повторно?

— Почему нельзя? — удивилась монах. — Можно! Но волновая печать изменит тебя. Сильнее любого мутагена, совершенно необратимо и непредсказуемо. Понимаешь, в первый раз клетки еще помнят исходное состояние и могут стать... почти обычными... — Она осторожно коснулась пальцем моей щеки. — На самом деле они уже не совсем человеческие.

— А... — промямлил я.

— У тебя совсем другая биохимия крови, изменились тонкие нейронные структуры, активировались спящие фрагменты ДНК... много всего изменилось. Я думаю, твои ногти растут в два-три раза быстрее, и ты не сможешь иметь детей.

— А-а-а... — снова сказал я.

Не то чтобы я мечтал жениться и завести потомство! Тем более с Дариной это и невозможно, но...

Но почему я этого не знаю?

Почему мне не сказали?

Ногти, значит, быстрее растут?

— Печать Гнезда, — продолжала монах воодушевленно, — это очень сильная и опасная вещь. Она даже для самого Гнезда опасна! Если ее снимет кто-то чужой, то он получит полный доступ к Гнезду... к любому Гнезду. Но, к счастью, для этого нужно иметь твое осознанное согласие. И особые технологии.

Я почувствовал, как пальцы сжимаются в кулаки.

Я вспомнил себя, растерянного и испуганного, и Продавца, небрежно предлагавшего мне «купить Печать по хорошему курсу».

— Вы подумайте о завещании, Максим, — посоветовала монах.

Я кивнул.

Слишком много всего и сразу.

Как бы я хотел вернуться на два дня назад!

Чтобы этого ничего не было!

Ни Продавцов, ни Прежнего, ни Слуг... ни Миланы...

Мы с Дариной в ее комнатке — и больше никого и ничего. Я рассказываю какую-нибудь ерунду, например, о найденных недавно кристаллах или о забавном разговоре с друзьями. Она слушает, положив голову мне на плечо и перебирая пальчиками мои пальцы. Потом говорит, что в Гнезде всё по-старому, что она учит куколок, что дети, которые еще недавно не могли ходить и умирали, не очень-то хотят учиться, а предпочитают бегать, прыгать и орать во всё горло, но ничего, так всегда бывает, день-два, и они поймут, что учиться — важно и интересно... как хорошо, что есть я, что я прихожу, что я все такой же... что я люблю ее...

«Много всего изменилось...»

А моя любовь к ней — это моя любовь? Или последствие печати?

— Я что-то не то сказала, — произнесла монах озабоченно. — Знаю, я много говорю с людьми. Это так интересно...

Вернулся Продавец. Аккуратно поставил перед монахом пластиковый контейнер, сказал:

— Проверяйте.

— Я постараюсь быстро, — пообещала монах, бережно открывая крышку.

В контейнере (конечно, я не удержался и бросил взгляд) лежали какие-то особенные ампулы — вроде слабо светящихся стеклянных цилиндров толщиной с карандаш, — без видимого порядка воткнутые в основание из пенопласта. Бóльшая часть цилиндров светилась желтым, несколько синим, один или два — оранжевым. Что это значило, я даже представить себе не мог. Монах аккуратно дотронулась пальцем до одного цилиндра, чуть выждала и удовлетворенно кивнула.

Продавец смотрел на меня. Я видел отдельные детали лица, но теперь я знал, что это лишь человеческая голова на штыре. Голова живого человека, видящего всё вокруг как странный сон, жуткий и интересный одновременно...

— Чем могу помочь? — спросил Продавец.

Я решил не ждать, пока уйдет монах, и не стал ходить вокруг да около.

— Сегодня в одном здании соберутся полсотни Слуг, — сказал я. — Мне с товарищами необходимо их убить. Всех и быстро.

Продавец молчал, глядя на меня. Монах склонилась над контейнером, погрузившись в изучение содержимого. Видимо, сложное это дело — создать монаха. Куда сложнее, чем жницу или стражу.

— Это очень дорого обеспечить, — сказал Продавец. — Даже не представляю...

— Я заплачу, — сказал я. — У меня есть то, что вас заинтересует.

Мне показалось, что под капюшоном мелькнула снисходительная улыбка.

— Сколько вас будет? С товарищами?

— Трое, — сказал я. — Может быть, четверо. Надо, чтобы мы все выжили.

Продавец размышлял. Потом спросил:

— Есть возможность взорвать здание? Требуемый объем взрывчатки довольно велик, и нужна дополнительная зачистка...

— Нет, — сказал я. — Взрывать невозможно. Никак.

— Довести количество атакующих до паритета со Слугами? Но вы должны понимать, что большая часть ваших людей погибнет.

— Нет. Четверо. Может, пятеро.

— Это невозможно, — твердо сказал Продавец. — Никак. Я не продаю то, что не отвечает заявленным покупателем требованиям.

— А если я вас очень заинтересую? — спросил я.

— Не представляю, как. — Продавец шевельнулся, чуть подался вперед. Спросил: — Что вы предложите?

— Дайте обещание, что, если оплата будет достаточной, вы предоставите мне то, что позволит уничтожить пятьдесят Слуг, — сказал я. — Без всякого взрыва. Без ущерба для людей, находящихся в соседних помещениях. Без жертв с нашей стороны! Чтобы они просто сдохли! Яд, мутаген...

— Организм Слуг устроен так, что яд, смертельный для одной особи, не причинит вреда другим, — голос Продавца напрягся. — Это принцип выборочной уязвимости, он используется Прежними... Да, я даю обещание! Если смогу предоставить то, что вам поможет, — я это дам! Если плата будет достаточной! Но что именно вы...

Я достал из кармана пакетик, а из него — радужный кристалл.

Протянул Продавцу.

Тот застыл.

— Держите, — сказал я. — Это достаточная плата?

Продавец медленно протянул руку и взял кристалл. Поднял, поднес к глазам. Выудил из своих одеяний фонарик и подсветил камушек.

— Ничего себе! — воскликнула монах, косясь на нас. — То, о чем я думаю?

— Плата достаточная... — тихо сказал Продавец. Повернулся ко мне. У него подрагивали руки. — Вы не хотите какой-нибудь иной товар? Обычные деньги? Территории на Земле? Возвратный мутаген? Несколько доз? Пять доз? Десять?

Я молчал.

— Лучевые импланты бойца? Генераторы поля уничтожителя?

— Это поможет? — спросил я.

— Нет... — тихо ответил Продавец. — Слуги знают слабые места своих творений. И Слуги тоже бывают разные... Сколько у нас времени? Вы говорите, что битва сегодня?

Он так и сказал — «битва».

Но мне больше понравилось, что он сказал «у нас».

— Да. Через несколько часов.

— Не успею, — сказал Продавец. — Есть варианты, есть, но не успею, никак не успею, технологические ограничения...

Он замолчал.

— Так у вас нет решения? — спросил я разочарованно.

— Есть, — ответил Продавец. Протянул кристалл мне обратно. Пальцы у него тряслись, когда он уронил кристаллик в мою ладонь. — Я принимаю вашу плату и даю вам искомое.

Я не понял. Посмотрел на монаха.

А вот та, похоже, сообразила, что к чему. Заулыбалась и кивнула.

— Что вы даете? — спросил я.

— Искомое, — выдавил Продавец. — Я принял ваш кристалл как оплату и вернул его вам как товар. Это и есть то, что позволит вам уничтожить Слуг... полсотни... сотню...

— Вы объясните, как? — спросил я.

— За отдельную плату...

Я молча вытряс на стойку весь пакетик. Продавец опустил глаза. Дрожащими пальцами отобрал семигранный орик и кубический вайкр. Остальное отодвинул назад. Сказал:

— Я совершаю эту сделку в надежде на то, что, если вы станете обладателем еще одного... необычного... кристалла...

— Тогда приду к вам, — сказал я. — Да. Обещаю.

Продавец часто-часто закивал.

— Какой чудесный день! — воскликнула монах. — Я получила такие интересные знания...

— Заткнись! — рявкнули мы с Продавцом одновременно.

Но я все-таки добавил:

— Пожалуйста. Замолчи, пожалуйста.

Все-таки это был всего лишь маленький умный ребенок в большом уродливом теле.

Через пятнадцать минут я вышел из Комка. Слегка ошарашенный и задумчивый, но по крайней мере у меня появилась надежда.

Стражи еще ожидали монаха. Пожалуй, тот задержался лишь для того, чтобы дослушать мой разговор с Продавцом. Очень любознательный Измененный...

А у стражи появилась компания. Двое подростков толклись рядом, безуспешно пытаясь показаться серьезнее и старше своих двенадцати-тринадцати лет. Один светловолосый, очень аккуратный, даже в отглаженной рубашке, второй смуглый и растрепанный, по погоде — в футболке и шортах.

Если двое, то разговор серьезный. По себе помню, в этом возрасте в одиночку что-то настоящее затевать стремно, а когда в компании трое и больше — обязательно начнутся хиханьки и подколы.

Я остановился, мне было не столько любопытно, о чем дети общаются со стражей, сколько хотелось отвлечься от разговора.

Мальчишки уставились на меня с неодобрением. Светленький сказал:

— Тут вам не общественные слушания.

Ого, слов-то каких нахватался!

— Ему можно, — неожиданно сказала старшая стража. — Он тоже Измененный.

— Да ну! — выдохнул светлый. — Правда, что ли?

Пацаны уставились на меня.

— Не похож, — сказал растрепанный с сомнением.

— Он Защитник, — пояснила старшая стража. — Он был призван Гнездом для защиты и получил силу Измененных. Когда сила Призыва была с ним, он мог порвать меня на кусочки.

Всё. Внимание детей переключилось на меня.

— А сейчас тоже можете? — спросил аккуратный с придыханием.

— Порвать на кусочки? — уточнил я. — Нет, Призыв снят. Могу вам подзатыльник отвесить.

Пацаны помрачнели, словно надеялись увидеть аттракцион — разрывание стражи на части.

— Возвращаясь к твоему вопросу, — сказала старшая стража. — Вам не надо ничего бояться. В космосе много разных существ, среди них есть жуткие создания. Но мы защищаем Землю.

— Мы не боимся! — возмутился растрепанный. — Мы наоборот! Если надо — мы готовы.

Они что, в Гнездо просятся?

— Хорошо, — торжественно сказала стража. — Если потребуется больше Измененных, то об этом объявят. Тогда вы сможете прийти и предложить свою помощь.

— А пока вам надо хорошо учиться, чтобы человечество могло и само за себя постоять! — быстро добавил я. И ощутил себя древним, как отец или деда Боря.

Возмущаться пацаны не стали. Очень серьезно кивнули, а потом светловолосый протянул старшей страже руку. Стража церемонно и осторожно пожала ему ладошку, и пацаны, толкаясь и тихонько смеясь от собственной смелости, пошли к метро.

— В Гнездо вербовались? — спросил я.

— Каждую ночь одного-двух ловим, — ответила старшая стража.

Я покачал головой. Надо же. Сразу после Перемены Измененных боялись, особенно дети. Ходили страшилки, что они любят полакомиться мелюзгой, ну или превращают их в себе подобных.

За руку прощаться со стражей я не стал. Кивнул, пошел к метро. И у входа нагнал мальчишек. Похоже, те меня ждали.

— Можно вопрос? — выпалил светловолосый.

— Валяй.

— Вы правда были Измененным?

— Да.

— И как это? — жадно спросил он.

Я подумал.

— Странно и немного страшно. Но я не хотел, так получилось. А можно и мне вопрос?

— Как со стражей? — понимающе сказал мальчишка. — Можно.

Видимо, они и впрямь много тусовались у Гнезд.

— Почему вы проситесь в Гнездо? — спросил я. — Вы здоровые умные ребята. Живете в Москве. Вроде не голодные, не оборванные. Родители есть, верно? Любят вас. А вы спрашиваете у стражи, можно ли прийти в Гнездо.

Мальчишки переглянулись.

— А вы зачем стали Измененным?

— Случайно, сказал же. Еще из-за любви, но она тоже всегда случайна. А вы?

Светловолосый пригладил волосы, будто собирался выйти к доске. Отличник, по-видимому. И явно очень «домашний».

— Вы не поймете, наверное.

— Я попробую.

— У них... всё какое-то настоящее... — Мальчишка глянул на меня исподлобья, потом покосился на товарища, будто опасаясь насмешки. Но тот тоже смотрел серьезно и даже кивнул. — Вы не думайте, что мы хотим быть большими, сильными и быстрыми... то есть тоже хотим, но... Вот у меня папа инженер. Он говорит, что мы от Инсеков отстали навечно. Что Измененные хоть для чего-то нужны, может, работают на Инсеков, может, сражаются, но хоть что-то. А мы копошимся, как дикари.

— И у меня папа то же самое говорит, — подтвердил растрепанный. — Он врач. Если бы Инсеки захотели, то его профессия была бы никому не нужна. Может, они и захотят еще! Зачем учиться, когда всё окажется ненужным?

Они замерли, ожидая моего ответа.

— Я понимаю, — сказал я.

— Мы не видим для себя достойного будущего! — выпалил ободрившийся светловолосый. То ли чужие слова, то ли умеет по-взрослому формулировать...

Я кивнул.

— Не будете спорить? — настороженно спросил растрепанный.

— Нет, — сказал я. — Спасибо за разговор, ребята. Вы славные.

И пошел к метро.

Может, я и зря не стал с ними спорить. Но не умею врать детям.

Глава вторая

Не знаю, было ли это проявлением осторожности Слуг или же случайностью. Но они и впрямь устроили свое собрание так, что никакую взрывчатку мы использовать не могли.

Этим вечером Слуги встречались в Лаврушинском переулке, в одном из конференц-залов Третьяковской галереи.

К вечеру небо над Москвой оставалось все таким же чистым и светлым, как весь день. Лунное кольцо в закатных лучах начинало серебриться и отблескивать багровым. Показалась Диана — она мельче Селены и выглядит не так аккуратно.

Мы встретились в Малом Толмачевском переулке, напротив итальянского визового центра. Здесь всегда были люди, и мы не привлекали особого внимания.

Я подошел вторым и сразу увидел деда Борю. Старик сидел на скамейке и выглядел предельно интеллигентно: в костюме, при галстуке и в шляпе. Почему-то он удивительно постарел за две недели, которые мы не виделись. При первой встрече я его возраст определил как что-то между полтинником и семьюдесятью годами, настолько он был неявный. Сейчас бы сразу понял, что семьдесят ему уже стукнуло.

— Здравствуйте, деда Боря, — сказал я.

Он даже вставать не стал, похлопал по скамейке рядом с собой, я сел. Обратил внимание, что у старика даже портфеля с собой не было, но задавать вопросы не стал.

— Виталик мне всё вкратце объяснил, — сообщил деда Боря.

Я не знал, встречались они или общались по телефону, и насколько подробно Виталий Антонович провел инструктаж. Осторожно спросил:

— Ну и... что думаете?

— Раз есть шанс спасти его парня, так надо рискнуть, — ответил деда Боря. Откашлялся. — Вот только... мы себя не переоцениваем?

— У нас есть козырь в рукаве, — сказал я.

Старик прищурился.

— Уверен, что козырь нашел ты.

Я кивнул. Не нашел, а получил в подарок, конечно, но разница невелика.

— А вот и они, — деда Боря помахал рукой. К нам приближались Виталий и Елена. В отличие от деда Бори, они были с хорошо знакомыми мне сумками.

Мы потеснились и уселись рядом. Елена молча обняла меня и бесцеремонно чмокнула в лоб.

— Вы бросьте... — буркнул я.

— Я волновалась, — ответила Елена. — Считай, что я нервная бабушка.

— Все бы бабушки такими были, — вздохнул деда Боря.

— Что с тобой? — резко спросила Елена, оглядывая его. — Ты давно обследовался?

— На прошлой неделе.

Она нахмурилась.

— Не смотри так, — деда Боря криво улыбнулся. — Ничего неожиданного. Только возраст. Так что там затевается? Сходка монстров?

— Практически, — ответил Виталий. — Полсотни Слуг.

— Ну слава Богу, мне-то по телефону послышалось «сотня», — отозвался деда Боря.

— Мальчики, я в любом случае с вами, — сказала Елена. — Но на что вы рассчитываете?

Виталий посмотрел на меня. Я кивнул и ответил:

— На то, что это всего лишь Слуги.

— С ними тоже было нелегко, — заметила Елена.

— Те, с которыми мы дрались, были новенькие. Совсем неопытные. С год-два как Измененные.

Виталий нахмурился.

— Я получил инструктаж от Продавца, — пояснил я. — И еще от монаха. Совершенно неожиданно... в общем, мы плоховато себе представляли расклад.

— Продавец поделился информацией? — удивился деда Боря. — Сколько мы им кристалликов предлагали...

— Не бесплатно поделился, — ответил я. — Но не важно. В общем, Прежние в мелкие вопросы не лезут. Вся та обычная дрянь, про которую мы знаем, все эти исчезнувшие люди, поставки детей для Изменения, организация беспорядков и войн, карательные акции — всем этим занимаются именно Слуги. У каждого Прежнего есть свои подручные, у кого больше, у кого меньше. Слуги не способны пойти против Прежних, это блок в их сознании. Но те Слуги, что здесь соберутся, особенные. Виталий знает... наш знакомый, Иван, допустил оплошность. Принял Кандидатом в Прежние женщину, которая попыталась устроить мятеж. Она где-то ухитрилась раздобыть двух- и трехцветные кристаллы, за которые Продавцы душу бы продали, будь она у них. Получила за кристаллы мутаген, снимающий блок, освободила часть Слуг, и те в результате начали интриговать против Прежних. Она погибла, но Слуг это не расстроило, их вообще ничего не расстраивает. Они затеяли мятеж...

До этого момента слушали меня внимательно, вопросов не задавали, сомнений не высказывали. И это было хорошо.

А вот когда я дошел до заговора, деда Боря откашлялся и поднял руку.

— Максим, дорогой... Ты вот сам в это веришь?

— Во что?

— В Ивана, которого обманули Слуги. В мятеж Слуг.

Я пожал плечами.

— Поверь старому мудрому человеку, который еще красный галстук носил, — сказал деда Боря. — Что Прежние, что Инсеки — небожители. Дрянные и могущественные существа. А Слуги — это просто мерзкие развращенные люди, выполняющие за них мелкую грязную работу. Что у них за сверхспособности? Выносливее, восстанавливаются быстро, гнутся во все стороны... Тьфу, ерунда. Кстати, в этой физической гибкости, не слишком-то нужной в обычной жизни, я вижу насмешку Прежних — раз вы столь морально гибкие, так и тела вам дадим гуттаперчевые... Ты знаешь, что такое «гуттаперчевые»?

— Нет, — признался я. — Но из контекста понял.

— Хорошо. Так вот, я не верю, что Прежние могли прозевать и случайно взять неудачного Кандидата. И что Слуги сами по себе заговор организовали. Подстава это, Максим! Может, не для нас, но подстава.

— Может быть, — согласился я. — Но нам придется поверить Ивану. Или сделать вид, что верим.

Деда Боря вздохнул.

— Надо скрыть его ошибку, — продолжил я настойчиво. — Для этого уничтожить всех Слуг, что тут соберутся. Как я понимаю, они будут обсуждать неудачную атаку на Инсека.

— Чего-чего? — заинтересовался деда Боря. — Еще и атака на Инсека? Ну Максим...

Я вздохнул:

— Потом, ладно? У них очень нехорошее место для встречи — конференц-зал в Третьяковке. Вокруг тысячи людей. Несколько детских секций по искусству работают рядом.

— Ну и картины, — сказала Елена.

— Да. И картины тоже, — согласился я.

— Затейливое место они для встречи выбрали, — заметил деда Боря и снова откашлялся. Достал платок, высморкался.

— Мероприятие заявлено как встреча Общества прикладной антропологии, тема — «Образ человека в культуре на переломе эпох».

— Вот засранцы, — почти весело сказала Елена. — И, наверное, там всякие-разные важные люди собираются?

— Да, только они не люди, — ответил я. — А так... я глянул афишу. Мероприятие закрытое, но им, похоже, нравится издеваться. Ну, как с названием той клиники... Там будет немало лиц, которые мы видим по телевизору.

— Замечательно, — сказал Виталий. Он был весь зажат и напряжен, вряд ли его сейчас всерьез интересовало, в каком образе живут среди нас Слуги. — Охрана из людей?

— Возможно, — кивнул я. — Наверняка. Но у нас есть хороший шанс.

Я достал из кармана и показал радужный кристалл.

Вначале все смотрели на него непонимающе. Потом деда Боря сказал:

— Чего-чего?

Протянул руку, я отдал кристалл, старик посмотрел его на свет. Спросил:

— Не подделка?

— Нет, — ответил я. — Настоящий. И дело не в том, сколько он стоит. Для Слуг он — отрава, даже в крошечных дозах. Для людей... люди и не почувствуют ничего.

— Остается понять, каким образом уговорить их лизнуть яд, — сказал деда Боря, возвращая мне кристалл.

Я отдал кристалл Елене, которая тоже протянула руку. Пояснил:

— Уговаривать не придется. У них традиция — после собрания устраивать что-то вроде фуршета. Они поднимают тост за себя.

— Ну не все же пьют, наверное... — предположила Елена.

— Все, — сказал я. — Продавец сказал, что пить будут все.

— Как-то странно... — Елена пожала плечами. — Ритуал?

— Похоже на то. В общем, фуршет начнется с общего тоста.

— Давайте уже просто пойдем и убьем их всех, — предложил деда Боря.

Самым сложным было пронести с собой оружие.

Если честно, я надеялся на Виталия. Мне казалось, что, может быть, в силу возраста он наиболее предприимчивый и ловкий из всех «старичков-разбойничков». Но сумку, куда сложили всё оружие, взяла Елена. Сказала «ого», с трудом оторвав от земли, и, предложив встретиться внутри, пошла куда-то к служебным входам.

— У меня тут когда-то работал племянник, — сказал деда Боря. — Троюродный. Но это не важно, он бы помог... но он уехал из Москвы.

— В Хайфу? — поддел его Виталий. Мне кажется, исключительно по привычке.

— Ну почему сразу в Хайфу? Там и так избыток искусствоведов... В Германию, — ответил деда Боря.

— А там искусствоведов мало?

— Сантехником он работает. А немецкий сантехник — работа мечты для молодого парня, — деда Боря хихикнул.

Я не понял, что тут смешного, но мы уже подходили к входу в Инженерный корпус Третьяковки.

На входе нас проверили, пожалуй, посерьезнее, чем на вокзале или в аэропорту. Даже нашли в кармане у Виталия перочинный ножик-брелок и изъяли «до выхода». Не знаю, всегда ли тут были такие строгости, или это после того, как пару лет назад очередной псих пытался в очередной раз изрезать картину «Иван Грозный и сын его Иван».

Мы прошли к раздевалке, где по причине хорошей погоды скучали пожилые гардеробщицы, и там действительно встретили Елену.

— Я догадываюсь, но все-таки? — спросил деда Боря, забирая у Елены тяжелую сумку.

— Калькулезный холецистит, острая форма, нагноение, сепсис, срочная операция, — перечислила Елена. — Молодой совсем человек, сорока нет, а едва не ушел. Вот уже пару лет звал в Третьяковку. Едва отговорила экскурсию проводить. Куда нам?

— Вон, всё указано, — кивнул Виталий.

На стене и впрямь висел плакат очень официального и даже бюрократического вида. Мы подошли.

«Закрытое заседание Общества прикладной антропологии. “Образ человека в культуре на переломе эпох”. Доклад Ники Клименко, прения. Содокладчики...»

Некоторое время мы смотрели на фамилии содокладчиков и участников заседания. У Слуг, похоже, был пунктик — им нравилась их крутизна.

— Я с ним на многих конференциях была, — сказала Елена севшим голосом, не отрывая взгляда от чьей-то фамилии. — Милейший... человек. Хирург замечательный.

— Мне очень нравится их дуэт, — деда Боря ткнул пальцем в плакат. — Как они Чехова-то играли! А в кино... О! Да ладно! Я же его песни с молодости люблю!

Тут были имена ученых. Актеров. Музыкантов. Писателей. Настоящий срез творческой интеллигенции. Как ни странно, совсем не было политиков — видимо, эту прерогативу сохранили за собой Прежние.

Конечно, не все Слуги были столь увешаны регалиями. Те, с которыми я дрался, никак не походили на людей известных и узнаваемых на улице.

Наверное, в силу молодости. Если ты живешь долго, очень долго, периодически меняя личности, то ты научишься и играть на скрипке, и оперировать, и выступать на сцене. Прежние, наверное, в юности тоже этим забавлялись, но они жили уж очень долго — слава и преклонение им надоели. А вот Слуги еще тешились.

— Будет чудовищный шум, — сказал Виталий без всякого сожаления. — Вся страна на уши встанет. Вы уверены?

— Они не люди, — сказала Елена. Но, кажется, ее уверенность дала трещину. — Давайте пойдем и посмотрим сами.

И мы пошли.

Мимо стайки детей, бежавших на занятия. Мимо экскурсии китайских туристов, идущих с гидом на выставку социалистического реализма. Мимо пожилой сотрудницы, спускающейся по лестнице со стопкой бумажных проспектов.

Малый конференц-зал располагался на втором этаже. Проход к нему был перегорожен двумя столбиками «под бронзу», между которыми натянули пушистый шнур из красного бархата. За ограждением стояли двое крепких молодых охранников — я искренне надеялся, что они люди. Один походил на накачавшегося Гарри Поттера — у него были аккуратные круглые очки и, что особенно смешно, шрам на лбу. Правда, не в виде молнии. Второй по иронии судьбы оказался рыжим, и я мысленно окрестил его «Роном».

За охранниками виднелось лишь пустое фойе и неплотно прикрытые двери в зал.

— Закрытое мероприятие, — сказал «Рон». Опасений мы у него не вызвали, значит, точно — люди. Слуги нашу компанию наверняка бы узнали.

— Нас приглашали на заседание, — вежливо сообщил деда Боря. — Посмотрите в списках.

— Все уже прошли, — охранники переглянулись. — Списков нет, был встречающий.

— Безобразие, — сварливо сказал деда Боря. — Стоит один раз пропустить встречу, и тебя уже не ждут!

— Дед, сдались тебе антропологи... — сказал я.

— Я имею право, я член общества! — продолжал он ломать комедию.

Виталий почему-то в разговор не вступал. Внимательно оглядев помещение вначале, он опустил голову и теперь молча смотрел в пол.

— Нет указаний, — отрезал «Гарри Поттер».

Вообще-то мы не строили планов, как пройти. Мы не знали количества охраны, не знали, протащим ли оружие.

Ну вот, протащили, и что нам теперь — стрелять в охрану? Это ведь люди.

И даже если убедить себя, что они враги — будет шум...

— Пригласите Нику, — сказал я. — Основную докладчицу. Скажите, что ее зовет Максим.

«Рон» пялился на меня с полным равнодушием, а вот «Гарри Поттер» прищурился и посмотрел с любопытством. Кажется, он не так прост.

Интересно, а у Слуг бывают кандидаты в Слуги?

«Гарри» что-то забубнил себе под нос — видимо, у него в ухе был передатчик. Мы ждали. Прошла минута, дверь распахнулась, и появилась Ника.

Она была в деловом костюме: жакет, длинная юбка, простая белая блуза. С аккуратно уложенными волосами, если и с косметикой на лице, то самой минимальной, неяркой. Ника быстро прошла через фойе, цокая каблучками, остановилась между охранниками.

— Потрясающе, — сказала она, разглядывая нас. — Максим, Виталий, Борис и Елена. А где ваш пятый товарищ?

— В Нижнем Новгороде, — ответил Виталий. — Не повезло ему.

Ника слегка закатила глаза. Мол, непонятно, кому повезло, а кому нет. Спросила:

— И что это значит, Максим?

— Утром ты предлагала союз. Я подумал и решил, что стоит обсудить.

— И вы пришли вчетвером? Люди, которые нам уже вредили?

— Кто старое помянет... — Я улыбнулся. — Сама же говорила, вас это не трогает.

Кажется, она слегка растерялась.

— Допустим. Это интересно... в свете всех событий...

Я прямо чувствовал, как она торопливо обдумывает изменившиеся вводные. Ей сейчас предстояло докладывать о неудачной вылазке на Селену — и вдруг появилась возможность скрасить поражение.

— Вы пришли без оружия? — спросила она.

— Еще чего, — ответил я.

Охранники напряглись.

— Покажите, — спокойно сказала Ника.

Виталий, мрачно глядя на меня, раскрыл перед ней сумку.

— Три пистолета и обрез, — Ника усмехнулась. — И наш сеткомет. Да вы лихие вояки!

Виталий как-то совсем стушевался, опустил голову.

Охранники явно нервничали, но ждали команды.

— Патроны из Комка?

— Ага, — признался я.

— Вы достаточно разумны, чтобы понять — это вам не поможет?

— Это для самозащиты, — ответил я. — Если вдруг что.

— Что?

— Предательство! — Я пожал плечами. — Мы бы хотели поговорить, но с гарантиями безопасности.

Ника кивнула:

— Ясно. Отведите их куда-нибудь в подсобку, пусть ждут. Не выпускайте. Мы их пригласим.

— А гарантии? — спросил я с напором.

— Гарантирую безопасность, — ответила Ника беззаботно.

— Оружие забрать? — поинтересовался «Рон».

— Не надо. Они же пришли поговорить, — Ника улыбнулась. И направилась в зал, спокойно повернувшись к нам спиной.

— Куда их? — спросил «Рон» своего очкастого товарища.

— Ну... туда... — «Гарри» мотнул головой в сторону. Из фойе, помимо входа в зал, вела куда-то закрытая дверь.

— Думаешь? — «Рон» поколебался, потом кивнул. — Тогда побудь с ними.

— Пошли, — велел очкарик и зашагал к двери. Мы двинулись следом. «Рон» буравил нас взглядом, но при этом держался так, чтобы продолжать контролировать лестницу. Профи... хотя, судя по скудости охраны, — Слуги никого не боялись.

Почему, интересно? Двое охранников, а у нас оружие...

Или не всех охранников видно?

Мне безумно захотелось достать и надеть поисковые очки. Но это было бы слишком вызывающе.

Глава третья

За дверью оказалась ярко освещенная узкая комната с окном в конце. Не знаю, для чего ее изначально предназначали, может, просто под кладовку. Сейчас тут стояли не только шкафы и стеллажи, но еще и пара потертых диванчиков друг напротив друга, между ними — журнальный столик. Дальше, к окну — длинный стол, точнее, несколько составленных вместе столиков. На них обнаружились пластиковые подносы с аккуратно разложенными на тарелках канапе и тарталетками, бутылки шампанского, стеклянный кувшин с морсом, бокалы и стопки.

— Готовитесь к фуршету? — небрежно спросил деда Боря. — Небогато!

Охранник жестом указал нам на диван, дождался, пока мы сели, и сам присел напротив. Сказал:

— Да. Готовимся. Небогато.

Он был очень напряженный, причем, как мне показалось, с того самого момента, как мы зашли в комнату. Неужели подозревает, что мы собираемся отравить Слуг?

Честно говоря, увидев стол, я подумал, что это невозможно. Раздробить кристалл и запихнуть в каждую бутылку шампанского? Так их придется открыть. Положить по крупинке в каждый бокал? Кристалл твердый, мы его так мелко не раздробим, да и будет видно, что на дне бокала какой-то цветной песочек...

— А вы знаете, что похожи на Гарри Поттера? — неожиданно спросила Елена. И доброжелательно улыбнулась.

Охранник слегка помягчел.

— Знаю. Меня и зовут Гарри. Причем в его честь.

— Серьезно? — восхитилась Елена. — Не шутите?

— Нет, — он покачал головой. — Родители от книжки фанатели.

Это хорошо, конечно, когда завязывается разговор. Я не удержался, спросил:

— А товарища вашего не Роном звать?

Охранник ухмыльнулся и покачал головой.

— Вы ведь знаете, кого охраняете? — продолжила Елена.

Подумав, Гарри кивнул:

— Допустим.

— И... как? — осторожно спросила Елена. — Они вам нравятся?

Охранник снова замкнулся, неохотно сказал:

— Серьезные люди.

— Ну не совсем... люди... — пробормотал Виталий. — Хотите быть, как они?

— Планирую, — кажется, охранник разозлился. — А вот вы чего хотите? Устроить бардак?

— Ни в коем случае, — Виталий покачал головой. — Но вас их привычки не смущают, Гарри?

Чем-то он охранника зацепил. Тот облизнул губы и сказал:

— Имеют право. Человечество разделится на две неравные группы... да что разделится, уже разделилось. Изменить это нельзя, можно лишь выбрать сторону. Выбирать сильнейших разумно. Это эволюция, олды.

— А вы рассудительны, — сказал деда Боря.

— Хотите сказать — для охранника? — Гарри усмехнулся. — Я литературный институт закончил.

— Не знал, что писать книжки в институтах учат, — вздохнул деда Боря. — Но знаете, ваш... э... литературный герой... точно не выбирал сторону сильнейших.

— Ненавижу эти книжки, — ответил Гарри. — Представляете, как жить с именем Гарри и фамилией Горшков?

Несмотря на всё напряжение, я невольно прыснул и заслужил раздраженный взгляд.

— Особенно, когда во втором классе получил шрам на лбу, — продолжил Гарри. — И носил очки всё детство, родители не разрешали сделать операцию.

— Сочувствую, — сказала Елена. Кажется, даже искренне. — Но детям не правят близорукость хирургически.

— Знаю, — ответил Гарри. Он сидел, постукивая носком ботинка по полу, и это раздражало. — А вы-то сами? Ведь пришли договариваться? А?

— Может, мы сражаться пришли, — ответил Виталий.

Гарри кивнул:

— Ага. Я слышал про клинику. Но даже ваша компания не может быть столь глупа.

Он встал, бесцеремонно раскрыл сумку, стоящую у ног Виталия. Презрительно осмотрел содержимое. Заключил:

— Конечно, застрелиться сможете, если что. Только вас и трогать не станут.

— Мы не собираемся устраивать тут перестрелку, — сказал деда Боря. — Извините моего товарища, он нервничает...

— Да, вижу, — кивнул Гарри.

Кажется, он расслабился. Оставив сумку, отошел к двери, что-то пробормотал себе под нос. Подождал. Потом сказал:

— Покину вас на минуту.

И действительно вышел!

Я посмотрел на Виталия. У того с лица медленно исчезало дурацкое обиженное выражение, он подмигнул мне, а потом сказал:

— Вы реально не видели?

— Чего? — спросила Елена.

— Кого, — ответил Виталий и потрогал очки. — В фойе два монстра. Шестилапые, уничтожители. Не видели?

Мы молчали.

— Вы что, думали, поисковые очки только зеркальными бывают? — спросил Виталий. Вот теперь он был прежним — собранным и твердым. — У этого сраного волшебника такие же. Он вышел, потому что за дверью нас караулит монстр. Давайте, надо быстро...

Мы рванули к столу все вместе, хотя это было не слишком-то разумно. Ладно, если что, скажем, что хотели немного объесть Слуг...

— Аппетитом они не отличаются, — сказал Виталий. — Так... что тут... десяток шампанского... по бокалу на рыло выйдет... Накрошим в бокалы? Можно ножиком поскрести...

— Увидят, — сказал я.

— Надо рискнуть, — твердо сказал Виталий. — Давай свой чудо-кристалл.

Я полез в карман, но деда Боря внезапно взял меня за руку.

— Стой. Ребятки, мы идиоты. Кристаллы не растворяются в алкоголе!

Мы молча смотрели на него.

— Неужели никто не читал исследования? Не растворяются в алкоголе, не растворяются в масле... растворимы в слабощелочных средах...

Я подумал, что Продавец мог бы и уточнить эту деталь.

— Где нам щелочную среду искать? — спросил Виталий растерянно. — Я соду с собой не ношу. Елена, что можно найти щелочного?

— Слабощелочной реакцией обладает... — Елена вдруг замолчала. Ее глаза забегали по столу. — Зачем тут рюмки? Крепкого алкоголя нет, зачем рюмки?

— Морс из рюмок пьют? — предположил я.

Елена осторожно наклонилась над стеклянным кувшином, полным густого темно-красного морса. Застыла, словно бы принюхиваясь. Выпрямилась.

— Давай кристалл.

Я молча отдал.

Елена бросила его в кувшин и деревянным голосом сказала:

— Все обратно на диван.

Мы послушались.

Мы, наверное, думали об одном и том же. Но говорить не хотели.

Мы сели на диван и просидели не меньше минуты, прежде чем деда Боря начал:

— Ты же не хочешь сказать...

— Да, я ничего не хочу говорить, — оборвала Елена. Голос у нее оставался скрипучим и сиплым, словно горло пересохло. — Молчите, пожалуйста.

Мы молчали. Потом деда Боря тихо произнес:

— Но это же дичь какая-то... они же не...

— Замолкни, — сказала Елена так, что он замолчал.

Я сидел и думал о том, что Слуги, конечно, не вампиры. Ни Прежние, ни Слуги не нуждаются в человеческой крови, чтобы жить. И вряд ли испытывают какое-то маньяческое наслаждение, когда ее пьют.

Но, как я понимал, на свои эксперименты, увеселения, приготовление лекарств для продления жизни и мутагенов они людей пускают без колебаний. Так же легко, как в деревне отрубают голову курице.

И еще они абсолютно бесчувственны, хоть и прекрасно имитируют эмоции. Там же в зале есть творческие люди, музыканты и писатели, поэты и художники! Но им не жалко никого, ни чужих, ни своих. Они специально выключили эмпатию, чтобы не мешала жить.

А глоток человеческой крови при встрече — это прекрасный тест на «свой» и «чужой». Подтверждение того, что они — высшая раса. Ну, после Прежних, конечно...

Вернулся Гарри. Остановился в дверях, глянул на нас. Спросил:

— Что грустите?

— Нервничаем, — ответил я за всех. — Что-то долго.

— Скоро пригласят, — сказал охранник.

Прошел к столу, окинул его быстрым взглядом. Потом взял кувшин и принялся аккуратно, бережно разливать красную жидкость по рюмкам. По чуть-чуть, грамм по тридцать.

Он знал!

Нельзя не понимать, что именно ты наливаешь. С томатным соком не спутаешь.

Мы молчали.

Рюмок действительно было с полсотни, и он разлил их быстро и умело, с явным опытом. Поднял поднос. Посмотрел на меня. И сказал очень добродушно:

— Поможешь? Возьми поднос с бутербродами.

— Это канапе, — поправил я.

Подошел и взял поднос. Канапе были с икрой, только странной, не красной и не черной, а белой. Я сказал, стараясь не смотреть на пустой кувшин с густыми потеками на стенках:

— Поскупились ваши...

— Икра осетра-альбиноса, дундук, — ответил Гарри презрительно. — Настоящая, не из Комка.

Мы вышли из комнаты. В дверях Гарри бросил:

— А вы ждите, за вами скоро придут.

Я прошел вслед за ним. Второй охранник все так же стоял у лестницы. А еще где-то тут, рядом, бродили как минимум два монстра, убивающие силовым полем на расстоянии. Что они сейчас делают, интересно? Следят за мной? Или тупо и равнодушно ждут приказа? Вряд ли, интеллект у них сохраняется...

Что надо иметь в голове, чтобы захотеть стать не Прежним и даже не Слугой, а чудовищной тварью, расходным материалом, да еще и с очень коротким сроком жизни? Или их все-таки превращают в монстров обманом?

Я понял, что не удивлюсь, если на это идут добровольно. Совсем не удивлюсь.

Люди бывают очень странные.

— Ты ведь понял, что я наливал, так? — спросил Гарри, не оборачиваясь.

— Понял, — признал я.

— Хорошо держишься, — похвалил охранник. — Но у меня глаз наметан. Раз понял, значит, сам хочешь возвыситься?

Он что, серьезно сказал «возвыситься»?

— Думаю на эту тему, — ответил я.

— Не просри свой шанс, — посоветовал Гарри. — Такое раз в жизни бывает. Ты чем-то Нике приглянулся.

Он мягко толкнул дверь ногой, и мы вошли.

Почему-то я ожидал, что это будет концертный зал. Со сценой, креслами... Но это было скорее помещение для выставок. По стенам висели картины, в основном — непонятная разноцветная мазня, то есть современное искусство. Был маленький подиум со стойкой микрофона, столиком и креслом, сейчас пустой — видимо, с него и выступала Ника, за подиумом — большой экран на стойках и проектор. Презентацию проводила, слайды показывала? Окон не было: картины не любят солнечный свет почти так же, как вампиры.

А в зале стояли, разбившись на группки, с полсотни Слуг.

Нет, конечно, сами себя они так не называли, и никто в обычной жизни не подумал бы о них так. Какие Слуги! Хозяева жизни! Знаменитый телеведущий, прославленная певица, именитый художник, уважаемый писатель, молодая, но уже известная актриса... Уж на что я мало смотрю телевизор, но с четверть собравшихся я знал по именам, а многие лица были смутно знакомы. В отличие от Прежних, Слуги любили публичность.

Моего появления явно ждали.

Обошлось без аплодисментов, но мне стали кивать и даже улыбаться. Я шел вслед за Гарри, с подносов быстро разбирали рюмки и канапе. Предпоследнюю рюмку взяла Ника. Последнюю — сам Гарри, после кивка Ники.

А вот канапе ему не хватило.

— Я рассказала о нашем возможном сотрудничестве, — сказала Ника, глядя на меня. — Объявишь, что решил?

— Хотелось бы с товарищами, — ответил я.

— Их пригласят потом. Ты нам более интересен.

Я пожал плечами, кивнул. Ника улыбнулась, прошла к подиуму, постучала пальцем по микрофону.

— Дорогие друзья... Максим Воронцов хочет лично обратиться к собравшимся...

Никаких реплик, никакого шума. Они улыбались, кивали, смотрели то на Нику, то на меня, но попусту не говорили.

— Но вначале давайте поднимем наш традиционный тост за культуру и прогресс, — сказала Ника. — И поблагодарим девочку Машу, одиннадцати лет, которая нам сегодня помогла в сервировке.

За ее спиной на экране высветилась фотография. Маленькая девочка с серьезными глазами натянуто улыбалась фотографу.

Я подумал, что сейчас заору. Или брошусь на ближайшего Слугу и начну его душить.

Но я стоял и с глупым лицом смотрел на Нику.

Ника кивнула мне и залпом выпила рюмку.

Слуги пили.

Улыбались, некоторые смеялись. Некоторые отпивали чуть-чуть, кивали, смотрели то на рюмку, то на фото девочки, и допивали до конца.

Я подумал, что меня сейчас стошнит.

— Хорош кривиться, — сказал Гарри, поглядывающий на меня. — Знал, куда шел.

— Нет, — сказал я. Меня начало трясти. — Не знал.

— Элита, — сказал Гарри и залпом выпил рюмку. — Привыкнешь.

Я смотрел на Нику. Она выпила первой, значит, подействовать тоже должно на нее в первую очередь.

Как это будет?

Они просто упадут и умрут?

Я очень надеялся, что в муках.

— Ты чего-то ждешь, — задумчиво сказал Гарри.

— Да, — сказал я.

Гарри посмотрел на рюмку. Сказал:

— Яды им нипочем. Если ты что-то задумал...

Первой закричала певица, стоящая метрах в пяти от меня. Немолодая, известная во всем мире. Кажется, у меня родители ходили на ее концерт, еще до Перемены, и мать потом восхищалась несколько дней: «Какой голос! Какой нечеловеческой мощи и красоты голос!»

У певицы действительно был великолепный и сильный голос.

Она закрутилась на месте, в ужасе глядя на окружающих. Те расступались, вокруг дородного тела оперной дивы образовалось пустое пространство, как вокруг прокаженной. Певица дергала головой, глядя на товарищей, очень картинно всплескивая руками и прижимая их к лицу.

Потом ее вырвало.

А в следующий миг она вскинула руки — те изогнулись немыслимой дугой, как способны лишь конечности Слуг. Певица обхватила себя за шею, вонзив большие пальцы в подбородок так, что брызнуло красным.

Но это была только первая капля крови.

Она рванула себя за голову — и оторвала ее.

Повторять можете сколько угодно, человек на такое не способен.

Секунду она стояла — обезглавленный труп, какие-то жилы и вены порвались не до конца и тянулись от туловища к голове. Темная кровь хлестала во все стороны, будто лилось расплавленное какао из шоколадного фонтана.

Вот такие у меня бывают дурацкие ассоциации, да.

— Что? — завопил Гарри, глядя на меня. — Что ты сделал?

А вокруг разверзся ад.

Сливки творческой интеллигенции Москвы убивали сами себя.

Надо сказать, что примеру певицы последовало всего несколько Слуг. Видимо, оторвать себе голову было очень сложно. А может быть — страшно.

Большинство разбегалось и билось головой о стены.

Те, у кого оказался нож (а таких нашлось немало, и ножи были совсем не перочинные), вспарывали себе грудь, кромсали сердце, а потом уже начинали перерезать шею.

Известный юморист и шоумен вначале выцарапал себе глаза, потом вырвал язык, а потом повернул шею на триста шестьдесят градусов, сделав полный оборот, и рухнул.

Никто даже не пытался напасть на меня. Никто не помогал уйти из жизни другим. Каждый был поглощен единственной задачей — как можно быстрее покончить с собой.

Гарри схватил меня за грудки и принялся трясти. Мы с ним были одного роста, и я совсем не хилый, но он все же был крепче.

— Что ты сделал? — вопил он. — Что ты сделал, сука?

Я только теперь сам до конца осознал.

— Вернул им чувства! — выкрикнул я. — Вернул эмпатию! Ничего лишнего, они лишь снова стали людьми!

Я вдруг захохотал, глядя в застывшее лицо охранника.

— Невинных этот меч не убивает! Как тебе такая шутка, Гарри?

Он был слишком растерян и разозлен, поэтому, замахнувшись, открылся. Я ударил его, вколачивая кадык в шею. Гарри зашатался, выпустив меня и схватившись за горло. Круглые очки слетели на пол, из глаз у него выступили слезы, а на губах запузырилась кровь. Но это была чужая кровь, и я решил, что это символично и даже смешно.

— Ты не волшебник, Гарри, — сказал я. — Ты хренов пожиратель смерти.

И влепил ему в челюсть так, что послышался хруст. Гарри рухнул.

Я нагнулся, подобрал с пола его очки, в последнюю секунду выдернув их из-под падающего тела. Незнакомый мне молодой парень, может быть, юное творческое дарование, а может быть, и обычный неприметный менеджер, рухнул на пол, колотя себя в грудь длинным тонким ножом. Слуги прочные, он пронзил себя уже раз десять, но всё никак не умирал.

Нацепив очки, я оглянулся. Половина Слуг уже была мертва, остальная работала над этим.

Монстров я в зале не увидел.

И бросился к выходу.

Ника напрыгнула на меня у самых дверей. Повисла на спине, повалила. Лицо ее было искажено яростью, она всё пыталась схватить меня за горло, но слишком вытянувшиеся в прыжке руки мешали.

— Что ты наделал, сука, что ты наделал! — закричала она.

— Уничтожил ваш мятеж, — ответил я. — Ничего личного, Иван попросил.

Она вдруг замерла, уставившись на меня. Повторила:

— Иван попросил?

— Иван попросил, — подтвердил я и, подтянув ноги, пнул ее в живот. Ника отлетела, я поискал взглядом хоть какое-то оружие — и поднял нож, лежащий рядом со Слугой, отрезавшим себе голову. Поднялся.

— Лживая мразь! — взвыла Ника, в ужасе оглядывая зал. — Мразь!

— А ты-то чего не сдохла? — спросил я. — Ты же пила!

— Я себе эмпатию не гасила! — выкрикнула, будто выплюнула, Ника. — Это для слабаков!

Я остолбенел.

Эта дрянь была человеком — по меньшей мере, по части эмоций! Она всё чувствовала! Она просто ненавидела и презирала людей!

Ника снова кинулась на меня. Я ждал, сжимая нож и понимая, что в лучшем случае у меня будет одна-единственная попытка.

За спиной дважды гулко грохнуло.

Первая пуля вошла Нике в грудь, а вторая в лоб.

Она шатнулась, останавливаясь. Подняла руку и неожиданно погрозила мне пальцем. Сказала:

— Запомни... он очень хитрый...

И оскалилась в улыбке, которая на глазах становилась каменной.

Я обернулся.

В дверях стоял деда Боря с пистолетом в руках.

— Мы победили, — сказал я. — Кажется.

Деда Боря повернулся и шаркающей походкой побрел назад.

Я всё понял. Ну, почти всё. Бросился за ним.

Глава четвертая

В фойе лежали два уничтожителя, утратившие невидимость. Один был опутан тонкой металлической сеткой, еще одна валялась рядом, разрезанная на куски. Второй застыл у двери в комнату, где мы сидели, наполовину забравшись туда. Оба уничтожителя медленно каменели и походили сейчас на песчаные скульптуры, забытые на пляже.

Рыжий парень, похожий на Рона из детского фильма, уже превратился в груду песка, перемешанного с форменной одеждой. Из штанины медленно высыпалась струйка. Что меня потрясло — так это рыжий налет на горке песка в том месте, где была его голова. Я вначале даже не понял, в чем дело. А потом сообразил.

Этот охранник красил волосы в рыжий цвет! Тело рассыпалось, а краска осталась!

Деда Боря медленно прошел мимо монстров. Подошел к Елене, которая застыла, прижимая руки к лицу. Постоял миг, потом выстрелил в лежащего на полу Виталия Антоновича.

Дважды, потому что силовое лезвие уничтожителя рассекло нашего старшего напополам.

На негнущихся ногах я подошел ближе, взглянул в лицо Виталия, пока оно еще не превратилось в камень.

Наверное, мне было бы легче, если бы он был еще жив. Если бы я мог сказать ему: «Виталий, мы победили! Виталий, твой сын вернется на Землю и станет человеком!»

Я не знаю, легче ли умирать, когда знаешь, что смерть не напрасна. Когда ты рискнул и потратил жизнь не впустую, а сражаясь за то, что тебе дороже всего. Если верить книжкам и фильмам — то да, конечно.

А как на самом деле?

Когда я умирал, вколов себе концентрат мутагена, мне было очень страшно. И то, что мы победили, не слишком-то радовало. Я, конечно, прошептал Дарине, что рад за нее, но на самом деле это было не всерьез, словно игра на публику.

Но умирать, не зная, победили мы или нет, — еще страшнее.

— Виталий... — прошептал я. — Старший, мы справились...

Он не отвечал, он был мертв. Мертв еще до выстрелов деда Бори. Может быть, его убила боль, а может быть, потеря крови.

Я даже коснулся его ладони, выпачкав руки в крови, но уже через мгновение пальцы Виталия перестали быть теплыми и влажными, рассыпались сухим песком. И кровь на моей коже тоже осыпалась тончайшей каменной пылью.

Если бы моя рука стала распадаться, я бы не удивился. Но со мной всё было в порядке. А вот кровь Виталия на полу тоже обращалась в песчаную корку. Даже какие-то далекие брызги исчезали.

Видимо, «метапатроны», как их называл Прежний, — и впрямь заряд наноботов. В чье тело попадали, ту органику и превращали в камень. Настраиваясь по генетическому коду, например.

— Он знал, что я так сделаю, — сказал деда Боря севшим голосом. — Мы все... договорились. Никаких следов.

Старик поднял пистолет и посмотрел в ствол.

— Не надо! — выкрикнул я.

— Да ты что! — Деда Боря быстро опустил оружие. — И в мыслях не было!

Елена подошла к нам. Лицо у нее стало мертвенно-белым.

— Мы им были не нужны, — сказала она. — Когда ты ушел... эта рыжая падла послала к нам монстра... но мы ждали. Но второй успел... Виталия...

Я помнил, как быстро двигался уничтожитель в Гнезде. Удивительно, что погиб только Виталий.

Наверное, это тоже были Измененные, собранные по-быстрому, для одной-единственной цели — охранять сборище Слуг. Не сегодня-завтра они бы в любом случае сдохли.

Дарина когда-то сказала, что для такого превращения нужны добровольцы. И что полным-полно людей, готовых обменять всю свою жизнь на несколько суток в виде Измененного.

Я тогда не до конца ей поверил.

А теперь, после разговоров со Слугами и неправильным Гарри, — полностью.

Среди людей очень много психов.

Кто-то готов умирать за веру, кто-то готов умирать за правду, кто-то — за других людей. Кто-то готов умереть за ложь, если ее красиво подать. Вот те мальчишки, что просились в Гнездо, разве трудно им задурить головы и отправить на «подвиг»? Но это еще ничего.

Куда чаще люди готовы убивать, даже зная, что сами умрут. Безумная школота, приходящая на урок с папиным ружьем и полным портфелем патронов. Обвешанный динамитом террорист — не идейный, а просто желающий убить побольше народа. Наемник, едущий на войну не ради идеи и даже не ради денег, а ради возможности «пострелять из арты по мирняку» и получить свой адреналин.

— Максим... Макс!

Я посмотрел на Елену. Она, оказывается, трясла меня за плечо.

— Надо уходить, Макс. Там... всё чисто? — Елена кивнула на конференц-зал.

— Там очень грязно, — сказал я задумчиво. — Но да, там стало куда чище, чем раньше.

— Надо уходить!

Если честно, я не верил, что нам удастся уйти. По всему музею звенели какие-то тревожные сигналы. Внизу суетились люди, бóльшая часть двигалась в сторону выходов, но кто-то метался из стороны в сторону. Тонкий женский голос выкрикивал:

— Любочка! Кто видел Любу? Быстро ко мне, всё потом, Верочка, брось мольберт...

Наверх, к счастью, никто не двигался. И откуда раздались выстрелы и крики, похоже, никто выяснять не спешил.

— Пойдем, — согласился я. — Мне кажется, мы сделали всё, что могли.

Мы сбежали по лестнице. Я подумал, что и сумку, и сеткомет мы оставили где-то наверху, и это улики, но ведь мы все равно наверняка попали на видеокамеры, и когда их просмотрят, нас опознают и найдут.

Не вышла у нас тихая диверсия. Не получилось бросить кристаллик в пунш и уйти незамеченными, уж слишком пунш оказался необычным...

Но я вдруг подумал, что в любом случае рад тому, что увидел. Слуги, убивающие сами себя... редко когда справедливость торжествует так явно и так ярко.

Внизу лестницы нас едва не сбила с ног крупная немолодая женщина в форме служительницы музея, мечущаяся из стороны в сторону, а потом вставшая у лестницы и раскинувшая руки. Глаза у нее сделались совершенно безумные, она выкрикивала:

— Задымление! Задымление!

Никакого дыма и огня не было, конечно. Наверное, она видела свой персональный кошмар — сгорающие без следа бесценные полотна. Но свою ноту в общую симфонию паники она вносила, люди начинали озираться и ускоряли шаги. Мы обогнули ее и, смешавшись с толпой, стали пробиваться к выходу.

Несколько раз нам попадались охранники, но они, похоже, были больше озабочены тем, чтобы вывести людей наружу, в лица не вглядывались и никого остановить не пытались.

Может быть, эти крики про задымление сыграли нам на руку: все пытались покинуть музей, а не разобраться в происходящем.

И через пару минут мы, вместе с другими посетителями, вырвались из кондиционированной прохлады в теплый апрельский вечер. С набережной доносились сирены пожарных машин, а мы, не сговариваясь, пошли в сторону центра.

— Надо от стволов избавиться, — сказал деда Боря деловито. — Не то чтоб это помогло, но...

— Отдашь пистолет мне, — ответила Елена. — Я избавлюсь.

— И в кафе бы зайти, — добавил деда Боря.

— В туалет? — устало спросила Елена.

— Почему сразу в туалет? Хочу выпить рюмку! Нервы шалят! Да, в туалет... тоже...

Мы зашли. Все равно надо было где-то присесть, не передавать же оружие прямо на улице.

Это было крошечное кафе, на пять или шесть столиков. Нам нашелся один свободный. Елена и деда Боря заказали коньяк, я попросил зеленый чай покрепче.

— Пуэр? — спросила официантка, совсем молодая девчонка. Интересно получается, в магазине ей бы коньяк не продали, а на работе она его нам продает.

Жизнь вообще устроена очень фальшиво, пока не соприкасается со смертью.

Я кивнул. Пуэр так пуэр. Ценник был конский, но как-то меня перестали волновать деньги.

— Я вас ненадолго покину, — сказал деда Боря и пошел к двери туалетной кабинки.

— Совсем дед сдает, — негромко сказала Елена, глядя ему вслед. — У него была онкология, Максим. И он не хочет проверяться и лечиться. Говорит: «Сколько есть, все мои».

— Так нельзя.

— Когда человек теряет смысл жизни, ему всё можно, — вздохнула Елена. — Это он еще взбодрился.

Вернулся деда Боря, я встал и пошел по его маршруту. Когда вернулся, на столе уже был чайничек с чаем и два бокала с коньяком на донышке.

— Помянем Виталия, — сказала Елена.

Просто это у них было. Как-то совсем просто.

Умом я понимал, что им тяжело и больно, но вида они не подавали. Старики-разбойники...

— А вам можно, деда Боря? — спросил я.

— В чем проблема? — сварливо ответил он, залпом выпив коньяк.

— У вас же кровь... ну... в туалете, — неловко сказал я.

— Глазастый, — отозвался он раздраженно.

— Боря! — выпалила Елена.

— Что Боря?

— Давно у тебя кровь в моче?

Он заерзал на стуле.

— Слушай, Леночка, мы же кушаем...

— Мы пьем.

— Тем более!

— Давно?

— С неделю. Да не волнуйся ты так, это же явно камень идет.

Елена выдохнула. Посмотрела на меня.

— Извини, Максим.

Я пожал плечами. Крови я сегодня навидался достаточно, она меня уже не смущала.

— Сейчас мы закажем такси, — сказала Елена. — И я повезу тебя в клинику.

— Ну к чему это...

— Тем более если нас придут... когда нас придут арестовывать, ты будешь в палате, с диагнозом и горой лекарств.

Деда Боря криво улыбнулся:

— Гора лекарств? Это хорошо. А то мои таблетки уже ни черта не помогают.

— Старый упрямый дурак, — выругалась Елена. — Максим, боюсь, помощники из нас больше никакие. На некоторое время.

— Вы не помощники, — ответил я. — Вы друзья.

Она кивнула, испытующе посмотрела на деда Борю. Тот вроде бы встряхнулся от коньяка, но выглядел все равно ужасно.

— Поедешь с нами, Максим?

Я покачал головой:

— Нет, извините. Я домой. То есть нет, в Гнездо. Хотя вначале все-таки домой, потом в Гнездо...

— А для тебя это разве не одно и то же? — спросил деда Боря.

Консьерж в подъезде приветствовал меня кивком и тут же сообщил из своего закутка:

— Твои недавно ушли. Молодцы, много стали гулять, это полезно.

— А ко мне никто не заходил, Андреич? — спросил я.

Он понял меня неправильно. Случившийся пару недель назад визит монстра, пусть еще и человекообразного, больно ударил по его самолюбию — Виктор Андреевич решил, что его отделал молодой парень «под веществами».

— Пусть только попробуют! — воинственно сказал консьерж, нахмурился и похлопал рукой по дубинке на поясе.

Да, неприятная будет ситуация, если ко мне заявятся полицейские в штатском.

Хотя Андреич мужик тертый, почувствует сразу, с кем имеет дело.

У меня было странное чувство, когда я вошел в квартиру. Будто и не к себе уже. Будто в номер гостиницы или к родителям.

А ведь тут все мое, знакомое и любимое. Даже к мебели, оставшейся от прежних хозяев, я привык. Даже книжки из их библиотеки почти все прочитал (бóльшую часть, кстати, никто и не открывал до меня ни разу). Вот подборку древних дивиди не смотрел, хоть и проигрыватель был, слишком уж паршиво картинка выглядела на экране. И как это раньше люди могли смотреть видеокассеты и дивиди?

Я вдруг подумал, что вряд ли снова сюда вернусь. Слишком много дел мы натворили. Уже скоро сюда придут чужие люди в форме, будут рыться в ящиках и шкафах, просматривать содержимое компьютера, расспрашивать обо мне соседей...

Ну и пусть.

Я вымылся, после визита в музей это было просто необходимо. Выбрал в шкафу новое белье, носки, джинсы, рубашку. Достал из сейфа все деньги и кристаллы, большую часть положил в коробку из-под мобильника — последней модели, выпущенной корпорацией «Эппл» перед ее крахом. Родители купили мне его на день рождения, но подарить не успели — случилась Перемена. Отец отдал его просто так, посмеиваясь. Сказал: «Теперь это раритет, семейная реликвия, своему сыну передашь по наследству».

Никакого сына, как выяснилось, у меня никогда не будет. Так что смартфон я бросил на стол, а в коробочку сложил кристаллы и деньги. Не так уж много, но что есть.

Смогу я отсидеться в Гнезде? Туда даже Лихачев не полезет...

А с другой стороны, какой смысл? Если погром в Третьяковке повесят на нас, то рано или поздно всех возьмут.

Смысл...

Что все-таки Инсек имел в виду под смыслами? Открытия, изобретения? Ну так тут мы безнадежно отстаем, никому не нужен дважды изобретенный велосипед...

А новая книга — это смысл? Стих? Картина? Скульптура?

Наверное, да. Наверное, это тоже смысл.

А что-то несозданное, а лишь осмысленное?

Однажды я ехал в поезде, проснулся ранним утром и стал смотреть в окно. Поезд шел сквозь рассветный туман, повсюду был лес, солнце еще не поднялось над горизонтом, и вдруг я увидел лесную прогалину, маленький домик с идущим из трубы дымком, старика, стоящего на крыльце и смотрящего на поезд, вьющуюся у его ног мелкую кудлатую собаку. Это было похоже на детский рисунок или на страницу из книжек Пришвина и прочих древних писателей. Я подумал, что тут даже электричества может не быть. И телевизора, и телефона. И что домик мог так стоять сто лет назад, и дед этого старика точно так же смотрел утром на поезд. И что ему плевать на Перемену, как плевать на нее индейцам в дебрях Амазонки или папуасам в Новой Гвинее.

И я вдруг ощутил себя на месте этого деда. Представил себя... нет, не в глуши, какая тут глушь, сто метров до железки, десяток километров до полустанка. Но на обочине. И не потому, что на обочину спихнули, а потому что ты сам туда съехал, живешь и счастлив.

Ведь таких людей много. Миллионы, сотни миллионов. Они никуда не бегут, ни к чему не стремятся. Выбрали точку под ногами, сделали ее центром мира и позволили миру крутиться вокруг.

Нет, я точно знал, что сам бы так не смог и никогда не смогу. Но я будто почувствовал этого старого человека, его мысли, мечты, то, как он смотрит на жизнь.

Вот это понимание осознанного и спокойного одиночества — оно было смыслом?

А если бы я написал об этом книгу, чтобы поняли все (ну, допустим, я умел бы, да и что сложного в том, чтобы соединять вместе слова, превращая их в текст)?

Это стало бы смыслом?

А если бы я придумал религию, философию, учение об одиночестве в центре мира?

«Найди свой центр мира и позволь ему вращаться вокруг»...

Это стало бы достойным смыслом?

А как именно это происходит? Что заставляет идеи и мысли превращаться в кристаллы, несущие в себе смыслы?

И остается ли после этого смысл с человеком?

Видимо, нет.

Тогда получается, что смыслы, о которых говорил Инсек, — это все-таки информация. Но не простая, а переработанная, пережитая человеком. Так из пустой породы шахтер достает золотые крупинки или алмазы. Но можно достать и не заметить, алмаз в природе выглядит как серый камешек. Его надо разглядеть, огранить...

Так и с информацией.

Нужен разум, чтобы создать и осмыслить что-то новое. Чем больше информации, тем больше силы. И где-то там, в конце пути, сингулярность и Высшие. А еще дальше, возможно, просто Высший. Один, вобравший в себя всю информацию и всю силу. Абсолют.

Да ну на фиг такие мысли, рехнуться от них можно!

Я нашел в столе рулончик скотча, собрался было обмотать им коробочку. И покачал головой, когда понял, что делать этого не надо. Будет закрыта — не откроют. Кристаллы пропадут...

Пошел на кухню, в два больших пакета сгреб всю еду из шкафов и холодильника.

Еще раз окинул взглядом свой бывший дом.

Вышел в подъезд, поднялся на этаж выше, открыл дверь родителей своим ключом.

У них было прибрано, хотя и чувствовался легкий, едва уловимый запах старости: мебели, десятилетиями стоявшей на одном месте; тяжелых пыльных штор; пищи, лекарств и отцовского одеколона. Одеколон хоть и пах цитрусами, но я его запах помнил с детства, и потому он тоже казался древним.

Я поставил коробочку на полку, где ее должны будут заметить если не сразу, так через день-другой. Пакеты с едой оставил на кухонном столе, только молоко, куриные окорочка и пачку масла убрал в холодильник. Родители вернутся, поймут, что я заходил. Но не забеспокоятся, решат, что просто занес продукты.

Не хотел я сейчас с ними разговаривать. Сразу почувствуют, что со мной что-то не так.

Действительно хорошо, что они стали чаще выходить из дома.

Глава пятая

Дарина встала передо мной и сказала:

— Будь моим зеркалом.

— Это как? — не понял я.

— Говори, как я выгляжу?

Я внимательно осмотрел Дарину. Она была в кроссовках, синих джинсах, застегнутой у ворота рубашке цвета индиго — городской унисекс, без всяких выделяющихся деталей. Разве что яркая оранжевая бандана, прячущая короткую стрижку, притягивала взгляд. Широкие «зеркалки» скрывали глаза.

— Ты замечательно выглядишь, — сказал я. Мы были в ее комнатке, и она даже включила яркую лампу, чтобы мне было удобнее.

— Непонятно, что я жница?

— Нет. Ничуть.

— Комбинезон не проглядывает?

— Нет.

Дарина не захотела снимать свой костюм жницы, надела человеческую одежду поверх него. На мой взгляд, никто бы в ней Измененную не заподозрил. Но она нервничала.

— Зря я зеркало выбросила, — сказала она. — У меня было когда-то. У Наськи есть, но не хочу ее беспокоить.

— Прилипнет, не оторвать, — согласился я. — Да всё в порядке, ты выглядишь самой обычной человеческой девушкой.

— Ладно, — неохотно кивнула Дарина. — А сам-то ничего? Уже поздно, а ты прошлую ночь не спал.

— Немного поспал, — ответил я. — Да ничего, правда. Я не усну, даже если лягу. Весь на нервах.

— Что-то случилось?

Я покачал головой:

— Ничего... неожиданного. Я расскажу тебе потом.

Если бы я рассказал, что с нами было, как мы пришли в музей и уничтожили полсотни Слуг... ну, допустим, большей частью они себя сами уничтожили, но все-таки... Никуда бы мы тогда не пошли. Дарина суетилась бы, беспокоилась, пыталась придумать выход, ругала бы меня — несомненно.

Я не хотел этого. До того момента, как я заберу у Продавца возвратный мутаген и дам жнице — пусть она ничего не знает.

Потом поговорим.

Обо всем.

А сегодня будет обычный вечер, словно ничего не происходило в последние два дня. Словно я таскаю Дарину по Москве, пытаясь дать ей хоть немного того, чего она была лишена.

И спать я действительно не хотел. Не смог бы уснуть. Да и опасно было возвращаться домой.

Сегодня, завтра, послезавтра, но за мной придут.

Другое дело, в чем вообще нас можно обвинить?

Убитые петрификационными пулями рассыпались в песок и анализу не поддадутся. Остальные убили себя сами. Так что обвинение предъявить трудно.

Но нервы, конечно, помотают изрядно.

Поэтому я должен успеть сделать две вещи — отдать Дарине возвратный мутаген и доложить Ивану о выполнении задания. Она станет человеком, а сын Виталия вернется на Землю — у него ведь тут мать, не пропадет.

В общем-то за это уже стоило рисковать.

Если бы не погибший старший...

— Максим? — спросила Дарина, заглядывая мне в глаза. — Да что с тобой?

— Камон, — я улыбнулся. — Вписка топчик, пофлексим.

Дарина нахмурилась.

— Максим, прекращай!

— Ты должна соответствовать не только одеждой, — наставительно сказал я. — И общаться должна не как зумер-перестарок или нуб из деревни.

— Какой кринж, — Дарина поморщилась. — Ты же не такой, Максим. Идем, уговорил.

— Вот, — одобрил я. — Ведь умеешь, когда хочешь!

Было около десяти, когда мы вышли из Гнезда. Ни куколок, ни жниц по пути не попалось, Гнездо по-прежнему было пустым, почти разоренным. Я почувствовал его неодобрение — Гнездо не любило, когда кто-то выходил, особенно ночью. И мысленно одернул: «Оставь девчонку в покое, у нее должна быть и человеческая жизнь кроме вашей!»

Кажется, в ответ я уловил иронию.

И что-то вроде напутствия: «Ты отвечаешь за нее, бывший призванный...»

Да, отвечаю. Я привык отвечать. Мне даже некомфортно без этого.

Времена сейчас не те, что два-три года назад, на улицах куда спокойнее, даже ночью. Но все-таки едва темнеет, начинают появляться компании, с которыми лучше не сталкиваться. Могут мимо пройти, могут обменяться парой слов, а могут вломить по башке и вывернуть карманы — ну так, на всякий случай.

Одна такая группа — трое хмурых парней и мрачная девица с не то нарисованной, не то вытатуированной на левой щеке руной — попалась нам у книжного магазина «Москва», когда мы перешли Тверскую. Но, несмотря на угрюмый вид, компания скрылась в книжном — так что вряд ли это были гопники в поисках приключений. Другая шла навстречу в Столешниковом переулке, когда мы сворачивали на Большую Дмитровку. Место пешеходное, людное даже ночью, но пятерым ребятам, немногим старше Дарины, явно хотелось приключений. Один стрельнул глазами по сторонам, не заметил ничего подозрительного и вильнул всем телом, наткнувшись на Дарину и мешая ей пройти. С вызовом посмотрел на меня.

Дарина медленно сняла очки и посмотрела парню в глаза. Спросила:

— Ослеп?

Парень открыл было рот для остроумного ответа — и побледнел. Жажда приключений немедленно испарилась.

— Простите... жница... — пробормотал он. — Не увидел...

Темноты тут особой не было, и фонари горели вовсю, и витрины, и яркая иллюминация, растянутая через Дмитровку.

— Береги себя, — посоветовал я, и мы прошли дальше.

Месяц назад я бы закомплексовал, что балбеса осадила девчонка, а не я. А сейчас мне было все равно. Мне не требовалось кому-то что-то доказывать.

— Чего он хотел? — задумчиво спросила Дарина.

— Ну... — Я задумался на миг. — Тут народа полно, полиция есть наверняка... Так, мелкую потасовку устроить. Может, сорвать с тебя очки и убежать, зеркалки денег стоят.

— Но это же глупо, — удивилась Дарина. — Адреналиновый экстаз можно получить другими методами, которые одобрены государством. Заработать тоже, в Москве кристалликов хватает. Риски перевешивают возможную выгоду.

— Молодые совсем...

— Ты тоже не старый. А я их ровесница.

— С тобой другое дело.

— Да, но... — Дарина помолчала. — Кажется, я понимаю. Они смотрят вперед, а там — пусто. Он действительно ничего не видит, понимаешь? В будущем не видит. Либо работать, это скучно и добиться успеха очень трудно. Либо кристаллики собирать, но это уныло. Изо дня в день, с утра до вечера ходишь и ищешь... хватает на нормальную жизнь, но впереди пустота. Полвека или больше такого вот блуждания...

— Я так жил.

— Нет. Ты так ждал. Я это в тебе видела, что ты ждешь. Иначе бы не пришла... и не призвала...

Я взял ее за руку. Мы шли по Москве, красивой даже сейчас, после Перемены, и мне на миг стало почти хорошо.

На миг.

Почему ты не сказала мне, что я больше не человек? Почему, Дарина?

— О чем ты думаешь? — спросила Дарина.

— О разном, — соврал я.

— Не чувствую тебя в этом плаще, — сказала жница. Помедлила и добавила: — И даже без него, в Гнезде. Словно ты попросил Гнездо не делиться твоими эмоциями.

— Попросил, — сознался я.

— Я не обижаюсь, — помедлив, решила Дарина. — Наверное, это неприятно, да? Когда твои эмоции открыты? Мы-то привыкли.

— Это сложно, — сказал я. — Но ничего, я тоже почти привык.

Вписка была на Маросейке, полминуты от метро «Китай-город», лишь нырнуть в подворотню — и на месте, в лофте рядом с маленьким турагентством. Турагентство — вниз, в полуподвал, сейчас оно было закрыто. Вход в лофт — по грубой металлической лестнице, на уровне второго этажа. На железной площадке перед входом, прикрытой крышей от непогоды, стояла урна, полная окурков и смятых банок от энергетиков, там курили несколько парней и девчонок. В основном электронные сигареты, но кое-кто и «аналоговые». Мы протолкались к входу (на нас даже не глянул никто), вошли внутрь. В крошечном полутемном тамбуре парень с девушкой собирали плату за вход. Я расплатился, мне на руку приклеили крошечный кристаллик, спросив:

— Рэдку или вайкр?

— Вайкр, — ответил я.

Конечно, это были не настоящие кристаллы, обычные стекляшки. Скорее прикол, чем реальный контроль за входящими и выходящими.

— А мне прозрачный, — сказала Дарина и ткнула себя в щеку.

— О, редкий выбор! — порадовался парень, подсветил себе фонариком, выбирая с листа, где были наклеены стекляшки, прозрачный. — Ага, вот... ничего, если вторгнусь в ваше личное пространство?

— Ничего, — разрешила Дарина спокойно. — Сюда.

Парень приклеил ей на щеку капельку-стекляшку и подмигнул мне. Мы прошли.

Внутри было совсем темно и людно. В конце комнаты — тускло подсвеченная стойка бара, где разливали пиво и какие-то алкогольные коктейли, у входа вешалка — кое-кто пришел в верхней одежде. Я плащ снимать не стал. Из широкого проема, ведущего в соседнюю комнату, гремела музыка и мерцали сполохи света.

Дарина с любопытством огляделась. Высоченные потолки, по которым тянулись толстые металлические трубы вентиляции, выходящие на темный внутренний двор окна...

— Что тут раньше было?

— Не знаю. Старый дом, исторический... Тебе очки не мешают? — громко спросил я.

— Нет! — перекрикивая музыку, ответила она. — Я иначе вижу...

— Хочешь чего-нибудь выпить?

Она засмеялась.

— Воды! Минеральной.

Я пробился к стойке, заказал воды с газом и, под насмешливым взглядом бармена, бутылку безалкогольного пива. Взял бы и обычного, но боялся, что развезет, — все-таки я и впрямь почти не спал.

Когда вернулся, с Дариной уже вовсю общался какой-то мужчина. Явно старше большинства посетителей, лет сорока, хоть и молодящийся что было сил.

— Развлекаю вашу даму, — сказал он при моем появлении. — Рассказываю историю этого старинного особняка...

Мужчина был слегка навеселе и явно пришел сюда в надежде уйти не в одиночестве. Но вел себя не вызывающе, сразу отступил на полшага, и я кивнул ему. Взял Дарину под руку.

— Пойдем дальше...

В следующей комнате бурлила основная туса. Народ кто стоял, кто сидел на мягких креслах-мешках, а то и просто на полу. В углу громоздилась звуковая аппаратура, ди-джей крутил что-то умеренно мелодичное и чересчур громкое. В центре зала девушка, миниатюрная и совсем юная, читала стихи.

Мы встали у стены, прислушались. Голос у девчонки был тонкий, пронзительный, пробивался даже сквозь музыку.

Пойманные капканом созвездий,
В поисках предназначения,
Мы ожидаем от неба известий,
Выхода из заточения.
Ждем, повторяя слова и числа,
В лицах читая знаки, —
Поколение, не знавшее смысла,
Запертое в саркофаге...

Дарина дернула меня за рукав. Спросила:

— Это хорошие стихи?

Я замялся.

— Не знаю. Неумелые!

— Но в них что-то есть?

— Что-то есть, — согласился я. — Ты же читала книжки.

— Лишнее забываю, — отмахнулась она. — А со стихами очень трудно. Не всегда сразу понятно, что лишнее, а что нужное.

— Как в жизни, — ответил я.

— Как в жизни, — согласилась Дарина. Мне показалось, что даже сквозь зеркальные очки взгляд ее был тревожным. — Максим...

Я глазами спросил: «Что?»

— У нас всё в порядке?

— Сейчас подумаю, — ответил я и глотнул пива. Оно было совсем как настоящее. — Восемь лет назад Землю завоевали Инсеки. Но это не очень важно, потому что мы и так были завоеваны — собственными прародителями. Луну раздробили на кусочки, молодежь собирает эмоциональные плевочки для Продавцов, больных детей отдают на Изменение и отправляют воевать за Инсеков...

— Я не про жизнь! — Дарина даже топнула ногой. — Я про нас! Про тебя!

Не знаю, что меня так переклинило. Я ведь вел сюда Дарину, чтобы ее развеселить. Чтобы как-то протянуть эту ночь, дождаться утра и пойти к Продавцу. Не для выяснения отношений!

Сама эта тусовка, которых я не особый-то и любитель? Свет, звук, стихи? Тот гормональный фон, что создают в замкнутом пространстве три десятка молодых парней и девчонок, в большинстве уже разбившихся на пары? Легкий запах травы в воздухе?

— Про меня? — спросил я. — Какое это имеет значение? Я призванный. Я себе не принадлежу. Я — часть Гнезда.

— Я сняла Призыв! — выкрикнула Дарина.

— Ты же знаешь, что Призыв нельзя снять до конца, — тихо ответил я.

Она услышала. Замерла.

— Что там, в комплекте? — поинтересовался я. — Ногти быстрее растут? Бесплодие? Что еще?

Дарина молчала.

— А как у Миланы? — спросил я, понимая, что это удар на добивание. — У нее такие же последствия Призыва? Ладно со мной, а ее ты почему не предупредила?

— Нас бы всех убили, — прошептала Дарина. — И ее тоже.

— И все равно она должна была знать! — выкрикнул я. — И я должен был знать, на что иду!

Дарина развернулась и бросилась через комнату вглубь помещения. Я постоял мгновение, потом пошел к стойке бара. Там как раз никого не было, кроме парня-бармена.

Ну а что?

Другим помогает, может, и мне сгодится.

— Сделай что-нибудь покрепче, — попросил я.

Бармен глянул на меня, потом стал смешивать в высоком стакане напитки из разных бутылок. Спросил:

— Поругался?

— Ага, — ответил я.

— Не поможет, — сообщил бармен.

— Сам решу.

Бармен усмехнулся, доливая стакан колой.

— Мне-то что? Несчастная любовь — это двадцать процентов моего дохода.

— А остальное — счастливая? — спросил я, глядя, как падают в стакан кубики льда.

— Если бы. Счастливые не пьют. Остальное — несбывшиеся амбиции, поиски смысла жизни и прочие печали.

Я молча расплатился, потянул через соломинку коктейль. Сладко и крепко. Достаточно сладко, чтобы не было понятно, насколько крепко.

— А что, кто-то еще ищет в жизни смысл? — спросил я.

— О, да! Но это проходит с возрастом.

Кивнув, я вернулся в комнату с молодыми поэтами, там читал стихи мужчина, который пытался знакомиться с Дариной. До меня донеслись лишь отдельные фразы — про ночь, полную страсти и огня, про день, полный раскаянья и сожалений. Извиняясь на каждом шаге, я протолкался мимо поэта, вышел в короткий коридор. Мне уже было не по себе.

Зачем, ну зачем я сорвался?

Налево я увидел две двери туалетных комнат, направо — выход на широкий балкон или, скорее, маленькую террасу. Терраса нависала над захламленным и грязным дворомколодцем совершенно питерского вида. Дом, такой красивый с фасадов, здесь был совершенно неприглядеен: облупившиеся некрашеные стены, небрежно запененные проемы окон, какие-то кондиционеры и вентиляционные короба промышленного вида. Судя по пепельницам, терраса использовалась курильщиками, но сейчас там стояла лишь Дарина. Она прислонилась к перилам и смотрела вверх. Над колодцем плыло лунное кольцо, сейчас белесо-серое, словно пригашенное.

Я встал рядом. Глотнул из стакана. Спросил:

— Смотришь на кольцо?

— Нет, — ответила Дарина как ни в чем не бывало. — На Росс сто двадцать восемь. Это красный карлик в созвездии Девы. Знаешь астрономию?

— Созвездия немножко знаю, — сказал я. — Дева... и где она?

— Вот там, — Дарина подняла руку. — Крошечная красная точка. Примерно посередине между Спикой и Регулом. Тусклая. Там есть планета, называется Саельм. Холодная.

— Там воюют? — спросил я.

— Нет. Она малоинтересна как колония, своей разумной жизни не имеет. Там тренировочный лагерь и перевалочный пункт. Это одна из ближайших к Земле баз Инсеков. Была отбита у Прежних в начале двухтысячных. На Земле даже зарегистрировали радиошум от... не важно. Нас часто отправляют туда, а потом — дальше, по всем секторам, где идут бои.

— А... — сказал я, глядя на мерцающую красную точку.

— Люди не видят эту звезду невооруженным глазом, — сказала Дарина. — Да еще и с такой засветкой, как в Москве.

Она помолчала.

— Это тоже следствие Изменения, которое вызвал в тебе Призыв.

— Что еще? — спросил я.

— Ты стал сильнее и быстрее, процентов на десять по сравнению с прежней формой. Может быть, это не очень заметно, но есть. И у тебя не только ногти лучше растут. Переломы тоже станут срастаться быстрее в два-три раза. Ты можешь задержать дыхание на несколько минут. Несколько ядовитых веществ для тебя менее вредны, радиация не так опасна. Похоже на очень слабую форму изменений жницы.

— Ну, это даже неплохо, — решил я.

— Но ты стал бесплоден, — добавила Дарина. — Это правда, и это плохо. С Миланой иначе, на женскую фертильность Призыв так не влияет. Скорее... — она помедлила, — есть даже некоторый плюс. Она никогда не родит ребенка с генетической патологией, даже с малейшей.

— Очень хорошо, — обрадовался я. — Правда!

— Я не знала о последствиях, — сказала Дарина. — Честно. Это в глубине базы знаний хранителя, я слишком поздно получила доступ. А когда поняла... было уже поздно.

Я вспомнил, как она рыдала, прижимаясь ко мне в Гнезде. Повторяя «что же я наделала».

— Извини, что сорвался, — сказал я. — Мне это не важно. Правда.

Дарина покачала головой:

— Сейчас не важно. А потом станешь об этом думать.

— Вы же живете... без детей.

— Мы — это другое. Мы все равно должны были умереть. Теперь мы отдаем долг. Людям и Инсекам.

— Люди вам сильно помогли? Отдали в Гнезда навсегда! А Инсеки? Им какой долг отдавать? — спросил я с горечью. — Они могли вас просто спасти, тогда был бы долг. А они... выкупили. В рабство.

— Ты не знаешь, — тихо сказала Дарина. — Ты думаешь, что Прежние, что Инсеки — одинаковы. А разница есть.

— И какая же?

— Не могу тебе рассказать. Ты многого не знаешь. Но Прежние — хуже, они гораздо хуже!

Я поразился тому жару, с которым она это произнесла. Кажется, Дарина была убеждена в том, что говорила.

— Наверное, ты путаешь со Слугами, — сказал я. — Прежние — им на людей плевать, да. Они заняты своими смыслами...

Дарина искоса глянула на меня.

— Но они уже... слишком далеко от нас, — неуверенно добавил я. — Это Слуги, да... мразота последняя... убивают, насилуют... жрут...

— Слуги всего лишь звери-прислужники, — спокойно произнесла Дарина. — Их такими специально создают, мерзкими и максимально ненавидящими людей. Сваливают на них самую отвратительную работу. Знаешь, что во время Великой Отечественной самые злобные каратели были из местных? Нацисты поручали им ту работу, которой не хотели мараться, — сжигать деревни, расстреливать женщин и детей, охранять пленных.

— Что-то слышал, — сказал я неуверенно. — Удивительно, что ты знаешь.

— Про войны нас всех учат. Вот Слуги — именно такие каратели. Злобные, потому что понимают свою ущербность, понимают, что никогда не станут настоящими. Они исковерканные и мерзкие. Но сделали их такими Прежние. И по сравнению с Прежними они даже не зло. Так... гадость.

— Это вам Инсек сказал?

— Не только сказал, — Дарина посмотрела на меня. — Да, наша судьба — сражаться с Прежними и их солдатами в иных мирах. Пытаться остановить зло, которое они несут. Но тебя... тебя я зря во всё это втянула. Зря призвала, зря приняла твою помощь. Я очень хотела быть с тобой. Я правда тебя любила с детства. И когда увидела в Комке — отпустила тормоза. Снесло крышу.

— Дарина...

Я взял ее за руку.

Она отстранилась, но сумела сделать это так, что я понял — она не брезгует мной, а наоборот, не хочет запачкать своим прикосновением.

— Я не права. Сильно не права. Когда узнала, что ты уже не станешь обычным человеком, надо было всё тебе рассказать. Повиниться. А я испугалась. Решила промолчать. Думала, может быть, есть способ. Какой-нибудь мутаген. Но если возвратный мутаген не подействовал, то больше ничего нет. Слишком глубинные изменения, не на клеточном уровне. Мы, Слуги, монстры — переделанные люди, основа человеческая, изменения можно откатить. А Призыв меняет сильнее.

Я вспомнил слова Ивана про то, что биологически он человек. Видимо, Призыв и впрямь вторгался куда-то глубже ДНК.

— Всё, проехали, — сказал я. — Дарина, зря ты не сказала. Но я понял. И я не сержусь, честно. Что было, то было. Не жалею.

Дарина молчала, глядя на меня строго и задумчиво. Я подумал, что никогда не видел ее такой. Ну или не представлял. С той минуты, как мы впервые были вместе, она стала для меня Дариной, моей девочкой; Измененной, но нуждающейся в защите, слабой, беспомощной, за которую я в ответе.

А она не девочка. Она жница, более того — хранитель.

— Мне надо подумать, Максим, — сказала она. — Спасибо, что привел сюда, было интересно. Но не мое. Я пойду, ладно?

Не дожидаясь ответа, она легко перепрыгнула через перила.

Я подался вперед, перегнулся. Тут невысоко, метра два — два с половиной, но ведь темно, и внутри захламленного дворика куча всякого хлама, на который можно напороться...

Зря я за нее волновался. По привычке.

Она не маленькая девочка.

Дарина стремительной тенью пронеслась через дворик, подпрыгнула — повисла на кондиционере на уровне второго этажа, мгновенно подтянулась, взлетела вверх, вдоль стены — в проем окна, оттуда снова прыгнула вдоль стены...

Миг — и она уже была на крыше. Ее фигурка пронеслась на фоне лунного кольца и исчезла.

Зачем она ушла именно так?

Почему не через дверь, как мы пришли?

Наверное, чтобы я понял — она не человек.

Я постоял, глядя на крошечную красную точку звезды Росс сто двадцать восемь, которую обычный человек увидеть не может. Потом глаза устали, и я потерял ее в звездном небе.

Тогда я глотнул коктейль и пошел обратно в зал, к музыке, стихам, свету и людям.

Глава шестая

Домой я возвращаться не стал. Там я бы тупо пялился в телевизор (ну, если бы вспомнил, как его включать) либо уснул. А скорее всего, вначале бы пялился, а потом уснул.

Еще я всерьез подозревал, что дома меня уже ждут — и не добрый Лихачев со своими ребятами, а вежливые люди в штатском, которые из-за нас сейчас стоят на ушах и огребают от начальства по полной.

Идти в Гнездо я тоже не хотел, Дарина предельно ясно дала понять, что хочет побыть одна.

На самом деле я даже подумал, не нагрянуть ли к Продавцу и не постоять ли у него над душой в ожидании мутагена. Но понял, что мне не хочется его видеть.

Так что я терся у стены под грохот музыки, а когда та ослабевала — слушал стихи. Большей частью они были либо слишком умные (я считаю, что стихи слишком умные, если невозможно понять, что хотел сказать автор), либо про любовь. Про любовь попадались неплохие, только казалось, что я их все когда-то уже слышал.

Коктейль я цедил до тех пор, пока в стакане не остался один лед, потом — холодная вода, а потом — теплая водичка с легким запахом лимона. Тогда я вернул стакан бармену и с удивлением понял, что даже не захмелел.

— Эй, пыхнем? — Кто-то взял меня за руку. Не за рукав, а ладонь в ладонь.

Я с удивлением посмотрел — та самая мелкая девушка, что читала стихи про «поиски предназначения». Она оказалась еще ниже, чем я думал, — по плечо мне. Ладошка у нее была сухая и твердая.

— У меня нет, — сообщил я.

— Вот так всегда, — вздохнула девушка. — Ладно, у меня есть.

Траву я не люблю. Пробовал несколько раз в компании, вот и весь опыт. Но сейчас мне было все равно.

— Оки, — я пошел за девчонкой на тераску. Она, хоть и мелочь, вела меня сквозь толпу, как ледокол — груженую баржу.

Две девчонки с полупустыми бутылками пива что-то курили на террасе. На нас они внимания не обращали. Мелкая, ничуть их не смущаясь, достала самокрутку, зажигалку и протянула мне.

— Раскуривай.

Я пожал плечами и раскурил.

— Меня зовут Оля, — сообщила девчонка.

— Макс.

— Видела, ты меня внимательно слушал. Спасибо. Твоя девчонка ушла?

Я передал ей самокрутку и кивнул.

— Странно как-то ушла. Я не заметила.

— Следила, что ли?

— Ага. Она необычная. Двигается так... — Оля передернула плечами. — Как будто... Измененная, что ли?

— Да, — я не стал врать.

— Обалдеть, — решила Оля, затягиваясь. — Первый раз вижу Измененную на тусе, да еще и с человеком. А я вот хотела познакомиться с парнем-Измененным.

— Я тоже не совсем человек, — зачем-то сообщил я. Лицо Ольги сразу застыло, она окинула меня очень оценивающим взглядом.

Я сообразил, как прозвучали мои слова. Блин!

— Это не к тому, что я предлагаю знакомиться.

— Жалко. Я бы с тобой потрахалась, — заявила Оля деловито. — Без всякого, не думай. Без обязательств и всё такое. Прикольно.

— Эй, а тебе не рано? — спросил я.

— Мне двадцать, — обиделась поэтесса. — Я просто мелкая. Маленькая собака до старости щенок... Что, не хочешь?

— Не в этом дело.

— Понятно, — вздохнула она, возвращая самокрутку. — Обидно. Ну ладно, тогда просто поболтаем?

Я вздохнул. Глянул на часы — шел второй час ночи.

— Поболтаем. Скажи, как так получается, что, если поссоришься с девушкой, тут же другие начинают с тобой знакомиться?

Оля забрала самокрутку и серьезно сказала:

— Потому что мы все ведьмы. Чувствуем, что парень освободился, и начинаем присматриваться, не прибрать ли к рукам. Вдруг ценная вещь, по ошибке выбросили...

Она даже хихикнула, видимо, понравился образ.

— Ко мне бесполезно присматриваться, — на всякий случай напомнил я. — Ты где-то учишься?

— Восьмой «бэ», — она снова хихикнула. — Знаешь песню такую старую? «А я тебя зову в кабак, конечно... У-у, восьмиклассница, у-у...»

— Первокурсница! — поправил я.

— Это сейчас поют «первокурсница», потому что иначе статья. А раньше пели «восьмиклассница», — Оля усмехнулась. — Да шучу, шучу. Не учусь я, работаю. Медсестра.

— Врачом хочешь стать?

— Хотела когда-то, — она вдруг посерьезнела. — Потом подумала — на фига? Учиться шесть лет, потом сидеть на приеме? Я зарабатываю побольше врача, сестры сейчас в цене. Еще серчем промышляю. Ты кристаллы ищешь?

— Все ищут.

— Вот! Завтра дадут Инсеки какое-нибудь чудо-лекарство, и все врачи окажутся на улице. Зачем под такое закладываться?

— Не дадут, — сказал я.

Мне вдруг стало тоскливо от этого разговора. В стихах у девчонки и впрямь что-то было... а в ней самой — нет. Неужели так бывает?

— Ты, наверное, лучше знаешь, — задумчиво сказала она. — А как это — «не совсем человек»? Тебя изменили, но не до конца?

— Всё сложно, — уклонился я.

Оля размышляла. Потом сказала:

— На самом деле я не то чтоб хочу с тобой секса. Я подумала: вдруг, если у нас с тобой что-то будет, ты мне поможешь?

— В чем?

— Ну... я могу пройти Изменение?

— Зачем оно тебе? — спросил я. — Ты что, не понимаешь, что станешь жницей или стражей?

— Мне надо стражей.

— Зачем? — повторил я. В голове мелькнула сумасшедшая мысль: мелкую девчонку все вечно обижали, у нее возник комплекс, и она хочет стать большой и страшной.

— Не слыхал, что стражей тайно отправляют с Земли на другие планеты? — понизив голос, спросила она.

— Ну... что-то слыхал, — ушел я от прямого ответа. — Так их вряд ли отправляют цветочки нюхать. На то они и стражи, верно? Или ты прям хочешь воевать?

Оля как-то обмякла, пожала плечиками.

— Да нет, не хочу. Но... это что-то, понимаешь? Что я тут забыла? Сидеть на Земле всю жизнь, замуж выйти, детей родить, помереть... Тоска.

— Люди тысячи лет так сидели.

— Потому что когда жрать нечего, то думаешь только о жратве! А сейчас с голода никто не умирает. Просто... — Она беспомощно развела руками. — Просто иначе зачем, зачем всё? Хочется какого-то челленджа...

Я ее понял. Неожиданно для самого себя. И мне вдруг стало ее жалко.

— Сколько тебе лет? — спросил я. — Только честно!

— Двадцать два...

— Не выйдет. Мутагены в таком возрасте не работают. Иначе бы в Гнезда и кого постарше забирали, верно?

— Блинский блин... — Оля махнула рукой. — Точно?

Я кивнул.

— Думала, может, врут... — Она вздохнула. — Купишь мне пива?

В общем, мы с ней тусовались часов до пяти, когда стали расходиться последние поэты и слушатели. Я несколько раз покупал ей пиво, она достала еще одну самокрутку. Я никакого кайфа не поймал, может, трава у нее была фиговая... а может быть, мой организм перестал на нее реагировать? Я ведь выпил еще один стакан коктейля и не почувствовал совершенно ничего.

Оля несколько раз выходила и читала стихи. Не очень хорошие. И по разговору она мне показалась... ну, не глупой, нет, скорее скучноватой. Но все-таки мы поболтали о разном, даже поцеловались на балконе — ничего больше, только поцелуи. Просто от нечего делать.

А потом я проводил ее до метро (это заняло двадцать секунд) и пошел пешком в Комок. Удивительно, но никакого полицейского усиления, несмотря на вчерашний вечер, я на улице не наблюдал.

Я люблю утреннюю Москву. Раньше, хоть я сам уже и плохо помню, столица вообще ни на час не замирала. Отец любил повторять, что таких городов в мире единицы, а в России — так и вообще один, даже Питер под утро засыпает.

Теперь Москва тоже засыпала, а в пять только-только начинала оживать. Прохожие были редкостью, машины тем более. Кое-где встречалась молодежь, расходящаяся со вписок, несколько собачников выгуливали своих псов.

Наверное, если жизнь будет идти своим чередом, постепенно всё наладится. Люди вернутся в крупные города, снова станут рвать жилы за право поселиться в Москве. Оживут ночные клубы и бары, станет совсем уж безопасно. Люди ведь ко всему привыкают, и не всем хочется странностей, вроде медсестры Оли.

Вот мне не хочется, к примеру. Я обычный.

Я даже рассмеялся при этой мысли. Мне странностей не хочется? Месяц назад не хотелось, а сейчас? Это я-то обычный? И дело даже не в том, что Призыв чего-то там изменил в моих генах. Самое главное изменилось в мозгах. И Призыв ни при чем, тут я сам, всё сам...

Словно пытаясь доказать себе, что ничего особенно и не изменилось, я достал зеркалки и половину пути прошел в них, поглядывая то под ноги, то по сторонам. Утро — хорошее время для серча, почти как вечер, и я действительно нашел кристалл возле остановки — вполне приличный пятигранный гринк, валяющийся под скамейкой. Я постоял, глядя на зеленую искорку.

Эмоции. Как человеческие эмоции могут переходить в материальную форму? И для чего они все же нужны? Продавцы ловят от них кайф, испытывая те же чувства, что и люди, вроде бы так. А остальные? Тоже? Мы стали производителями наркотиков? Или для других разумных кристаллы значат что-то другое?

И что породило этот гринк? Вряд ли радость, я почему-то не мог соотнести зеленый цвет с радостью. Тоска? Она ведь не зря называется зеленой? Вожделение? Скука?

Мне стало противно.

Гринк я все же подобрал, согрел в руке и спрятал в пакетик. Деньгами не разбрасываются, даже если они грязные.

Но очки после этого снял и пошел дальше, уже не выискивая кристаллы.

У Комка никого не было. Я толкнул дверь, вошел.

Продавца за прилавком не оказалось.

На мгновение я представил, как он лежит за занавесью, с каким-нибудь топором или ледорубом в металлическом теле, в луже синей жижи.

Вот был бы облом!

— Эй! — выкрикнул я. — Тут... есть кто-нибудь?

Штора колыхнулась, и появилась внушительная фигура.

— Конечно, Макс, — мягко сказал Продавец. — Подумали дурное?

— Да, — признался я.

музыка, фильмы. Творец создает эмоциональный заряд, и тот отзывается в других людях, порой самым неожиданным образом. Теперь вы все творцы! И мы вам не вредим!

Я продолжал хохотать.

— Кристаллы даже помогают людям, — добавил Продавец. — Снимают эмоциональное напряжение.

У меня возникло сравнение, которое я озвучивать не стал, но захихикал совсем уж мерзко.

— Смешные вы, люди, — вздохнул Продавец. — Но ты понимаешь, что мы вам не враги? Мы никому не враги, все цивилизации пользуются нашими услугами, чтобы быстрее возвыситься.

— А вы хорошо устроились! — похвалил я.

— Да, — сказал Продавец с гордостью. — Это был интересный смысл, мы использовали его раньше, чем он был похищен. Теперь мы единственные, кто не вмешивается в галактические войны и не эксплуатирует отсталые цивилизации.

— Странно как-то, — сказал я. — У нас в фантастике всё иначе было.

— Как? — спросил Продавец с иронией. — Прилетели, завоевали планету и стали там жить? Зачем? Любая планета при правильном использовании позволяет жить сотне миллиардов особей, к чему страдать, привыкая к чужой? Возить ресурсы из других миров? Неразумно. Чужие миры надо контролировать, а не завоевывать. Для этого нужны бойцы, разумные существа, но их тоже не требуется слишком много. Сотня-другая бойцов с высокими технологиями — и греби с планеты смыслы!

— Смыслы, смыслы... — Я махнул рукой. — Заладили одно и то же! Вся возня в Галактике — ради идей...

— А для чего? Гонять по космосу на кораблях и палить друг в друга? Пиу-пиу-пиу! — Продавец снова похлопал меня по спине. — Не обижайтесь, я люблю земную культуру. Обожаю «Марвел» и «Дисней». Еще я люблю японскую мультипликацию...

— Ладно, — сказал я. — Убедили! Теперь говорите.

— Что?

— Что сказать хотели, — терпеливо пояснил я. — Я рад просто поболтать, но вы ведь о чем-то серьезном собираетесь говорить?

— Ха, — Продавец помолчал. — Вы правы. Меня тревожит происходящее. Вы участвовали в нападении на Слуг этим вечером?

— Да. По просьбе Прежнего.

— Это очень странно, — Продавец шумно вздохнул. — Я пытаюсь понять логику Ивана — и не вижу ее.

— А что тут странного? — не понял я. — Он взял Кандидатом женщину, та снюхалась со Слугами и замутила мятеж. Добыла у вашего... покойного коллеги... лекарство, убравшее у Слуг преданность Прежним. Так? То есть Иван обделался, проглядел опасную ситуацию. Вот и решил зачистить Слуг нашими руками...

— Он так сам сказал?

Я кивнул.

— Прежний, — протянул Продавец задумчиво. — Простите, юноша. Мы говорим об одном и том же существе? Прожившем почти тысячу лет, видоизменяясь и развиваясь? Являющемся не модернизированным биологическим объектом, как Слуги или Измененные, не киборгом с воссозданным на атомарном уровне сознанием, как мы, а чем-то совсем иным? Тонкой волновой структурой, существующей частично вне нашего пространства, к примеру? Если вам нужна понятная аналогия... — Продавец поскреб пальцем подбородок. — Хм... Ну, представьте себе актера, выступающего на сцене. И телевизор, по которому показывают выступление. Очень хорошо показывают, с прекрасным объемным звуком и великолепным изображением, ярким, цветным и объемным. Так вот, Прежний — это тот самый актер. А Иван, с которым вы разговариваете, лишь его изображение в телевизоре.

Я молчал.

— Он, конечно, не столь крут, как Высший, — продолжал Продавец. — Прежний не может существовать вне материального мира, и даже суть его еще материальна. Это не кварк-глюонная плазма при планковской температуре, он имеет понятную вещественную основу... но Иван — это лишь проекция. Эффектор... уж если совсем упрощать...

Продавец поднял руку, широкий рукав соскользнул, обнажая человеческую кисть, насаженную на металлический стержень.

— Вот что он такое, — сказал Продавец, сжимая и разжимая пальцы. — Кукла. Можно еще привести в пример Гнездо, оно тоже сочетает обязательные, но заменимые биологические элементы и волновые структуры...

— Я понял, — сказал я. — Ну и что?

— Что? — поразился Продавец. Повернулся, приблизил лицо к моему лицу. На меня дохнуло его странным запахом. — Вы полагаете, подобный разум способен был упустить предательство Кандидата и заговор Слуг?

— Но он же...

— Сказал вам, что пропустил? Ха-ха.

Продавец нагнулся, достал из-под прилавка вазочку с яркими дешевыми конфетами. Точно такую же, как была в другом Комке у мертвого Продавца.

— Будете?

— Нет, — мрачно ответил я.

— Таким образом я завуалировано показываю вам...

— Что считаете ребенком, — сказал я. — Понял. Так зачем Иван меня обманывал?

— Я и пытаюсь понять! — воскликнул Продавец. — Допустим, Иван сознательно проглядел заговор Слуг. Они бы прихлопнули Инсека, Иван зачистил их — и всё, контроль над Землей снова у Прежних, договор они не нарушили. Форс-мажор. Но это очень сложный и, не побоюсь сказать, наивный замысел! Инсек ведь не просто огромный муравей в поврежденном корабле.

— Он тоже... не просто биологическое существо?

— Тоже, — подтвердил Продавец. — Другие принципы расширения сущности, чем у Прежних, но... Однако речь о другом. Чего он на самом деле хотел, посылая на уничтожение Слуг обычных людей?

— Чтобы мы погибли? — спросил я. — Он не может сам нас тронуть, а мы ему мешали. Надеялся, что Слуги нас прикончат.

— Возможно, — сказал Продавец, помедлив. — В этом есть логика, но... но... слишком просто. Слишком незатейливо даже для существа моего возраста и опыта.

Он вытянул ноги (металл клацнул о пол), шагнул за полог. Вернулся через минуту и протянул мне пластиковый контейнер, похожий на коробку для завтрака, и еще один, покрупнее.

— В маленьком контейнере возвратный мутаген. В большом — заказ для Гнезда. Вы ведь туда собираетесь?

Я взял коробку, посмотрел в лицо Продавцу.

На моей он стороне?

И да, и нет. Сейчас скорее на моей. Но по большому счету — сам за себя. И за своих сородичей.

Все-таки я сказал:

— Спасибо. Как бы и что бы дальше ни сложилось.

Продавец кивнул:

— Не верьте Ивану. Когда большие игроки делают ставки, люди — лишь разменная фишка.

— А вам верить? — спросил я.

— Мне тоже не верьте. Даже себе не верьте. Но в первую очередь — не верьте Прежнему. Попытайтесь понять игру, которую он ведет. Что ему на самом деле требуется.

— Спасибо, — повторил я.

— Пакетик нужен? Бесплатно, как постоянному клиенту.

Я взял из рук Продавца черный пластиковый пакет, положил в него контейнеры. И вышел из Комка.

Глава седьмая

Автомобиль стоял на углу Большого и Малого Гнездниковского, стоял нагло, у самого перекрестка, хотя там парковаться нельзя. Большой, черный, дорогой. Точнее, очень большой, очень черный, очень дорогой — я даже ни секунды не засомневался, кто в нем. Уверен, что у нынешней министра культуры машина не такая крутая.

Впрочем, тут даже слово «автомобиль» плохо подходило. Хотелось назвать его старомодно и торжественно — «лимузин», к примеру.

Я подошел к задней двери и постучал пальцем в темное зеркальное стекло. Постучал — и вдруг поймал себя на том, что вижу сквозь него. Иван сидел на заднем сиденье с бокалом в руках, сидел и с любопытством смотрел на меня.

Стекло опустилось.

— Забирайся, — сказал Иван весело. Почувствовал, что колеблюсь, и добавил: — Не бойся, всё хорошо. Не обижу.

— Мне мама с детства не велит в чужие машины садиться, — буркнул я.

Но открыл дверь и сел, конечно. Пакет поставил себе под ноги и крепко зажал коленями.

Тут было очень просторно. Сиденье — как кожаный диван, с широченными деревянными подлокотниками. Автомобиль то ли крутой и старый, то ли крутой и косящий под старину.

Водителя, широкоплечего и коротко стриженого, от салона отделяла стеклянная перегородка, я такое видел только в кино. Сиденье рядом с ним пустовало. Ну да, зачем Прежнему охрана?

Иван небрежно нажал какую-то кнопку на подлокотнике, и стеклянная перегородка потемнела.

— Будешь виски?

— Не пью.

— Правильно, — сказал Иван. — Хороший мальчик. Никогда не пей, пьянство выдумали рептилоиды, чтобы дурманить людей.

Впечатление было такое, словно он навеселе. Я вот, похоже, теперь не смогу этого ощущения испытать. Раньше становилось противно, теперь алкоголь не берет.

— Мы выполнили... задание, — сказал я.

— Знаю, конечно же, — Иван кивнул. — Молодцы! Всего одна боевая потеря на такую толпу... Скажи, где вы раздобыли многоцветный кристалл?

— Нашел, — ответил я без подробностей.

— В любом случае это был оригинальный ход, — одобрил Иван. — Уничтожить такую толпу Слуг очень сложно. Проще на время вернуть им совесть и предоставить себе.

— На время?

— Конечно. Через полчаса они были бы в норме. Но... не сложилось. Внезапно вспомнить всё содеянное, все подлости, жестокости, убийства — это ужасно. Мы никогда не отключаем эмоции.

— И ничего? — полюбопытствовал я. — Жить не мешает?

— Нет. Со временем понимаешь, что человеческая жизнь стоит немного... Да знаешь, большинство людей и не стоит сожаления! Дай им силу и безнаказанность — такое начнут воротить! Поначалу — с оглядкой, осторожно. Согрешат, помолятся... попереживают... А потом вперед, во все тяжкие. Сверхчеловеки, как они о себе думают...

Он рассмеялся.

— Нас ищут? — спросил я.

— Кто? Зачем?

— Ну... полиция... мы ведь на камерах засветились.

— Не бойся, — Иван улыбнулся. — Я всё замял.

— Смерть полусотни известных людей?

— Они в большинстве своем старенькие, — Иван усмехнулся. — Те, кому хочется признания и славы, вынуждены стареть. Это потом они омолаживаются, притворяются собственными детьми и внуками... думаешь, почему так много «творческих династий»? Так что мы размажем их гибель на два-три месяца. Чью-то смерть и не заметят, о ком-то вздохнут старенькие поклонницы и поклонники. Молодежи эти имена вообще мало что скажут. Был бы Интернет — мог бы возникнуть шум, но Интернета нет, и это помогает.

— Но сотрудники музея, полиция...

— У них своя версия. Закрытый клуб творческих людей занимался оргиями и употреблениями наркоты... кстати, в чем-то близко к истине! Приняли новый синтетический наркотик, и что-то пошло не так — агрессия, депрессия, суицидальные настроения. Скандал решено замять.

— Лихачев никогда не поверит.

— Ему и его ребятам чуть больше правды, — Иван улыбнулся. — Почти вся. Собравшиеся на встречу баловались мутагенами Инсеков в надежде обрести бессмертие и стать сверхлюдьми. Приняли новый мутаген...

— И что-то пошло не так.

— Верно! Дозирование информации, дорогой Максим, — ключ к успеху. Толпа удовлетворится тем фактом, что богатые и знаменитые тоже смертны. Коллеги, завидующие им, радостно примут новость о распутных наркоманах. Полиция получит историю, которой так же поверит безоговорочно, — ибо полицейские хорошо знают людей и не питают иллюзий на их счет.

— Так что, никаких проблем мне не ждать? — осторожно уточнил я. — Со стороны органов?

— Разве что внутренних, но ты еще молод и крепок!

Да, Иван точно был навеселе. Может, и не от выпивки. Может быть, он просто слишком доволен произошедшим.

— Спасибо, — сказал я, подумав. — Тогда я могу идти?

— Конечно!

— Когда вы вернете сына Виталия?

— Кому? — Иван нахмурился, поставил бокал на откидной столик.

Мне будто под дых дали.

— Виталию Антоновичу!

— Погоди... Макс, но ведь Виталий погиб! Как я могу вернуть ему ребенка? Ты же не предлагаешь... о, Господи... не предлагаешь же ты его убить, чтобы он воссоединился с отцом?

Иван замотал головой.

— Он погиб, спасая сына! — воскликнул я. — Чтобы вы вернули его на Землю и сделали человеком!

— Разумеется! — Иван нахмурился. — Но он погиб! Я не могу его воскресить. И кому нам возвращать несчастного мальчика? Он и без того достаточно слаб интеллектуально и эмоционально, по сути — начал себя осознавать, лишь пройдя Изменение. Для него вернуться в прежний облик — уже шок. А оказаться на Земле? Без единого знакомого и любящего человека рядом?

Я смотрел на Ивана и не мог понять, всерьез он это говорит или издевается надо мной.

— Но... вы же обещали!

— Обещал. Потому что Виталий Антонович очень переживал за ребенка и жизнь бы положил на его адаптацию к обществу. Кому его прикажешь отдать?

— Матери!

— Она не поверит, что это ее сын, не возьмет к себе и уж точно не станет класть жизнь на его воспитание. У нее другой муж, чудесная маленькая дочка, прежнюю жизнь она хочет забыть, как страшный сон. И тут вдруг являюсь я! С орущим перепуганным мальчиком, который только что в ином мире был огромным сильным бойцом, а тут стал сопливым десятилеткой! Он ложкой и вилкой пользоваться не умеет, зато обучен убивать. И я его вручаю несчастной женщине? Держите, бывший муж велел передать!

Если в первые секунды мне казалось, что Иван откровенно надо мной издевается, то теперь я не знал, что и думать.

— Может, тебе его доставить? — Иван ухмыльнулся. — Возьмешь под опеку диковатого ребенка? Справишься? Это ведь даже не из детдома дите усыновить, это как Маугли из джунглей забрать!

Я невольно помотал головой.

— Можно отдать в Гнездо, — размышлял вслух Иван. — Но там ему снова введут мутаген, люди в Гнезде не живут. В чем тогда смысл? Можно отдать ученым. На опыты. Поверь, ученые будут счастливы! Но того ли хотел Виталий? Так что, Макс? Говори, кому — доставлю! Подчеркну, это сложно, мне придется вести переговоры с Продавцами. Но доставлю! Обещал! Только скажи, кто с ним тут будет возиться? Кто ответит, если он покончит с собой или прибьет кого-то?

Я молчал.

— Не надо подозревать меня в мелком жульничестве, — Иван вздохнул, открыл дверцу маленького бара, встроенного в перегородку лимузина. Там, как я и ожидал, обнаружился хрустальный графинчик, из которого Иван плеснул в бокал темно-желтого напитка. — Я выше таких глупостей. Придумаешь, куда девать парня, — доставлю на Землю. Если он еще жив, конечно. Там, знаешь ли, идут бои. Минимум на полусотне планет. Наши сражаются с Инсеками...

— Наши сражаются с нашими!

— Можно и так сказать, — Иван кивнул. — Ну что? Не смею задерживать. Спасибо за работу, Макс. Был момент, когда ты меня раздражал, признаюсь. Но теперь я рад, что ты жив и здоров.

Я недоуменно смотрел на него. Конечно, я понимаю, что для него врать — как дышать. И все-таки казалось, что он сейчас говорит абсолютно искренне.

— Ладно, — сказал я. — Тогда пойду?

— Иди. Вижу, ты к своей маленькой жнице с гостинцами из Комка?

— Да, — сказал я, насторожившись.

— Хорошо, — он опять усмехнулся, пригубил виски. — Иди, иди, Макс. Я знаю, что ты выпросил у Продавца.

Я молчал.

— Никаких претензий, — Иван кивнул. — Понимаю тебя и буду с живейшим интересом следить за развитием событий.

— Зачем вы послали нас убивать Слуг? — резко спросил я. — Вы обещали рассказать.

— Я же объяснил.

— Никогда не поверю, что вы не могли сами их прихлопнуть! — Я разозлился. — А послали нас! Почти на верную смерть!

— Неправда, я в вас верил, — обиделся Иван. Помолчал. Потом добавил: — Хорошо. Мог. Но представь себе, мне хотелось, чтобы этих возомнивших о себе засранцев убили обычные люди, которых они так презирают! А еще мне хотелось сделать для вас что-то хорошее. Вернуть Виталию ребенка. Но не в моих правилах совершать благодеяния просто так, надо было что-то получить взамен.

Точно так же, как минуту назад я почувствовал, что Иван не врет, сейчас я понял обратное — это ложь. Точнее, мелкая и не значащая ничего часть правды.

Интересно, это я сам стал таким умным, или Призыв так влияет?

— Спасибо, — сказал я. — Ну, пойду я.

— Придумаешь, кому нужно дите, — сообщи, — благодушно сказал Иван вслед.

Дверь машины открылась, никто меня не задерживал. Я вылез, крепко сжимая пакет, на всякий случай заглянул — да, контейнеры на месте. Пошел к Гнезду, чувствуя спиной взгляд Ивана. Черный лимузин так и остался стоять.

Что же он задумал?

Развернувшись, я бросился назад, к машине. Вновь постучал в стекло костяшками пальцев, и оно уползло вниз.

— Иван... — Я запнулся, глядя на него. Но Прежний смотрел ободряюще, и я собрался с духом. — Вы еще обещали рассказать мне про себя. Про то, кто вы такие, чего хотите... сделать меня Кандидатом. И Дарину.

— Но я предупреждал, что если откажешься, то я сотру тебе память о разговоре, — напомнил Иван.

— Да. Но так вышло... в общем, я все равно уже не совсем человек... Расскажите.

— Макс, погляди на часы.

Я посмотрел.

Что-то не то. В Комок я зашел в начале седьмого. Сейчас было почти девять.

— Я уже рассказал, Макс. Только что.

— И я не согласился?

Иван покачал головой:

— Не согласился. Я тебе больше скажу, Макс. Я дважды рассказывал о нас. Первый раз — когда ты спросил: «Откуда мне знать, быть может, вы уже рассказали». Помнишь? Ты молодец, сразу сообразил. Могу рассказать и третий раз, но зачем?

На губах Ивана появилась улыбка, и стекло поползло вверх.

Я отступил на шаг.

Нет, я не удивился.

На самом деле я знал, что он скажет.

Машина продолжала стоять, будто Иван и в самом деле готов был в третий раз поведать мне правду, которую я не приму.

Я дошагал до здания министерства, по-прежнему ощущая, что за мной наблюдают. С одной стороны — можно было порадоваться. Нас не будут преследовать за случившееся в музее. И даже сына Виталия Антоновича, за которого он погиб, я вроде бы отстоял... только придумать надо, куда его девать. Продавец тоже честно расплатился, у меня возвратный мутаген, а значит... значит, сейчас я найду Дарину, мы помиримся после дурацкой ночной ссоры, и она станет человеком.

Я не стану Кандидатом.

Но — не очень-то и хотелось.

Я останусь не совсем человеком.

Но — плевать.

Зато у меня зрение стало как у орла.

На входе в Гнездо стояла Же. Во всяком случае мне показалось, что это она.

— Привет, — сказал я.

Стража переступила с ноги на ногу. Что-то ее тревожило.

— Я могу войти? — спросил я на всякий случай.

— Можешь. Ты был призван.

Стража вновь затопталась на месте.

В туалет хочет, что ли?

— Тебе надо отойти? — спросил я.

— Нет. Да. Ты идешь говорить с Дариной?

— Хотелось бы, — вздохнул я.

Не знаю, сколько лет Же, но она казалась мне похожей на очень застенчивую маленькую девочку, которая говорит, уткнув взгляд в пол. Несмотря на здоровенный рост, устрашающую внешность и внимательный взгляд...

— Скажи ей, что вечером мы уйдем.

— Кто уйдет?

Же снова затопталась на месте.

— Я. Стража Валя. Стража Па. Стража Петя Семенов.

Трех других стражей, пришедших в Гнездо «в командировку», я знал хуже, у двери они стояли редко. Петя Семенов... ну надо же. Я подумал, что это совсем маленький мальчик, вытвердивший назубок имя и фамилию, раз он ими пользовался и став стражей.

Но Же продолжала:

— Жница Ваня. Жница Роман.

— То есть вы все уйдете? — уточнил я.

— Да.

— Хорошо, передам... — Я пожал плечами. Да, было понятно, что выделенные на время Измененные вернутся в свое Гнездо, самое большое в Москве. Но не рано ли? Сколько сейчас тут Измененных? Десяток куколок... — Дарина знает?

— Нет.

— Ты хочешь, чтобы я передал ей?

— Да.

— Почему не сама? — Я даже не сообразил, что принялся допрашивать стражу.

— Не хочу это говорить.

Вот так номер!

До меня стало доходить. Медленно, но верно.

— Вы должны были дольше здесь оставаться?

— Пока не появятся четыре стражи, две жницы, монах, хранитель, мать. Это минимум Гнезда.

— Так почему вы уходите? — спросил я.

— Мать велела.

Ясно. Приказ матери Гнезда — закон для Измененных. Хоть они и жили тут, но принадлежат к Раменскому Гнезду.

— Лады, — сказал я. — Ну... рад был познакомиться. Всего хорошего, Же.

Стража кивнула. Спросила с легкой надеждой:

— Может быть, ты придешь днем? Поиграем снова?

Я наморщил лоб. Снова? С кем из стражи я играл?

— А! — воскликнул я, вспоминая. — Мы играли в вопросы! Когда я в первый раз пришел к вашему Гнезду!

— Да, — Же улыбнулась. У стражи это выглядит жутковато, но она явно старалась. — Мне понравилось играть с людьми. Ты не совсем человек, теперь я понимаю. Но все равно.

Я кивнул:

— Приду. Извини, что сразу не узнал.

— Мы все похожие, — ответила Же.

Изменение у стражи стирает индивидуальные черты лица. Жницы все-таки разные, монахи тоже. А стражи... они как штурмовики из фильмов про «звездные войны». Только штурмовики были клонами одного человека.

— Вы разные, — сказал я. — Все-таки разные. Хорошо, я передам Дарине... когда вы уйдете?

— В полночь. Нам приказано уйти сегодня, мы уйдем в полночь.

Я нахмурился.

Это мне не нравилось. Выглядело так, будто пришедшие на подмогу Измененные не хотели выполнять приказ матери и саботировали его в меру возможного.

— Почему вы не скажете сами? — спросил я в лоб. — Почему ты не хочешь говорить с Дариной?

— Нам стыдно, — ответила Же.

Вот теперь мне стало совсем не по себе.

Я кивнул и пошел внутрь Гнезда.

Потом я сообразил, что есть еще одна странность.

Я чувствовал Гнездо... но очень слабо. Будто оно притихло.

Словно входишь в спокойную воду температуры своего тела. Она не обжигает холодом, не согревает, она есть вокруг, но ее не ощущаешь.

«Эй, — позвал я. — Мы в ссоре?»

Вначале ничего не происходило.

Потом я ощутил ответ.

Печаль, сожаление, сочувствие... и легкая настороженность.

Я оставался частью Гнезда, я был здесь своим. Но что-то случилось, и Гнездо меня... боялось?

«Это из-за Дарины?»

Ответом было недоумение.

Гнездо либо не знало о нашей размолвке, либо не считало ее заслуживающей внимания.

Я оставил попытки разговорить Гнездо и торопливо пошел в комнату Дарины. Стукнул в дверь, заглянул.

Пусто. Раскиданы матрасы-подушки-одеяла, пахнет влагой и теплом, тускло светит не выключенная лампочка.

Интересно, а кому идут счета за электричество?

Государству?

Скорее всего там, наверху, прекрасно знают, куда деваются дети из Гнезд. Знают, что Земля платила дань прежним хозяевам, а теперь платит новым. И кто такой Иван, наверное, знают.

Ну и ладно.

Я подумал, что всего пару дней назад меня бы это разозлило, обидело и расстроило. Это потому, что я считал себя частью своей страны, частью всего человечества. Одной из миллиардов клеточек мирового организма.

Теперь я знаю, что я другой.

И это нелепое здание, обросшее белесым мочалом, влажное и прелое, в котором брошенные дети превращаются в бойцов для чужих войн, — мой настоящий дом. Дарина, Наська, куколки — это моя семья. Гнездо — моя память, мое прошлое и будущее. Я навсегда отпечатан в нем, в «волновых структурах», я говорю с ним как с самим собой, я верю ему и защищаю его.

Может быть, потому я и не принял предложение Прежнего?

Я прикрыл дверь. Постоял, ожидая чего-то.

И сказал:

— Ладно, хватит. Я всё осознал. Отведи меня к Дарине.

Гнездо недоверчиво коснулось меня.

— Уймись, — сказал я. — Что-то близится, я знаю. Что-то очень плохое. Веди.

И Гнездо открылось. Я почувствовал, куда идти.

В старые времена это был зал для совещаний. Огромный овальный стол, хорошие кожаные кресла. На стене — большущий экран, обычный, человеческий, и проектор с другой стороны зала. Свет, конечно, был притушен, окна либо закрыты, либо густо обросли серой паутиной. Проектор работал, на экране застыло изображение стражи — в боевой трансформации, с удлинившимися руками и выдвинутыми когтями.

Теперь это был учебный класс.

За столом сидели куколки. Наськи я не увидел, но все остальные, похоже, собрались тут. Большей частью куколки были такие мелкие, что забрались в кресла с ногами. Только у троих, похоже, началась финальная фаза — они вытянулись ростом почти с меня, тощие и нескладные, будто подростки. Судя по пропорциям тела, изменялись они не в жниц, в стражу. А одна была явно старше других, и лицо еще оставалось совсем человеческим, лицом юной девушки. Та самая, про которую говорила Дарина? Прыгнувшая с балкона, чтобы ее отдали в Гнездо?

На столе перед Измененными лежали какие-то брошюры, исписанные листы бумаги и оружие.

В основном это были какие-то необычно выглядящие автоматы, совсем небольшие, с магазином сверху ствола. Только перед будущей стражей лежали автоматы побольше размером и более привычного вида.

Дарина стояла у экрана. Когда я вошел, она очень спокойно на меня посмотрела, едва заметно кивнула. И продолжила — куколки очень внимательно ее слушали:

— Слабой зоной стражи, помимо суставов на нижних и верхних конечностях, является сочленение четвертой и пятой реберных пластин...

Она вытянула руку с лазерной указкой и провела красным лучом по застывшему изображению стражи.

— Поражение этой зоны приведет к травме левого или правого сердца, регенерация которых занимает до часа времени и серьезно снижает боеспособность. Пробитие грудины вызовет повреждение сосудистого узла... но пробить грудину пулей крайне сложно.

Куколки внимательно слушали.

— Пищеварительный комплекс не является жизненно важным, но обильная иннервация и кровоснабжение этой зоны делают его уязвимым...

— Дарина, а у нас как долго регенерирует сердце? — спросила одна из куколок. Я узнал — тот самый мальчик, с которым я столкнулся в душе.

— У вас правое сердце еще не развито, — ответила Дарина. — При поражении левого вы впадете в кому на несколько часов.

Она помолчала, глядя на меня. Я стоял тихо, ничего не говоря.

— Основным оружием будет пистолет-пулемет «эф-эн пэ-девяносто». Мы его называем «швея». Недостатков у него хватает, но есть и большое достоинство...

— Выглядит круто, — сказала одна из будущих стражей.

Куколки захихикали.

— Это тоже, — согласилась Дарина. — Но важнее другое — у него относительно низкая отдача. Вы сильные, но легкие... Так, я выйду на несколько минут. Не шуметь. Изучите конспекты и постарайтесь сами найти третью и четвертую уязвимые зоны на теле стражи.

Она прошла через зал, я вышел за дверь, Дарина вслед за мной. На меня поглядывали, но без удивления или интереса. Как на своего.

— У меня мало времени, — сказала Дарина. Помолчала и добавила: — Хорошо, что мы вчера... что я ушла рано.

— Мы поругались, — заметил я. — Ты ушла, потому что мы поругались.

Дарина пожала плечами.

— Я была не права.

— Это уже не имеет значения, — сказал я. — Так мне кажется.

Дарина снова дернула плечами. С вызовом произнесла:

— У меня тоже два сердца, как у стражи.

— Будто я не знаю.

— И...

— Одно из них человеческое.

— Максим, ты не обязан... — У нее задрожали губы.

— Стражи и жницы из Раменского Гнезда уйдут в полночь. Же просила передать.

Дарина обмякла. Подалась ко мне, потом отстранилась.

— Я не хочу ничего рассказывать...

— И так всё понял.

Я поставил дурацкий черный пакет с мутагенами к стене и обнял Дарину. Сказал:

— Мы вместе. Ясно? Что бы ни было — вместе.

Глава восьмая

Не знаю, как и что мы успели бы обговорить, — Дарина была на нервах, она явно рвалась обратно, в импровизированный класс. Но я услышал шепот Гнезда, повернулся и увидел жницу.

Одну из тех двоих, что пришли из большого Гнезда.

Эта жница была юношей. В прежней, еще человеческой жизни. Лица у них все равно становятся мягче, и никаких усов и бород не растет, они похожи на парней из японского аниме. Но у этой кадык все равно остался чуть-чуть заметен. И по возрасту, мне кажется, жница была мне сверстником. Значит, парень прошел Изменение одним из первых.

— Дарина, — мягко сказала жница. — Макс...

Я с ней (или все-таки с ним?) толком не разговаривал. Несколько раз видел, кивал, однажды парой слов обменялись. Даже имени его не знал.

— Ваня, я очень занята, — ответила Дарина.

Мне стало приятно, что его зовут так же, как Прежнего. Обидно, когда старинное хорошее имя носит только самодовольный нелюдь.

— Я понимаю, Дарина, — сказала жница. — У тебя много дел. Давай я подменю?

Дарина замялась.

— Стражи каждого Гнезда имеют небольшие различия, — мягко продолжил Ваня. — У наших есть специфические уязвимости.

Я почувствовал, как плечи Дарины напряглись под моими руками.

— Это ничего не изменит, но... — Жница замолчала.

— Ты будешь учить куколок убивать ваших стражей? — спросила Дарина недоверчиво.

— Сейчас они мои куколки, — сказала жница. Помедлила. — Да, я буду их учить.

Не знаю, как бы я поступил на месте Дарины. Но я все-таки не Измененный.

— Спасибо, — сказала Дарина. — Тогда мы уйдем.

И мы ушли.

А жница Раменского Гнезда пошла в класс.

В кафетерии стоял леденящий холод. Кондиционеры шарашили на полную мощность, и я подумал, что кто-то ведь должен был ими заниматься все годы после Перемены. Чистить фильтры как минимум.

Кто-то из жниц, наверное. Они и учителя, и обслуга.

Дарина готовила кофе. Не в автомате, в маленьком ярко-красном кофейнике. Залила туда воду, в ситечко насыпала молотый кофе, скрутила две половины, поставила на плиту.

Я вспомнил, как в детстве, где-то на море вместе с родителями, впервые попробовал кофе — именно из такого кофейника. Небо было ослепительно голубым, день только начинался, солнце вставало над морем, покрытая мелкой рябью вода казалась белесой и шершавой. Мы завтракали на террасе виллы, не нашей, конечно, арендованной, отец ворчал, что чиновникам теперь нельзя покупать недвижимость за рубежом... но, кажется, на самом деле был этому рад. Отец разливал кофе, мама отказалась — она сидела с бокалом белого вина и смотрела на море, тогда я попросил, и отец налил немного мне.

Сколько же мне было лет?

Десять? Чуть меньше или больше? Кажется, меньше, но в школу я уже ходил...

Совсем другой мир и совсем другая планета. Землей правили Прежние, но никто про это не знал. Где-то в космосе, уже совсем рядом, плыл астероид Оумуамуа, замаскированный кластер кораблей Инсеков, которые через десяток лет подкрадутся к Земле и захватят ее.

Мы про это не знали.

Прежние прошляпили.

— Я думал, что Гнезда не воюют, — сказал я.

Дарина вздохнула.

— Обычно — нет. На Земле это не принято. А вот... там... бывает всякое.

— Объясни, — попросил я. — Ведь все Гнезда шлют солдат Инсекам?

— Да. Раньше Прежние отправляли Измененных в свои колонии. Теперь Гнезда посылают бойцов в колонии Инсеков.

— Тогда почему...

— Ты думаешь, у Инсеков единая цивилизация? Есть разные Линии — они это так называют. Наверное, имеются в виду семьи, роды, связанные общей генетической линией. Они сотрудничают, помогают друг другу, вместе ведут экспансию. Но иногда случаются конфликты. Очень редко, но Измененных в них задействуют. Это нечасто случается, правда. Мы слишком ценны, чтобы использовать нас во внутренних разборках.

— Но бывает, — сказал я.

— Бывает.

— Что-то вроде феодализма, — предположил я. — Есть король, все обязаны драться под его знаменами, но между собой тоже грызутся.

Дарина пожала плечами. Сняла кофейник с огня и стала осторожно разливать кофе по чашкам. Я заметил, что чашки хоть и чистые, но с въевшимся в фарфор налетом.

В Гнезде сильно не хватало жниц и куколок.

— А у Прежних? — спросил я.

— У них жестче, — Дарина покачала головой. — Тебе с сахаром? Молока нет... есть сгущенка, будешь со сгущенкой?

Я кивнул. Взял ее за талию, привлек к себе. Она так и осталась стоять, но вздохнула и прижала лицо к моей голове. Сказала:

— Дура я...

— Перестань, — попросил я. — Я буду кофе со сгущенкой. Конечно, со сгущенкой лучше пить самый дешевый растворимый, но...

— У нас есть! — обрадовалась Дарина.

— Настоящий тоже пойдет. Давай сгущенку и рассказывай. Что случилось, почему на вас ополчилось большое Гнездо?

Дарина принесла сгущенку. Хорошую, в сине-белой банке. Рассеянно провела пальцем по крышке, подцепила и сняла жестяной кружок. Выглядело это так, будто она разрезала металл ногтем.

Я отвел глаза. Никогда не думал, что ногти у жниц такой прочности. Они же не выдвигаются, как когти стражи...

— Извини, — сказала Дарина.

Но мне, как и на тусе, когда она ушла по стене, показалось, что Дарина так сделала специально. Словно показывая мне, что ее человеческая внешность лишь имитация.

Я щедро налил сгущенки в кофе, размешал. Спросил:

— Ну так что там за терки с Раменскими?

— Они с самого начала нервничали, — сказала Дарина, по-прежнему стоя у столика. — Ну... звали нас к себе, помнишь. Мы отказались, вроде бы ничего... они даже прислали своих на помощь...

У нее в глазах вдруг показались слезы.

— Слушай, сядь, а? — попросил я. — А то словно официантка стоишь! Сядь!

Дарина послушно села рядом.

— Этой ночью, когда я... вернулась... со мной связалась мать Раменского Гнезда. Она потребовала... в общем, я не могла согласиться. Тогда она сказала, что мы вредим всем Гнездам. Что так не может и не должно продолжаться.

— Сказала, что нападут?

— Нет. Но это и так ясно.

— Что она требовала?

— Всем перейти в их Гнездо, я же говорила!

— А что будет... с нашим?

— Оно умрет! — выкрикнула Дарина. — Гнездо живо до тех пор, пока есть хотя бы одна жница, хотя бы одна куколка. Без живого Измененного Гнездо умирает. Новая мать может прийти в эти стены и создать Гнездо... похожее... но оно уже будет другим.

Я ее понял.

Она не могла на такое пойти.

Да что там она — и я бы не смог. Гнездо почти живое. Не просто база данных или какая-нибудь система вроде «умного дома», которые делали раньше. Гнездо — это память всех, кто в нем был. Отпечаток их сознания. Слепок души, если угодно.

— Но почему? Зачем большому Гнезду такое нужно?

Дарина беспомощно пожала плечами.

Я пил кофе и размышлял.

Хранитель сразу предлагала забрать к себе выживших. Но — не настаивала. И даже помогла, дала «концентрат первой фазы», без которого я бы проиграл бой. Потом прислала жниц и стражу. И монах был славный, за меня болел, советы давал...

Значит, что-то изменилось. Резко, вот прямо вчера. После нашей атаки на Слуг?

Но чем это могло задеть Измененных?

Прежние и Слуги — их враги. Измененные во всех Гнездах работают для Инсеков. И не просто работают, а считают это правильным и моральным. Прежние и Слуги создали монстров, которые месяц назад атаковали наше Гнездо, и это была общая угроза, Раменское Гнездо тогда тоже напряглось.

Само по себе уничтожение Слуг не должно было задеть Измененных.

Может быть, они боятся ответки от Прежних? Но Раменские вроде как ни при чем. Да и Прежним на Слуг наплевать, Иван это подтвердил, и я ему в этом верил.

И все-таки я видел лишь одно событие, которое могло вызвать такую реакцию, — побоище в музее.

— Инсек не вмешается? — спросил я.

— Мать сказала, что Инсек в курсе, — ответила Дарина.

— Так, — я начал закипать. — Сейчас я поеду в Раменки. Поговорю с их хранителем. Потом в Представительство и поговорю с Инсеком. Он мне обязан!

Дарина кивнула, но без всякого энтузиазма.

— Слушай, ты же не собираешься всерьез сражаться со стражей из Раменского Гнезда? — спросил я. — Их там десятки!

— Их около двух сотен, — ответила Дарина.

— Прекрасно! А у тебя десяток куколок с автоматами!

Она помолчала. Потом сказала:

— Я всё всем объяснила. Они могут принять предложение и уйти в Раменки. Куколок примут без вопросов, они и так порой переходят, Наська когда-то там жила.

— Да я помню... кстати, а где она?

— Ей нездоровится.

Я посмотрел на Дарину. Мгновение она выдерживала мой взгляд, потом отвела глаза.

— Изменение? — спросил я. — Она... я дурак...

— Максим, она только на вид девочка, она Измененная и вправе...

— Этот мутаген, — я поднял пакет, встряхнул, достал оттуда контейнер, — для нее? Тот, что дал Продавец?

Дарина молча взяла контейнер. Кивнула:

— Да.

— В кого? — спросил я, хоть и знал уже ответ.

— В мать.

— Вы с ума посходили! — Я вскочил, недопитый кофе разлился по столу. — Она ребенок, а ты ее хочешь превратить в мать Гнезда! Я видел, что это такое!

— Где ты видел?

— По телевизору показывали! Ты что, Дарина? Решила оборону усилить?

— Она решила еще раньше! Когда ты пропал! Когда Слуги похитили!

— Зачем?

— Чтобы тебя найти! Мы не знали, где ты! У матери больше полномочий и влияния!

Я застонал, схватившись за голову. Когда в театре актеры так делали, мне всегда становилось неловко — казалось, что они переигрывали, люди так на самом деле не страдают. А сейчас я вцепился в волосы, словно пытался повторить трюк Слуги и оторвать себе голову.

— Я нашелся! Я тут!

— Не важно, она уже решила! Гнездо не может без матери!

— Плевать на Гнездо! — выкрикнул я. И мысленно так его обругал, что слабое присутствие на краю сознания мгновенно отхлынуло в панике. — Ни одно Гнездо не стоит живого ребенка! И тебя оно тоже не стоит! Вот!

Я вытащил второй контейнер.

— Это возвратный мутаген!

— Продавец все-таки дал? — спросила Дарина зачарованно.

— Да! Он расплатился. Сказал, что у него будут проблемы, но... вот!

— Я думала... он не расплатится...

— Расплатился. — Я открыл контейнер. Ампула с лимонной жидкостью блеснула внутри. — На двоих хватит?

Она поняла сразу.

— На меня и Наську?

— Да! Ты же без нее не уйдешь, я понимаю.

У Дарины задрожали губы.

— Я не знаю... не знаю... здесь одна доза... но мутаген приспосабливается к массе пациента... тебе я вколола весь, но ты умирал, важна была каждая секунда...

Она замолчала, глядя на ампулу. Потом тихо сказала:

— Может быть, и хватит. Да, это одна доза. Но мы с Наськой не очень большие, и наши Изменения пока не глубокие. Может хватить.

Меня отпустило. Даже колени подкосились, я сел, взял ком салфеток и вытер кофе со стола. Сказал:

— Тогда зови мелкую. Тащи шприцы. Вы станете людьми, ты поселишься у меня. А Наська парой этажей выше, мои старики от счастья с ума сойдут.

— А... Гнездо? Куколки?

— Куколки уйдут в Раменки. Какая им разница, а? Ну если серьезно? Или в другое Гнездо. Ну а наше...

Я помолчал. Я чувствовал, что Гнездо слышит каждое мое слово, даже непроизнесенное.

— Наше поймет, — сказал я. — Так ведь? Ты поймешь?

Гнездо думало.

В нем были тысячи отпечатков сознания. Мальчики и девочки, юноши и девушки. Те, кто погиб здесь, и те, кто отправился умирать в другие миры.

Дыхание Гнезда докатилось до меня теплой печальной волной. Почему-то — сочувственной, словно это я отправлял себя на смерть.

— Оно согласно, — сказал я неуверенно. — Оно понимает! Здесь ни у кого и никогда не было этого шанса, но они все бы хотели его получить. Гнездо понимает.

Дарина молчала, разглядывая ампулу. Потом сказала:

— Максим, я учу обращаться с оружием. Куколок, потом стражу... Учу воевать. Но война — это не только оружие. Оружие лишь инструмент.

Я кивнул, насторожившись.

— Война — это люди. Солдаты, офицеры...

— Откуда мне знать, я не офицер и не солдат, — буркнул я. — В армии не служил. Сейчас вообще мало кто служит.

— Мораль на войне отличается от морали мирной жизни, — продолжала Дарина задумчиво. — Стоит ли спасать одного раненого или пленного, если могут погибнуть десятки солдат? Большинство армий решают этот вопрос как «стоит».

То есть жизнь солдата — самое важное, — сказал я обрадованно. — Ну и молодцы вояки. Очень правильно. Вот и вы, вас много, а Гнездо...

— Подожди, — прервала меня Дарина. — Ты не понял.

Я замолчал, а она все так же смотрела на каплю желтого мутагена в ампуле.

— В этом нет абстрактного гуманизма, как можно подумать. В этом есть здравый смысл. Каждый должен быть уверен, что его не бросят в беде. Что за него рискнут, будут биться до конца.

— Всё, сагитировала, пойду запишусь в армию... как думаешь, в десант возьмут?

— Максим, — Дарина закрыла пенал и положила на стол. — Гнездо — наш раненый боец. Мы с Наськой — офицеры, куколки рядовые. Уж какие есть. Мы не можем его бросить.

— Ты не офицер, — пробормотал я, уже понимая, что проиграл. — Вы не армия. И вообще не люди, сама повторяешь!

— Да. Но многие правила у нас совпадают. Измененные собирали лучшее, чтобы стать лучшими солдатами. А люди хорошо умеют воевать. Очень хорошо.

— Уверен, что ни в одной армии мира ни уставы, ни правила не требуют самоубийства! — сказал я. — Ты не защитишь Гнездо, вы все умрете! Все мы умрем, я ведь тоже останусь! Давай уйдем, это как раз будет правильно.

Дарина покачала головой, твердо сказала:

— Я не могу бросить Гнездо и своих солдат. И Наська не может. Но если она станет матерью, если успеет пройти первую фазу до полуночи, то получит доступ к протоколам защиты и сможет открыть сейф.

— Какой сейф?

— С настоящим оружием, — ответила Дарина. — Его запрещено применять на Земле, оно для обучения, но вот внутри помещения... Наська объявит учения на всей территории Гнезда. Раменские не смогут прийти с настоящим оружием, мы заблокируем экранные переходы, а выносить его из Гнезда на улицы строго запрещено. И тогда... тогда у нас будет шанс.

У меня голова пошла кругом.

— И что? Вы возьмете эти свои... бластеры? Плазменные пушки, лазеры, чего там еще?

Дарина невесело улыбнулась уголками губ.

— Много чего.

— И будете убивать чужую стражу? Да они ведь тоже люди! Дети двухметрового роста!

Дарина обмякла.

— Максим... ты не понимаешь. Ты говоришь — брось Гнездо. Ты все-таки его не чувствуешь так, как мы...

— О да, — раздраженно сказал я. — Ну, конечно, не чувствую, куда мне. Но я с ним говорю, и оно согласно...

— Конечно, согласно, — сказала Дарина. — Потому что Гнездо любит нас. А мы любим его.

— Да это просто запись памяти, компьютер! — выкрикнул я.

Дарина аж вспыхнула. Я даже поразился, я никогда не видел ее такой раздраженной.

— Закрой глаза! — приказала она. — Закрой!

Ее ладонь будто по волшебству оказалась у моего лица, прикрыла глаза.

— Смотри в себя, зови Гнездо, откройся! Совсем откройся!

Я закрыл глаза.

Я злился.

На весь мир. На себя. На Гнездо.

Чудом добытый мутаген мог спасти Дарину. А может быть, и Наську. Они стали бы обычными девчонками... я бы остался не совсем обычным, но пусть...

Но Гнездо мешало.

«Я открылся, — сказал я мысленно. — Ну? Что ты хочешь или можешь сказать?»

Медленно-медленно, боязливо, готовое в любой момент отпрянуть, Гнездо коснулось меня.

Я словно погружался в теплую воду.

Как космонавты на тренировках, я где-то про такое читал. Когда лежишь в теплой соленой воде и не ощущаешь ничего — ни собственного тела, ни тепла, ни холода; исчезают звуки, и ты остаешься наедине с самим собой.

В моем случае — еще и с Гнездом.

«Не бойся...»

«Я не боюсь!» — возмутился я. И вдруг сообразил, что впервые слышу Гнездо так явно. Не только мысли-образы, а словно бы голос. Ломающийся тонкий голос...

«Я себе говорю...»

Гнездо обволакивало меня, я растворялся в его легком шуме, тепле и печали.

«Не надо меня бояться...» — прошептал я в ответ.

И увидел — не глазами, а нервами, сознанием, разумом, как бывает между явью и сном, когда почти засыпаешь, — бледный желтый свет.

Мир закрутился вокруг, я снова чувствовал себя, свое тело, только легкое, пустое, будто отделившийся от костей и мышц контур Максима Воронцова.

Я стоял или висел в пространстве, полном таких же легких, призрачных фигур. Сотни. Тысячи. Ничего, кроме неяркого света и человеческих силуэтов...

Вокруг меня были дети. Кто-то совсем маленький, кто-то уже здоровенный, с меня ростом, но все равно — я видел нескладные фигуры и мягкие черты лица.

Я их вижу?

Каждого?

Они же разные, я их никогда не видел, почему сейчас я вижу и различаю каждое лицо — отпечатанное в Гнезде в миг Изменения?

Еще я ощущал легкие касания их рук.

Они будто роились вокруг, непрерывно двигались, как стая птиц, кружащая в своем воздушном танце. И каждый пытался меня коснуться. Чаще — рук или лица, но кажется, их радовало даже прикосновение к бесплотному краешку одежды.

Как тех Измененных, что где-то на другом краю Вселенной стремились дотронуться до человеческой руки Продавца.

— Я уже не совсем человек... — сказал я. Вслух.

— Для нас... — прошептала маленькая девочка, скользнув рукой по моей ладони.

— Ты все равно... — сказал мальчик, привставая на цыпочки и прижимая палец к моим губам.

— Человек... — Девочка-подросток заглянула мне в глаза. Единственная из всех не стала касаться, только улыбнулась знакомой улыбкой.

— Дарина! — выкрикнул я, рванулся к ней, но круговорот призрачных фигур уже отнес ее в сторону, скрыл за другими Измененными.

А в следующий миг я увидел самого себя. Ничуть не изменившегося.

Ну да, я тут был самый взрослый. В таком возрасте уже не мутируют. Формально говоря, я не проходил Изменения, но Призыв — штука серьезная.

Мой двойник тоже стал частью Гнезда.

Его вытолкнуло ко мне навстречу, и движение изменилось. Теперь мы стояли рядом, неподвижно, а тени Измененных скользили позади и по сторонам, стремясь прикоснуться к живому человеку — каким им уже не суждено стать и кого даже не дано увидеть.

— Я тоже считаю, что вам с Даринкой и Наськой надо уйти, — сказал тот «я», что в Гнезде. — Это правильно. Можно было бы представить дело так, что мы остались прикрывать ваш отход.

Я кивнул.

— Но теперь ты этого не сможешь сделать, — произнес другой Максим и сокрушенно покачал головой. — Даринка хитрая...

— Умная, — поправил я.

Мой двойник кивнул. Протянул руку. Единственный из всех он не просто коснулся меня, а крепко пожал ладонь.

— Береги ее, настоящую. Исправь всё это.

— Что я могу? — прошептал я. — Я не знаю, что делать. Даже если мы отобьемся, я все равно не смогу всё исправить!

Другой Максим покачал головой, будто я ляпнул какую-то глупость.

— Макс, ты опять смотришь только на то, что видишь... Анна!

Откуда-то из толпы вынырнула девочка.

Стратег!

Отпечаток сознания стратега Анны в Гнезде!

Она кивнула мне, секунду посмотрела в глаза. Потом сказала:

— Нет, объяснять ему ничего не надо. Так больше шансов, что справится.

А потом она подмигнула мне — и сильно толкнула в грудь!

Так, что я полетел назад, во тьму, кувыркнулся вместе со стулом и рухнул на пол кафетерия.

Глава девятая

Охранник на входе в Представительство меня узнал.

Вообще-то Манеж был закрыт. Люди Лихачева уже уехали, но внутрь никого не пускали.

— Опять ты! — едва ли не с ужасом воскликнул полицейский с капитанскими погонами, куривший украдкой у входа. Я его не узнал, но он, похоже, меня видел и запомнил.

Ну да, еще бы не запомнить...

— Так получилось, — сказал я.

Полицейский смотрел на меня с явным желанием послать куда подальше. Ему было лет сорок, мордастый, потный, с животиком — такой типичный полицейский из анекдотов.

— Мы убили большую часть нападавших, — сказал я. Подумал и добавил: — Вообще-то уже всех.

— И ты убивал?

— Между нами? — спросил я. — Да.

Взгляд полицейского смягчился:

— Я должен был заступать на смену... пришел, а тут...

Он бросил окурок, раздавил и спросил:

— Что тебе, парень? Представительство закрыто для посещения. Завтра приходи.

— Не факт, что завтра смогу, — ответил я. — Надо сейчас.

Капитан заколебался.

— Помню... у тебя была ксива... покажи... а, к черту... Заходи.

Я благодарно кивнул и зашел, он — вслед за мной. В Представительстве царила тишина, пахло какой-то дезинфицирующей химией. Рамка металлоискателя у входа была выключена, свет пригашен. Представительство казалось палатой для тяжелобольных.

— Нам ждать неприятностей? — спросил полицейский. — Кто-нибудь явится?

— Что? — поразился я. — Нет. Не думаю. Вот только... если я вдруг не вернусь из кабинки, а вы потом проверите и меня там не будет... не удивляйтесь. Считайте, что я и не приходил.

Полицейский снял берет и вытер им потное лицо. Покачал головой:

— Ешкин кот... Через эти экраны и впрямь можно улететь к звездам?

— Через эти — нет, — ответил я. — Они на Селену ведут... Спасибо, что впустили.

— Парень, я не знаю, кто ты на самом деле такой, — сказал капитан. — И от тебя неприятностей выше крыши. Но спасибо.

— За что? — удивился я.

— Ты хоть что-то делаешь, — буркнул полицейский. — Я в твои годы такой же был. Куда только не носило... — Он запнулся, махнул рукой. — Сейчас гляжу на молодь, думаю, какого хрена вы себя «серчерами» зовете. Ничего вы не ищете в жизни, ничего не хотите...

— Мы такие, — признал я.

Капитан покачал головой:

— Ты другой. Давай, парень. Делай, что должно. Удачи тебе.

Мне даже неловко стало от его слов. Я кивнул, прошел сквозь молчащую рамку и двинулся между раскрытыми настежь дверцами кабинок. Выключенные экраны в серо-синей окантовке застыли на стенах, будто окна в бесконечную ночь.

Я зашел в «свою» кабинку. Огляделся. Покрытие на полу заменили, оно было новенькое, одним большим куском. Мебель вернули. На стене в паре мест оставались едва заметные вмятины. Может быть, их заштукатурят и закрасят.

Осторожно притворив дверь, я сел на диванчик. Посмотрел на экран, по окантовке которого с треском забегали искры.

— Инсек, нам надо поговорить.

Серый свет полился в кабинку, экран обретал глубину. Я ждал — и вот в экране показался Инсек.

На этот раз он не перенесся воочию и не создал голографическую иллюзию. Маячил в экране, словно в обычном телевизоре, как в тех записях после Перемены, что первое время непрерывно крутили по всем каналам.

— Здравствуй, Максим, — сказал Инсек.

— Привет, — ответил я. — Я обдумал ваше предложение. Я согласен. Мы хотим сотрудничать с вами, мы будем наниматься бойцами. И сразимся с Прежними, уничтожим Слуг... мы их уже немного зачистили.

— Очень немного, — заметил Инсек. — Число Слуг в разной степени трансформации, по моим оценкам, на Земле достигает миллиона.

— Ого, — сказал я. — Теперь их на полсотни меньше, но я понял, работа предстоит большая. А Прежних-то сколько?

Я не ждал ответа, но Инсек неожиданно произнес:

— Их девять.

— Всего? — поразился я.

— Да. Они вполне самодостаточны, Максим. На некоторых планетах есть всего один Прежний. На Земле их девять, и это очень много. Ты же не думаешь, что Прежний — это единичная человеческая особь?

— Нет. Да. Не знаю, — я пожал плечами. — А как иначе?

— Это совмещенные личности, — терпеливо пояснил Инсек. — В каждом есть главенствующее ядро сознания, но оно время от времени вбирает в себя других. Тот Прежний, с которым ты общаешься, — ассоциация двух или трех десятков личностей. Еще есть несколько сотен Кандидатов, но многие из них не удостаиваются личного превращения в Прежнего, а становятся частью уже существующего. Не все, разумеется. Пряник всегда должен быть, даже если он лежит очень высоко.

Я попытался что-то сказать. И не нашел слов.

— Они очень стараются достичь сингулярности, — продолжал Инсек. — Пробуют разные способы.

— А вы? — спросил я. Как-то меня смутила его неожиданная разговорчивость.

— А мы индивидуалисты, — ответил Инсек. Как мне показалось, с гордостью.

— Мне нравится, — кивнул я и даже не покривил душой. — У нас тут возникли проблемы... дурацкие. Большое московское Гнездо, которое в Раменках, вдруг стало требовать, чтобы Гнездниковское перешло к ним.

— Так, — сказал Инсек.

— Вы же понимаете, при этом погибнет наше Гнездо, — продолжил я. — Дарина не согласна, она готовится защищаться. Наська... ну, это куколка мелкая... она хочет ускоренно измениться в мать... В общем, кошмар. Они будут обороняться вашим оружием...

— У нас нет оружия, пригодного для людей.

— Тем оружием, которое для других планет!

— Ясно, — так же кратко ответил Инсек.

— Вы можете им приказать? — спросил я. — То есть, конечно, можете. Пусть угомонятся. Я хочу вытащить Дарину и Наську из Изменения, у меня даже есть возвратный мутаген, правда, всего одна порция...

— Продавец очень много себе позволяет, — задумчиво сказал Инсек.

— Ну так прикажите им отменить этот... набег за рабами. И давайте решать, как мы станем бороться с Прежними...

— Я не отдам такого приказа, — сообщил Инсек. — Просьба отвергнута.

Я запнулся. И невольно рассмеялся.

— Нет-нет! Вы не поняли! Это не просьба, а мое условие для сотрудничества. Иначе я не согласен!

— Разве я согласился на сотрудничество? — спросил Инсек.

— Но вы же сами предлагали!

— Да. Но обстоятельство изменилось. Предложение отозвано.

Несколько секунд я, не дыша, смотрел в экран. По морде Инсека прочесть что-нибудь было не легче, чем по муравьиной.

— Какие именно обстоятельства изменились? — спросил я тихо.

— Обстоятельство, — поправил Инсек. — Одно, но существенное. В сложившейся ситуации нерационально мешать Раменскому Гнезду и невозможно пойти на сотрудничество с тобой.

— А если бы... если бы я сразу согласился?

— Мне пришлось бы расторгнуть заключенное соглашение.

Он был совершенно непроницаем. Говорил вежливо, терпеливо, но непреклонно.

— Я могу узнать, что за «обстоятельство»?

— Нет.

— Мы же вас защищали! — воскликнул я. — Дрались за вас на Селене!

— За это я благодарен.

Я вскочил с дивана, зашагал кругами перед экраном. Инсек терпеливо ждал.

— Так нечестно, — сказал я. — Даже бесчестно!

— Ты оперируешь понятиями, которые и среди людей не работают.

— Побоище будет! — выкрикнул я. — Если наши возьмут... эти лазеры-бластеры... то мы покрошим раменских в фарш!

— И ты собираешься сражаться?

— А что я еще делаю последний месяц, а? — возмутился я. — Мне задницу почесать некогда, все время надо кого-то убивать вашими стараниями!

— Полагаю, мне придется разрешить Раменскому Гнезду взять с собой оружие, — сказал Инсек. — Это уменьшит разрушения в городе и потери среди Измененных.

— Ты что, тварь! — заорал я, бросаясь к экрану. Заорал так, что изо рта капли слюны брызнули. — Ты, мразь, членистоногое, дегенерат насекомый!

— Я не насекомое и не членистоногое, — ответил Инсек. — Бесполезно с твоей стороны меня оскорблять. В любом случае я не изменю своего решения и не обижусь.

— Сука! — выкрикнул я и сорвал экран со стены. Никаких проводов у него не было.

Экран оказался удивительно легким, даже легче телевизора таких размеров. Я ударил им по стене, пробив ее углом экрана. Инсек все так же невозмутимо смотрел на меня. Я размахнулся, обрушил экран на пол и принялся топтать. Поверхность экрана сопротивлялась несколько секунд, потом, при особо яростном ударе, едва слышно хрустнула. Изображение сменила серая муть, Инсек исчез.

Я топтал экран не меньше минуты, тот прогнулся и перестал светиться. Потом я схватил экран за край и дернул. Руки отозвались болью, но я изогнул рамку, и по ней даже прошел серый надлом.

Кинув экран, я рухнул на диван. Тяжело дыша, смотрел на разгромленную кабинку.

Мразь!

Инопланетная тварь!

Если раменские, при своем гигантском численном превосходстве, возьмут всякие космические бластеры...

Может, и «Пушкинъ» спалят до кучи?

Потом я бросил взгляд на дверь и заметил, что она чуть приоткрыта. За ней кто-то был.

Я встал, вытер ладони о плащ (все-таки порезался об экран до крови) и подошел к двери, чтобы успокоить капитана.

Но там был не капитан. Чуть в стороне стоял, прислонившись к стене, Лихачев. Мял в руке сигарету, явно борясь с желанием закурить прямо здесь. Нервная у полицейских работа, через одного себя травят...

Значит, позвонил ему капитан. Ну что ж, его можно понять.

— Всё слышали? — спросил я.

— Нет, — ответил Лихачев. — Про задницу, которую некогда почесать. Или чуть раньше? Ах да, про фарш из раменских. Ты говорил об Измененных из большого Гнезда?

— Ага, — сказал я. — Да, забыл сказать, в Третьяковке тоже мы... то есть я... всех убил.

— В одиночку?

— Совершенно верно!

Лихачев кивнул:

— Ага. Пошли-ка, сынок, сядем и поговорим. Орать не будем, мебель ломать тоже, хорошо?

— Еще чего не будем?

— Твою пенсионерскую команду звать не будем, — сказал Лихачев. — Борис Аксендер лежит в хирургии, у него острая почечная колика, Елена Филипенко носится вокруг и орет на персонал. Пошли, парень. Объяснишь мне, что творится. Постараюсь помочь.

— Вы не поможете.

— Знаю, — согласился Лихачев. — Ну и что с того?

Я неохотно кивнул.

— Тебе руки надо перевязать? — спросил он.

Я посмотрел на ладони. Взял из рук Лихачева упаковку бумажных платков, стер кровь. Сказал:

— Нет. Уже зажило.

— Призыв не ушел до конца, — понимающе кивнул Лихачев.

— Вы об этом знаете?

— У женщины, перенесшей Призыв, с которой я когда-то говорил, вырос оторванный палец, — ответил Лихачев. — В монастыре, где она доживает, это считают чудом Господним, дарованным ей за раскаяние и благочестие.

И вздохнул.

* * *

Первый раз я оказался в помещениях отдела «Экс».

Ничего особенного, если честно.

Госконтора как она есть, даже на нормальный полицейский участок не похоже. Вход с улицы, охранник, а дальше — два этажа с какими-то чиновниками, в форме разве что один из пяти.

Нет, я понимал, что у «Экс» есть и другие помещения. Где крепкие мужики примеряют силовую броню и палят в тире, а фрики-ученые изучают инопланетные артефакты.

Но туда меня Лихачев не повел, и хорошо.

Кабинет у него был приличный, довольно большой, с окнами в тихий односторонний Лучников переулок. И даже приемная была, а там секретарша за компом, молодая и симпатичная, — почему-то меня это поразило. В моем представлении у Лихачева или какой-нибудь адъютант должен сидеть, или старая тетка с лицом, словно отлитым из бронебойной стали. А тут — девчонка моих лет!

— Любаша, сделай нам кофе, — попросил Лихачев, открывая дверь в кабинет.

— Хорошо, дя... Игорь Григорьевич, — секретарша смутилась.

Мы зашли, я сел напротив полковника. Тот грузно опустился в офисное кресло — хлипковатое, на мой взгляд. Задумчиво посмотрел на стол, заваленный бумагами. Сказал:

— Дочка старого друга. Не подумай чего.

— У меня Дарина есть, — ответил я.

— Да я не о том! Не подумай, что старый пень завел молоденькую секретаршу, — Лихачев ухмыльнулся. — Излагай, Максим. С момента, как я отправил вас в Гнездо.

И я рассказал. Всё, без утайки, до нашей встречи в Представительстве.

С каждым моим словом Лихачев мрачнел все больше.

Когда я закончил, он встал, подошел к окну, открыл настежь. Достал сигареты и без спроса закурил. Все-таки их поколение никогда от вредных привычек не избавится.

— Хреновые дела, — сказал он.

— Вы же не сумеете раменских остановить? — спросил я.

— Предлагаешь устроить бой в центре Москвы? — поинтересовался Лихачев. — Полиция против стражи... ах да, стражи, вооруженной инопланетным оружием...

Он молчал, пуская клубы дыма в окно. Небо потихоньку затягивало облаками, и я даже не сомневался, что к ночи пойдет дождь. Как-то уж так складывалось, что все схватки приходились на плохую погоду.

Беззвучно вошла Люба, поставила чашку кофе передо мной, вторую — на подоконник рядом с Лихачевым. Так же тихо вышла. Я высыпал в кофе сахар, вылил баночку сливок. Лихачев маленькими глотками выпил черный кофе, перемежая глотки с затяжками.

— Мы однажды добыли бластер Инсеков, — сказал Лихачев. — Даже не спрашивай, как.

— Это не для Инсеков, это для Измененных.

— Поровну! Бластер с их технологиями. Хреновина вроде «стечкина» по размеру. Пистолет и пистолет, есть дуло, спусковой крючок, предохранитель... Магазин есть. В магазине — патроны. Полагаю, специально сделали дизайн под земное оружие. Бластер стрелял... ну, судя по ускоренной съемке — патронами. Нет, ты не ослышался, вылетал патрон целиком, и гильза, и пуля вместе... Со скоростью более двух тысяч метров в секунду. При попадании в мишень происходил выброс плазмы, испаряющий до пяти килограммов стали.

Он вздохнул. Спросил:

— Знаешь, что такое фугасное действие пули?

— Нет. Взрывается?

— Ну... да. Любая скоростная пуля имеет фугасное действие. Но тут происходил чистый выброс плазмы, никак не связанный с массой патрона. Почему патрон вылетал из ствола, да еще так быстро, мы не поняли.

— Это не патрон, а маленькая ракетка, — предположил я. — С дизайном, как у обычного патрона.

— Да, мы тоже так решили. Только механизм ускорения не поняли... Отдачи практически никакой. А знаешь, что самое интересное?

Я молчал, вопрос явно был риторический.

— Судя по размерам магазина и патрона, туда входило десять зарядов. Мы расстреляли три, потом извлекли из магазина еще двенадцать. И патроны оставались. Откуда они брались — не знаю. Оружие у нас забрали... выше. Потом Гнездо, откуда случилась утечка, потребовало вернуть незаконно присвоенное учебное оружие. Мы их переадресовали к госбезопасности, чем кончилось — не знаю.

— Учебное? — уточнил я.

— Ага. Силовую броню такой патрон разорвет на части вместе с сотрудником. Что там у них еще есть — Бог знает...

— Понял, — сказал я.

— Остановить бойню, конечно, надо, — продолжал Лихачев. — Силой мы этого не сделаем. Даже если армию позвать. Дарина не согласна уйти в их Гнездо?

— Нет. Никто не согласен. Гнездо — живое и разумное. Оно часть Измененных. Это как мать в беде бросить.

Лихачев фыркнул:

— Многие бы просто тебя не поняли... Итак, они не уйдут. И достанут крутые стволы. Тупик... Ты можешь поговорить с Измененными из Раменского?

— Могу, — сказал я. — Но бесполезно.

— Согласен, — кивнул Лихачев. — Даже не пытайся. Судя по реакции твоего друга с Селены, есть шанс всё ухудшить.

Я кивнул. Я тоже так думал.

— Мы не можем их остановить, — сказал Лихачев с сожалением, достал еще одну сигарету. — Мы... я тебя не слишком окуриваю?

Я махнул рукой.

— Кабинет ваш.

— Мы не можем убедить Дарину покинуть Гнездо, — продолжал Лихачев задумчиво. — Максим, надо понять причину готовящегося нападения.

— Я же назвал.

— Нет, ты назвал лишь повод. Большое Гнездо хочет уничтожить маленькое. Это повод для нападения. Но почти две недели их ситуация не тревожила, верно? Они даже помогали, прислали своих работников, охранников. Насколько я знаю, даже переориентировали одну группу куколок на пострадавшее Гнездо. То есть всё было хорошо, они желали возрождения Гнезда. И вдруг — такая реакция! Что случилось?

— Третьяковка... — признал я.

— Верно. Но и это лишь повод! Что так взбудоражило Измененных?

— Меня как-то Милана научила, — неловко сказал я. — Смотреть не на то, что есть, что видишь. А на то, чего нет. Очень хорошо помогало в разных случаях. Но сейчас... я не знаю, как это использовать. Вроде бы вижу причину — уничтожение Слуг. И при этом понимаю, что это не причина, повод...

— Хороший метод, — сказал Лихачев. Сел на подоконник, задумчиво посмотрел на меня. — В данном случае мы знаем, чего нет. Нет реальной причины, есть только повод. Но причина скрыта где-то там...

Я кивнул.

— Давай будем считать, что метод годный, но его стоит усовершенствовать, — продолжал Лихачев. — Углубить. Что необычного случилось? Уничтожение Слуг?

— Мы с ними уже сражались.

— Верно. Массовость уничтожения?

— Вряд ли...

— Да, тут должно быть качественное, а не количественное отличие... Копаем, Макс, копаем! Что было странного, необычного, никогда не случавшегося? Ваша попытка войти со Слугами в переговоры?

На Селене мы тоже с ними говорили... — сказал я. Помолчал. — Необычно то, что они убили сами себя.

— Почему? — риторически спросил Лихачев.

— Потому что к ним на время вернулась эмпатия, — сказал я. — Совесть... Может, это?

— Нет-нет! — Лихачев хлопнул в ладоши. — Ну! Я уже вижу, а ты?

— Кристалл? — сказал я. — Семицветный кристалл?

— Бинго! — непонятно воскликнул Лихачев. — Семицветный кристалл. Это уникальная вещь, так? Никогда не было и вдруг! Я слышал про двух-трехцветные...

— Уникальная, но и такие находят, — покачал я головой. — Продавец сказал, что это очень редкая штука, но встречается.

— Да что ж такое! — возмутился полковник. — Только след показался... И все-таки, мне кажется, что-то крутится вокруг кристалла. А? Чуешь, Макс?

Мне тоже так казалось, я кивнул. Произнес вслух, размышляя:

— Кристалл — большая редкость, конечно. Очень удачно он...

— Откуда, ты говоришь, кристалл?

— Наська подарила.

Лихачев вздохнул:

— Бедная девочка... ты ее видел?

— Она еще не мать, — сказал я. — Нет, она не хочет, чтобы кто-то ее видел. Мне надо вернуться, попробовать отговорить...

— Успокойся, — Лихачев задумался. — А где она взяла кристалл?

— Нашла, говорит.

— Удачно как, — Лихачев хмыкнул. — Измененные вообще дела с кристаллами не имеют... Где нашла?

— В Гнезде.

— Откуда он там взялся? Ты в Гнезде кристаллы находил?

Я покачал головой, мы уставились друг на друга.

— Если допустить, что куколка с потенциалом матери способна генерировать кристаллы? — спросил Лихачев. —

Но, допустим, не имеет права так поступать. А тут она, из симпатии к тебе, дала кристалл...

— Раменские разозлились и решили прекратить эту самодеятельность? — предположил я.

— Вариант, — Лихачев кивнул. Глаза у него заблестели. — Или же она уникальна, и ее хотят захватить! Иди к Наське! Пусть признается, откуда взяла кристалл. Можно пообещать раменским, что такого больше не повторится.

— Можно притащить Продавцу горсть, — я зло усмехнулся. — Не знаю, конечно, но... мне кажется, из-за нескольких таких кристаллов они с ума сойдут. Накроют Гнездо силовым полем, выставят армию роботов на охрану... Инсека возьмут за хитиновое горло и заставят остановить атаку.

Лихачев кивнул.

— Если это кристалл Наськи, — добавил я. — И если у нее есть еще такие, или она способна произвести новые...

Как-то это мерзко прозвучало. «Произвести». Словно речь об устройстве. Или о муравьиной матке, откладывающей яйца... Тьфу! Мать Гнезда не производит новых Измененных, она ими руководит.

— А какие варианты? — развел руками Лихачев. — Максим... я ведь не пойду с тобой...

— Не надо, — сказал я. — Вы все равно не сможете тут ничего сделать, только умрете.

— Я не боюсь умереть, — спокойно сказал Лихачев. — Не хочу, но и не боюсь. Но там я ничего сделать не смогу. Это не Инсек и не Прежний, в которых я готов стрелять. Там одни искалеченные детишки против других искалеченных детей.

— Понимаю, — сказал я и встал. Потянулся. — Спасибо за кофе. Кажется, я только на нем и живу. Трое суток без сна почти...

— Максим... — Лихачев заколебался, но все же спросил: — А ты, ты сам готов стрелять, если понадобится?

Я подумал секунду.

— Надеюсь, что не понадобится.

Но он ждал.

— Там детишки с нашего двора и с чужого, — сказал я тогда. — Извините. Но это мой выбор. Я не стараюсь быть лучше, чем я есть.

Лихачев кивнул. Сказал с грустью:

— Да, знаю. Но ты при этом как-то ухитряешься делать лучше тех, кто вокруг тебя. Удачи тебе. Скажи Любе, чтобы выписала пропуск.

Я вышел из кабинета, а он так и остался сидеть на подоконнике. И когда я уходил по переулку, Лихачев курил в окне третьего этажа, глядя в небо.

Глава десятая

Перед дверью Дарина на миг заколебалась. Глянула исподлобья и сказала:

— Наська меня убьет. Про тебя особо сказала — не впускать.

— Ты жница и на посту хранителя.

— Да, но она станет матерью...

— Не станет, — сказал я твердо, как мог. — Мы разберемся. Никто не будет сражаться, никто никого не убьет.

Дарина смотрела на меня с сомнением и надеждой одновременно. Я не стал ей пересказывать ни свой разговор с Инсеком, ни мозговой штурм, который мы устроили с Лихачевым. Не хотел зря обнадеживать.

Она шагнула, прижалась ко мне. Первый раз после ссоры. Я погладил ее по спине, поцеловал в ушко. Прошептал:

— Верь мне. Никто не умрет.

Дарина обмякла, мы постояли чуть-чуть, обнявшись. Потом она вздохнула, открыла дверь и вошла.

Я вслед за ней.

Не знаю, была ли это комната Наськи. Мне кажется, что у куколок вообще не имелось постоянного личного пространства, они носились по всему Гнезду, спали там, где хотелось, а личных вещей толком не заводили. Так что, скорее всего, Дарина выделила ей первую попавшуюся свободную комнату рядом с лазаретом.

Тут было темно, на окнах — глухие черные шторы, стояла одна-единственная кровать, рядом — столик. На столике — лампа с прикрученным до минимума светом, полуторалитровая бутылка воды. Еще несколько пустых бутылок валялось на полу, рядом с обертками и коробочками от какой-то еды.

— Я так и знала! — сказала Наська капризно.

Она лежала, укрывшись простыней, и держала в руках книжку. Кажется, какую-то новую, не те, что читала вчера. На ней был здоровенный свитер взрослого размера, в котором она еще вчера тонула, сквозь горловину торчали и тонкая шея, и тощие плечи.

Сейчас свитер был ей впору.

И ростом, похоже, она была со жницу.

Приблизившись, я сел на край кровати. Сказал:

— На Дарину не ругайся. Я настоял.

Наська поморщилась, отложила книгу и спросила:

— Как я выгляжу?

— Ужас, — сказал я честно.

На самом деле пока это был ужас, а не ужас-ужас-ужас. У нее лишь покраснела кожа, и она вся опухла, но умеренно. Пока лишь настолько, чтобы сочувственно глянуть на толстую девочку, а не чтобы испугаться.

Но теперь, конечно, сразу было ясно, что Наська — Измененная.

— Пока еще ничего, — протянула Наська. — Вот когда у меня вырастут рога...

— У матери Гнезда нет рогов, — сказал я. — Я видел передачу, где показывали мать.

— Так матери их сбрасывают, — Наська фыркнула. — Время от времени. Когда слишком большими вырастают. Сбрасывают рога, хвост и чешую...

Конечно, это всё был пустой треп. Мать Гнезда — крупная, высокая, выше старшей стражи. С очень большой лысой головой. Кожа багрово-красная, но не чешуйчатая.

— Я достал возвратный мутаген, — сказал я.

— Знаю. Дарине, — быстро ответила Наська. — Мой на тумбочке.

Я глянул — да, среди коробок от еды лежал и контейнер с мутагеном матери.

— Я приняла лишь первую фазу, — сказала Наська. — Изменение лишь началось.

— Дарина считает, что возвратного может хватить на двоих.

Наська глянула на Дарину. Мне показалось, что в глазах у куколки мелькнул испуг.

— Нет. Дарина, нельзя. Порция на одного! И я не брошу Гнездо!

— Не спеши, — попросил я. — Вовсе не обязательно тебе превращаться в мать. Я уверен, что договорюсь с большим Гнездом.

Наська снова посмотрела на Дарину, та кивнула.

— Хорошо, — Наська запнулась. — Я не стану спешить. Но надо же открыть сейф...

— Только в самом крайнем случае, — сказала Дарина. — Но мы не будем торопиться, да! Максим обязательно договорится. На то, чтобы получить доступ к сейфу, тебе потребуется минут десять после инъекции. Сто раз еще успеем до полуночи.

— Не сто, а около сорока... — поправила Наська.

— А ты не знаешь, почему большое Гнездо на вас ополчилось? — осторожно спросил я Наську.

Она замотала головой:

— Нет. Может быть, когда я стану...

— Не спеши, — повторил я. — И кончай лопать, а?

— Для Изменения...

— Не будет Изменения! — сказал я с уверенностью, которой вовсе не испытывал. — Лучше про кристалл расскажи.

— Какой? — У Наськи забегали глаза.

— Тот, что дала мне. Разноцветный.

— Че говорить? — возмутилась Наська. — Слушай, зачем пытаешь больного ребенка, маньяк? Мне и так стремно...

— Наська. Где ты взяла кристалл?

— Нашла! — упрямо сказала куколка.

Ну хорошо, зайдем с другой стороны...

— Ты понимаешь, что это большая ценность?

— Ну...

— Продавцы от них на стену лезут. У тебя есть еще? — Я увидел, что она готова ответить, и перебил: — Стой-стой, дослушай! Я уверен, что, если Продавцу предложить несколько таких кристаллов, они нам помогут. Убедят Инсека остановить атаку или сами как-то Гнездо защитят. Понимаешь? Всё будет хорошо, никто не погибнет, ты останешься куколкой... и станешь снова обычной девочкой.

У Наськи задрожали губы.

— У меня нет!

— Точно? — спросил я с напором.

— Нет! Я искала иногда, когда выходила... Все куколки ищут, за кристаллы можно шоколадки и игрушки купить... Я три раза находила, но давно... А этот вчера нашла, в Гнезде...

У нее из глаз потекли слезы.

— У меня нет, Ма-а-аксим... Правда! Я бы все кристаллы отдала...

Мне словно оплеуху дали. Да что я делаю, насел на девчонку, ей же и так плохо! Отдала бы она все кристаллы на свете, даже сомневаться не стоит...

— Наська, прости... — Я наклонился, обнял ее. — Ну прости, пожалуйста! Я думал, вдруг ты знаешь, где еще добыть...

Она отчаянно замотала головой.

— Прости меня, я дурак, — сказал я с раскаянием. — Так удачно получилось, этот кристалл очень помог, и я вдруг подумал — не мог же он появиться случайно... вдруг ты умеешь кристаллы творить...

— Было б кульно... — сказала Наська и чуть-чуть улыбнулась. — Нет. Нам и искать не положено, — она стрельнула глазами на Дарину.

— Я знаю, что все куколки ищут кристаллы, — сказала Дарина. Голос у нее был совсем никакой, будто она каждый звук через силу выдавливала. — Ничего страшного. Я тоже искала. Ни разу не нашла.

Наська кивнула, чуть успокоившись. Спросила:

— А если кристаллов нет, ты ничего не сможешь сделать? Тогда мне надо...

— Погоди, — я с ненавистью глянул на контейнер с мутагеном. Вытащит возвратный мутаген Наську из состояния матери? Может, и вытащит... но тогда нечего и надеяться разделить дозу на две части. — Я поговорю с хранителем из большого Гнезда. Мы с ней нормально так общались... Мне кажется, они ошибаются. Я с ними поговорю, и всё будет хорошо...

Наська испытующе и с подозрением смотрела на меня.

— Что читаешь-то? — спросил я, уводя разговор в сторону.

— А, про отношения... — Наська ответила совсем без огонька. — Она любит его, он любит ее, но все равно все страдают. Это как в жизни, да?

— Как в жизни, — согласился я. — Давай, не дергайся попусту. Всё уладим.

Я похлопал ее по ладони. Пальцы тоже были распухшие и красные, словно она окунула руку в слишком горячую воду.

— Тебе не больно? — спросил я, вставая.

— Ни капельки! — ответила Наська так быстро, что стало ясно — врет.

...За дверью Дарина перестала держаться. Уперлась лбом в стену, ударила в нее кулаками — беззвучно, но посыпалась штукатурка. Тихо-тихо заныла.

— Мать — это так страшно? — прошептал я.

— Она совсем другая станет... даже хранитель немножко человек... мать очень добрая, ее все любят... — Дарина всхлипнула. — Но она как... как робот. Словно запрограммирована всех любить и всем управлять... не человек... Наська самая живая из всех, она почти обычная, ну почему у нее этот потенциал, это нечестно...

— Я пойду в Раменки, — сказал я. — Я их переспорю. Обязательно.

Дарина оторвалась от стены, вытерла слезы.

— Давай. Не медли, ладно? Гнездо что-то волнуется...

— Конечно, — ответил я. Голос Гнезда и впрямь сделался сильным и тревожным. — Наверное, наше состояние чувствует.

Мы спустились в вестибюль.

И застыли.

Возле дверей кучкой стояли раменские волонтеры — четыре жницы, две стражи. Напротив, такой же маленькой группой, — куколки Гнезда.

Куколки держали автоматы. И стволы были направлены на чужих Измененных!

— Что происходит? — выкрикнула Дарина так громко, что ее голос прокатился по всему вестибюлю, где обычно глохли все звуки.

Же — да, кажется, это была Же — повернулась к нам.

— Очень хорошо, что вы пришли, хранитель. Мы уходим.

— Вы обещали быть до полуночи! — Дарина сжала кулаки.

— Простите, жница-хранитель. Нас отзывают немедленно.

— Почему? — спросил я. — Же?

Же молчала.

— Игра! — выпалил я. — Игра в вопрос за вопрос. Почему вы уходите раньше?

Стража вздрогнула. Наши взгляды встретились.

— Потому что стражи и хранитель приближаются к вашему Гнезду. Мы обязаны уйти, чтобы взять оружие и встать в их ряды.

Инсек!

Мерзкая тварь!

Он не только разрешил раменским вооружиться, он еще и велел им напасть раньше!

— Мой вопрос, — сказала Же. — Ты знаешь, как остановить смерть?

— Нет, — ответил я, помедлив. — Нет, пока не знаю.

— Нам надо уйти, — сказала Же.

— Дарина! — выкрикнула кто-то из куколок постарше, на грани перехода в стражи. — Их надо убить сейчас! Это минус шесть!

— Нет! — Дарина даже не колебалась. — Они уйдут! Мы не будем стрелять в них... сейчас.

— Вопрос! — снова крикнул я. — Же, сколько вас будет?

— Двести двадцать две стражи и хранитель, — ответила Же без колебаний.

Я покачал головой, глядя на куколок.

— Не надо. Не надо стрелять... Спрашивай, Же!

Стража мгновение смотрела на меня. Потом сказала:

— У меня нет вопросов, призванный...

Они повернулись — все разом, не сговариваясь. И пошли к дверям.

Я чувствовал, что они ждут выстрелов в спину.

Но никто не стрелял. И они вышли.

Я бросился за ними, встал у стеклянных дверей. Стражи и жницы быстрым шагом уходили к Тверскому.

А навстречу им торопливо шли люди. Оглядывались, ускоряли шаги... заметив Измененных, шарахались от них в стороны.

В общем-то всё было понятно.

Отряд из Раменского Гнезда уже рядом. Люди разбегались от них, увидев идущую по бульвару толпу стражи.

— Крендец, — сказал я, глядя вслед уходящим Измененным.

Же даже не стала задавать мне вопрос!

— Дарина, я выйду к ним навстречу! — выкрикнул я. Повернулся.

Дарины не было.

Куколки разбегались во все стороны.

Нет, не в панике. Они бежали поодиночке и по двое, крепко сжимая свои футуристически выглядящие, но все же совершенно земные и примитивные автоматы.

Куколки занимали заранее намеченные огневые позиции.

А Дарина сейчас бежит к Наське.

Хотя нет, скорее — уже добежала.

И колет ей мутаген, в последней надежде успеть открыть сейф... и хотя бы вооружить своих подопечных адекватным оружием.

А я, своим разговором с Инсеком погубивший даже призрачный шанс на оборону, стою у дверей — и толку от меня ни на грош.

Ничего я не смогу сделать. Был бы хоть в Призыве...

Я до боли закусил губу.

Но я же все равно в Призыве, печать не сходит до конца. Я говорил с Гнездом — так говорил, как, наверное, и сами Измененные не могут.

И что сказал мальчишка-монах из Раменского?

Второй Призыв все же возможен. Дарина тогда соврала!

Даже понимая, что все мы обречены, — соврала!

Потому что вторая печать изменяет необратимо.

Потому что даже первую не снять до конца, ни отзывом, ни возвратным мутагеном.

А что со мной сделает вторая?

Волновая печать Гнезда... чем бы она ни была, она сильнее любого мутагена.

Большая ценность... ключ к Гнезду... даже ко всем Гнездам, как сказал тот же самый монах...

Я закрыл глаза.

Мама, папа... какой я балбес...

Что я к вам не зашел сегодня?

Вот же разгильдяй...

«Гнездо...» — позвал я.

И почувствовал, как Гнездо притихло.

«Давай», — сказал я.

«Нет, нет, нет! — цепочкой отрицаний выстрелило в меня Гнездо. Это было совсем уж близко к обычной речи. — Второй Призыв... запрещено... только двойное решение хранителя и матери...»

Да уж. Дождусь я двойного решения Дарины и Наськи.

Они предпочтут погибнуть.

Голос внутри меня стих. Гнездо отпрянуло, отхлынуло, унеслось куда-то в свои структуры, спрятанные вне нашего привычного пространства. Словно я стою на стремительно обмелевшем берегу, вся вода отхлынула, ушла далеко в море, на обнажившемся мокром дне бьются растерянные рыбешки и перебирают клешнями удивленные крабы...

Вода уходит от берега перед цунами.

— А ну, хватит прятаться! — закричал я.

И рванулся вперед — мысленно, конечно. Проламывая темноту под собственными веками. В призрачный свет Гнезда, в кружение бесплотных теней.

Я вывалился в странный мир, который, быть может, был в чем-то реальным, а может быть, — лишь моей галлюцинацией.

Меня вынесло прямо на девчонку и мальчишку — их полупрозрачные силуэты напоминали дрожащие мыльные пузыри, наполненные светом, но почему-то я видел каждую черточку лиц. Им было лет по двенадцать-тринадцать, не совсем уже мелочь, конечно, но даже подростками едва назовешь.

Девочка была хранителем, а мальчик — матерью Гнезда. Теми, кто погибал, пока мы с Дариной и Наськой стояли в Комке и неловко знакомились...

Надо же. У них и впрямь никаких различий, даже мальчишки становятся матерями Гнезд...

— Давайте, — сказал я. — Времени нет.

Мальчик и девочка переглянулись. Мальчик открыл было рот.

— Валяйте! — выкрикнул я. — В здравом уме, трезвой памяти, бла-бла-бла! Технически вы мать и хранитель! Призывайте меня!

Они не стали ничего говорить, и я был за это благодарен.

Лишь протянули ко мне руки, коснулись ладоней.

Всё тем же знакомым жестом Измененных, когда им выпадает шанс потрогать человека.

Тот, первый, Призыв я ощутил совсем не сразу.

Второй пробил меня, будто разряд тока.

Я вскрикнул, вываливаясь из иллюзии, выпадая из Гнезда, — птенец редкой породы, призванный дважды.

Ощутил себя лежащим на одеялах и коврах, бьющимся в судорогах и кричащим — крик был нескончаемым, словно я мог кричать и дышать одновременно.

Ну, в общем-то так оно и было.

Дыхательные поры открывались на коже, когда руки и ноги стали вытягиваться.

В груди и животе вспыхнули болью и застучали второе и третье сердца.

Мир стал ослепительно ярким, тусклые лампочки в древней люстре сияли, как прожектора. Я моргнул, отстраивая спектр. Глянул сквозь стену на приближающуюся армию Раменского Гнезда.

Пересчитал стражу и старшую стражу. Зафиксировал все шестьдесят три единицы запрещенного оружия, которое Инсек разрешил вынести из Гнезда.

О нет, это не походило на то состояние, когда во мне активировался Высший.

Тогда я сделался лишь отстраненным наблюдателем, будто человеческая голова на штыре у Продавца. Я ничуть не изменился внешне. И мне не было больно.

А сейчас было, и очень.

...Хотя Наське, чье тельце разбухало и искажалось сейчас в муке Изменения, было еще больнее — я ощущал ее боль, как ощущал теперь каждого в Гнезде.

В моем Гнезде!

Я зарычал-заревел, вставая. Утробным жутким ревом, от которого обделался бы самый свирепый земной медведь. Во мне было два с половиной метра роста, и я каким-то образом — даже не хочу понимать, каким — ухитрился осмотреть себя всего.

Надо же!

Вполне пропорционально сложен!

Даже красив, если вы не против заостренной головы с гребнем по затылку.

Кожа моя стала ослепительно белой, с зеркальным отливом. На руках — по четыре пальца, и я совершенно неуместно вспомнил, что так в старину рисовали для простоты в мультиках.

Ну да, я теперь такой... оживший мультик...

Откуда я взял массу для этого тела? Я же сейчас вешу сотни две кило?

Потом я увидел, что ковры под ногами начисто лишились ворса, а подушки и одеяла лежат вспоротые и пустые. Сплюнул — со странным ощущением, что могу плевать не только слюной, но и чем-то очень, очень ядовитым.

В воздухе медленно закружились несколько перышек.

Да я что, сожрал всю органику вокруг, пока метался в Призыве?

Я ударил в дверь, выбивая стекло вместе с рамой, и вышел на крыльцо бывшего Министерства культуры. Почти вся одежда на мне порвалась и превратилась в лоскуты, только плащ от Продавца пережил трансформацию и красиво свисал с плеч, словно у супергероя.

Думаю, в этом был какой-то офигительно крутой символизм, но сейчас у меня не нашлось времени это обдумывать.

Стражи и старшие стражи перли к Гнезду, даже не думая маскироваться или рассредоточиться.

Они были абсолютно уверены в том, что обороняться станут куколки и неполноценный хранитель.

Впрочем, призванного они бы тоже разделали на раз-два, не сомневаюсь.

Но я был призванным дважды.

Я вновь взревел — с радостью — и побежал навстречу страже.

Первым от меня пострадал совершенно случайный человек.

Уж не знаю, что это был за балбес, который задумчиво катил на роликах мимо Гнезда. В наушниках, не слыша ничего и, наверное, совершенно не глядя по сторонам. Лет уже под тридцать человеку, а ничего лучшего, чем гонять по тротуару, не придумал!

Он въехал между мной и останавливающейся стражей. Я мог, конечно, его обогнуть. С моей точки зрения, роллер застыл на тротуаре.

Но тогда мужчина оказался бы в самой гуще надвигающихся событий.

Поэтому я на бегу отвесил ему пинок — и роллер по дуге улетел в кусты. Кажется, он сломал себе ногу, но я не стал приглядываться.

Я бежал навстречу двумстам двадцати двум стражам.

Ну и хранителю, конечно.

Стража начала стрелять.

Мне кажется, даже старшая стража не владела всем объемом информации и не могла понять, кто или что стремительно бежит им навстречу.

Я запрыгал, заплясал в воздухе, ускользая от вспыхивающих нитей-лучей, стремительно летящих сгустков плазмы и медленно ползущих пуль — тех самых, из учебного оружия. Лазерные лучи были опаснее всего, я не мог от них уклониться, конечно же, но у стражи было всего четыре боевых излучателя, и я отслеживал направление ствола у каждого.

Честное слово, в какой-то момент я взмыл в прыжке, оттолкнувшись от воздуха, ставшего твердой опорой!

Нет, это была не битва.

Всего лишь воспитательный процесс.

Я врезался в толпу, расшвыривая стражей. Они прочные и быстро регенерируют, это хорошо, я не боялся их убить.

В конце концов, они ведь тоже всего лишь дети.

Мне навстречу попалась Же, ее я откинул особенно аккуратно, она мне нравилась.

За это я поплатился тем, что пропустил выпад одной из старших стражей в боевой трансформации. Руки ее вытянулись длиннее, чем я ожидал. Стража полоснула мне по плечу когтями, и я почувствовал нейротоксин, щедро впрыснутый в тело.

Я нейтрализовал яд, зарастил рану и отвесил оплеуху страже — всё одновременно.

Стражи метались во все стороны, пытаясь добраться до меня, прикрыть хранителя и, конечно же, мешая друг другу.

Уничтожителя они бы смели.

Да они бы и батальон ровианской гвардии (теперь я знал, что это такое) могли уничтожить, не то что меня.

Если бы все были вооружены, конечно.

И если бы я не был во втором Призыве — дающем мне общую власть над Измененными, позволяющем чувствовать каждое движение и каждую эмоцию вокруг.

Я прорвался к хранителю, отбросил двух старших стражей, пытавшихся прикрыть командира.

Посмотрел в белые глаза, следящие за мной без всяких эмоций, выпрямился во весь рост. Окинул взглядом побитое воинство. И гаркнул:

— Спать!

Печать задрожала во мне, отдавая приказ, — и стражи мягко повалились на землю.

— Я восхищена, Максим Воронцов, — сказала хранитель.

Надо отдать должное, она не испугалась. В ней была лишь непреклонная воля и решимость выполнить приказ, живой или мертвой. Никогда не подумаешь, что она на самом деле молодая девчонка. Изменение затрагивает всё, не только тело.

Я взял ее за горло, приподнял над землей и заглянул в глаза.

— Высшему не было бы нужды в таких представлениях, — прохрипела хранитель. — Но я отдаю должное твоей решимости и силе.

— Вы уйдете назад, — сказал я. Слова на человеческом языке давались с трудом, мне проще было бы говорить на языке Инсеков. — И отстанете от этого Гнезда.

— Ты очень сильный, но молодой и не понимаешь, — сказала хранитель. — Мы не отстанем, мы придем снова. Ты убьешь нас. Придут другие. Все Гнезда. Со всего мира. Тебе придется убивать всех. Ты не справишься, боевая форма скоротечна... но ты убьешь многих. Тысячи. Десятки тысяч.

— Я убью всех, — сказал я с угрозой.

— Может быть, ты убьешь всех нас, — согласилась хранитель. — Но мы пойдем на смерть.

Я отпустил ее. В голосе хранителя не было ни злости, ни ярости, только боль.

— Чего вы к ним пристали? — спросил я растерянно. Наверное, это плохо сочеталось с моим устрашающим видом. — Это случайный кристалл, Наська его нашла в Гнезде! Он не ее!

Хранитель поморщилась, нахмурилась. Проблеск человеческих эмоций был едва заметен.

— Кристалл? Наська? Ты о куколке, изменившейся в мать?

— Да...

— Измененные не продуцируют кристаллы. — Хранитель покачала головой. Подошла ко мне... и вдруг обняла: — Бедный... бедный призванный...

Я отодвинул ее от себя мгновенным резким движением, но она все так же смотрела на меня — с жалостью и печалью.

— Дело не в Анастасии или Дарине, Максим! Дело в тебе!

— А? — только и сказал я.

— Ты причина, Максим, — хранитель склонила голову. — Ты — продуцент смыслов. Кристалл тоже породил ты. Откуда еще мог взяться кристалл в Гнезде? Это высокий, страшный потенциал.

— А... — снова произнес я.

— Инсеки собирают смыслы на завоеванных планетах. Но Земля особая, это мир Прежних. Им и сейчас достаются все порожденные людьми смыслы. Ты человек, все равно, даже во втором Призыве, и ты порождаешь самое ценное во Вселенной — конструкты идей и эмоций, связь вещей и явлений, пути в будущее. Ты порождаешь новые смыслы, и каждый из них помогает Прежним в войне! Приближает их к всемогуществу. Ты защищен приказом Высшего, как и обычный человек, но мы будем пытаться уничтожить Гнездо.

— Почему?

— Ты продуцируешь смыслы лишь общаясь с Гнездом, с Дариной, с Наськой. Ты человек и часть Гнезда... мы не можем убить человека, но мы попытаемся убить Гнездо. Мы не испытываем к ним зла, они наши сестры, но мы придем их убивать.

— Не надо, — сказал я.

— Мы знаем Прежних и знаем их планы. Инсеки тоже чужие, но лучше Инсеки, чем Прежние. Мы будем приходить к Гнезду и пытаться его уничтожить. Никто больше не выстрелит в тебя, мои стражи не знали, кто вышел навстречу. Но мы будем приходить, и тебе придется нас убивать.

Я молчал. Я знал, что она не врет.

Всё так и будет.

Что-то во мне обмякло и расслабилось. Я понял, что стал ниже ростом, — с хранителя. Вокруг вяло шевелились стражи, некоторые уже пытались встать, но никто из них больше не нападал на меня.

— Сколько у меня времени? — спросил я.

— Инсек отдал приказ, — сказала хранитель. — Думаю, минут пятнадцать я могу потянуть. Пока стражи приходят в себя и восстанавливаются. Потом мы снова попытаемся уничтожить Гнездо.

— Ага, — сказал я. — Это нормально.

— Возвратный мутаген не поможет. Даже если бы он превратил тебя в человека, ты...

— Продолжу продуцировать смыслы, — кивнул я. — Либо я, либо Гнездо, верно?

— Мне очень жаль, — вздохнула хранитель. — Но на Земле есть место либо тебе, либо Гнезду.

— А, — я подумал мгновение. — Понял. Спасибо.

— Для меня было честью говорить с тобой, Создающий смыслы, — сказала хранитель.

Я махнул рукой — она уже напоминала человеческую, и пальцев снова было пять.

И пошел к своему Гнезду.

Эпилог

Хранитель была права — поддерживать боевую форму второго Призыва постоянно я не мог. Когда я дошел до защищенной зоны, я выглядел почти как всегда. Только кожа побледнела, и ростом я остался чуть выше.

И чувствовал, как справа в груди бьется второе сердце.

Дарина с Наськой были здесь, в комнате пять на пять метров, целиком отлитой из инопланетного металла. Для хранителя естественно потащить мать в самое безопасное место Гнезда.

Но, в общем-то, я знал, где находится каждый Измененный. Ощущал каждую куколку, осторожно идущую к защищенной зоне. И чужую стражу возле Гнезда тоже чувствовал.

Дарина с Наськой как раз пытались открыть сейф. Часть стены вздрагивала, по металлу шла рябь — Гнездо все еще не решило, признает ли новую мать. Я подошел к ним так тихо, что девчонки заметили меня только в самый последний момент.

— Всё в порядке, — сказал я, забирая из рук Дарины контейнер с возвратным мутагеном. Рябь на стене исчезла, сейф так и не открылся.

Она всё поняла. Шприц лежал в контейнере рядом с ампулой. Дарина молча смотрела, как я набирал желтую жидкость, потом кивнула на Наську.

Почти мать Гнезда смотрела на меня. Наська стала выше Дарины ростом, раздалась вширь, здоровенный взрослый свитер обтягивал ее, будто халатик. Потом она заговорила, но ее голос, к моему ужасу, оставался прежним:

— А Дарина?

— Это как в книжке про любовь, — объяснил я. Мой голос вернулся, только сделался хриплым. — Она любит его, он любит ее, но все равно все страдают.

— Мне больше не для кого становиться человеком, — сказала Дарина, не отрывая от меня взгляда. — Лучше ты, Настя.

Я воткнул иглу в плечо куколки и вжал поршень, отправляя миллионы наноботов отменять все изменения сразу.

Наська ойкнула и села на пол. Я погладил ее по голове и взял Дарину за руку. Сказал:

— Извини. Единственный выход. Я же не могу всех их убить. Хотя, наверное, могу! Но не хочу.

Она обняла меня, и мы постояли так несколько секунд, чтобы запомнить друг друга навсегда.

— К Гнезду бежит Милана, — сказала жница.

— Я знаю, — признался я. — Я чувствую. Объясни ей всё сама, хорошо? И моим тоже. Отведешь к ним Анастасию и всё расскажешь.

— Они меня не простят, — сказала Дарина.

— Да, — согласился я. — Но поймут. Со временем. И еще Лихачеву...

— Я всё расскажу.

— Он правильный чел. Всем нашим объясни.

Я вдохнул запах ее волос, поцеловал в шею. Спросил:

— Росс сто двадцать восемь? Саельм?

— Максим, я не знала, — сказала Дарина. — Я не поняла...

— Понял только Прежний, — я покачал головой. — Еще при первой встрече, наверное. Или после Высшего, не знаю. Он понял, что из меня можно выжимать смыслы. Я не знаю, почему так получилось. Но когда я с тобой... с Гнездом... я что-то делаю. Меняю себя, меняю других. Прежние это подбирают. Не кристаллы, кристаллы лишь символ, они получают куда больше, и это им давать нельзя.

Она всё понимала, и я всё понимал, но все-таки проговаривал вслух, убеждая больше самого себя, чем Дарину.

А за ее спиной защищенная зона Гнезда формировала экран.

Он не был круглым, как обычно показывают в фантастических фильмах. Вытянутый прямоугольник, медленно разгорающийся серым светом, достаточно большой, чтобы сквозь него пригнувшись прошла старшая стража, или протиснулся монах... или шагнул я.

Пора было сделать то единственное, что защитит Гнездо.

Расстаться с ним.

Где-то снаружи стоял Прежний и задумчиво смотрел на Милану, вбегавшую в выбитую дверь Минкульта.

В своем кабинете Лихачев закурил последнюю из пачки сигарету, слушая по телефону сбивчивый доклад.

Моя мама нахмурилась, глядя в окно на бледное лунное кольцо, и спросила отца, почему я давно не заходил.

Старая женщина-хирург сидела у входа в операционную и ждала, когда закончат оперировать ее друга.

В своем разбитом корабле ждал отчета последний Инсек с флота вторжения.

Хранитель Раменского Гнезда обходила ряды побитой стражи, до последнего оттягивая самоубийственную атаку.

Я отстранился от Дарины.

Погладил по голове девочку Наську — она так и сидела на полу, в луже едко пахнущей жидкости, отринутая плоть Измененных сочилась сквозь кожу и комками слизи стекала вниз. Раньше я бы воскликнул: «Какая мерзость!», а она бы ответила: «Не дерьмо, не бойся!» Но сейчас я сказал только:

— Береги родителей, сестренка.

Вошел в экран — как был, в рваной одежде и чистеньком плаще.

И холодный воздух Саельма ударил мне в лицо.

КОНЕЦ ВТОРОЙ КНИГИ

Март — май 2021

СОДЕРЖАНИЕ

Литературно-художественное издание

16+

Лукьяненко Сергей Васильевич
ТРИ ДНЯ ИНДИГО
Фантастический роман

Технический редактор *Т. Полонская*
Компьютерная верстка: *С. Клещёв*

Подписано в печать 20.10.2021. Формат 84×108 $^1/_{32}$. Усл. печ. л. 20,16.
Печать офсетная. Бумага офсетная. Гарнитура Newton.
Тираж 23 000 экз. Заказ № 5294.

Общероссийский классификатор продукции
ОК-034-2014 (КПЕС 2008); 58.11.1 — книги, брошюры печатные

Произведено в Российской Федерации
Изготовлено в 2021 г.
Изготовитель: ООО «Издательство АСТ»

129085, Российская Федерация, г. Москва, Звездный бульвар, д. 21,
стр. 1, комн. 705, пом. I, этаж 7

Наш электронный адрес: **www.ast.ru**. Интернет-магазин: **www.book24.ru**
E-mail: **ask@ast.ru.** ВКонтакте: **vk.com/ast_neoclassic**
Инстаграм: **instagram.com/ast_neoclassic**

«Баспа Аста» деген ООО
129085, Мәскеу к., Звёздный бульвары, 21-үй, 1-құрылыс, 705-бөлме, I жай, 7-қабат
Біздің электрондық мекенжайымыз: www.ast.ru
Интернет-магазин: www.book24.kz
Интернет-дүкен: www.book24.kz
Импортер в Республику Казахстан ТОО «РДЦ-Алматы».
Қазақстан Республикасындағы импорттаушы «РДЦ-Алматы» ЖШС.
Дистрибьютор и представитель по приему претензий на продукцию
в республике Казахстан: ТОО «РДЦ-Алматы»
Қазақстан Республикасында дистрибьютор және өнім бойынша
арыз-талаптарды қабылдаушының өкілі «РДЦ-Алматы» ЖШС, Алматы қ.,
Домбровский көш., 3«а», литер Б, офис 1.
Тел.: 8 (727) 2 51 59 89,90,91,92
Факс: 8 (727) 251 58 12, вн. 107; E-mail: RDC-Almaty@eksmo.kz
Өнімнің жарамдылық мерзімі шектелмеген. Өндірген мемлекет: Ресей.
Сертификация қарастырылмаған

Отпечатано с электронных носителей издательства.
ОАО "Тверской полиграфический комбинат". 170024, Россия, г. Тверь, пр-т Ленина, 5.
Телефон: (4822) 44-52-03, 44-50-34, Телефон/факс: (4822)44-42-15
Home page - www.tverpk.ru Электронная почта (E-mail) - sales@tverpk.ru